Hannah Closs · Tristan

Hannah Closs

Tristan

Roman

Aus dem Englischen
von Manfred Ohl
und Hans Sartorius

Mit sieben Federzeichnungen
von Arik Brauer

Wolfgang Krüger Verlag

3. Auflage: 19.-28. Tausend
Titel der Originalausgabe: »Tristan«
© 1967 by The Vanguard Press, Inc., New York
© 1984 S. Fischer Verlag GmbH, Frankfurt am Main
Einbandgestaltung: Arik Brauer
Satz: Fotosatz Otto Gutfreund, Darmstadt
Druck und Einband: May + Co, Darmstadt
Printed in Germany, 1984
ISBN 3-8105-0308-8

Für August Closs

die wîle und er daz leben hât,
sô sol er mit den lebenden leben,
im selben trôst ze lebene geben.

Gottfried von Straßburg: *Tristan*
(Vers 1870 ff)

Vorspiel

Bis in den fernsten Westen... nichts als Meer. Den ganzen Tag hatte die Sonne ihre schimmernden Pfeile auf das Wasser geschossen, als könne sie durch zähe Ausdauer seinen Widerstand brechen und es durchbohren; doch sie prallten von ihm ab wie Pfeilspitzen von schlaffer, welliger Haut und zerstoben in tausend Funken einer tanzenden Flamme. Unter den Türmen der Burg lag das Land wie ein großes Banner aus verblichener Seide. An den Rändern war es ausgefranst und zerschlissen; und im Westen, wo es in eine dunkle, gezackte Spitze auslief, klafften lange Risse und Einschnitte wie qualvolle, silberblaue Wunden. Hier wirkte der graue Boden rauh und zerklüftet, als sei die Seide faltig und zerknittert, oder als seien Lehmklumpen und Kletten im Gewebe hängengeblieben. Aber im Nordwesten, auf der weiten hügeligen Ebene, war das Muster aus den grünen Wäldern und den blaßgelben Rauten der Kornfelder noch erkennbar.

Plötzlich drang der lange, fröhliche Ruf eines Horns durch die Luft, verklang, erhob sich von neuem, erklang noch einmal und verstummte.

Der Junge am Deich, der gerade eine Steinmauer stürmen wollte, die er errichtet hatte, ließ die Waffe sinken, kletterte auf den Wall, legte die Hand über die Augen und starrte hinaus aufs Meer. Im Südwesten tauchte der dunkle Bug eines Schiffs auf und wurde von Minute zu Minute größer, während die Gischt unter den Planken aufschäumte. Bald war das Wappen auf dem gelben Segel zu erkennen. Doch der Junge rannte bereits aufgeregt winkend zur Mole und rief atemlos: »Das Schiff, das Schiff... das Schiff unseres Herrn Rivalin!«

Auf dem Wehrturm glitt das gelbe Banner wie eine Schlange am Mast empor, entrollte sich und flatterte im Wind... der schwarze Falke auf goldenem Grund.

... Türen und Torbögen, immer neue Torbögen, die den Blick unerbittlich auf Fußböden und Balken lenken oder, hinter einer plötzlichen Biegung, auf einen schwarzen Schattenschacht und auf undeutliche Treppenstufen. Manchmal schnappte ein Riegel ins Schloß, oder der Geruch von trockenem Holz lag in der Luft. Am Ende des Gangs traf ein Sonnenstrahl das grüne Dunkel des Wandteppichs; die rote Mütze eines Jägers und der erhobene Arm mit dem Horn leuchteten auf. Aber noch keine Zimmer... dazu würden sie erst werden... im Laufe der Zeit... sie würden Gestalt annehmen und der Berührung vertraut sein – Ausschnitte, Dinge, die immer flohen und mit der abweisenden Kälte fremder Gegenstände zurückwichen.

Jetzt würde genug Zeit sein, nachdem sie nicht länger mit jedem Monat, jeder Stunde dem Abgrund zutrieb, weil sie schließlich gesprungen war und starke Arme sie in den Raum hinausgetragen hatten.

Sie war von dem Sprung noch immer leicht benommen. Wie sollte sie auch begreifen, daß alle Zeit plötzlich vor ihr lag – Zeit, die sie unerwartet eingeholt hatte. Während ein Frühling in den Sommer überging, hatte die Zeit sie mit Wogen, die alles überfluteten und die Monate unter sich begruben, in solche Höhen von Freude und Angst getragen. Ja, sie war aus der Heimat, dem Reich und den Menschen dort in dieses unbekannte, vom endlosen Meer umschlossene Land geflohen. Und manchmal fragte sie sich verwirrt: Bin ich... bin ich wirklich einmal Blancheflor von Cornwall gewesen?

Doch jetzt saß sie fremd und verlassen auf dem Thron an der Tafel unter den hohen Gewölbebögen, die in den tanzenden Schatten aufragten oder auf halber Höhe von der schwarzen Höhle eines Bogengangs verschluckt wurden... ich sitze hier wie auf dem Grund des Meeres, dachte sie.

Der Lärm und das Getöse in der Halle unten brauste auf und verebbte wie die wogende Brandung. Hin und wieder erreichte sie ein Lachen wie zitterndes Licht, wurde ihr ein Wort zugeworfen wie ein Stein, der durch das Wasser fällt. Wenn es mir nur gelingen würde, etwas Wirkliches zu fassen, mich daran zu klammern und es festzuhalten! Ihre Augen glitten suchend über die Tafel und blieben an der grimmigen Fratze eines Löwen hängen. Nichts – nur eine Bronzekanne. Und plötzlich wußte sie, alles besaß ein Eigenleben, war getrennt und fremd – selbst die Kleidung, die die Menschen trugen... die goldenen Knoten, die sich auf dem scharlachroten Bett eines Samtumhangs wanden... das nackte, unberührbare Weiß einer Leinenhaube. Und die Stimmen? Welche Macht besaß dieser grobknochige, rothaarige Jüngling über die schrillen Laute, die wie zänkische Vögel um seinen Kopf schwirrten! Oder die fahle Maske zu ihrer Rechten... was verband die erloschenen Feuer in den Augen mit dem gelangweilten Ekel, der um die schmalen Lippen spielte?

12

Ein kalter Wind traf ihr Herz, und fröstelnd wendete sie sich der glühenden Wärme an ihrer Seite zu: Rivalin... konnte ein Mann der Sklave seiner Stimme sein, die ihn soweit davontrieb, daß selbst sie trotz all ihrer Liebe ihn nicht erreichen konnte, als sei er plötzlich ein Fremder geworden? Sie mußte ihn finden; sie mußte diese polternden, derben Späße überholen! Er beugte sich vor und rief dem dicklichen Ritter mit den lachenden blauen Augen, der sich hinunterbeugte, um seinen Hunden Fleischstücke zuzuwerfen, fröhlich zu: »Godfrey, wie steht es mit der Jagd? Sollen wir die Meute im Wald von Braceld loslassen und zusehen, wie Morgan auf der anderen Seite der Grenze flucht?«

Der Mann drehte sich eifrig um; doch noch ehe er antworten konnte, hörte man hinter ihm eine graue Stimme. »Wenn Morgan bis dahin seine Grenze nicht an den Waldrand verlegt hat.«

Wieder spürte sie, wie der kalte Wind sich erhob. Die Worte hingen leidenschaftslos wie ein Urteilsspruch in der Luft. Einen Augenblick lang schien es ihr, daß sogar alle anderen erzitterten. Oder war es nur Einbildung? Und schon hatte Godfreys tiefer, dröhnender Baß den Bann gebrochen. »Das sieht Euch ähnlich, Deovalin, beim Fest Gespenster heraufzubeschwören. Wenn Morgan durch Braceld zieht, findet er sich im Wasser des Gran wieder! Und am anderen Ufer warten dreißig von Ruals Speeren, um ihn herauszufischen.«

Jetzt ertönte Rivalins helles Lachen. »Freunde, wollen wir Ottern jagen?!«

Der blonde Ritter im blauen Gewand bog sich vor Lachen. »Morgans Stolz wird ihm ein kaltes Bad einbringen, wenn es ihm nicht genügt, daß wir ihn einmal als edleres Wild behandelt haben.«

»Und der Hirsch soll davonkommen und weiter Menschen jagen?« Die helle Stimme hob sich. »Drei Jahre sind es her, Rivalin, daß Euer Pfeil die Pfauenfeder an seiner Kappe im Wind tanzen ließ. Ich wette, ein Schuß in den Kopf hätte ihn weniger geärgert.«

Und wieder erklang Rivalins herausforderndes Lachen. »Er soll sich vorsehen, sonst bin ich das nächste Mal vielleicht ein weniger geschickter Schütze! Sein großes Maul ist selbst für einen Anfänger ein gutes Ziel.«

Er hatte vom Lachen eine trockene Kehle und nahm einen tiefen Schluck aus dem Becher. Dann wendete er sich dem Mundschenk zu. Erst jetzt fiel sein Blick auf die blasse Blancheflor, die ihn wie gebannt mit angstvollen, dunklen Augen anstarrte. Er hatte sich nie ganz von diesem überwältigenden Staunen erholt, das ihn überfiel, als er zum ersten Mal sah, wie die dunkel gesäumten Lider sich von diesen strahlenden Seen hoben... wie das Meer in Lyonesse, durchzuckte es ihn damals. Es war ihm nie in den Sinn gekommen, ihre Augen unter den schwarzen, glänzenden Flechten könnten blau sein. Was hatte er ihr angetan, daß sie sich so verändert hatte? »Blancheflor!« Er ergriff ihre Hände und versuchte, durch leise besorgte Fragen den Grund ihrer Furcht zu erfahren. Doch Blancheflor fand keine Worte; und als sie jetzt seine Nähe spürte, fragte sie sich sogar, ob das Entsetzen nicht zum Teil nur ein Traum gewesen war. Nur der eine quälende Gedanke blieb...»Morgan?« fragte sie schließlich und warf unwillkürlich einen Blick nach rechts.

»Morgan! Haben wir dich mit unseren Späßen geängstigt?« Er folgte mit den Augen ihrem Blick und runzelte ärgerlich die Stirn. »Wenn Morgans Unverfrorenheit erst einmal halb so groß ist wie seine Eitelkeit, dann ist es früh genug für uns, ihn zu fürchten. Es ist Deovalins Art, bei der kleinsten Wolke von einer Sonnenfinsternis zu sprechen.« Damit rief er nach Musik, wie um die Luft von einem vorüberziehenden Schatten zu reinigen.

Obwohl diese Spielleute hier im Vergleich zu den Troubadouren am Hof von Cornwall alles andere als meisterhaft waren, und Rivalin sich immer über sein Unvermögen als Sänger lustig machte, hätte sie gern noch mehr Lieder gehört. Doch das Gelage hatte alle in Stimmung gebracht, und viele wollten jetzt tanzen. Nach ein oder zwei Runden war sie froh, sich ausruhen zu können, denn sie fühlte sich schwindlig, und ihre Glieder waren schwer. Blancheflor saß wieder auf dem Thron und beobachtete, wie Grün und leuchtendes Rot, Blau, Purpur und Gold sich kunstvoll mischten und ineinander verwoben... wie ein Bild aus einem Traum... Würde das Kind, das sie unter dem Herzen trug, zu einem dieser unbekümmerten Männer oder einer dieser sorglosen Frauen heranwachsen? Sie bemerkte, daß sie das blonde Mädchen mit den Grübchen ansah, deren Körper sich so geschmeidig wiegte wie Gras im Sommerwind, und den jungen Mann, der mit seiner drolligen, spöttischen Verbeugung den Narren mit den geschlitzten roten Ärmeln spielte. Gewiß, Rivalins Freunde waren hübsch, aber keiner besaß sein Feuer... »wie eine Flamme, die ruhelos über die Welt jagt«, hatte ihr Bruder gesagt, »bis ein Wind kommt und sie ausbläst.« Nichts konnte ihn halten – selbst jetzt, während er zurückgelehnt und scheinbar sorglos mit Godfrey plauderte, schienen seine Muskeln unter der weichen Seide jederzeit bereit zu sein, sich zu spannen, um zu handeln; und wo das Fackellicht sein zerstörerisches Spiel mit dem rötlichen Gold der Haare trieb, spotteten die wogenden goldbraunen Locken dem Zwang der Krone. Sie sah das Aufblitzen in seinen Augen und dachte, er plant bereits ein neues Abenteuer. Ihr grünes Feuer traf einen Gegenstand, als wollten sie ihn verzehren; dann wandten sie sich plötzlich ab oder versanken wieder in ihren haselnußbraunen Tiefen. Würde sie je die Macht haben, ihn auch nur so lange zu halten, bis ihr Kind geboren war? Um die Angst zu unterdrücken, die sie in sich aufsteigen fühlte, wendete sie den Blick wieder den Tanzenden zu. Doch eine Stimme erzwang sich langsam und hartnäckig den Weg in ihr Bewußtsein und weckte sie aus ihren Träumen. Ein Knappe stand dicht neben ihr und zögerte offensichtlich, sich mit der Antwort seines Herrn zufriedenzugeben, denn sie bemerkte, wie Zornesröte Rivalins Wangen überzog.

»Habe ich nicht gesagt, ich will heute abend keine Boten sehen? Man soll ihm etwas zu essen und ein Bett geben. Seine Nachrichten können bis morgen warten.«

Der Junge blieb unschlüssig vor ihm stehen. »Herr, der Mann ist kaum in der Lage zu warten. Er ist verwundet und hat viel Blut verloren...«

»Verwundet... vermutlich von einer Schlägerei!«

Der zähe Widerstand gegen seine Autorität weckte Rivalins unbeherrschten Eigensinn. Kämpfen war in Ordnung; Kämpfen bedeutete für einen Mann das Leben; aber davon hatte er in letzter Zeit genug gehabt. Heute abend wollte er mit diesem fremden, unbegreiflichen Kind feiern, das er in sein Reich aus Felsen und Meer entführt hatte, um einen Hafen für sich und seine Nachkommen zu bauen – er lachte beinahe über sich selbst... würde er je lange vor Anker liegen? Heute abend wollte er sein Vergnügen haben... mit Fackeln, mit Tanz und Musik unter Freunden... und die ganze Last der vergangenen Monate abschütteln. Er hatte noch nie viel von heimlichen Verabredungen und einer verschwiegenen ›Hochzeit in einer Mönchszelle‹ gehalten... Rivalin holte erleichtert tief Luft und freute sich, daß dies alles hinter ihm lag... Stand der Bursche etwa immer noch da und trat verlegen von einem Fuß auf den anderen? Er würde ihn lehren, eine Antwort ohne Widerspruch entgegenzunehmen! Der Knappe suchte verzweifelt nach Worten, um die Unnahbarkeit seines Herrn zu durchbrechen. Aber er wollte auch um alles in der Welt vermeiden, ihm den Schlag selbst zu versetzen. Doch schließlich brach es aus ihm heraus: »Es ist Ruals Mann! Morgan...«

»Morgan...« Mehr hörte Blancheflor nicht. Der Name kam gepreßt und halb erstickt von den Lippen des Jungen, grub sich in ihr Bewußtsein und schwoll zum Dröhnen eines kreisenden Rades an, das sich mit immer größerer Geschwindigkeit drehte. Von ferne hörte sie, losgelöst vom bunten Gewebe des Tanzes, die Musik – aber nein, das Gespinst war zerrissen, als hätten sich die Seidenfäden plötzlich im Webstuhl verfangen und verwirrt. Der Fluß war unterbrochen. Männer und Frauen drängten sich in ängstlichen Gruppen zusammen. Manche hielten noch die Hand oder ein Bein wie im Tanz erhoben, aber das Lachen war auf allen Gesichtern zu einer Maske erstarrt, und sie wendeten sich der blutigen Gestalt zu, die der Knappe zwischen ihnen hindurchführte.

Auf ein Zeichen von Rivalin sank der Mann erschöpft auf eine Bank. Man gab ihm Wein; dann beugte er sich vor und hielt sich am Tisch fest. Nur mit äußerster Mühe konnte sie die keuchenden Worte verstehen. »Morgan hat die Grenze überschritten... und steht bei Treherne. Morgen wird er in Lotred sein.« Immer noch lag das Lächeln auf Rivalins Lippen – sei es aus Trotz, weil er seinen Willen nicht hatte durchsetzen können, oder aus reiner Ungläubigkeit. »In Lotred! Freunde, wie es scheint, beabsichtigt Morgan, uneingeladen zum Fest zu kommen!«

Das Gesicht des Boten verdunkelte sich bei dieser Unbekümmertheit. »Rual kann Gramaron vielleicht halten, bis Ihr kommt. Seine Lage ist verzweifelt.«

»Er kann Gramaron *vielleicht* halten!« Aber das Lachen in seiner Stimme erstarb. »Rual hat achtzig Ritter!«

»Morgan dreihundert und ein Heer, das von Stunde zu Stunde wächst.«

»Morgan?«

Die Antwort kam mit unverhüllter Bitterkeit. »Viele von ihnen waren einmal Eure Männer, Herr.«

»Mein Gott, heißt das Verrat?« Die Worte entrangen sich ihm, als sei etwas in seinem innersten Wesen zerbrochen. Rivalin wurde leichenblaß; Blancheflor sah die Adern an seinen Händen hervortreten, als er die Greifenköpfe des Throns umklammerte.

Wie war es möglich? Jetzt, nachdem der Schlag gefallen war, fühlte sie sich ruhig... so ruhig, als säße sie in einem riesigen, hell erleuchteten Raum. Alles war seltsam klar, selbst die Vögel in den verschlungenen Weinranken des Mosaikfußbodens... Blancheflor begann, sie zu zählen: Eins, zwei, drei... oder mußte man sie als Paare nehmen? Weshalb kämpfte Rivalin wie jemand, der versucht, sich aus einem Bann zu befreien? Jetzt gab es nichts mehr zu fürchten, denn jetzt war das unbekannte Grauen gewichen. Endlich kamen die Worte leise über Rivalins zusammengepreßte Lippen: »Wenn dir dein Leben lieb ist, Mann, sag mir, was du darüber weißt.«

Der Verwundete zögerte. »Es gab viel Unzufriedenheit. Man sagt, Ihr zieht auf der Suche nach Abenteuern durch die Welt und kümmert Euch nicht um Euer Volk... und dann...«, er richtete den Blick auf den Boden, »Eure Rückkehr sah nicht nach Ehe und Seßhaftigkeit aus.«

Jetzt fiel die Erstarrung von Rivalin ab. Er sprang auf, und das alte Feuer blitzte in seinen Augen. »Du wagst es, Morgans Verleumdungen an meinem Hof zu wiederholen? Dann mach dich auf den Weg und sage ihm, sein Lügenmaul wird die Wahrheit herausschreien, noch ehe mein Schwert seine Zunge gespalten hat. Bei Gott und allen seinen Heiligen, die Herrin Blancheflor ist meine mir angetraute Gemahlin!«

Danach herrschte nur noch wirres Durcheinander. Männer fluchten und schrien laut nach ihren Waffen, und irgendwo in all dem Lärm schluchzte ein Mädchen. Aber sie empfand noch immer diese seltsame Ruhe. Rivalin beugte sich über sie. »Vergib mir, Blancheflor.«

Was sollte sie vergeben? Dann sah sie hinter seiner Schulter wieder den Mann – Deovalin. Das letzte Glimmen in den schwarzen Höhlen war erloschen; aber eingerahmt von den beiden senkrechten Falten zwischen Augen und Kinn, verzogen sich die dünnen Lippen beinahe zu einem Lächeln – jedoch nicht Verachtung oder Hohn sprachen daraus, sondern die unergründliche Hinnahme des Schicksals.

Und jetzt wollte sie schreien, sich an Rivalin klammern wie ein Kind, das aus einem Alptraum erwacht. Blancheflor wußte nur, daß sie ihn festhalten mußte, ihn auf keinen Fall gehen lassen durfte. Aber er löste sich bereits aus ihren Armen und winkte ihren Frauen. Irgendwie mußte sie Worte finden, die ihn zurückhalten würden. »Rivalin... du kannst nicht gehen... deine Wunde ist kaum verheilt.« Sie hätte wissen können, daß er darüber lachen würde. Aber etwas anderes konnte ihn vielleicht noch halten. »Rivalin... denke an dein Kind!« Er nahm sie bei den Schultern und zog sie an sich, sah ihr in die Augen – und diesmal flackerte die Flamme nicht in ihnen... »Blancheflor... du möchtest doch nicht einen Sohn haben, der seinen Vater als Feigling verachtet?«

Es gab nichts mehr zu sagen... und sie ließ sich von ihren Frauen

17

davonführen. Sie war so müde, daß sie kaum spürte, wie sich seine Hände von ihr lösten. Sie hörte auch nicht mehr das letzte herausfordernde Lachen, mit dem er von der Estrade sprang und dem dunklen ausgebrannten Gesicht des Sängers zurief: »Der Tod, Deovalin, ist nur der Gegner des Lebens in einem Turnier.«

Fußböden und Hallen waren schon lange für sie zu Räumen geworden, die ihre dahinschreitenden Füße unaufhörlich durchmaßen – Füße, die von Monat zu Monat schwerer wurden. Es waren inzwischen Räume, die sie umgaben – aber sie entzogen sich ihr noch immer...

Wenn sie jetzt die Augen schloß, sah sie die Mauer in allen Einzelheiten vor sich. An der Ecke bei der Tür in der Schattennische war sie glatt und ausgehöhlt... und diese Tür öffnete und schloß sich unzählige Male. Blancheflor blickte schon nicht mehr von ihrer Stickerei auf, wenn das schwere Eichenholz in den Angeln knarrte. Der glatte Faden war zu leicht, Stunde um Stunde saß sie am Fenster, wo es nur den Baum gab, der sich über die Mauer neigte, und den Horizont über dem grenzenlosen Meer.

Es war besser so. In der ersten Zeit hatte sie sich immer in den Räumen auf der Landseite aufgehalten. Aber dort verging die Hälfte des Tages im ständigen Hin und Her zwischen den schmalen Öffnungen in den Laibungen der dicken Mauern. Beim Klang eines Horns oder dem Klirren einer Rüstung auf dem Pflaster eilte sie zum Fenster, und jedesmal sah sie nur einen verirrten Reiter auf der leeren Straße oder die Wachen unten auf der Mauer, die abgelöst wurden. Die Händler erzählten Geschichten von Greueltaten und Bränden. Schließlich kam ein Bote mit Nachrichten von einer Belagerung, die bis Allerheiligen dauern konnte. Aber das gesprenkelte Gold war schon lange zur wogenden Eintönigkeit von Grün und dunklem Braun verblaßt; und die riesigen Wälder im Norden hatten ihre undurchdringliche Schwärze verloren. Sie hatte es mit eigenen Augen gesehen, als sie das letzte Mal krank und schwach von der erstickenden Last unter dem Herzen die runde Treppe des Bergfrieds hinauf, immer höher hinauf gestiegen war. Unter ihr lag das Land wie ein geflecktes Fell, dünn und welk unter dem weißlichen Himmel zwischen den Meeren. Genau im Norden, wohin das Auge gerade noch blicken konnte, wo tief dunkle Wolken sich mit den langsamen und bedächtigen Bewegungen schwerfälliger Tiere dahinzogen, fanden wohl die Kämpfe statt – so hatte es der Wächter gesagt. Es waren die Rauchwolken geplünderter Dörfer – und im Geist sah sie das wilde Durcheinander verkohlter, stürzender Balken, die in Panik geratenen Rinder, hörte die Schreie von Kindern und verwundeten Männern. Aber soweit man wußte, wurde jetzt wenig gekämpft... zu wenig, hatte der Mann ihr erklärt und die Untätigkeit verflucht, die einem gesunden Mann das Gefühl gab, gefesselt im Sarg zu liegen, während die Rationen von Tag zu Tag kleiner wurden... ja, er hatte eine Belagerung erlebt, die den ganzen Winter dauerte...

Der Winter, die welke, faltige Haut dehnte sich zwischen ihrem Frühling und Sommer und dem der Männer; er stieß sie zurück hinter das Rauchband und die leere Straße, die sich zwischen schwärzlichen Hecken dahinzog.

Da war es besser, auf das Meer zu blicken, wo es nichts gab als die aufgehende und sinkende Sonne, nichts Greifbares, nur den kahlen Baum an der Mauer und Träume, die kommen konnten... der Baum:

Kalenda maya
Ni fuelhs de faya
Ni chanz d'auzelh ni flors de glaya.

Das Lied des dunkelhäutigen Troubadours, der mit gekreuzten Beinen auf der Burgmauer sitzt! Das ferne Lied aus dem Land ihrer Mutter... das dunkle Gitterwerk der Zweige vor dem Himmel, der weiße Blütenschaum, von einem Windstoß in Gesicht und Haare getrieben...

Alys kommt mit dem Arm voller Blumen, und Alienor windet mit geschickten Fingern Veilchen... für wen?

Die Pferde spüren den Frühling. Aber der edle Garel weiß nur zu genau, welch gute Figur er auf dem tänzelnden Braunen macht. Und der junge Pergolas, dessen weißer Umhang sich wie ein Segel bläht, trägt das rote Kreuz auf der Schulter... doch ihn zieht mehr Abenteuerlust als Frömmigkeit ins Heilige Land, denkt sie... der Stahl klirrt und dröhnt auf der Wiese über dem Fluß...

Der schwarze Falke auf goldenem Grund! Er trägt die Rüstung unter dem leuchtend grünen Umhang, aber der Helm hängt am Sattelknauf. Er ist von seinem Rotschimmel gesprungen, und sofort beschäftigen sich ihre Hände mit den Blumen in ihrem Schoß; aber sie muß seinen Gruß erwidern. Fordert dieser Mann alles heraus, was seinen Weg kreuzt? Als sie hochblickt, ruhen seine Augen gespannt

und aufmerksam auf ihr, wie eine eingelegte Lanze, die den Feind erwartet. Mit einem leicht wehmütigen Lächeln wagt sie, ihn spöttisch zu fragen:»Ist Euer Durst nach Siegen immer noch nicht gelöscht, daß Ihr ausreitet, um weitere zu erringen? Seid Ihr so unersättlich, edler Rivalin?«
Er blickt fragend auf seine Rüstung.»Wollt Ihr mir den Sieg verübeln, den Ihr erst gestern mit eigener Hand gekrönt habt?«
Jetzt wagt sie nicht, ihn anzusehen und antwortet halb ernst:»Habe ich nicht das Recht, einem Mann gram zu sein, der einen Freund verletzte, der meinem Herzen so nahe steht?«
Bestürzt sieht er sie an. Hatte er beim Turnier einen Ritter zu Fall gebracht, der in ihrer Gunst stand? Sie sollte ihm nur den Namen nennen, und er würde ihn aufsuchen und sich mit ihm versöhnen. Aber selbst jetzt, während er sie immer drängender darum bittet, spürt sie hinter seiner Reue die ungebrochene Kühnheit, als sei er in seiner Vorstellung bereits Sieger in einem neuen Abenteuer. Folgt er nur der Stimme seines ungestümen Wesens?
Ihre Augen wandern zu den Wolken, die vereinzelt über den Himmel ziehen. Sie schüttelt den Kopf.»Ihr müßt ihn selber finden. Aber sucht nicht allzu weit. Man hat mir erzählt, Ihr zieht durch die Welt, doch niemand kennt Euer Ziel... vielleicht nicht einmal Ihr selbst.«
Er wirft sich ins Gras und legt das Kinn auf die verschränkten Arme. Im Sonnenlicht lodern seine zerzausten Haare wie Flammen.»Suchen wir nicht alle irgend etwas... und wer weiß was? Der eine jagt ihm mit dem Schwert hinterher, der andere mit einem Lied...«

Messatgers, vai e cor
E di·m a la gensor
La pena e la dolor
Que·n trac, e·l martire.

Vom Wall erhebt sich die volltönende Stimme satt und zufrieden in die Luft und steht so ganz im Widerspruch zu dem lastenden Sehnen der Worte.
Beim Zuhören lehnt sie sich gegen den Stamm des Baumes. Hin und wieder schwebt eine Blüte durch die Luft, zittert einen Augenblick auf den scharlachroten Faltenbergen, die sich im Schatten der Gräser erheben, und gleitet zu Boden. Schließlich spricht sie und zieht seine Frage wie einen Faden durch klaren Schatten.»Während er singt,

sucht er nichts... außer seinem Singen und dem Frühling gibt es nichts. Aber schon erhebt sich der Wind... der ziellose Wind... eines Tages wird er mich nach Norden treiben.«

Die Worte kommen aus dem Echo der Musik, die sich verschwenderisch in die reine Luft ergossen hat.

Er stützt sich auf den Ellenbogen. Seine Stimme hat jede Härte verloren; er holt tief Luft und fragt:»Habt Ihr nicht den Wunsch, Königin von Schottland zu werden?«

Doch sie hat sich bereits erhoben; eine Blütenwolke wirbelt von ihrem Rock; sie ruft nach ihren Frauen und tritt in das gleißende Licht auf dem Weg...

Ah, der Baum! Der Baum auf dem Wall unter dem Turm im Morgengrauen nach der langen, schlaflosen unruhigen Nacht. Blancheflor preßt die Fingernägel in die Handflächen, aus Furcht vor Erschöpfung einzuschlafen. Endlich hört sie, wie unten ein Pferd auf das Pflaster hinausgeführt wird. Trompetenstöße zerreißen das zunehmende Licht; Rufen und Lärmen erfüllt die Luft.»Für Cornwall und König Marc!« Pferdehufe klappern dumpf auf der Zugbrücke; sie sieht ein Gewirr von Schilden und Speeren. Aus dem Fenster gebeugt, beobachtet sie, wie der letzte von ihnen verschwindet. Leere breitet sich kalt und hart in ihrem Kopf aus. Also war schließlich doch nichts gewesen...

Plötzlich ertönt Hufschlag von rechts hinter der Mauer. Sie steht verborgen in der Fensternische. Ihr ganzes Wesen ist gespannt wie ein Bogen, und sie glaubt zu zerspringen, wenn er es nicht ist.

Er zügelt sein Pferd. Er sieht zum Turm hinauf, und sein Gesicht unter der schützenden Halsberge wirkt verzweifelt. Doch sie kann oder will sich nicht aus dem Schatten lösen. Ihr Wille scheint sich vom Körper getrennt zu haben und am Ende eines immer länger werdenden Drahtes zu schweben. Vergeblich versucht sie, ihn mit den Händen zu erreichen, die unbewußt an ihrem Ärmel nesteln. Ah! Jetzt gibt er dem Pferd die Sporen und galoppiert auf die Brücke zu. Sie zerrt an der Seide und läßt sie fallen. Sie schwebt durch die Luft und bauscht sich im Wind. Wenn er sich jetzt nur umdrehen würde!»Rivalin!« Das glänzende Tuch kreist und sinkt. Doch Pferd und Reiter, ein schimmerndes Muster aus Schwarz und Gold jagen bereits über die Ebene... und der Schaft seines Speers bleibt leer. Weit unten liegt der weiße Ärmel eines Mädchens wie ein Knäuel auf den Steinen.

Später, als sie mit der Nachricht von der gewonnenen Schlacht und
der Speerwunde, die ihm den Tod bringen muß, zu ihr kommen, gibt
es für Blancheflor keine Fragen mehr – nur das unerträgliche Warten
bis zur Abenddämmerung, und dann der Schleier der Verborgenheit,
die Pforte, die sich hinter ihr und allem schließt:

Nacht –
Und Zelt an Zelt –
Wie kann sie wissen, daß in allen
auf ewig Tod und ein Traum zusammenfallen
wie auf dem Wasser Schatten und Licht
daß dazwischen auf dem schmalen Grat
der Glaube das Wunder erzwingt? Da es ihn noch nicht gab
der ihr die Einsicht
gebracht die Wahrheit, für uns auf die tuskische Mauer
geschrieben das schwarze Dunkel
ein geschmiedetes Band
in den gähnenden Spalt kann es sich schieben
des offenen Zelts.
Kaiser oder König
in tiefem Schlaf
Wer hört, wer sieht
das Licht
(und den dunklen Engel so nah)
sich in den Traum drängen?
In hoc signo vinces.

Doch in ihr nur wachsendes Entsetzen
zwischen den schlafschweren Zelten im kalten
Land, Angst um einen, ihr noch immer unbekannt.
Sie muß ihn halten
den verwundeten Leib, das blutende Fleisch in Fetzen.
Hoffnung auf Heilung gibt es nicht mehr.
Doch als sie allein dann vor ihm steht
den letzten unbegehbaren
schaurigen Abgrund hinter sich
fällt sie auf die Knie
ist nur Mund
über seinem Mund.
Durst ist gelöscht, gelindert, der unsagbare

jenseits aller Furcht, aller Gebete sogar
über alles Verlangen
hinaus.
Oh, was ist da der Graus
die schreckliche Tiefe, sein trauriges Los
gegen ihr Sein
sich bis zur Erfüllung hingebend
jenseits von Grab und Zeit –
sich verströmend, verströmt –
Bis er zum Licht
hingezogen wird
ohne sie zu sehen
noch immer todesblind
von Schatten zu Schatten strebend
wiedergeboren
in ihrem Leib in seiner Dunkelheit.

Über dem kahlen Baum an der Mauer konnte in Träumen die Vergangenheit aufsteigen. Manchmal fragte sie sich, ob sie einmal Wirklichkeit gewesen waren. Wie konnte sie das wissen? Sie war in Tiefen ihres Wesens aufgewühlt worden, von denen sie nichts geahnt hatte. Sie wollte sich ihrer Wirklichkeit versichern und streckte die Hand aus, um den glatten, runden Halt der Säule im Fenster zu spüren. Dann blickte Blancheflor wieder aufs Meer hinaus.

Ihr Bedürfnis nach seinen Horizonten wechselte. Manchmal schien das Kind in ihrem Leib nach diesen Räumen zu verlangen oder ihre Fruchtbarkeit in einer Beziehung zu dem Leben zu stehen, das auf den Wiesen und Bäumen herangereift war und Frucht getragen hatte. Es schien, als sei mit dem vergehenden Jahr diese Fülle in ihr Wesen geströmt, wodurch der Sommer für sie das Störende einer belanglosen Geschichte besaß, die sich in ihre Welt drängte; und sie fand in der endlosen Eintönigkeit des Wassers und dem kahlen Baum die Ruhe, die das Unvermeidliche schenkt.

Aber es gab auch Augenblicke, in denen sie eine erstickende Furcht vor dem Leben überfiel, das in ihr wuchs, gedieh und alles verdrängte. Selbst wenn ihr Sehnen, was jetzt selten geschah, wie ein Feuer aufflammte, das im Nebel flackert, hatte sie das Gefühl, dicht davor gewesen zu sein, das Wissen um sich selbst zu verlieren; und sie klammerte sich mit heftiger Eifersucht an den wiedergefundenen Schmerz.

In einem dieser Augenblicke, in denen sie sich ihrer Angst überließ und von den Erinnerungen an ihre Ekstase davongetragen wurde, erkannte sie mit der intuitiven Gewißheit einer Offenbarung: Was sich einmal beinahe wie ein Wunder ereignet hatte, konnte oder mußte noch einmal geschehen – Rivalin war durch ihre Liebe gegen den Tod gefeit. Aber noch während das Bewußtsein dieser Macht sie aufrichtete, stieg in ihr eine Kälte, eine schleichende Furcht auf, und sie fragte sich, ob die magische Kraft gebrochen war. Denn die alles in sich aufnehmende Woge ihres Wesens, die ihn eingehüllt, behütet und die ihn vom Tod zurückgeholt hatte, war geteilt. In diesem Augenblick haßte sie das Kind beinahe, weil es ihr das Leben entzog und sie es nicht mehr verschenken konnte. Der Zerfall ihres Willens quälte sie; und Blancheflor blickte aufs Meer hinaus, bis sie sich in seiner Unendlichkeit verlor. Dann schien ihr Wesen wieder zu sich selbst gefunden zu haben. Aber es war nicht mehr der vorsichtig suchende Geist der Mädchenjahre, sondern ein geheimnisvolles und bedrohliches Wesen, umgeben von den dahintreibenden Splittern und Bruchstücken eines Schicksals, das sie nicht verstand. Doch es nahm sie vollständig gefangen. Und jeder, der sie von früher kannte, hätte bemerkt, daß selbst ihre Augen, die immer seltsam träumerisch und erwartungsvoll in die Welt geblickt hatten, als müsse sich eine Vision über sie legen wie Tau auf das Gras, sich jetzt auf sie selbst richteten, denn alles Sichtbare und Hörbare kam von innen. Wenn ein ungewohntes Geräusch in ihr Bewußtsein drang, schien sie nicht in der äußeren Welt nach seiner Ursache zu suchen, sondern in ihrer Erinnerung. Und so kam es, daß eines Tages, als man klirrende Schritte die Treppe hinaufkommen hörte, sich ihre Augen nicht wie früher schnell auf die Tür hefteten; und erst als eine ihrer Frauen neben ihr stand, wandte sie sich vom Fenster ab.

In dem Gesicht des Mädchens lag etwas, das die alte Erwartung wie aus weiten Fernen in ihr aufsteigen ließ; aber sie besaß keine klare Vorstellung von dem, was ihr bevorstand. Lange blickte Blancheflor auf die Gestalt in der Rüstung an der Tür, ehe sie plötzlich erkannte, daß sie sich bisher noch nicht gefragt hatte, ob es vielleich Rivalin sei. Als der ernste, bärtige Mann auf sie zukam, empfand sie weniger das Erlöschen einer Hoffnung als das Erwachen eines Verlangens, das ihr beinahe fremd geworden war und nach dem sie sich jetzt sehnte wie nach belebendem Regen. Es war nur ein leichtes Erbeben und stieg aus den verborgenen Quellen ihrer Adern auf; aber es erfüllte sie mit dem Versprechen ihres Blutes. Selbst das Kind suchte die Freiheit und eilte ihrer Freude entgegen. Verwirrt tasteten sich ihre Sinne durch den sich lichtenden Nebel, fanden sie wieder, fanden das Leben.

Das war also Marschall Rual – und der Krieg? Eine plötzliche Scheu hinderte sie daran, nach Rivalin zu fragen.

»Der Krieg ist vorüber.« Aber sie war noch zu benommen, um den dumpfen Klang seiner Stimme zu hören. Die Nachricht, diese unglaubliche Nachricht, die er ihr brachte, genügte. Der Krieg ist vorüber – dann mußte Rivalin kommen.

»Er kann nicht kommen.«

Nicht die Worte – ihre Bedeutung verlor sich in den Nebeln, die sich wieder um sie schlossen –, sondern das gebeugte Haupt, die belegte, niedergeschlagene Stimme hafteten so lange in ihrem Bewußtsein, bis die Erkenntnis so endgültig war und so ruhig alles auslöschte, daß sie beinahe die Angst verdrängte.

»Er kann nicht kommen? Ist er... verwundet?« Es war kaum eine Frage; und das einsetzende Schweigen besaß für sie nichts von der unerträglichen Qual des endlosen Wartens. Es war nur ein Loslösen ihres Wesens, ein so langsames, so sanftes Zurückweichen, daß sie es kaum bemerkte, bis es sich in der völligen Stille der Vollendung gesammelt hatte. Und überrascht stellte Blancheflor fest, daß sie die fremde, unruhige Last des Lebens wahrnahm, das sich irgendwo in ihr bewegte; ein Leben, das sie noch trug und noch nicht geboren hatte, und das sich so völlig jenseits ihres Begreifens und ihrer Liebe befand.

Als man ihr das Neugeborene in die Arme legte, konnte Blancheflor sich nur darüber wundern, wie klein es war. Aber sie fühlte sich unendlich müde... bald vereinigte sich ihr Atem mit dem Flüstern der Wellen. Und ehe das Licht das Meer erhellte, war er verstummt.

Alle in ihrer Nähe hatten Blancheflor als ein so zartes und zerbrechliches Wesen empfunden, daß sie sich jetzt fragten, ob sie überhaupt gelebt hatte.

Aus Furcht vor Morgan verbreitete man die Nachricht, das Kind sei tot geboren worden. Insgeheim übergab man es Ruals Frau. Der Junge sollte als ihr Sohn aufwachsen. In Erinnerung an das Leid bei seiner Geburt nannte man ihn Tristan.

Morgenröte

Es gibt eine ferne Insel
wo Seepferde glitzern,
ein schönes Ziel in den weißschäumenden Wogen –
eine Insel auf vier Füßen...

Wenn Aircthech auftaucht,
wo Drachensteine und Kristalle fallen,
spült das Meer die Welle ans Land,
sie schüttelt Kristalle aus ihrer Mähne...

Goldene Streitwagen in Mag Réin
brechen hervor mit der aufgehenden Sonne,
in Mag Mons Streitwagen aus Silber
und aus Bronze ohne Makel...

Bei Sonnenaufgang erscheint
ein strahlender Mann, unter dem das Reich erglüht;
er zieht über das meerumschlungene flache Land,
er wühlt das Meer auf, bis es blutet...

Es singt dem Heer ein Lied
durch die Zeiten, keine traurige Melodie,
die getragen von den Stimmen vieler hundert
Männer aufbraust –
sie suchen weder Untergang noch Tod...

Im Meer, im Westen
liegen dreimal fünfzig ferne Inseln...

Mache dich auf eine Reise über das klare Wasser
vielleicht führt dich der Zufall in das Land der Frauen...

Aus *The Voyage of Bran*, in *The Mabinogion*

D as Meer hüllte die Felsen in einen silbrigen Dunst. Er schuf wie das Murmeln der Wellen und wie der sich wölbende Himmel eine Harmonie, die im Wesen der Wirklichkeit liegt, aber nicht die Wirklichkeit ist. Was bedeutete, zumindest für den jungen Tristan, der sich über den Tümpel am felsigen Ufer beugte, die endlose Weite des Wassers im Vergleich zu den gefährlichen Meeren, die sich zwischen diesen winzigen Klippen ausbreiteten? Obwohl sie nur eine kleine Fläche einnahmen, lauerte ein Leben voller Abenteuer in ihren klaren Tiefen. Dort, wo winzige Strudel alles der verderblichen Küste zutrieben, was sich zu ihnen verirrte, täuschten sie mit der Verlockung von Smaragdgrün und Blau. Und dort warteten Spalten, an deren schroffen Felsen das stärkste Schiff zerschellen und seine Segel sich im zerklüfteten Gestein verfangen mußten. Wenn ein plötzlicher Windstoß das Wasser kräuselte, konnte es geschehen, daß ein Boot auf dem Weg ins freie Meer dem engen Ende des Beckens zugetrieben wurde, wo die unermüdlichen Wellen in unzähligen Jahren einen natürlichen Wasserspeier in den Felsen gefressen hatten, durch den das überfließende Wasser des Tümpels einen von der Zeit ausgewaschenen Abgrund hinunter in den See stürzte. Erst einmal von diesem Schicksal erfaßt, war das Unheil gewiß, denn das dunkle Wasser in diesem zweiten Becken kannte keine Ruhe. Aufgewühlt zu schäumenden Strudeln warf es die Bruchstücke seiner Beute hin und her, bis sie schließlich weit hinaus in das bodenlose Meer gespült wurden. Dieser unausdenklichen Schmach war ein Schiffbruch an den tückischen Klippen der Felsspalte vorzuziehen. Wenn alles verloren war, blieb noch immer der verzweifelte Kampf ums Überleben, der Versuch, die glitschigen Wände der Spalte zu erklimmen. Hatte er sich auf seinen Streifzügen im Laufe des Tages nicht einen Vorrat von Feuersteinen angelegt, die auch den härtesten Panzer einer Schnecke zertrümmern würden?

Im Augenblick jedoch waren solche Heldentaten vergessen, denn er beobachtete eine riesige tückische Krabbe. Im nächsten Augenblick konnte der hornige Panzer schräg aus dem durchsichtigen Grün auftauchen, und die Scheren würden ihre winzige Beute mit einer plötzlichen, beinahe achtlosen Geste packen. Aber ein solcher Mord vollzog sich zu schnell, zu leicht, um von dauerhaftem Interesse zu sein. Es war ein einseitiger Angriff auf hilflose Wesen, der einem

kühnen Mann wenig Ehre einbringen würde. Hatte sein Vater ihm diesen Grundsatz nicht mit allem Nachdruck eingeprägt, nachdem er als Siebenjähriger aus der fürsorglichen Obhut der Frauen entlassen worden war und sich den Gefahren in der Welt der Männer stellen mußte? Bei diesem Gedanken stieg eine Welle der Kraft in ihm auf, und Tristan spähte noch angestrengter in den Tümpel, um vielleicht einen geeigneten Feind zu entdecken. Irgendwo glaubte er im Dämmer eines schattigen Schlupfwinkels eine schwache Bewegung wahrzunehmen. Er beugte sich vor, um besser sehen zu können, und in den klaren Tiefen tauchte sein Gesicht auf, das ihn mit derselben leidenschaftlichen Gespanntheit ansah, mit der er seine Beute belauerte. Sein Spiegelbild wirkte so selbstverständlich in dieser Umgebung, daß es das Gesicht eines Meerbewohners hätte sein können – dunkles Haar, braun und glänzend wie feuchter Tang in der Sonne, und Augen, die sich jeder Beschreibung entzogen. Am besten ließen sie sich mit dem Tümpel vergleichen, in dem graugrüne und verdunkelnde Schatten die stählerne Klarheit durchzogen; und in denen auch die Ahnung drohenden Unheils lauerte. Doch für Tristan bedeutete die Reflexion nur eine ärgerliche Ablenkung von seinem eigentlichen Ziel; ein Ärgernis, das sich durch die Grimassen noch verstärkte, die im nassen Spiegel auftauchten und seinen Unwillen parierten. Mit einem verächtlichen Achselzucken richtete er den Blick über das blasse Bild hinaus, und etwas anderes zog seine Neugier auf sich. Tief in der Felsspalte, unter wehendem Tang, wo das Licht die Schwärze zu samtigem Braun erwärmte, leuchtete etwas Durchscheinendes, Rosiges. Er kroch vorwärts, streckte den Arm aus und schob den gefransten Vorhang aus Tang vorsichtig beiseite.
Ein gewundener, säulenartiger, klebriger Schaft reckte und dehnte sich, öffnete sich zu einem Fächer. Im bewegten Wasser schien er sich unendlich weit in die felsigen Tiefen zu erstrecken, als reiche er bis zum Grund des Meeres. Wurzelte er im steinigen Boden? Trieb er im Wasser?
Der Fächer schwankte elastisch und gallertartig auf einem glänzenden Trichter. Ein schwarzer Fleck kam angeschwommen, verharrte einen Augenblick über der weiten Öffnung, und dann – o Wunder – schloß sich der Trichter. Gebannt sah der Junge zu. Minuten vergingen; der durchsichtige Muskel zitterte. Langsam, gleichmäßig begann er zu schwellen – die Knospe entfaltete sich zu einer Blüte. Würde das Tierchen im Blütenkelch ruhen? Doch der Trichter war leer, ein gähnender, lockender, gieriger Schlund. In welche Tiefen

hatte er sein Opfer hinabgezogen? Und während Tristan hinunter-
starrte, überfiel ihn ein seltsam angstvolles Verlangen, ihm dorthin
zu folgen – wenn auch er von den fleischigen Blütenblättern erfaßt
und durch den schimmernden Schaft hinunter und hinunter gezogen
werden konnte, erreichte er vielleicht den Grund des Meeres! War
nicht eine ganze Stadt auf den Meeresgrund gesunken, eine Stadt mit
Türmen und Zinnen, und mit einer Burg, die weitaus größer war als
die, in der er lebte? Hatte nicht die alte Caridwen an Winterabenden
oft davon gesungen? Vor langer Zeit stand sie hoch und trocken auf
Felsen, die so fest waren wie die Felsen von Lyonesse. Sie lag in
einem Land hinter dieser eintönigen Wasserwüste – ein Land, das
man die Bretagne nannte, in dem Trompeten schmetterten, die
Waffen klirrten, und das erfüllt war von Musik und Gesang. Doch in
einer einzigen Nacht war es verschlungen worden, war in den Wellen
und im treibenden Tang versunken. In ruhigen Nächten konnte man
noch immer den Klang der Glocken tief unten im Meer hören. Und
all dies war wegen der Untat eines Mädchens geschehen – ein
Mädchen! Tristan lachte verächtlich. Welch eine jämmerliche Untat
mußte es gewesen sein, die ein Mädchen im Vergleich zu einem
Jungen begehen konnte, und er begann zu überlegen, was er an
diesem Tag noch Böses tun könnte. Er würde die Leinen der Fischer-
boote lösen – doch zuerst wollte er sie in Brand setzen! Unten am
Hafen stand eine Scheune voll Stroh; Zunder konnte er sich leicht
beschaffen. Sein Gewissen regte sich. Dirmyg, der Fischer war ein
guter Freund von ihm; aber vielleicht verschlimmerte das die böse Tat
noch. Er mußte sich nachts unbemerkt hinunterschleichen, und dann
würde ein Feuer auflodern wie die Flammen, die aus dem Maul des
vielköpfigen Drachens auf der Wand der Kapelle schlugen. Ja, das
Unheil war gewiß.
Seine Aufmerksamkeit richtete sich wieder auf die Seeanemone.
Vielleicht gab es noch einen anderen Weg, indem man klein wurde,
sich in ein Geschöpf verwandelte wie das, was vor seinen Augen
verschlungen worden war. Hatte der große Ritter, der den Drachen
erschlug, nicht eine Zauberkappe besessen, die ihn augenblicklich in
jede Gestalt verwandelte, die er sich wünschte – in ein riesiges Untier
mit Hufen oder in eine winzige Mücke? Doch wie sollte er sich die
Kappe beschaffen? Der Ritter hatte sie von einem Zwerg, der in den
Eingeweiden der Erde lebte. Er war selbst weit in das Innere der Erde
vorgedrungen, in die Höhlen unter dem Felsen, auf dem er jetzt lag,
und er hatte viele seltsame Dinge gefunden (das Blut gefror ihm ein

wenig bei der Erinnerung an dieses Abenteuer), doch keine Zwerge. Vielleicht, wenn er ein Loch grub, tiefer und tiefer – doch das würde zu lange dauern; um sein Ziel zu erreichen gab es nur den Weg des Bösen und der Zerstörung. Der Gedanke daran, was ihn nach seiner Verwandlung in ein Meerwesen erwarten würde, nahm ihn völlig gefangen, und er starrte wieder auf das Wasser des Tümpels. Wie, überlegte er, würde es sein, über den Meeresgrund zu gehen? Würde er gehen oder schwimmen, fragte er sich, während er bereits spürte, wie sein Körper sich dem fließenden Rhythmus der Wasserwesen überließ und in den schlammigen Tiefen kreiste, während über ihm Algenbäume ihre dunklen Zweige emporreckten und in einem Sturm schwankten, den nicht der Wind verursacht hatte. Eine Schlange mit Flossen schoß durch das leuchtendgrüne Wasser und zog eine Schleppe aus Kristallperlen hinter sich her. Tief unten glühte ein Seestern, und die geheimnisvolle Säule reckte noch immer ihren durchsichtigen, schimmernden Schaft aus Sardonyx empor, der von innen erleuchtet zu sein schien.

Aber während er noch selbstvergessen und in seiner Vorstellung gefangen nach unten blickte, zuckte eine unruhige Flamme über die glänzende Wasserfläche, und plötzlich, ohne Vorwarnung erlosch das Strahlen, als habe sich eine dunkle Hand über eine Lampe gelegt. Seine Welt war verschwunden. Benommen blickte Tristan auf die öde Leere. Es schien, als sei das Licht in ihm ausgelöscht worden; und er taste frierend und blind in einem unbekannten Element nach seinem Weg.

Die Einheit des Lebens war zerstört, und die wohltuende Harmonie von Meer und Himmel zerrissen. Rohe und zersplitterte Materie drohte feindselig. Verzweifelt beugte er sich über das Wasser und versuchte in panischer Angst, einen winzigen Rest der Pracht zu retten. Aber in den Tiefen lag tot und verschlossen eine fremde Welt, während ihm von der glanzlosen Oberfläche sein Gesicht entgegenblickte. Abscheu und Haß auf sich selbst und alles, was ihn umgab, erfaßten seinen kleinen Körper und steigerten sich zu einer überwältigenden Qual. Seine Hände griffen suchend umher, rissen und zerrten an den Steinen, warfen einen nach dem anderen in den schweigenden Teich, bis er in blinder Wut selbst den Felsen packte, nur noch vom Zwang beherrscht, mit dieser toten, gefühllosen Materie zu ringen und zu zerstören... Was? Den Felsen, die leblosen, dumpfen Tiefen oder das zuckende, quälende Etwas, seinen Körper? Er hatte schon lange aufgehört, darüber nachzudenken; es war ihm

gleichgültig. Tristan hatte nicht bemerkt, daß die Welt wieder erstrahlte, und die Sonne triumphierend über der Wolkenbank auftauchte. Sie schien auf das Trümmerfeld, das sein Teich gewesen
war, wo unter den langsam zu Boden sinkenden Muschelteilchen
und Sandkörnchen die zerstörten und zerschlagenen Überreste seiner Welt lagen – schimmernde Traumfetzen. Allmählich legte sich
seine Wut. Zurück blieb nur eine so grenzenlose Verzweiflung, daß er
sich unten am Strand auf den Boden warf und den Kopf mit aller
Macht auf den dunklen Sand preßte. Hoch oben, am allumfassenden
Himmel, pendelte die Sonne zwischen Aufgang und Untergang.

Wenn er nur über den Himmel hinaus kommen, die flaumige Decke,
den undurchdringlichen blauen Vorhang durchstoßen könnte! Die
Möwen, dachte er, flogen vielleicht dorthin; sie schossen direkt zur
Sonnenscheibe empor. Aber immer wieder sanken sie mit wilden,
schrillen Schreien beutegierig in kreisenden Bahnen nach unten. Und
in jedem Herbst zogen die großen Scharen der Vögel nach Süden
über das Meer. Doch sie kehrten zurück. Im Frühjahr flogen sie hoch
oben über der felsigen Landzuge wie ein riesiger dunkler Drache
nach Norden. Erzählte nicht Math, der Pferdeknecht, daß Jahr für
Jahr dasselbe Paar Schwalben unter dem Stalldach nistete? Als
Tristan gefragt hatte, wo sie den ganzen Winter über gewesen seien,
gab ihm die Antwort nur noch weitere Rätsel auf. »Sie folgen der
Sonne«, hatte der Mann gesagt.
»Der Sonne? Gibt es einen Platz, wo die Sonne immer scheint?«
wollte Tristan verwundert und ungläubig wissen, »wo es keinen
Winter gibt... und auch keine Nacht?«
»Ja«, hatte der Mann geantwortet, »aber in deinem Alter mußt du dir
darüber noch nicht den Kopf zerbrechen. Es gibt Länder, wo die
Sonne heller und länger scheint als hier. Und deshalb sind die Winter
dort eher wie unsere Sommer.« Und er erzählte von einem Land, wo
es so heiß war, daß dort schwarzgebrannte Menschen lebten. »Sie
sind ganz schwarz bis auf die Zähne und die Augen, die ihnen wie
zwei weiße Bälle im Kopf rollen. Wenn sie auf ihren Pferden sitzen,
die Krummschwerter schwingen und angreifen, könnte man glauben, man kämpft gegen Teufel... und es sind Heiden«, erklärte er,
»sie beten einen falschen Gott an und nehmen sich mehr als eine
Frau.«
Aber an diesem Punkt verlor das schaurige Bild für Tristan viel von
seinem Schrecken. Was sollte man von einem Mann halten, der sich

freiwillig mit einer ganzen Schar Unterröcke abplagte? Mutterlos war Tristan aufgewachsen (Ruals Frau starb, als er noch in den Windeln lag), und eine Frau war für ihn das Symbol ständiger Ermahnungen und Vorwürfe. Trotzdem beschäftigte ihn die Geschichte. Und noch am selben Abend bat er seinen Vater, ihm alles zu berichten, was er über diese von der Sonne verbrannten Länder wußte, und ihm zu sagen, auf welchem Weg man sie erreichte. Aber Rual, der sonst nur allzu gerne Geschichten von Heldentaten erzählte, erwies sich als unzugänglich. Regt sich in dem Kind bereits Rivalins Abenteurerblut? dachte er.

»Ein Mann tut gut daran, in seinem Land zu bleiben, anstatt sich in der ganzen Welt herumzutreiben. Das ist das Beste für ihn.« Dabei sah er Tristan so streng an, daß der Junge nicht wagte, weitere Fragen zu stellen. Er würde mehr von Math erfahren, dachte er. Doch als er einige Tage später den Stallknecht bestürmte, tat der Mann seltsamerweise, als wisse er von nichts. »Vermutlich sind es nur Ammenmärchen«, sagte er, »und dazu bist du schon zu alt.« Tristan fühlte sich in seiner Ehre gekränkt. Ohne den doppelzüngigen Erwachsenen noch eines Blickes zu würdigen, schritt er kochend vor Wut zu neuen Heldentaten davon.

Aber die Sehnsucht blieb.

... Es gab Pfeile. Und mit der Geschwindigkeit ihres Flugs war er aus sich heraus geschnellt und hatte die beengende Haut seines Körpers zerrissen; aber sie kamen wie Vögel zur Erde zurück. Er mußte nur suchen, um sie mit Sicherheit wiederzufinden. Sie steckten in der Rinde eines Baumes oder hingen wie eine verlorene Feder in einem Grasbüschel. Es war besser, ein Ziel zu haben. Im Eifer des Gefechts lösten sich die widerstreitenden Bilder auf, bis nichts mehr, nichts zwischen ihm und dem Verlangen stand.

Vielleicht eine Schießscharte des Bergfrieds. Tristan stand auf dem Rasen vor der Burgmauer. Pfeil um Pfeil schnellte von seinem Bogen, flog auf einer gewölbten Bahn der Öffnung zu und verfehlte das Ziel. Plötzlich durchbrachen laute und schrille Knabenstimmen das singende Schweigen. Trappelnde Füße, die stehenblieben, unentschlossen und ungeduldig verharrten – »Tristan, Tristan, hörst du denn gar nicht mehr auf? Du hast versprochen, mit uns zum Trenonhügel um die Wette zu laufen... du triffst doch nie!«

Ohne den Blick zu wenden, ohne sie zu beachten, schoß er unbeirrt Pfeil um Pfeil in die Luft.

»Aber du hast es versprochen...« die lärmenden Stimmen klangen mißmutig.

Und immer noch zielte Tristan angespannt und eigensinnig auf die Maueröffnung. »Doch... ich muß.«

Er sagte es, ohne sich umzuwenden, wie zu sich selbst und zu seinem Geschoß. Doch sein Vorrat an Pfeilen war erschöpft. Seine Hand suchte vergeblich im Köcher. Er gönnte seinen Zuschauern kaum einen Blick, als er mit mühsam unterdrückter Ungeduld rief: »Mehr, mehr.« Die Jungen rührten sich mißmutig und verdrießlich nicht von der Stelle. Der kleinere der beiden, ein sommersprossiges Kind mit sandfarbenen Haaren, erklärte trotzig: »Erst muß du mit uns um die Wette laufen.«

Tristan fuhr herum. Die Glut der Anspannung auf seinem Gesicht wich einer merkwürdigen Blässe, in der seine Augen leidenschaftlich und dunkel leuchteten. Langsam und ohne ein Wort zu sagen, ging er mit ausgestreckter Hand auf den Jungen zu, der wie unter einem Bann den Köcher von seinem Gürtel löste.

Und wieder flog Pfeil um Pfeil durch die Luft. Nur das rhythmische Schwirren und Zischen durchbrach die Stille, bis plötzlich ein heftiger Schrei ertönte, und das Zischen aufhörte.

Ein Pfeil war durch die Schießscharte hoch oben im Turm geflogen. Aber Tristan rannte bereits den Graben hinunter, über die Brücke und auf den grünen Hügel hinter der nächsten Klippe zu. Die beiden Knaben folgten ihm. Er rannte und rannte und wußte nicht mehr, ob ihre Füße ihn vorwärts trieben. Er wußte nur noch, daß er rennen und rennen mußte, um von der Woge seiner Ekstase getragen zu werden.

Der schmale Streifen kahler Felder zwischen den Felsen und dem düsteren Hochland blieb hinter ihm. Er folgte einem Bachlauf, der sich zwischen dichtem Schilf dahinzog. Weiter oben verschwand er in einem Dickicht aus Dornen und Gestrüpp. Hinter sich hörte er in weitem Abstand die lauten Rufe der Jungen. Er zerrte die verschlungenen Äste beiseite und kämpfte sich durch das Unterholz, stolperte auf Händen und Knien durch morastige Löcher immer weiter den Hügel hinauf. Das Gebüsch wurde spärlicher und niedrig. Tote Äste wanden sich wie nackte Wurzeln über den Boden. Er gelangte wieder an den Bach, der hier als dunkelbraunes Rinnsal durch die buckligen Grasbüschel floß. Er blieb stehen und lauschte. Es war totenstill. Er hörte nur seinen keuchenden Atem und das Murmeln des Baches. Er warf sich ins Gras und trank gierig aus den Händen das kühle

Wasser. Dann legte er sich ausgestreckt auf den Rücken, öffnete und schloß die Augen, blickte den dahinziehenden Wolken nach und überließ sich der einschläfernden Melodie des Bachs.

Allmählich, so langsam, daß er nicht wußte, wann sie einsetzte, schien sich eine andere Musik mit dem Fließen des Wassers zu mischen und zu verbinden. Es war eine höhere und kühlere Weise, wie der Ruf eines Vogels, doch getragen von einem unermüdlichen Steigen und Fallen. Tristan hörte zu und war zu sehr in ihren Bann gezogen, um sich zu fragen, woher sie kam. Doch mit grausamer Plötzlichkeit brach die Melodie ab. In angstvoller Erwartung stützte er sich auf die Ellbogen und lauschte angestrengt, bis sie wieder einsetzte – diesmal deutlicher und klarer, aber nur, um zu verebben und noch einmal anzuheben. Doch inzwischen war Tristan aufgestanden. Die Musik sollte ihm nicht noch einmal entschwinden; deshalb ging er in ihre Richtung. Sie schien von weiter oben aus einer Gruppe von Felsen auf dem Hügel zu kommen. Er bewegte sich so leise wie möglich und näherte sich ängstlich den Steinblöcken. Er glaubte fest, eines der Wasserwesen zu finden, die in den Bergbächen wohnen.

Die Wasserwesen verzauberten jeden, der sie hörte, damit er nachts aufstand und den Tönen folgte, bis er im Moor versank und verschwand. Tristan hatte inzwischen die Felsen erreicht und hörte die Musik ganz nah. Sie tanzte und hüpfte, als wolle sie ihn verspotten. Vorsichtig kroch er auf allen vieren um das steinerne Bollwerk, dann warf er sich auf den Bauch und robbte vorwärts. Als er den Vorsprung am Ende erreichte, spähte er mit angehaltenem Atem behutsam um die Ecke.

Gegen einen großen Stein gelehnt, saß ein braungebrannter Junge mit gekreuzten Beinen und zerzausten Haaren im Gras. Seine schmutzigen Finger schienen über ein Schilfrohr zu tanzen, das er an die gespitzten Lippen hielt; und Tristan, der nicht recht wußte, ob er enttäuscht oder erleichtert sein sollte, brach in schallendes Gelächter aus. Der Junge fuhr so heftig zusammen, daß er beinahe die Flöte fallen ließ. Tristan setzte sich auf einen Stein und sah ihn neugierig und verwundert an. »Also bist du doch kein Wasserwesen?!«

Der Junge erholte sich von seinem Schrecken und fand die Sprache wieder. »Wasserwesen? Gott schütze mich vor ihnen.« Er bekreuzigte sich schnell. »Wie kommst du auf diese Idee? Ich bin Owen, der Sohn des Schäfers.«

Tristan starrte den Jungen mit dem Schilfrohr in der Hand noch immer an. »Durch die Musik«, antwortete er noch immer leicht ehrfurchtsvoll.

Der Junge lachte gutmütig und offen. »Hast du noch nie eine Rohrflöte gehört? Was tust du denn den lieben langen Tag?«

Tristan legte die Stirn in Falten und versuchte angestrengt, seinen Tagesablauf in Worte zu fassen. »Essen und Reiten, dann wieder Essen, Bogenschießen und Speerwerfen... Bald«, fügte er hinzu und richtete sich dabei stolz auf, »fange ich auch mit dem Lanzenreiten an.«

Jetzt staunte der Junge. »Lanzenreiten? Was ist das?«

»Eine Rüstung und ein Schild hängen an einem Pfahl, und man reitet in vollem Galopp mit eingelegter Lanze darauf los... siehst du, so... bis man sie trifft, Schild und Rüstung.«

Owens Augen wurden groß. »Steckt da ein Mann drin?« erkundigte er sich atemlos.

Tristan schüttelte den Kopf. »Noch nicht. Aber eines Tages... das ist dann ein Zweikampf. Und wenn es viele sind, und Herolde die Trompete blasen, und eine große Menge zusieht, nennt man es ein Turnier... dann kommen alle mächtigen Leute und vielleicht sogar der Herr dieses Landes.«

»Herzog Morgan?«

»Ich glaube.« Tristans Phantasie, in der sich die Bilder von Ruhm und Pracht überschlugen, geriet ins Stocken. Der Name Morgan fiel selten oben auf der Burg, und das wenige, was er gehört hatte, beschwor das undeutliche Bild einer dunklen und abschreckenden Gestalt herauf – eines Menschen, der irgendwie nicht in seine Vorstellungen von edler Kühnheit und glänzendem Ruhm paßte. Der Traum von künftigen Heldentaten hatte einen Makel bekommen und verblaßte. Tristan wandte sich wieder der Gegenwart zu. »Gib mir deine Flöte«, sagte er.

Doch Owen musterte den seltsamen Besucher mit wachsendem Argwohn. Seine Augen wanderten von der zerrissenen, schmutzigen Tunika zu den zerzausten Haaren, in denen noch immer Dornen und Blätter hingen, und den schlanken, zerkratzten und zerschürften Händen, und er fragte mißtrauisch: »Wer bist du?«

»Marschall Ruals Sohn«, antwortete er eher beiläufig, ganz in Anspruch genommen von seinem drängenden Wunsch. »Gib mir deine Flöte.«

Der Junge starrte ihn mit offenem Mund an. »Heilige Jungfrau Maria. Der Sohn des Marschalls!« wiederholte er. »Was tust du hier?«

»Ich will deine Musik.« Ungeduldig griff Tristan nach der Rohrflöte. Doch der Junge hielt sie fest, im plötzlichen Gefühl, seinen Besitz verteidigen zu müssen. »Ich möchte es nur einmal versuchen«, bestürmte ihn Tristan. Widerstrebend gab Owen ihm die Flöte. »Du mußt ein Loch mit dem Finger zuhalten und blasen«, erklärte er.
Tristan setzte die Flöte vorsichtig an die Lippen und blies hinein. Ein merkwürdig trostloser Laut erklang. Er blies noch einmal, diesmal fester. Der Ton überschlug sich, klang krächzend und schrill. Tristan zuckte zusammen, und ihm kamen die Tränen.
»Es klingt überhaupt nicht«, rief er und war nahe daran, die Flöte wütend ins Gras zu werfen.
Der Junge lachte gutmütig. »Gib her, ich will es dir zeigen«, und bald führte er Tristan vor, wie man eine Tonleiter spielt.
Die Sonne sank tiefer und tauchte die Felsen in goldenes Licht. Der Junge stand auf. »Ich muß jetzt die Schafe zusammentreiben«, erklärte er.
Hingerissen von seiner neuen Entdeckung, wollte Tristan um nichts in der Welt aufhören zu spielen, doch Owen ließ sich durch sein Bitten nicht erweichen. Beinahe hätten sie sich geprügelt, aber der Junge erinnerte Tristan an sein Versprechen. »Du wolltest es nur einmal versuchen«, sagte er, ». . . hält der Sohn eines Ritters nicht sein Wort?«
Tristan mußte an Rual denken, der ihm die Regeln der Ritterlichkeit eingeschärft hatte und sah, daß es keinen Ausweg gab. Ein heftiger Kampf zwischen Ehre und Verlangen tobte in ihm. Schließlich behielt die Ehre die Oberhand. Doch er gab sich nicht geschlagen, und beim Abschied hatte er dem Hirtenjungen das Versprechen abgerungen, ihm eine Flöte zu schnitzen.
Owen sah der kleinen, wendigen Gestalt so lange nach, bis sie im Unterholz verschwand. Er überlegte ernstlich, ob er nicht geträumt habe. Zum ersten Mal in seinem Leben hatte der Sohn eines Ritters mit ihm gesprochen, und nur wegen einer lächerlichen Rohrflöte – eine lächerliche Rohrflöte – die Worte ließen ihn nicht los, während er seine Schafe zählte.
Am nächsten Tag kam Tristan nach einer schlaflosen Nacht voller Erwartungen lange vor der verabredeten Zeit zurück, und bei Sonnenuntergang war seine Flöte geschnitzt. Er besaß nun nicht nur die Flöte, sondern auch eine Melodie, den Schlüssel zu einer neuen Welt. Die Musik schien sogar den Flug der Pfeile zu übertreffen; und das

nicht nur für einen Augenblick, sondern für eine Spanne zeitloser Magie, die ihn in ein anderes Reich führte.

Rual fand ihn, völlig versunken in sein Flötenspiel, an seinem Platz in der Fensternische und überlegte, woher der Junge diese Leidenschaft für Musik hatte – ganz sicher nicht von seinem Vater, denn Rivalin war nur ein schlechter Musiker gewesen, daran erinnerte er sich noch. Tristan hat viel von seinem Vater und vieles, was nicht von ihm ist, dachte er und grübelte über die seltsame Verschlossenheit und die Leidenschaften des Jungen nach. Wenn er ihm doch nur Gefährten seines Standes hätte geben können! Doch der nächste Herrensitz, der diesen Namen verdiente, lag weit von der Landzunge entfernt. Und seit Morgan das Land verwüstet hatte, verkümmerten die ritterlichen Tugenden in Lyonesse und zählten nichts mehr. Traurig betrachtete Rual das verzückte Gesicht mit dem nach innen gewendeten Blick. »Er ist anders als sein Vater«, wiederholte er, »und vielleicht«, fügte er mit einer Spur wehmütigen Bedauerns hinzu, »ist es ganz gut so.«

Bestand das Leben aus Regeln? Wenn es nur darum gegangen wäre zu lernen, daß alle Dinge einen Namen hatten und einem bestimmten Zweck dienten, und daß jeder Verstoß dagegen als schwere Sünde betrachtet wurde und Vorhaltungen und Strafe nach sich zog! Alles in der Welt schien in einer unumstößlichen Ordnung zu stehen, seinen festen Platz und seine vorbestimmte Aufgabe zu haben. Doch diese Regel wurde oft gebrochen; deshalb mußte man lernen, den Übeltäter zur Ordnung zu rufen, ihn durch Krieg, Belagerung und Gefangennahme zu bestrafen, obwohl man insgeheim vielleicht die Taten des Gesetzesbrechers billigte. Und außerdem, welchen Sinn hätten die Speerwürfe und die Schwerthiebe, die man viele Stunden am Tag übte, und die einem das Gefühl gaben, ein Mann zu sein, ohne Bösewichte gehabt? Tugend verhieß andererseits eine unwiderstehliche Belohnung: der Ruhm des Tages, vor dem in der Kindheit jeder andere verblaßte – der Tag, an dem ein mächtiger Herr einem das Schwert der Ritterschaft umlegen würde. »Wird Morgan dieser Herr sein?« Tristan stellte die Frage mit gemischten Gefühlen.

Bei diesem Gedanken schien ein Schatten auf das Strahlen zu fallen, obwohl der Name gleichzeitig durch die Aura des Geheimnisvollen und Dunklen, die ihn umgab, eine gewisse Faszination auszuüben begann. Doch für Rual war die Vorstellung offensichtlich alles andere als verlockend; sein Gesicht wurde hart und bitter, und er murmelte etwas vor sich hin, was auffallend nach Worten klang, die nach den Regeln ausdrücklich verboten waren. Tristan spürte, daß er sich auf höchst gefährlichem Boden bewegte. Doch er ließ nicht locker. Wer sonst würde ihn zum Ritter schlagen? Vielleicht sogar der König? Er hatte gehört, daß es in Cornwall einen König gab, und das war nicht allzu weit entfernt. Aber heute mußte er Ruals Geduld wohl schon auf eine zu harte Probe gestellt haben, denn an diesem Punkt war sie erschöpft. Wenn Tristan seine Unarten nicht ablegte und sich nicht besserte, würde er vielleicht überhaupt kein Ritter werden, oder nur einer, auf den man voll Scham blicken müßte. Denn das Leben eines wahren Ritters durfte von keinem Makel befleckt sein; es mußte sich in den Augen der Welt so klar und rein spiegeln wie in einem polierten Schild!

Doch der Schild eines Mannes, der seinem Schwert Ehre machte, bekam Beulen und Kratzer, hielt Tristan ihm entgegen.

»Vielleicht. Doch er wird nicht brechen.« Rual geriet in solche Bedrängnis, daß er zu widersprüchlichen Bildern griff. Aber Logik zählte wenig, wenn das neue Gleichnis nur eindringlich genug war. Und mit einem gesunden Sinn für die Wirklichkeit fügte er hinzu, bewaffnet mit den Regeln als Speer, Schild und Halsberge und dazu einer guten Rüstung könne ein Mann hoffen, dem Rittertum alle Ehre zu machen.

Die Regeln! Tristan mißtraute manchmal seinen Fähigkeiten. Einige Regeln waren leicht zu erfüllen. Treue gegenüber dem Herrn, dem König – wer außer einem Schurken konnte daran denken ihn zu verraten? Freundlichkeit und Höflichkeit gegenüber Frauen – wer würde so schwachen Geschöpfen etwas zuleide tun wollen?

Doch es gab andere Regeln – Befehle, zum Beispiel, die einen ständig zu Ordnung und Mäßigung anhielten. Wenn er ausritt, dann ritt und ritt er, bis das Heideland hinter ihm lag und er sich in den Bergen befand. Dann war er der tollkühne Ritter, der sein Pferd auf die furchterregende Felsspalte zutrieb. Gewiß gehörte es nicht ganz zur Geschichte, daß man das Pferd hinterher töten mußte und der Held sich beim Sturz die Schulter zerrte und den Fuß verstauchte. Doch in den Wochen erzwungenen Müßiggangs schmiedete er Pläne für das nächste Abenteuer. Das Land hatte ihn schlecht behandelt. Wie wäre es, wenn er es mit dem Meer versuchte? Wie war das doch mit Manannans Heer – die glänzenden Krieger, die auf ihren dunkelgrauen Schlachtrössern mit goldenem und silbernem Zaumzeug über das Meer ritten? Neun Wellen lang tauchten sie unter, versanken in

40

der Tiefe, um sich auf den Kamm der zehnten Welle zu schwingen, mit glänzender, trockener Rüstung, als ritten sie auf trockenem Land. Vielleicht war es doch besser, bei den nächsten Abenteuern auf Pferde zu verzichten! Rual hatte ihm wegen des toten Tieres schwere Vorwürfe gemacht. Man konnte Maelduin sein, der in seinem Coracle, dem Boot aus Weidengeflecht und Tierhäuten, zu den Inseln der Feen ruderte.

Und so begann für Tristan eine Reihe von Abenteuern auf dem Meer, bis er eines Tages gegen Sonnenuntergang tatsächlich die Insel entdeckte. Für Maelduin war es das siebente, und nicht das letzte, doch für Tristan war es der Gipfel aller Abenteuer, denn Wunder über Wunder – ein Wall aus Feuer umgab sie. Weit draußen vor der Landzunge, von schäumenden Wellen umspült, glühte und rauchte die Insel. Die Flammen loderten mit solcher Heftigkeit empor, daß Tristan wußte, jeder Versuch dort zu landen war vergeblich, wenn man nicht das Zauberschwert fand, das den Flammenwall teilte – das Schwert, das unter der alten Tanne vergraben lag und bei Vollmond ausgegraben werden mußte.

Zweifellos hatten die Götter ihn zu diesem Abenteuer berufen, denn er fand das Schwert an seinem Platz. Doch als er nach drei Tagen ungeduldigen Wartens Ruals wachsamen Augen entkam und zur Insel aufbrach, war das Feuer erloschen. Die Enttäuschung wurde durch ein neues Verhängnis noch vergrößert, denn die Felswand erwies sich als unbezwingbar, und die Brandung hätte sein zerbrechliches Boot zerschmettert. Aber er wollte sich nicht geschlagen geben; Tristan ruderte um die Insel, bis er schließlich einen tiefen Einschnitt im Fels entdeckte, eine kleine Bucht mit Kieselsteinen, wo er landen konnte.

Verzaubert von den zahllosen Wundern, die er erblickte, verbrachte Tristan den ganzen Tag damit, die Insel zu erkunden. Die Stunden verflogen; schließlich kam auch das Schwert noch zum Einsatz und bewies seine Zauberkraft, denn unter dem Felsen, auf dem Tristan stand, drang wie aus den Eingeweiden der Erde ein so schreckliches Gebrüll, daß es nur – daran zweifelte er keinen Augenblick – von einem so grauenerregenden Geschöpf wie einem Drachen stammen konnte. Hier erwartete ihn die Prüfung – Regeln hin, Regeln her –, bei der er beweisen konnte, daß er die Ritterwürde verdiente! Er griff nach der Zauberwaffe und für alle Fälle auch nach einem kurzen Speer, denn das große Schwert erschien Jung Tristan etwas unhandlich; er kletterte die Felswand hinunter, bezwang sein Entsetzen und spähte um den Felsen. Und was er dort sah, übertraf alle seine Erwartungen: Ein glattes, glänzendes Ungeheuer mit einem Bart rekelte sich auf den Steinen. Ab und zu warf es den Kopf zurück, und aus dem raubgierigen Maul drang ein heiseres Bellen. Aber noch während er so beobachtete, stürzte es sich mit einer unbeholfenen Bewegung vom Felsvorsprung, und der massige Körper klatschte auf das Wasser, das hoch aufspritzte und Tristan durchnäßte, der wütend erkannte, daß er seine Chance verpaßt hatte. Aber das Untier kam zurück, wälzte sich mühsam an Land und stemmte sich dabei auf riesige Flossen, die wie Ruderblätter aussahen. Wieder streckte es den unförmigen Leib – oh, aber diesmal würde es schneller sein! Als das Ungeheuer zum Sprung ansetzte, sprang Tristan aus seinem Versteck und warf den Speer. Er traf sein Ziel. Das Wesen bäumte sich auf, öffnete das gierige Maul, stieß einen ohrenbetäubenden Schrei aus und ein schimmernder, schaumiger Strahl schoß hervor. Und jetzt sah Tristan, daß ein inneres Feuer den glänzenden Leib erglühen ließ – selbst die Felsen färbten sich feuerrot. »Heiliger Georg, steh mir bei!« rief er von Grauen gepackt. Er umklammerte das Schwert mit beiden Händen, nahm seine ganze Kraft zusammen, hob es über den Kopf und ließ es auf das sich wälzende Untier niedersausen. Er spürte den heißen, schrecklichen Atem auf seinem Gesicht, die nassen Barthaare zerkratzten seine Hände, und ein unerträglicher Gestank verbreitete sich – das hatte man ihm vom giftigen Atem der Drachen erzählt. Der schaurige Leib sackte zusammen und blieb regungslos liegen. Der Kampf war vorüber. Er war der Sieger.

Triumphierend betrachtete Tristan seine Beute, bis ihm unangenehm deutlich ins Bewußtsein drang, daß das Wesen keineswegs so groß war, wie er geglaubt hatte. Seine Befürchtungen erwiesen sich jedoch als falsch, als er zum nächsten Teil seiner Heldentat schritt. Er mußte dem Untier den Kopf vom Rumpf trennen; es aber kaltblütig durchzuführen, war etwas ganz anderes, als es im Rausch des Kampfes zu tun. Er hätte den Kopf abschlagen müssen, aber jetzt lag ihm das Schwert wie Blei in den Händen. Die klaffende und glitschige, unförmige Masse und der Gestank von verwesendem Fisch verursachten ihm plötzliche Übelkeit. Er hatte sich Drachen als gehörnte und schuppige Wesen vorgestellt und deshalb nicht unangenehm anzufassen. Aber dies war ein Meerungeheuer und gehörte deshalb zweifellos einer anderen Art an. Dann kam ihm eine ausgezeichnete Idee. Er würde die Zunge abschneiden und sie als Siegeszeichen und Beweis für sein Abenteuer nach Hause bringen – ein Meerwesen, das wie ein Fisch schwamm und einen Bart hatte – genügte das nicht, um einem Mann das Blut in den Adern erstarren zu lassen?

Er verwahrte die Zunge sicher in seinem Gewand, ging zurück zum Boot und machte sich siegestrunken auf den Weg nach Hause, während die untergehende Sonne das Wasser vergoldete. In einiger Entfernung von der Insel wandte Tristan noch einmal den Blick, um stolzgeschwellt den Schauplatz seiner Heldentat zu betrachten. Staunend sah er, daß der feurige Ring sich wieder um die Insel gelegt hatte. Das Abenteuer und der Beweis, daß dabei Zauberkräfte im Spiel gewesen waren, hatten seine Phantasie so erhitzt, daß er bei der Ankunft im Hafen davon überzeugt war, sich durch die Flammen zur Höhle des Drachen vorgekämpft zu haben.

Triumphierend berichtete Tristan am selben Abend Rual und den Männern von seinen Abenteuern. Aber als er sein Siegeszeichen hervorzog, brach einer nach dem anderen in schallendes Gelächter aus: »Ein Seehund! Ein Seehund!« Und der alte Lyr erklärte: »Ja, die Felsen von Belec sehen bei Sonnenuntergang wie loderndes Feuer aus.« Doch für Tristan verblaßte der Zauber nicht. Was wußten sie schon? Sie waren eifersüchtig, denn es war sein und nicht ihr Abenteuer. Die Regeln schienen heute abend unwichtig und ohne Bedeutung zu sein, obwohl Rual versuchte, streng zu blicken und brummte, daß weiße Lügen sich nur allzu leicht in schwarze verwandelten. Alles hätte gut gehen können, wenn das Schwert nicht gewesen wäre. Doch der Held mußte ihnen die zauberkräftige Waffe zeigen. Mit einem Fluch sprang Rual plötzlich auf: »Da ist es!« rief er zornig und runzelte düster die Stirn. Hatte er nicht vor drei Tagen Tristan gefragt, was aus dem Schwert geworden sei, das unter dem Banner in der Halle hing? Und wie die anderen hatte der Junge behauptet, nichts darüber zu wissen. »Das geht zu weit«, schrie Rual. Für so etwas gab es nur einen Namen, und er machte einem Ritter größte Schande. Tristans Stolz war plötzlich dahin. Die Regeln tauchten unerbittlich vor ihm auf und stießen ihn im Augenblick seines Triumphs zurück. Er beteuerte vergeblich seine Unschuld. Aber schließlich gestand er zögernd, denn nach dem Spott, den er mit seinem Bericht geerntet hatte, wollte er nicht noch größere Ungnade auf sich ziehen. Jetzt erinnerte er sich, seine Waffe glich dem Schwert, das immer an der Wand hing. Aber er schwor bei Gott, er schwor, daß er es nicht genommen hatte. Er hatte es bei Vollmond um Mitternacht unter der großen Tanne ausgegraben. Rual sah in das aufgewühlte tränennasse Gesicht, stand dann wortlos auf und verließ die Halle.

Vier Tage lang sprach er nicht mit Tristan. Am fünften Tag erkundigte sich der Schweinehirt nach dem Befinden des jungen Herrn. Er berichtete, er habe ihn vor einer Woche mit einem glänzenden Schwert in den Händen splitternackt beim Mondschein unter der großen Tanne in der Erde wühlen sehen – ja, er war ihm auf dem Rückweg gefolgt, allerdings in einiger Entfernung, »denn wie man weiß, darf man einen Schlafwandler nicht wecken, weil das seinen Tod bedeuten kann«. Rual sagte immer noch nichts, nahm Tristan jedoch bei den Schultern und blickte ihm lange in die dunklen, unglücklichen Augen. Wortlos strich er dem Jungen die Haare aus der Stirn. »Ein Mann muß lernen, seine Neigungen zu beherrschen, ehe er über ein Volk herrschen kann«, murmelte er wie zu sich selbst. Tristan blieben diese Worte ein Rätsel. Er sollte Ritter werden und kein König. Doch ganz sicher mußte auch ein Ritter andere führen. Aber sein Vater vertraute ihm wieder! In seiner Freude gab er sich doppelte Mühe, die Regeln zu beachten.

Weshalb gab es zwei Welten? Wenn es doch nur eine gegeben hätte... die vernünftige, berechenbare Welt. Aber die andere drängte sich immer wieder lockend und überwältigend dazwischen. Denn er war nicht nur ein Junge, nicht nur ein Held, ein Seegott, ein Wolkenkrieger. Er war auch der Wind, der in den Zweigen der Kiefern flüsterte oder der Baum, der seine großen Arme über die Welt streckte und mit den Wurzeln in geheimnisvolle Dunkelheit vorstieß. Er war alt, älter als die Felsen, die aus dem Sand ragten. Und wenn er eine Muschel an sein Ohr hielt, hörte er die Gesänge der Wesen, die schon gelebt hatten, ehe Menschen das Land besiedelten, und die sie überdauern würden.

Manchmal drohte diese zweite Welt ihn ihrem Willen zu unterwerfen, bis er fast ein Fremder unter seinen Gefährten war. Tristan bewegte sich auf dieser Erde, und er schien durch sie wie durch eine gläserne Mauer auf ein inneres Leuchten zu sehen. Aber das geschah selten. Meist war sie undurchdringlich und stumpf wie der Wasserspiegel des Teichs, nachdem die Sonnenstrahlen erloschen waren.

Tristan hatte auch herausgefunden, daß alles besser ging, wenn es ihm gelang, die beiden Welten getrennt zu halten. Zwar bewegte er sich scheinbar in der einen, doch hatte er sich in der anderen einen festen Platz geschaffen, an den er sich ungestört zurückziehen konnte. Die Insel war sein eifersüchtig gehüteter Zufluchtsort geworden, und keiner seiner Gefährten – selbst Rual nicht – war dort willkommen. Wenn er sicher in seiner Felsenburg saß, versank die äußere Welt. Der Feuerring und die Ungeheuer hatten sich zwar als etwas Natürliches erwiesen, doch der Zauber blieb. Er wuchs sogar und eröffnete seinem Geist das Versprechen eines so überwältigenden Mysteriums, daß es zu seiner Aufgabe geworden war, das Geheimnis zu erforschen – das Licht, das Mysterium der Sonne.

Wenn er auf die endlose Wasserfläche blickte, über die die Sonne eine feurige Bahn bis zum westlichen Horizont warf, schien es ihm, als müsse er diesem Weg nur bis zum Ende folgen, um ein Land zu erreichen, in dem es immer Licht gab – ein so durchdringendes Licht, daß die Materie gläsern wurde wie ein Kristall. Dort war die Luft von Musik erfüllt, und er würde sich immer so seltsam körperlos fühlen, wie es oft geschah, wenn er die Rohrflöte blies. Er würde jedoch zweifach, dreifach er selbst sein, und das war ein Gefühl, für das er noch keinen anderen Ausdruck gefunden hatte, als zu sagen: Nur dann bin ich wirklich lebendig.

Wenn die täglichen Waffenübungen vorüber waren, oder Rual und die Männer sich mit ihren Angelegenheiten beschäftigten, machte Tristan sich auf den Weg über den leuchtenden Pfad. Und obwohl sich das goldene Feuer unvermeidlich in dunkles Rot verwandelte und schließlich aschgrau erlosch, während er die Ruder in das dunkler werdende Wasser tauchte, überkam ihn nicht die Verzweiflung. Er war sicher, sein Traum war irgendwie auch Wirklichkeit. Am Ende der Welt mußte ein solches Licht brennen; wenn man nur hineinblicken konnte, würden Dinge, durchdrungen von seinen magischen Strahlen, ihre Undurchdringlichkeit und Vereinzelung verlieren. Dann öffne sich der Weg auch für ihn, und er wäre nicht länger ausgeschlossen.

Eines Tages bereitete er sich darauf vor, zu seiner Insel zu rudern, und schöpfte gerade Wasser aus dem Boot, als er schlurfende Schritte auf den Kieselsteinen hörte und jemand schroff seinen Namen rief. Tristan arbeitete weiter, ohne sich aufzurichten, als habe er nichts gehört. Die Schritte kamen näher und verhielten. Die mißtönende Frage eines Jungen im Stimmbruch zerriß die Musik des plätschernden Wassers. »Na Kleiner, hast du beim Flöten die Zunge verloren?«

Tristan blickte immer noch nicht auf. Der ältere, grobschlächtige und breitschultrige Bursche trat verdrießlich Kieselsteine ins Wasser. Er sprach langsam, als müßten sich seine mürrischen und unverschämten Worte wie Ideen durch ein Hindernis hindurchkämpfen. »Wenn du zur Insel fährst, nimmst du mich mit.«

»Nein.«

Boshaft und eigensinnig machte er Anstalten, ins Boot zu klettern. Aber Tristan sprang wutentbrannt mit hochrotem Gesicht und glühenden Augen auf, um sein Eigentum gegen den Eindringling zu verteidigen, den er schon immer besonders haßte. Er hatte sich oft darüber geärgert, daß sein Vater den Jungen verteidigte, obwohl er dessen Verhalten aus ganzem Herzen verabscheuen mußte. Aber unerklärlicherweise ergriff Rual immer Partei für diesen Burschen... seit dem Tod seiner Mutter vielleicht nicht mehr ganz so häufig. Er war der Sohn einer Dienstmagd, die seine Amme gewesen war, bis der Marschall sie aufs Altenteil geschickt hatte – offensichtlich wohlversorgt für eine Frau ihrer Stellung. Trotzdem schien Rual sich nach wie vor um den Burschen zu kümmern. Tristan würde nie zulassen, daß er sein Heiligtum entweihte. Niemand hatte es betreten, nicht einmal sein Vater, und er würde es mit seinem Leben verteidigen.

»Es geht nicht«, schrie Tristan, »die Insel gehört mir.«

Ein boshaftes Grinsen zog über das unfreundliche Gesicht des Jungen. »Deine Insel? Überheblichkeit wird dir nichts nützen, auch wenn du der Sohn des Marschalls bist. Denn die Insel gehört nicht ihm... sondern Morgan.«

Doch selbst der Name dieses Ungeheuers brachte Tristans Entschlossenheit nicht ins Wanken. »Sie gehört nicht Morgan oder einem anderen«, rief er, »sondern mir... so muß es sein... sie kennen das Geheimnis nicht.«

Die kleinen Augen des Jungen glitzerten bösartig. »Geheimnis! Mach mir nichts vor, ich kauf dir keine deiner Lügen ab. Ich hab schon lange genug von deinen Märchen.«

Tristan wurde rot vor Zorn. »Ich lüge nicht.«

»Dann heraus damit.«

Zutiefst verletzt und unfähig zu sprechen, zerrte er am Tau, um das Boot loszumachen. Der Bursche streifte die Ärmel hoch. »Vielleicht wirst du es mir sagen, wenn du meine Faust gespürt hast. Dann hilft dir weder dein ganzes Speerwerfen noch dein ritterliches Getue... Obwohl ich an deinen Lügen wenig Ritterliches finden kann.« Er wartete, und auf sein grobes Gesicht trat ein verschlagener Ausdruck. »Und wer weiß, ob du überhaupt der Sohn eines Ritters bist... schließlich habe ich gehört, daß meine Mutter einmal sagte,

sie könnte über die Geburt eines Jungen eine Geschichte erzählen, die einen stolzen jungen Herrn zwingen würde, seine Herkunft weiß Gott wo zu suchen.«
Tristan wurde dunkelrot. Einen Augenblick lang war er wie gelähmt vor Überraschung und Wut. Plötzlich holte er aus und schlug seinem Peiniger ins Gesicht. »Du wagst es, mich...«
Der Schlag an sich hätte wenig bewirken können, denn Tristan stand in dem schwankenden Boot, und der Junge war doppelt so groß und schwer wie er selbst. Aber der Bursche, der mit gespielter Lässigkeit auf den Kieselsteinen stand, war auf diesen Angriff nicht gefaßt. Der massige Körper schwankte und taumelte, fiel rückwärts gegen den Felsen und lag wie ein gefällter Baum am Strand. In der Stille nahm das Meer seinen alten Refrain wieder auf. Langsam legte sich Tristans Erregung. Verwirrt und benommen wandte er sich wieder seiner Arbeit zu. Er löste die Taue und wollte ablegen. Doch irgend etwas an der reglosen Gestalt am Wasser beunruhigte ihn. Sein Feind war geschlagen; doch in der wachsenden Stille wollte sich der Jubel nicht so recht einstellen. Und um sich von einer undeutlichen Befürchtung zu befreien, rief er den Jungen beim Namen. Er rührte sich nicht. Tristan rief noch einmal und kletterte schließlich aus dem Boot. Mit leichtem Ekel berührte er ihn. Doch als er immer noch keine Antwort erhielt, überfiel ihn eine sonderbare, namenlose Angst; und dann sah er mit Entsetzen, daß aus dem Kopf des Jungen Blut sickerte. Tristan schüttelte ihn – erst zögernd, dann heftig und noch heftiger. Plötzlich hielt er inne und schleppte den schweren Körper unter Aufbietung aller Kräfte vom Wasser weg. Dann rannte er, so schnell er konnte, zur Burg.

Unerbittlich stieg die Flut ans Ufer. Sie schluckte Felsen und Sand, verwandelte sie in eine graue Wasserfläche und überspülte den Ort der Tragödie und des Todes, als sei er nicht weiter wichtig. In der Ferne trugen Männer mühsam eine Last über die Felsen zum Dorf. Vater und Sohn blieben allein am Meer zurück. Keiner von beiden sprach. Als Rual sich zum Gehen wandte, schlug er nicht den Weg zur Burg ein. Ohne selbst zu wissen warum, begann er, die Klippen hinaufzuklettern, hinter denen das Heideland lag. Er ging langsam, als könne er durch sein Zögern die Stunden aufhalten, die unbarmherzig kommen würden. Er hatte das seit Monaten, seit Jahren gespürt, während er beobachtete, wie Tristan sich allmählich von ihm entfernte. Der Junge hatte sich in ein Netz von Träumen eingesponnen; er mußte ihn eines Tages herausreißen und ihm sein Los vor Augen führen. Rual drehte sich nach ihm um und überlegte, ob Tristan aus Scheu angesichts der Tragödie ein paar Schritte zurückfiel, dann stehenblieb und wie gebannt in die sinkende Sonne blickte, oder ob es sich dabei nur um diese merkwürdige Verschlossenheit handelte, die den Jungen so oft überkam. Bedeutete ihm der Tod nichts? Kann er so schnell vergessen? fragte sich Rual. Und doch ist er nicht gefühllos, dachte er weiter und erinnerte sich an Tristans Ausbrüche von beinahe überschäumender Zärtlichkeit nach langen Zeiten unerklärlichen Schweigens. Selbst heute war seine Anteilnahme deutlich gewesen, obwohl Rual sich fragte, ob sie nur dem jungen Burschen galt, an dem ihm, wie Rual wußte, wenig lag. Sie hatten sich gestritten. Doch er zweifelte nicht daran, daß Tristan am Tod des Jungen unschuldig war. Der Bursche war beim Sturz mit dem Kopf an den Felsen geschlagen. Aber Tristans unbeherrschte Gefühlsaufwallungen... im Guten wie im Bösen... Gott allein wußte, wohin sie ihn eines Tages führen würden. Er trat neben ihn und legte ihm die Hand auf die Schulter.

»Sag mir, Tristan, warum hast du ihn geschlagen?« Aus seiner Versunkenheit aufgeschreckt, starrte der Junge ihn schweigend an.

»Tristan, wenn du etwas vor mir zu verbergen hast, dann kann es nur etwas Böses sein« – die Ermahnung klang seltsam freundlich. Doch Tristan schwieg noch immer, obwohl seine Lippen zitterten und er die geballten Fäuste gegen die Schenkel preßte. Rual sah ihn lange und traurig an. Warum mußte sich zwischen ihnen immer diese Kluft auftun? Nein, es lag nicht am mangelnden Vertrauen – spürte das Kind instinktiv die fehlenden Blutsbande? »Mein Sohn...«

Tristan kämpfte verzweifelt um Worte. »Er nannte mich... nein, ich kann nicht... er sagte etwas, als sei meine Geburt...« Er vergrub die glühenden Wangen in den Händen und wendete sich ab.

Rual zuckte zusammen. Also hatte der Bursche trotz all seiner Vorsichtsmaßnahmen doch etwas gewußt; er hatte die Frau damals bestochen, denn sie war als einzige in das Geheimnis von Tristans Geburt eingeweiht, und wußte, daß man das Neugeborene heimlich ins Wochenbett seiner Frau brachte. Vielleicht hatte der Bursche nur die halbe Wahrheit gewußt und sich den Rest gedacht – ein Bastard! Rual zog Tristan an sich. »Was hat ihn dazu gebracht, so etwas zu sagen?« fragte er beunruhigt.

Tristan hatte das Gesicht noch immer abgewendet, und seine Worte klangen erstickt: »Er sagte, ich hätte gelogen, und das schickt sich für einen Ritter nicht... und dann sei es gar nicht so sicher, ob ich von einem Ritter stamme!«

Lügen! Außer dem unglückseligen Burschen hatten noch andere Tristan beschuldigt, zu lügen. Das wußte Rual nur zu gut. Die Gedankenflüge des Jungen mußten in den Ohren von einfachen Leuten auch wie Lügen klingen. »Er hat behauptet, du lügst... worum ging es?«

Jetzt blickte Tristan ihn mit brennenden Augen an. »Die Insel... weil ich gesagt habe, sie gehört mir.«

»Dir?« Stand die unvermeidliche Stunde so dicht bevor? Nein, nicht jetzt... er war noch nicht bereit. Aber das Netz zog sich unerbittlich zu. Ahnte Tristan die Wahrheit? Unmöglich! Obwohl er die Antwort beinahe fürchtete, fragte er: »Weshalb hast du das gesagt, Tristan?«

Verwirrt und verzweifelt starrte der Junge ins Leere... wie sollte sein Vater das verstehen? Er hatte es nie verstanden, obwohl er ihn nicht wie alle anderen wegen seiner Träume verspottete. »Es ist das Geheimnis«, stammelte er, »die geheime Aufgabe. Ich machte mich von der Insel aus auf die Suche, denn zwischen ihr und dem Sonnenuntergang gibt es nichts als das Meer... Ich dachte, wenn ich der feurigen Bahn über die Wellen folge, würde ich das Land des Lichts erreichen. Aber es erlosch immer zu schnell. Doch ich werde es finden!« rief er, »ich muß es finden!« und er blickte ihn aufgewühlt und trotzig an, als sei Rual oder die ganze Welt daran schuld, daß er nicht ans Ziel kam.

Also geht es wieder einmal nur um Träume, dachte der alte Marschall. Er konnte den Jungen ruhig weiter träumen lassen – und ihn für immer als Sohn behalten. Nur einen Augenblick lang schlich sich die Versuchung in sein Herz. Doch sie war machtlos angesichts seiner Treue und seinem Pflichtgefühl Rivalin gegenüber. Rual sah in die Ferne. Tief unter ihnen erstreckte sich meilenweit die öde Ebene – eine grüne Wildnis hinter der von Felsen gesäumten Heide und dem Hügel. Dort wuchs einmal Getreide; Rauch stieg aus den Hütten empor, und die Bauern mit ihren Tieren gingen wie Ameisen ihren täglichen Arbeiten nach... alles war verwildert und vernichtet. Wie lange schon? Zwölf Jahre. Wenn das Land je wieder erblühen sollte, mußte er jetzt sprechen... das wußte er. Doch Rual hatte nie geglaubt, daß es ihm so schwerfallen würde. »Tristan... und wenn die Insel wirklich dir gehören würde... nicht nur die Insel... sondern das ganze Land Lyonesse?« Und er drehte den Kopf des Jungen der weiten riesigen Ebene zu.

Tristan blickte ungläubig zu ihm auf. Halb lächelnd und halb gequält überlegte er, warum Rual sich in einer solchen Stunde über ihn lustig machen sollte. »Ganz Lyonesse? Es gehört doch Morgan! Allerdings sagt man, es sei nicht immer so gewesen. Vor langer Zeit hätte es einen anderen Herrn gegeben. Aber der kümmerte sich kaum um sein Land.«

Die unbekümmerten Worte schnitten Rual ins Herz. Jetzt blieb ihm keine andere Wahl. Er nahm den Kopf des Jungen in beide Hände und zwang sich, ihm in die verständnislosen Augen zu blicken. »Er kämpfte um sein Land und ließ sein Leben... im Kampf. Es gab in den Ländern des Westen keinen Ritter, der so tapfer war wie er. Tristan... du bist sein Sohn!«

Tristan starrte ihn lange verständnislos an. Plötzlich verzerrte sich sein Gesicht, und er warf sich Rual in die Arme – »Vater... Vater!«

Wie klein erschien Rual plötzlich der eigene Verlust, angesichts des hilflos schluchzenden Jungen.

An diesem Abend saßen sie noch lange zusammen, nachdem die letzte Fackel niedergebrannt war. Und in all den Jahren schien das Band zwischen den beiden nie enger gewesen zu sein, waren sie nie wirklich so sehr Vater und Sohn gewesen, wie jetzt, während Rual die Geschichte von Tristans Eltern erzählte. Er sprach von Rivalins Heldentaten, von Morgans Verleumdung, dem Verrat der Vasallen; und schließlich stand dem Jungen das Bild des Vaters strahlend und verklärt wie ein Mythos vor Augen. Das Reich des Traums schien die enge Welt der Tatsachen völlig ausgelöscht zu haben. Trotzdem hatte er das Bedürfnis nach greifbarer Wirklichkeit noch nie so stark wie jetzt empfunden, während er auf dem Boden saß und an Ruals Knie gelehnt, der Geschichte von den Heldentaten seines Vaters lauschte, als sei es eine Legende. Und auch dem Erzähler erschien es beinahe so, während er sich den Ruhm vergangener Zeiten ins Gedächtnis rief. Jetzt kam er gerade zum Ende, zur Geschichte der tragischen Belagerung... Die Belagerung! Plötzlich überfiel Tristan die wachsende Angst, Rivalin sei wie eine Ratte in der Falle gestorben – sicher, es mochte ruhmvoll sein, unerschütterlich bis zum Ende auszuharren, den letzten Turm zu verteidigen, doch das wog einen letzten kühnen Ausfall angesichts einer hoffnungslosen Übermacht nicht auf. »Wie ist mein...« Es fiel ihm immer noch schwer, das Wort über die Lippen zu bringen. »... wie ist er gestorben?« Und Rual verstand intuitiv, sah in einem flüchtigen Aufblitzen den Vater im Kind wiedergeboren. Alle Grundsätze der Mäßigung verloren jetzt die Macht, das Feuer der Begeisterung zu dämpfen, während die Erinnerung lebendig in ihm aufstieg.

»Wochenlang hielten wir der Belagerung stand. Wir hätten noch länger durchhalten können... aber Rivalin konnte nicht warten... und am Ende hätten wir uns doch ergeben müssen. Es entsprach nicht Rivalin, als Gefangener zu sterben oder um Gnade zu flehen. In all den Wochen verzehrte ihn nur der eine Gedanke... Morgan anzugreifen... und eines Tages erhob er sich noch vor dem Morgengrauen wie im Fieber von seinem Lager und befahl den Männern, ihm zu folgen. Wir stürmten auf den Feind, durchbrachen seine Reihen, denn Morgans Heer war von Schlaf und Überraschung noch völlig benommen. Die Hufe unserer Pferde donnerten durch das Lager, noch ehe die Männer sich von ihrer Verwirrung erholt hatten. Und Rivalin... nicht Mensch, nicht Pferd, sondern ein Speer, schoß geradewegs auf das Ziel zu, und eine Stimme übertönte den Tumult: ›Der Falke von Lyonesse!‹ Da sank vielen Verrätern das Herz vor Scham; sie flohen oder standen mit gesenktem Schwert um Morgan. Noch fünfzig Schritte trennten die beiden, als Rivalins Kinnband riß und sein Helm klirrend zu Boden fiel. Sein blasses Gesicht leuchtete im Morgenlicht, und er lachte. »Bei Gott, Morgan, das ist nur gut. Denn so sehe ich besser, wie dir deine Lügen im Hals steckenbleiben und du daran erstickst.« Die Spitze seiner Lanze war nur noch eine Armlänge von Morgans Schild entfernt, als plötzlich der Pfeil eines Bogenschützen durch die Luft schwirrte... und sich in seine Stirn bohrte. Er fiel wie ein Baum unter der Axt des Windes.«

Bleich und zitternd hing Tristan an Ruals Augen, und beim Zuhören schien ein Teil von ihm, der bisher traurig und einsam gewesen war, zum Leben zu erwachen.

Der alte Marschall war aufgestanden und zur Wand gegangen. Unter einem zerschlissenen Banner, auf dem ein schwarzer Falke seine verblaßten Schwingen über ein Feld aus mattem Gold breitete, hing ein Schwert. Er nahm es und hielt es Tristan entgegen. »Es gehörte deinem Vater. In der Nacht vor seinem Tod bat er mich, es zu bewahren, wenn ich am Leben bliebe. Wenn deine Mutter einen Sohn zur Welt bringen sollte, würde es eines Tages ihm gehören, damit es ihn lehre, die Ehre und ein ritterliches Herz hochzuhalten... das waren seine Worte.« Tristan starrte nur auf die Waffe. Die Röte stieg ihm ins Gesicht, denn sicher, sicher war es das Schwert, das ihn vor zwei Jahren in Ruals Augen beinahe ehrlos gemacht hätte!

»Jetzt verstehst du«, sagte der Marschall, »weshalb es mir so naheging, als ich glaubte, du hättest es verraten.« Ernst fügte er hinzu: »Vor dir liegt ein Leben, das dir härtere Dinge verheißt als Träume. Es erfordert einen Geist, der sich durch Taten stählt. Die Ehre muß durch Rache wiedergewonnen werden.«

Rual – Rual, der strenge Lehrer seiner Kindheit – fiel plötzlich vor Tristan auf die Knie und griff nach seiner Hand. »Wie ich Eurem Vater gedient habe, so laßt mich auch Euch dienen... Herr.« Für Tristan waren die Gefühle des Mannes beinahe schwerer zu ertragen als sein Tadel. Zuviel war an diesem Tag geschehen, was ihn aus der Kindheit herausgerissen und in ein Meer der Verantwortung gestoßen hatte, das er nicht ausloten konnte. »Vater...«. Er bemühte sich, Rual hochzuziehen und, klammerte sich instinktiv an den Namen, der selbst während er ihn aussprach, all seiner früheren Bedeutung beraubt war und ihn in eine unbekannte magische Welt versetzte.

In der Nacht konnte Tristan nicht schlafen. Und diesmal schlich er hellwach die Steintreppe hinunter in die große Halle. Ein kaum sichtbarer Mond warf sein schwaches Licht durch die Fenster. Vorsichtig tastete sich Tristan Schritt für Schritt durch die Schatten, nahm ein schwaches Schimmern an der Wand wahr; seine Finger glitten über die Schneide und fanden schließlich den Knauf. Vorsichtig, um die Männer nicht zu wecken, nahm er es herunter, drückte das Schwert fest an sich und setzte sich in die Fensternische. Mehr durch Berührung als durch Augenschein machte er sich Stück für Stück mit der Waffe vertraut, bis sie in der Dunkelheit zum lebenden Band zwischen ihm und dem fremden Helden wurde, den er plötzlich als Vater betrachten sollte – Blutsbande, die wie eine verborgene Quelle in ihm aufgebrochen waren, als Rual von Rivalins Tod berichtete. Wenn er dies über den Weg des Verstehens mit seinem Vater teilte, gab es dann nicht noch mehr? Hatte nicht auch sein Vater nach unbekannten Ländern über den Meeren gesucht? Obwohl Rual gesagt hatte, sein Vater habe nie ein richtiges Ziel gekannt, lag das vielleicht nur daran, daß seine Leute ihn ebenso wenig verstanden, wie man ihn hier verstand. Ja, er, sein Vater, er hätte ihn verstanden! Und vielleicht würde er finden, was der Vater gesucht hatte. Das sollte sein Ziel sein, die Aufgabe seines Lebens. Überglücklich umklammerte Tristan das Schwert. Seine brennenden Lippen preßten sich auf den Knauf.

Stunden vergingen. Endlose Bilder von Abenteuern und Träumen stiegen vor ihm auf – Rivalins ferne Kontinente, sein Sonnenland. Sie verschmolzen seltsamerweise zu einem Traum, einer blendenden Sonne des Ruhms, unter der Morgan und alle Feinde geschlagen und bezwungen sich zu einer dunklen Wolke ballten, die vom Wind davongetrieben wurde. Er aber war ein Falke und breitete triumphierend seine Schwingen über wogende goldene Felder, die das Meer umschloß. »Lyonesse«, flüsterte er inbrünstig, »ich werde dich rächen, Vater!«

So fand ihn Rual, als er sich im Morgengrauen ruhelos erhob und durch die Halle ging. Tristan lag zusammengekauert und schlafend in der Fensternische und hielt das blanke Schwert in den Armen.

Masten, ein Wald starker, schlanker Masten reckte sich aufrecht in den Himmel oder neigte sich leicht leewärts. Sie waren mit Wimpeln geschmückt oder schoben ein netzartiges Gitterwerk vor die Wolken. Hier und da hielten die geschwärzten Sparren einer alten Galeere, aller Pracht beraubt, hochmütig ihre zeitlose Wacht, während weit draußen, auf dem wogenden Blau eine abenteuerlustige Nußschale in jugendlichem Übermut prahlerisch das Segel im Wind blähte.

Schiffe – eine solche Vielzahl hatte er sich nicht träumen lassen, als sein Ziehvater ihn vor erst zwei Jahren in diesen fremden Hafen brachte. Die Dämmerung war hereingebrochen, ehe die Galeone, an deren Bord sie sich befanden, vor Anker ging. Sie übernachteten in einem Gasthof mitten in der Stadt und waren kurz nach Sonnenaufgang wieder unterwegs ins Landesinnere, wo nahe der französischen Grenze die große bretonische Baronie lag, wo der Junge bleiben sollte. Das lag nun zwei Jahre zurück; und in dieser Zeit hatte Tristan, das wilde, ungezähmte Geschöpf der Felsen von Lyonesse, die Künste und das höfische Leben erlernt, die in der einsamen Burg auf der Landspitze fehlten, von dem Sohn eines Ritters aber erwartet wurden. Denn Tristan blieb für die Welt ein Sohn des Marschalls Rual. Das Geheimnis seiner Geburt, die Bestimmung, um die er einmal würde kämpfen müssen, lag wieder im Dunkel. Es hatte ihn so plötzlich überfallen, nur um sofort wieder dem Schweigen anvertraut zu werden, daß er inmitten der vielen fremden Eindrücke, der unbekannten Beschäftigungen, die in der neuen Umgebung auf ihn eingestürmt waren, beinahe selbst an seiner Wirklichkeit zweifelte. In solchen Augenblicken umklammerte Tristan den Griff des Dolches, den Rual ihm beim Abschied mit der Bemerkung gegeben hatte, er habe seinem Vater Rivalin gehört. Dann kämpfte er bei den Waffenübungen mit solch leidenschaftlicher Heftigkeit, daß die Waffenmeister sich über die Kraft des Jungen wunderten, der seine Gefährten weit übertraf. Durch seine Kindheit auf der einsamen Landzunge im Westen war er zwar gesund und abgehärtet, aber zierlicher als die meisten anderen. Er hungerte danach, alles in seiner Reichweite Liegende zu erfassen und zu verstehen; und so hatte Kaplan Guilbert trotz Tristans Ungeduld wenig Grund, sich über die unerträgliche Stumpfheit und Trägheit zu beklagen, mit der die anderen Anwärter auf den Ritterstand sich widerwillig der Aufgabe unterzogen, die Buchstaben zu entziffern, die in tintiger Prozession über die gelben Seiten zogen.

In seinem angeborenen Streben nach Vervollkommnung wurde er vorwärtsgetrieben durch den Traum von einem Erbe, dessen er sich erst noch würdig erweisen mußte. Doch der Musik überließ er sich völlig und vergaß darüber alles andere. An den Winterabenden oder zwischen den Waffenübungen saß er einem fahrenden Sänger zu Füßen und lauschte Lied um Lied, oder er bemühte sich, die Saiten der Harfe selbst zum Klingen zu bringen.

Im Laufe der zwei Jahre waren nur spärliche Nachrichten von Rual durch den Mund von Fremden zu ihm gedrungen. Doch nun erfuhr er, daß das Schiff, auf dem sie damals beide über das Meer gekommen waren, im bretonischen Hafen lag und Kurs auf Lyonesse nehmen sollte. Ihn überkam die Sehnsucht, mehr von seinem Ziehvater zu erfahren oder ihm vielleicht ein Zeichen zu senden; und deshalb machte er sich, begleitet vom Sohn des Barons und einem Ritter, auf den Weg zum Hafen. Sie übernachteten in dem vertrauten Gasthof; am nächsten Morgen gingen die beiden jungen Männer zum Anlegeplatz hinunter, um das Schiff zu suchen, während der Ritter Geschäfte in der Stadt erledigte.

Sie fanden das Schiff ohne Schwierigkeiten; Tristan hatte von dem alten Seemann bald alle Neuigkeiten über Lyonesse erfahren und ihm das Versprechen abgenommen, ein Geschenk für Rual mitzunehmen, wenn er es vor Einbruch der Dunkelheit an Bord bringen würde. Die beiden verabschiedeten sich und wollten gerade an Land gehen, als ihnen ein Seemann von ungewöhnlich dunkler Hautfarbe in den Weg trat. »Wenn die jungen Herren ein ritterliches Geschenk suchen...« sagte er, »... es gibt ein Schiff, das erst vor kurzem eingelaufen ist mit einer Auswahl an Beizvögeln, die eines Kaisers würdig sind. Und wenn es nichts für die Jagd sein soll, dann gibt es Seiden und Elfenbein an Bord, wie man sie im Westen nur selten zu sehen bekommt. Abdur Rahman, ein Mohammedaner, ist der Händler, und das Schiff mit seiner bretonischen Mannschaft liegt an der alten Reede am Fuß des Hügels.«

Tristan, der noch überlegte, welches Geschenk er wählen sollte, war seiner Sache plötzlich sicher. Er würde seinem Ziehvater einen Falken schicken; und bei dem Gedanken, daß Rual den Doppelsinn verstehen würde, schlug sein Herz schneller. Rual würde wissen, daß er diesem Symbol – seinem Wappen, seinem Erbe –, daß er Lyonesse die Treue hielt.

Sie gingen in die Richtung, die ihnen der Mann gewiesen hatte und bahnten sich ihren Weg durch die Menge der Seeleute, Händler und Reisenden, die sich auf der Mole drängte. Ein Bekannter des jungen Edelmanns begrüßte sie und fragte aufgeregt, ob sie die Pferde unten bei der Brücke gesehen hätten. Eifrig zog er sie mit zu einem großen Schuppen unten am Wasser; und bald waren die beiden Älteren völlig davon in Anspruch genommen, sich über die Vorzüge eines Arabers und eines mächtigen flämischen Braunen zu streiten. Sie konnten sich nicht einigen und beschlossen, die Pferde auf den Hügeln vor der Stadt zu erproben. Tristan dachte nur noch an seinen Kauf; und nachdem er versprochen hatte, seine Freunde im Gasthof zu treffen, machte er sich auf die Suche nach dem Falken.

Schiffe, noch mehr Schiffe – doch nach dem Gedränge des neuen Hafens wirkte der alte Anlegeplatz merkwürdig still. Die Geräusche der Stadt klangen nur noch wie ein gedämpftes, undeutliches fernes Dröhnen. Hinter dem Hügel, der sich wie ein riesiges Bollwerk an der Hafeneinfahrt erhob, wölbte sich blau das offene Meer vor dem schimmernden Horizont. Zum ersten Mal nach zwei Jahren sah Tristan es wieder. Als sie gestern durch das Tal geritten waren, hatte er das Wasser nur einmal kurz zwischen den Bäumen aufblitzen sehen; und als er jetzt auf die weite, wogende Fläche hinausblickte, erfaßte ihn eine tiefe, unaussprechliche Sehnsucht. In Erinnerungen versunken, stolperte er blindlings gegen den üppigen Busen einer Marktfrau, die unter jedem Arm ein zappelndes Bündel Gänse trug. Sie überschüttete ihn mit einer Flut von Verwünschungen, aber die Worte erstarben ihr auf den Lippen.

Sie starrte den Jungen an und fragte sich, weshalb? Schließlich war er nicht so hübsch, nicht halb so hübsch wie der stolze junge Edelmann, der vor einigen Minuten über die Brücke galoppiert war und sie beinahe über den Haufen geritten hätte. Sie sah ihn mit seinen frischen runden Wangen und den wehenden blonden Locken noch vor sich. Verwundert blickte sie wieder auf den schlanken, braunhaarigen Jungen, der vor ihr stand. Es müssen seine Augen sein, dachte sie – sie durchbohren einen; er sah sie nicht an, sondern durch sie hindurch, das wußte sie wohl.

»Was kann der junge Herr ganz allein in dieser Gegend suchen?« fragte sie sich neugierig. Tristan vermutete, sie könne etwas von dem Schiff wissen und erzählte ihr von seinem Vorhaben.

»Ja, an Bord der dreimastigen Fregatte dort am Ende der Mole sind zwei Kaufleute aus dem Osten. Aber ein hübscher Christenjunge geht den Heiden am besten aus dem Weg.« Sie bekreuzigte sich. »Man erzählt Geschichten...« Tristan schüttelte lachend den Kopf, bedankte sich und eilte dem Schiff zu.

Bis jetzt konnte er nur die Masten sehen, deren dünne Spitzen über den halb gerefften Segeln aufragten; den Rumpf verdeckten hohe Holzstapel am Kai. Tristan ging zwischen ihnen hindurch wie durch eine Schlucht, die der scharfe, durchdringende Geruch von frischem Tannenholz erfüllt. Er stolperte mehrmals über eine gespannte Kette oder über eine Rolle Tau und mußte deshalb die Augen auf den Boden heften; so war er völlig überrascht, als er plötzlich vor dem Schiff stand. Es war sehr viel größer, als er es sich vorgestellt hatte; der mächtige Rumpf ragte hoch aus dem Wasser, als befände es sich selbst hier im Hafen mitten im Angriff auf unbekannte Länder. Über welche Meere ist dieses Schiff wohl schon gesegelt? überlegte Tristan; in seiner Vorstellung erhoben sich goldene Kuppeln über fahlen felsigen Küsten; und er träumte bereits von Reisen in ferne Kontinente. Aber wo ist die Mannschaft? dachte er und kehrte halb in die Wirklichkeit zurück. Vermutlich waren die meisten Männer an Land gegangen und streiften durch die Stadt, obwohl ein oder zwei (an Hautfarbe und Bart erkannte er, daß es Europäer waren) ausgestreckt an Deck lagen – schlafend oder wie leblos. Inmitten der großen Holzstapel und der Ladung verstärkte sich die Stille – sie hätten tot sein können. Dann fuhr er erschreckt zusammen.

Hoch oben auf dem Vorderdeck stand ein Mann in einem langen, safranfarbigen Kaftan mit einer breiten grünen Schärpe um die Hüfte. Auf dem Kopf trug er einen smaragdgrünen seidenen Turban. Zweifellos war dies der Orientale, von dem ihm der Mann erzählt hatte. Tristan wollte zu ihm hinaufrufen, doch das fremdartige Aussehen des Mannes hielt ihn davon ab. Schweigend blieb er stehen und blickte neugierig nach oben. Der Mann bewegte sich nicht. Unter dem grünen Turban hob sich das schmale, raubvogelartige Profil über dem schwarzen Bart so klar vor dem Himmel ab, daß das reglose Gesicht hätte aus Holz geschnitzt sein können. Wenn ich meinen Bogen bei mir hätte, dachte der Junge, würde ich einen Pfeil in seine Bartlocken schießen, und überlegte, ob selbst das die Gestalt zum Leben erwecken würde; denn Mann und Schiff schienen unter einem unsichtbaren Bann zu stehen, in der mittäglichen Stille der Welt entrückt zu sein. Wie aus einer anderen Welt hörte er ein knarrendes Zahnrad und das Glucksen des Wassers unter dem Heck. Tristan lehnte sich gegen einen Holzstoß, ohne den Blick zu wenden. Sei es, um die Aufmerksamkeit des Mannes zu wecken, sei es aus Langeweile, begann er zu pfeifen.

Leise und klar erhoben sich die Töne in einer ungebrochenen Folge, woben ein Band zwischen ihm und der reglosen Gestalt an Deck, bis der Mann sich schließlich bewegte. Langsam wendete er sich ihm zu, als wisse er nicht, was ihn dazu veranlaßte, während Tristan ihn noch immer selbstvergessen und verzaubert beobachtete.

Plötzlich durchzuckte ihn die Erinnerung an Zeit und Ort, Ziel und Aufgabe. Die Musik brach ab. Er stand am Rand des Kais und blickte zum Deck hinauf – ein neugieriger, lebhafter Junge. Die helle Stimme durchschnitt beinahe anmaßend die Mittagsluft. »Seid Ihr Abdul Rahman?« rief er, »wie man sagt, habt Ihr Falken an Bord, die im Westen ihresgleichen suchen?«

Der plötzliche Wechsel im Verhalten des Jungen entging dem Orientalen nicht. »Ein Europäer«, sagte er lächelnd zu sich selbst, ». . . und einer, der es gewohnt ist zu befehlen.« Mit unerschütterlicher Ruhe trat er an die Reling. »Der junge Herr irrt sich nicht.« Die Worte, merkwürdig singend ausgesprochen, drangen aus dem schwarzen Bart und wurden von einer tiefen Verbeugung begleitet. »Es ist Allahs Wille, daß sein Diener Abdur den Gruß seines Emirs, den heiligen Falken dem König von England überbringt. Er ist das Lösegeld eines Fürsten wert, fünfhundert Dukaten in Gold« – ein Anflug von Habgier ließ die gelassene Stimme schärfer klingen – »doch ich habe andere Vögel«, fügte er hinzu, »die meinem Herrn vielleicht gefallen werden, wenn er geruht, an Bord dieses bescheidenen Schiffes zu kommen.«

Tristan zögerte einen Augenblick; die Warnung der Frau durchzuckte ihn, jedoch nur, um sofort seine Auflehnung zu wecken. Das Abenteuer lockte; Rual mußte seinen Falken bekommen. »Zeigt mir die

Vögel«, rief er mit einem Unterton männlicher Überheblichkeit, und schon stand er auf dem Landesteg.

Eine halbe Stunde später tauchte Tristan mit einem Falken auf der Faust wieder aus dem Laderaum auf. Stolz und Kühnheit waren vergessen; er hing nur noch mit Augen und Ohren an den Lippen des Mannes. Unersättlich stellte er ihm immer neue Fragen, während sich vor seinen Augen die ganze Pracht des Ostens entfaltete. »Eines Tages werde ich Euren Emir aufsuchen«, erklärte er, »wenn er es wünscht, werde ich ein ganzes Jahr an seinem Hof verbringen und ihm dienen. Für meine Taten wird er mir einen Panther geben, der so schwarz ist wie der, den er dem Kaiser schickte. Doch wenn er von Waffen und Kampf genug hat, werde ich auf meiner Harfe für ihn spielen.« Glühend vor Begeisterung und in seinem Traum gefangen, blickte Tristan in das reglose maskenhafte Gesicht des Orientalen.

Die Finger des Mohammedaners streichelten sanft das gesprenkelte Gefieder des Falken; nach einem abwägenden Blick in das glühende, entrückte Gesicht des Jungen kam ihm ein altes Sprichwort in den Sinn. »Vergiß nicht, selbst im Traum folgt der Mann nur dem Weg, den das Schicksal ihm bestimmt hat« – wer weiß, ob es nicht zu seinem Verhängnis und Untergang führt, überlegte er. Der Anflug eines Lächelns umspielte seine bärtigen Lippen, doch an den Jungen gewendet, sagte er: »Gewiß wird Allah die Wünsche eines so tapferen und schönen jungen Mannes erfüllen. Nur die Sterne können uns die Zukunft sagen. Aber sollte der Mann den Becher, den uns die Gegenwart bietet, nicht bis zum letzten Tropfen leeren? Der Herr der Lüfte breitet die Schwingen zum Ruhm seines Schöpfers aus, doch die Hände der Handwerke haben keine geringeren Wunder in Gold, Elfenbein und kostbaren Juwelen geschaffen. Ich habe hier an Bord Schätze aus dem Osten, von denen man im Westen nicht einmal träumt. Möchte der junge Herr nicht einen Blick auf sie werfen?« Die singende Stimme setzte sich einschmeichelnd, lockend in den Ohren des Jungen fest.

Tristan blickte zum Himmel hinauf. Die Sonne stand noch immer beinahe im Zenith. Er wußte sehr wohl, daß Jehan bis Sonnenuntergang mit seinen Pferden beschäftigt sein würde; und wie verzaubert von magischen Bildern folgte er dem Händler in das Vorschiff. Gebückt stiegen sie in eine Luke und bahnten sich ihren Weg durch die aufgetürmte Ladung. Ballen um Ballen, geteert oder in Leinwand genäht, stapelten sich ringsum an den Wänden. Dem Geruch nach zu urteilen, enthielten sie vermutlich Gewürze – Safran und Zimt,

Lavendel und Myrrhe. In einem Winkel maß ein nackter Junge, der so schwarz wie Ebenholz war und nur ein scharlachrotes Lendentuch trug, Zindeltaft ab, den er von einem Ballen abrollte. Seine weißen Zähne leuchteten im Dunkel. Der Händler blieb stehen. »Purpur aus Tyros, in den Werkstätten von Alexandria gewebt.« Die langen, dunklen Finger fuhren nachdenklich über das erhabene Muster eines Brokats. Reihen von Reitern galoppierten paarweise aufeinander zu. Ihr Ziel ein kegelförmiger Baum. Doch im letzten Augenblick wandten sie sich gerade noch rechtzeitig um und schleuderten einen Speer auf den geflügelten Greifen, der sie von rückwärts angriff.

Am Ende eines engen Gangs öffnete der Händler eine Tür, und Tristan trat in eine kleine niedrige Kabine. Sie war jedoch mit so kostbaren und prächtigen Wandbehängen ausgestattet, daß er zunächst die gebeugte Gestalt in einem verblaßten purpurfarbenen Gewand nicht wahrnahm; offensichtlich betrachtete der Mann durch einen Kristall einen glitzernden Gegenstand; wendete den geschliffenen Stein von einer Seite zur anderen. Tristan stellte überrascht fest, daß die Haut der zitternden Finger kaum dunkler war als seine eigene. Trotzdem trug der Mann einen gelben Turban tief in die blasse Stirn und auf das graue Haar gedrückt.

»Ali el-Muzaffar!« Tristans Führer murmelte ein paar Worte in seiner Sprache und zog den Jungen vorwärts. »Der junge Herr möchte gern unsere Schätze sehen. Er hat bereits einen unserer Falken ausgewählt.« Er nahm den Vogel von Tristans Hand und setzte ihn auf eine Sitzstange. »Da er ein so eifriger Jäger ist«, fügte er lächelnd hinzu, »wird er vielleicht Gefallen an dem Horn aus Elfenbein finden, das aus den Basaren aus Bagdad stammt.« Der ältere Mann erhob sich und nahm aus einer mit Intarsien verzierten Truhe einen geschnitzten Gegenstand nach dem anderen. Schließlich fand er, was er suchte, und reichte es immer noch schweigend dem Jungen.

Es war ein langes Horn mit einem Goldrand. Tristan bewunderte die Kunst des Handwerkers, der in das spröde Bein Vögel, Bäume und Tiere geschnitten hatte. Es muß ein kühner Jäger sein, überlegte er, der seinen geschwungenen Bogen auf die geflügelten und gehörnten Tiere anlegte, die aus dem dichten Laub der Weinranken hervorbrachen. Und weshalb, fragte er sich, ist immer alles paarweise angeordnet? Und das Muster auf dem Brokat fiel ihm wieder ein. Fragend blickte Tristan die beiden Orientalen an. Zu seiner Überraschung antwortete der ältere Mann, denn Tristan hatte aus seinem Schweigen geschlossen, er beherrsche seine Sprache nicht.

»Es sind die Mächte des Guten im Kampf gegen die Mächte des Bösen... die Mächte des Lichts kämpfen gegen die Dunkelheit. Und sie werden siegen, wie Ahura-Mazda am Ende Ahriman besiegen wird.« Die ruhige Stimme hob sich triumphierend, während Tristan staunend lauschte.

Sein Führer beugte sich vor. »Muzaffar ist Perser«, erklärte er beinahe entschuldigend, »er ist kein Anhänger des Propheten. Aber für einen Christen ist das nicht weiter von Bedeutung«, fügte er mit einem Anflug von Geringschätzung hinzu.

Tristan beugte sich bereits über eine Elfenbeinspange, auf der zwei Pfauen mit verdrehten Köpfen aus einer schlanken Säule tranken, die sich wie ein Kelch öffnete. Aus der Schale wuchs ein mächtiger Baum, an dessen ausladenden, dicht belaubten Ästen viele Früchte hingen.

Die dunklen, unergründlichen Augen des Persers lagen prüfend auf dem verzückten Gesicht des Jungen. »Es ist die Quelle des Lebens«, murmelte er, »die Frucht des Granatapfels bringt die meisten Samenkerne hervor. Aber aus der Quelle fließen die vier Ströme des Paradieses. Wasser«, fügte er feierlich hinzu, »ist den Menschen, die in der Wüste und Steppe leben, heiliger als alles andere.«

Wasser, überlegte Tristan und versuchte, sich das ausgetrocknete Land vorzustellen. Aber immer wieder drängte sich ihm das Bild der von Felsen gesäumten Weite des Meeres auf. »In meiner Heimat gibt es nichts als Wasser... das Meer«, sagte er und richtete die ängstlich bittenden Augen auf den Perser. »Ich habe immer geglaubt, Gott müsse in der Sonne sein.«

Der andere Händler beugte sich vor. »Der junge Herr kommt aus dem Norden der Bretagne?«

Tristan schüttelte den Kopf. »Ich stamme aus Lyonesse«, erklärte er. »Aus Lyonesse!« Der Mohammedaner seufzte mitleidig. »Allah bewahre uns davor, daß unser Schiff an den Felsen dort zerschellt! Lyonesse... das Ende der westlichen Welt! Ein trauriges Land, in dem die Sonne immer nur untergeht. Es wundert mich kaum«, fügte er listig hinzu, »daß der junge Herr eine so große Sehnsucht nach dem Land der aufgehenden Sonne zeigt.«

Aber schon ließ sich der Perser wieder vernehmen, und es klang wie ein Lobgesang, als er sagte: »Und wenn der Himmel im Osten aufflammt und sich die Tore des Paradieses weit öffnen, kommt er strahlend und siegreich aus dem Osten... der Morgen, die Quelle des Lichts.«

... Aus dem Osten, der Morgen... und er hatte sich nach Westen
gewandt, um sein Land der Sonne zu suchen! War es möglich, daß
die beiden Wege sich am Ende der Welt trafen? Aber es gab sein
Land! Und in Tristan stieg strahlend und prächtig der Traum seiner
Kindheit wieder auf.

Dem wachsamen Mohammedaner entgingen die Gefühle des Jungen
nicht. Rasch nahm er von einem Bord ein viereckiges Kästchen aus
Zedernholz. Er legte Tristan leicht die Hand auf die Schulter: »Allah
hat den jungen Herrn mit vielen Talenten gesegnet. Er ist im Umgang
mit Waffen geübt, ein vorzüglicher Jäger und Musikant. Beherrscht er
vielleicht auch das Schachspiel?« Tristan nickte geistesabwesend.
Lächelnd zog der Mohammedaner einen Satz Schachfiguren hervor.
Er setzte die aus Jade und Chalzedon geschnitzten Figuren eine nach
der anderen auf das Brett aus Elfenbein und Ebenholz. »Muzaffar ist
ein Meisterspieler«, sagte er.

Noch immer in seinem Traum gefangen, setzte sich Tristan an das
Schachbrett. Unbesonnen und ohne sich dabei etwas zu denken,
stellte er die Figuren auf. Er bemerkte auch nicht, daß sein Führer
dem Perser ein Zeichen machte und wie die Kabinentür hinter ihm
geräuschlos geöffnet und wieder geschlossen wurde.

Inbrünstig blickte Tristan in die unergründlichen Augen, die sich auf
das Schachbrett gerichtet hatten, als könne er ihnen die Rettung aus
seiner Verwirrung abringen. Wie als eine Antwort auf seine Gedanken leuchteten sie auf, und die bärtigen Lippen öffneten sich kaum
wahrnehmbar. »Gott ist im Feuer und im Wasser«, murmelte der
Mann; allmählich erhob sich die Stimme wie zu einer Anrufung.
»Gott ist in allen Dingen... Hvarnah, die Herrlichkeit, der Atem
Gottes. Er zeigt sich als Vogel, dann wieder als Geschöpf, das im
tiefen Wasser schwimmt und taucht. Er kommt in der Gestalt eines
Widders oder eines anderen Tieres und fließt als Milch aus dem Euter
der Kuh. Hvarnah befiehlt den Flüssen, der Quelle zu entströmen,
den Winden, die Wolken zu vertreiben und den Menschen, in dieser
Welt geboren zu werden... er weist dem Mond und den Sternen
ihren Weg.«

Tristan schienen die Worte aus den halb vergessenen Tiefen seines
Wesens zu strömen. Hatte er nicht im Wind und in den Wolken
gelebt und in den schattigen Tiefen des Meeres geweilt? Und während er dort war, stiegen in ihm brennender und lebendiger die
Träume seiner frühen Kindheit auf. Ihn erfüllte ein Geheimnis, das er
bis dahin nur verschwommen, nebelhaft geahnt und für unlösbar

gehalten hatte. Sonnenaufgang und Sonnenuntergang, Feuer und Wasser, Dunkelheit und Licht – während ohne ersichtlichen Grund vor seinem inneren Auge die gehörnten und geflügelten Tiere in rascher Folge auftauchten und wieder verschwanden – immer paarweise sich gegenüberstehend – aber doch völlig identisch.

Die Augen des Persers richteten sich wieder auf das Schachbrett, und er gab dem Jungen ein Zeichen zu beginnen. Tristan machte den ersten Zug, und bald nahm ihn das Spiel völlig gefangen. Es näherte sich dem Ende, als der Kaufmann vor seinem nächsten Zug sehr lange zögerte, und Tristan an seine Umgebung erinnert wurde. Plötzlich nahm er etwas Merkwürdiges wahr. Tristan sprang so heftig auf, daß er das Schachbrett umwarf, und die geschnitzten Figuren über den Boden rollten. »Das Schiff«, rief er, »das Schiff bewegt sich!« Aber seine entsetzten Augen stießen nur auf denselben unergründlichen Blick.

»Sie bringen es nur zu einem anderen Anlegeplatz«, versuchte der Perser ihn zu beruhigen, »aber ich werde nachsehen.« Und während Tristan in hilfloser Verwirrung wie angewurzelt stehenblieb, eilte der alte Mann durch die Kabine. Die Tür fiel hinter ihm ins Schloß. Gelähmt vor Entsetzen hörte Tristan das Klicken. Langsam löste er sich aus seiner Erstarrung. Er warf sich gegen die Tür. Vergeblich zerrte er an der Klinke, hielt dann inne, um zu lauschen. Er hatte sich nicht getäuscht. Er spürte das Heben und Senken des Schiffes, das durch die Dünung glitt. Er stürzte zum Bullauge und sah nichts als klatschende Wellen... endlos dahinziehende Wellen. Er saß in der Falle, in einer verräterischen Falle. Mit einem Aufschrei der Wut riß und zerrte er wieder an der Türklinke und bearbeitete das Holz mit Fäusten und Tritten. Seine Schläge und Rufe verloren sich in den schweren Falten der Wandbehänge. Der Falke auf seiner Stange schlug heftig mit den Flügeln.

Wie lange sie über die unruhige See gefahren waren, wußte er nicht und auch nicht, wieviel Zeit vergangen war. Sie hatten ihn so lange weinen und toben lassen, bis er schließlich erschöpft auf die seidenen Kissen fiel und sich in den Schlaf schluchzte.

Als Tristan erwachte, war es hell. Doch ob inzwischen eine Nacht vergangen war, wußte er nicht. Neben ihm stand etwas zu essen. Der Hunger siegte über die Verzweiflung, und er aß. Sie konnten nicht die Absicht haben, ihn zu vergiften, sagte er sich, denn was würden sie durch seinen Tod gewinnen?

Wieder vergingen Stunden; und als er auf sein erneutes Rufen und Trommeln keine andere Antwort erhielt als das Rauschen der Wellen, durchstöberte er ruhelos die Kabine. Er betastete die Seidenstoffe und das Schnitzwerk aus Elfenbein und Holz... immer wieder durchzogen die blauen, gewundenen Bänder des Wassers das sanfte, üppige Grün der Teppiche. Und die Jäger mit ihren Bogen zielten auf Blüten und dunkle speerförmige Bäume... Doch ihn trieb immer aufs neue eine sinnlose und hartnäckige Hoffnung dazu, den Kampf mit der Tür wieder aufzunehmen, bis seine Schreie, die in tiefer Stille verhallten, ihn in panische Furcht versetzten. Vom vielen Rufen heiser geworden, trank Tristan gierig den Wein.

Der Duft von Myrrhe und Zedernholz! Er mußte wieder eingeschlafen sein, denn beim Erwachen verriet ihm das Schlingern und Stampfen des Schiffes, daß sie in einen Sturm geraten waren. Es war dunkel. Nur eine Bronzelampe, die an den Deckenbalken schwankte, warf ihr farbiges Licht auf die Wände.

Das Geräusch eines zurückgleitenden Riegels mußte ihn geweckt haben, denn hinter der Tür tauchte das Gesicht eines Schwarzen auf. Blitzartig erkannte Tristan den dunkelhäutigen Jungen wieder, der die purpurne Seide entrollt hatte. Die wulstigen Lippen verzogen sich zu einem breiten Grinsen über den glänzenden Zähnen. Die Augen rollten weiß in ihren Höhlen. Und aus den Tiefen von Tristans Erinnerungen stieg ein undeutliches, beinahe vergessenes Bild auf. Dann, als der Schwarze geschickt durch den Türspalt glitt und mit dem Rücken zur Tür stehenblieb, war das Bild wieder vollständig – an seiner Hüfte hing das Krummschwert! Vor langer Zeit in Lyonesse... also waren es doch keine Ammenmärchen gewesen! Und während er noch die furchteinflößende Erscheinung anstarrte, stieg heftiger Trotz in ihm auf und besiegte seine Furcht. Dies war ein Feind, gegen den ein Mann ehrenvoll kämpfen konnte. Er zog den Dolch und sprang auf. Mit der anderen Hand hielt er sich fest, um auf dem schwankenden Schiff nicht das Gleichgewicht zu verlieren.

Aber der Schwarze trat mit einem noch breiteren Lächeln und blitzenden Zähnen auf ihn zu und streckte ihm eine Flasche Wein und eine Schale mit kandierten Früchten entgegen: »Abdur Rahman...«, ein Schwall fremder Worte folgte, begleitet von Handbewegungen, die das Einholen von Tauen veranschaulichen sollten. »Muzaffar« – die schwarzen Hände hielten den runden Kopf und rieben den glänzenden Bauch.

Bitterer und heftiger Ärger über die Demütigung nagte an Tristans Herz. Wollten sie mit ihm spielen? Er würde alles daransetzen, um wieder frei und nicht wie ein Vogel in einem goldenen Käfig gefangen zu sein. Wenn es sein mußte, würde er sterben. Doch er würde kämpfend sterben, auch wenn das Schwert wie eine Mondsichel aussah. Mit einem Satz sprang er plötzlich zur Tür. Aber das Schiff schwankte so stark, daß er das Gleichgewicht verlor. Er glitt aus und fiel der Länge nach auf den schaukelnden Boden. Im nächsten Augenblick hatte die schwarze Hand ihn hochgezogen und wie einen leichten Ball auf die Kissen geworfen. Die Zähne blitzten in spöttischem Lachen. Knirschend schob sich der Riegel wieder ins Schloß.

Tristan lag mit dem Gesicht nach unten auf dem seidenen Diwan. Ihm schmerzte der Kopf, seine Glieder taten weh; von Elend überwältigt, zog Bild um Bild an ihm vorüber: Ein ganzes Heer schwarzhäutiger Krieger, die blanke Krummsäbel schwangen; aber wenn sie sich auf ihn stürzten, sah er nur die blitzenden Zähne im spöttisch lachenden Mund und die Flasche Wein. Aus weiter Ferne drang Ruals Stimme ernst und mahnend an sein Ohr. »Ein Mann tut gut daran, in seinem Land zu bleiben. Das ist das Beste für ihn, anstatt sich in der Welt herumzutreiben.« Der Zauber des Ostens verblaßte schnell. Das Schiff schlingerte und erbebte bis in seine Tiefen.

Stunden vergingen und durch die dumpfe Verzweiflung hindurch drang der Lärm von splitterndem Holz, fallender Kisten und Schreie von Männern an sein Ohr. Plötzlich wurde die Tür aufgerissen, und Seeleute drängten sich in die Kabine. Benommen und bebend hörte Tristan nur, daß sie bretonisch sprachen, und sah rötlich blonde Haare und Bärte. Doch ehe er Zeit zum Denken oder Handeln fand, hatten ihn derbe Hände gepackt und schleppten ihn zur Tür. Erschöpft und schwach stolperte er durch den glitschigen Gang und kletterte halb geschoben und gezogen die schwankende Leiter nach oben. Endlich konnte er wieder atmen – frische Luft, salzige Luft. Im Wind erholte er sich etwas und sah sich um. Hinter dem von Regen und Salzwasser überfluteten Deck hoben und senkten sich noch immer eisengraue Wogen, und peitschten Kaskaden von Gischt über die triefende Schiffswand. Doch bedrohlich nahe ragte das Land auf, ein länglicher Höcker vor dem weißlichen Himmel, und schien bereit zum Sprung auf das rollende Schiff, um es unter sich zu begraben. Die schwärzlichen Klippen fielen steil von der grünen und braunen Heide hinab zu dem steinigen Strand. Das Meer hatte große Felsbrocken aus den wilden und zerklüfteten Klippen gerissen; die spitzen Zacken der Felsen ragten aus der tosenden Brandung.

Ein Riese von einem Mann (er schien der Anführer der Mannschaft zu sein) packte Tristan bei den Schultern. »Dort werden wir dich an Land bringen. Siehst du den Pfad, der sich die Klippen hinaufwindet.« Die schwielige Hand wies auf einen Punkt, wo zwischen zwei Felsvorsprüngen eine kleine Bucht einen natürlichen Hafen bildete und die Wellen sich auf dem Sand sanfter brachen. »Hab keine Angst, Junge«, versicherte ihm die Stimme tröstend, »es ist ehrlicher christlicher Boden.« Noch immer benommen und verwirrt blickte Tristan zu dem vom Wetter gezeichneten Gesicht auf und entdeckte zwei an den Mast gefesselte Gestalten. Das Gesicht des Mohammedaners wirkte so gelb wie sein schmutziges, nasses Gewand; der Perser hielt die Augen geschlossen. Zu ihren Füßen lag, mit dem Gesicht nach unten und mit ausgestreckten Armen ein schwarzer Körper auf dem nassen, glänzenden Deck. Nicht nur Wasser floß in kleinen dunklen Bächen über die Planken, als das Schiff sich zur Seite legte. Der Krummsäbel lag eine Armlänge von den zuckenden Händen entfernt. Tristan war froh, daß er die blitzenden Zähne nicht sehen mußte.

Der Kapitän lachte rauh. »Ihnen wird es nicht anders gehen, wenn wir nicht unseren Willen bekommen.«. »Ja, wir sind Christen und dulden ihre heidnischen Teufeleien nicht«, stieß ein alter Seemann hervor. »Wir haben Gott und den Heiligen gelobt, dich sicher ans Ufer zu bringen, wenn wir durch ihre Hilfe die Nacht überleben.«

Jemand widersprach. »Die beiden haben uns eine gute Belohnung versprochen.« Der alte Seemann drehte sich wütend nach dem Sprecher um. »Was bedeutet uns ihr Heidengold, wenn der Teufel dafür unsere Seelen bekommt?«

Tristan blickte auf die schwarzen, drohenden Felsen unter der nebelverhangenen Heide. »Und wenn ich nicht will?« Er sah dem Seemann herausfordernd in die stählernen Augen, »wenn ich euch bitte, mich zum nächsten Hafen zu bringen?«

Unter den Männern erhob sich ein Gemurmel. »Wir haben es Gott geschworen, wenn wir den Morgen erleben würden. Willst du der Hand Gottes trotzen?«

Die Augen des Mohammedaners richteten sich auf Tristan. Matte Verachtung lag in seiner leisen Stimme: »Was ist der Wille eines Menschen vor Allah anderes als ein Mohnkorn, das vom Rad des Schicksals zu Staub zermahlen wird?«

Aber im stürmischen Wind und dem glitzernden Licht wuchs in Tristan die Auflehnung. »Ich werde bleiben und gehen, wohin es mir gefällt.« Er blickte wieder hinüber zu der ungastlichen Küste. »Welches Land ist das?« fragte er den Seemann.

Die harten Augen lachten. »Ein gottesfürchtiges Land, wo man eine Sprache spricht, die der unseren verwandt ist. Cornwall, das Reich von König Marc.« Tristan blieb das Herz stehen. In seinem Innersten fühlte er sich dorthin gezogen; wilde Hoffnungen, undeutliche und verschwommene Bilder überfluteten seine Sinne. Er blickte auf und begegnete den dunklen unergründlichen Augen des Persers. Und wieder schien er die singende, beschwörende Stimme zu hören: »Hvarnah befiehlt den Flüssen, der Quelle zu entströmen, den Menschen, in dieser Welt geboren zu werden... er weist dem Mond und den Sternen ihren Weg.«

»Bindet ihn los!«

Tristans Hände zitterten, als er den Männern half, das Boot ins Wasser zu lassen.

Er hörte das Knirschen des Kiels auf den Steinen und das hohle Klatschen, als das Boot wieder im Wasser schwamm, dann den Abschiedsgruß der Männer und seinen Antwortruf, der sich unter der Felswand verlor. Sie ragte schwarz und unbezwingbar über ihm auf. Aber er entdeckte den Pfad, den sie vom Schiff aus gesehen hatten; er war kaum breiter als ein Fuß und auf lange Strecken der Verwitterung anheimgefallen.

Tristan machte sich an den Aufstieg und ließ sich dabei eher von seinem Instinkt als von Gedanken oder Überlegungen leiten. Steine, Gras und bröckelnde Erde – er konzentrierte sich völlig darauf, auf dem glitschigen, unsicheren Pfad den Halt nicht zu verlieren. Träumte er? Er blieb einen Augenblick stehen. Das Klatschen der Ruder drang an sein Ohr und wurde schwächer. Er zog sein Gewand höher über den Gürtel. Hinauf, immer weiter hinauf – Tristan blickte nicht mehr zurück. Mit einer letzten Anstrengung zog er sich an Grasbüscheln nach oben über den Rand der Klippe und sank keuchend auf einen Stein.

Draußen auf dem grauen Meer lag das Schiff immer noch vor Anker. Die Männer zogen gerade das Boot, das jetzt wie eine Nußschale aussah, über die Bordwand. Die roten Segel blähten sich. Schiff, Boot und Männer, das Abenteuer der letzten Tage – sie waren bereits bedeutungslos und von ihm losgelöst. Wo war er? Wer war er? Ein Junge, der an einer unbekannten Küste gestrandet war. Er saß hoch auf dieser kahlen Klippe und war in die Welt geworfen worden – ins Nichts. Entsetzen packte ihn. Seine Hände umklammerten den rauhen Stein und zerrten am Gras – cornische Erde, die Heimaterde seiner Mutter...

Tristan hatte nur selten an sie gedacht. Seine Träume kreisten um den Vater – um Rivalin, den ruhelos umherziehenden Helden. Aber von hier hatte er sie geholt; ihr Herz durch seine Taten an Marcs Hof gewonnen – Marc, der König von Cornwall. Eines Tages, so hatte Tristan geträumt, würde er vor ihn hintreten und sein Lehen fordern – Lyonesse, das er erobert hatte... jawohl, er würde es fordern. Hatte nicht Marc sie seinem Vater vorenthalten und geglaubt, Blancheflor sei zu gut für ihn? Zu gut für Rivalin, der beim Turnier alle anderen Ritter übertraf, der im Kampf für Marc den Sieg errungen hatte, was ihm beinahe das Leben gekostet hätte. Schließlich hatten sie heimlich fliehen müssen, und Rivalin war durch Morgans Verrat und Verleumdungen gefallen. Er würde seinen Vater rächen, und durch seine Waffentaten sollte Marc erkennen, was er an Rivalin verloren hatte. Sicher, das hätte später geschehen sollen, nachdem er zum Ritter geschlagen worden war. Weshalb eigentlich nicht schon jetzt? Er hatte andere besiegt, die älter und stärker waren als er. Tristan sprang auf. Er mußte den Weg zur Burg des Königs finden. Ein schmaler Pfad führte durch die Heide ins Landesinnere, vielleicht zu einer Straße, wo er Leute nach dem Weg fragen konnte. Er klopfte sich den Staub und die Grashalme aus dem Gewand, rückte den Gürtel zurecht und machte sich entschlossen auf den Weg.

Im Osten, hinter dem weiten Heideland, wurde der Himmel heller. Lange blaue Streifen leuchteten durch die ziehenden Wolken, die sich schließlich hoben und den Blick auf purpurfarbene Bergrücken freigaben. Ein hellgelber Ginsterbusch flammte in der Sonne auf – Lyonesse! Allerdings ist es dort wilder, dachte er mit einem Blick auf die endlosen Kornfelder in der Ferne. Hinter ihm, weit draußen auf dem Meer, tanzte das Schiff auf den Wellen – es war nur noch ein kleiner Fleck. Muzaffar – Abdur Rahman – »der Wille des Menschen ist wie ein Mohnkorn, das vom Rad des Schicksals zermahlen wird«. Schicksal? Sie sollten seinen Willen zu sehen bekommen – vor allem König Marc. Tristan warf den Kopf zurück. Wie er das anstellen sollte, wußte er nicht. Aber wenn er erst einmal am Hof war, würden sich bestimmt genug Möglichkeiten bieten. Und in seiner Phantasie reihte er Abenteuer an Abenteuer, aus dem er als siegreicher Held hervorging.

Die Sonne stieg höher und höher und näherte sich dem Zenith. Inzwischen wanderte er langsamer. Tristan hatte geglaubt, der Weg würde ihn zu den Feldern und zu einem Dorf bringen. Statt dessen machte er hinter den felsigen Ausläufern eines Hügels eine Biegung und führte einen farnbewachsenen Abhang hinunter in einen dunklen Wald, der sich zwischen zwei sanft gewellten Bergkämmen dahinzog. Und plötzlich verlor sich der Weg zwischen den Bäumen. Unschlüssig blieb Tristan stehen. Der Wald war von Sümpfen und Morast umgeben. Wenn er den Hügel hinaufstieg, würde ihn nur wieder die endlose Heide erwarten. Ein Pfad muß irgendwohin führen, sagte er sich und tauchte entschlossen mit raschen Schritten im Grün unter.

Zunächst bestand der Wald mehr oder weniger aus Büschen; die Sonne fiel auf den hohen Farn zwischen Gruppen von Haselnußsträuchern. Doch bald wurde das Geäst dichter, und die Erde verströmte den süßlichen, durchdringenden Geruch von faulendem Laub und Pilzen. Riesige Eichen reckten ihre knorrigen, mächtigen Äste über das dichte Unterholz. Manchmal war der Pfad kaum noch zu erkennen; Tristan geriet immer wieder in undurchdringliches Dorngestrüpp, mußte umkehren und den Weg wieder suchen. Müde und mit wunden Füßen stolperte er über verschlungene Wurzeln. Hunger überkam ihn. Seit Stunden hatte er nichts anderes gegessen als Beeren, die er im Gehen pflückte; erschöpft sank Tristan schließlich auf einen gestürzten Baumstamm.

Die Stille, die ihn umgab, wurde hörbar; eine unbestimmte, gedämpfte Spannung lag in der Luft, in der die Geräusche des Waldes unvermittelt und deutlich klangen – vereinzelte Wassertropfen, die von regennassen Blättern fielen, das Rascheln eines Tieres im Farn. Gedankenverloren schob er mit dem Fuß einen Stein hin und her und entdeckte darunter einen grünen Käfer. Verstört rannte das Tier einen Augenblick lang ziellos hin und her, dann kletterte es mühsam auf einen flachen Felsbrocken. Dort saß es, schimmernd und strahlend wie ein mit dem Stein verwachsenes Juwel. Durch den Schleier der Müdigkeit sah Tristan, wie die haarfeinen Beine sich hoben, kreuzten und sich wieder zurückzogen. Irgendwo über ihm stieß ein Vogel seinen langen durchdringenden Ruf aus. Der Wald lebte ein hundertfaches, ein tausendfaches Eigenleben, an dem er keinen

Anteil hatte. Er wußte nicht weiter. Rual und der große, edelmütige bretonische Baron – wo waren sie jetzt. Grenzenlose Schwermut überfiel ihn. Der Hof von Cornwall und seine Heldentaten waren vergessen. Tristan schlug die Hände vors Gesicht, und heiße, brennende Tränen tropften durch seine Finger.

Plötzlich riß ihn Hörnerklang aus seiner Betäubung; die Töne stiegen aus den Tiefen des Waldes auf, verebbten und erhoben sich von neuem. Hellwach und gespannt hob Tristan den Kopf. Noch einmal ertönte der alte, vertraute Ruf. Wie oft hatte er ihn auf der Jagd mit Jehan und Ronec in den Wäldern der Bretagne gehört! Er sprang auf und wollte den Tönen folgen, als es im Unterholz knackte und raschelte, ein Hirsch über den Pfad setzte und zu seiner Rechten im Wald verschwand. Tristan folgte ihm. Er sah die gespannten Muskeln der Flanken, den mächtigen, im Sprung zurückgebogenen Hals, aber schon war das Tier wie ein Blitz verschwunden; Tristan konnte nur noch kurz das mächtige Geweih erkennen, als der Hirsch auf einer sonnenbeschienenen Lichtung im hohen Farn untertauchte. Gleichzeitig ertönten von rechts und links Hörnerklang und das tiefe Bellen eines Hundes. Jemand rief etwas. Er hörte, wie ein galoppierendes Pferd heftig gezügelt wurde. Ein Pfeil flog zischend durch die Luft, dann noch einer, und dann erfüllen laute freudige Schreie und das Lärmen von Hunden die Luft. Tristan bahnte sich einen Weg durch das Gestrüpp und erreichte schließlich eine hohe Böschung. Etwa zehn Fuß unter ihm lag eine grasbewachsene Lichtung, auf der sich eine Gruppe Männer sammelte. Einige sprangen gerade vom Pferd, andere zogen die Bauchgurte ihrer Tiere nach oder unterhielten sich; doch die meisten umstanden den zur Strecke gebrachten Hirsch.

Tristan wußte noch nicht, was er als nächstes tun sollte und kletterte auf einen riesigen Ast, der über den Abhang ragte. Er machte es sich in seinem dichtbelaubten Versteck bequem und beobachtete mit angehaltenem Atem, was unter ihm vorging. Die Männer mußten von einem großen Hof kommen, das sah er an ihrem Benehmen; und sie sprachen (sein Herz begann heftig zu schlagen) beinahe seine Muttersprache – ja, diese Sprache ähnelte ihr sogar mehr als das Bretonische. Oh, aber sie wirkten sehr edel, diese hohen Herren mit ihren bunten Stulpenhandschuhen und den pelzbesetzten Umhängen! Plötzlich brach Tristan in schallendes Gelächter aus; es drang belustigt und spöttisch durch die Blätter. Die Hunde schnupperten in die Luft und stürzten in seine Richtung. Überrascht hoben die Männer die Köpfe. Der Jagdmeister war gerade dabei, dem toten

Hirsch die Kehle aufzuschneiden, fuhr überrascht auf und blickte mit bluttropfendem Messer in der Hand nach oben. Ein junger blonder Ritter wies mit einer lässigen Geste auf die Bäume. »Da, ein Kobold, bei Gott, ein Kobold!« Auf das offene, gebräunte Gesicht trat der Ausdruck gespielten Zorns. »Doch wenn dir deine Ohren lieb sind, Bursche, seien es nun Elfen- oder Menschenohren, dann spring von deinem Ast herunter und erkläre uns, was du dir dabei denkst, eine Jagdgesellschaft zu verspotten.«

Im Handumdrehen hatte Tristan sich von seinem Baum geschwungen, stand in ihrer Mitte und blickte fragend und unsicher von einem zum anderen. Dann legte er keck den Kopf zur Seite, lachte beinahe wieder und fragte herausfordernd:

»Soll ich etwa nicht lachen, wenn ich einen Jäger sehe, der einen Hirsch nicht von einem Eber unterscheiden kann?«

Der Jagdmeister erhob sich, kreuzte die Arme vor der Brust und blickte ihn, in seiner Ehre gekränkt, durchdringend an. »Und wer bist du, junger Naseweis, daß du es wagst, den königlichen Jagdmeister in der Kunst des Waidwerks zu belehren?«

Tristan blieb das Herz stehen: die Jäger des Königs! Die Jäger seines Onkels! Er konnte seine Aufregung kaum verbergen. »Pardon, edle Herren, doch bei uns in der Bretagne gilt es als Beleidigung eines so edlen Wilds, es wie ein Schwein zu vierteilen.«

»Ja, in der Bretagne, wo sie sich alle aufblasen mit ihren französischen Sitten, mit ihrem französischen *parlez vous*, ihrem französischen *fal-fals*... welch ein Segen, daß zwischen uns ein guter, sauberer Wasserstreifen liegt!« knurrte der Jagdmeister in verletztem Stolz. »Wenn unser Brauch für unsere Väter und Vorväter in Cornwall gut genug war, dann ist er, glaube ich, auch gut genug für uns.«

»So, unser junger Besserwisser ist also über das Wasser gekommen.« Der blonde Ritter packte Tristan bei den Schultern. »Ich finde, ihre Kunst taugt nicht viel, wenn sie ihre Leute nicht besser ernährt... er ist so dünn wie ein Geist! Wenn du nicht nur prahlen, sondern deine Worte auch unter Beweis stellen kannst, sollst du erleben, wie ein gutes cornisches Mahl schmeckt!«

Tristan ging eifrig daran, es ihnen zu beweisen. Er drehte sich nach dem Hirsch um, krempelte die Ärmel auf und schob sich mit dem Handrücken das braune Haar aus der Stirn. Der blonde Ritter beobachtete neugierig die anmutigen Bewegungen des Jungen. Tristan kniete nieder und versuchte, den toten Hirsch auf den Rücken zu drehen, doch das Tier war zu schwer für ihn; doch der Mann blieb ungerührt stehen. Mit einem hilflosen, fragenden Ausdruck wendete Tristan sich der Gesellschaft zu, und seine Augen begegneten dem seltsam durchdringenden Blick eines großen dunklen Ritters, der etwas abseits gestanden und offensichtlich einen Diener wegen einer Nachlässigkeit bei der Behandlung seiner Pferde getadelt hatte. Spöttisch und belustigt hatte er beobachtet, wie die Männer sich mit dem Jungen beschäftigten; nun wandte er sich mit einem zynischen Lächeln dem Jagdmeister zu. »Ist es möglich, meine Freunde, daß die Blüte von Marcs Ritterschaft immer noch etwas an Anstand und Wissen lernen kann?« Mit einer knappen Geste bedeutete er seinem Diener, dem Jungen zu helfen.

Tristan blickte neugierig und dankbar zu seinem Gönner auf. Er sah ein nicht mehr ganz junges Gesicht, das jedoch immer noch Spuren stolz zur Schau getragener Schönheit trug. Die Augen unter der wohlgeformten hohen Stirn und den glänzenden schwarzen Haaren gaben Tristan das beunruhigende Gefühl, daß alles, worauf sie sich richteten, in ihrer dunklen, undurchdringlichen Tiefe festgehalten wurde.

Der blonde Ritter stieß einen gespielten Seufzer aus. »Fehlbar zu sein ist unser Schicksal, Andred. Wenn man daran denkt, daß lediglich das Erbfolgerecht uns der möglichen Vollkommenheit beraubt hat. Unter Eurer Anleitung...«

Tristan war bereits so in seine Aufgabe vertieft, daß er den unterdrückten Fluch kaum hörte oder bemerkte, daß sich die dunklen Brauen des Ritters zornig zusammenzogen; er beugte sich über den Hirsch und hatte ihn zum Erstaunen seiner Zuschauer in kurzer Zeit enthäutet. Dann legte er die sauber zerlegten Teile sorgfältig angeordnet ins Gras. Und nun waren alle voll Bewunderung und Lob. Woher hatte er, noch ein Junge, ein solches Können und Wissen? Woher kam er? Wer war sein Vater, und wie hieß er? Sie überschütteten ihn mit Fragen. Und in seiner Freude, in diesen Männern Freunde gefunden zu haben, hätte Tristan ihnen am liebsten seine Abenteuer und sein ganzes Leben erzählt. Doch früh erworbene Klugheit band ihm die Zunge. Er war zu lange zur Verschwiegenheit gezwungen gewesen, und die letzten Erlebnisse hatten nur von neuem Mißtrauen und Zweifel in ihm geweckt. Er erinnerte sich an den dunklen, skeptischen Blick des Ritters Andred und dachte: Wieso sollten sie mir glauben? Und wenn sie es tun, wenn sie mich an den Hof bringen... mich, Rivalins Sohn? Vielleicht hat der König meinem Vater nie vergeben. Und geübt im Erfinden, dachte Tristan sich rasch eine Geschichte aus. Er war von ritterlicher Herkunft, der rechtmäßige Sohn eines fahrenden Kriegers. Sein Vater fiel im Kampf, seine Mutter starb bei seiner Geburt, und aus Barmherzigkeit nahmen sich Kaufleute des verwaisten Säuglings an. Es waren kluge, weitgereiste Männer; und er lernte vom ritterlichen Leben soviel er lernen konnte. Doch als er älter wurde, und das Blut seines Vaters sich in seinen Adern zu regen begann, erschien ihm das Handeln mit Waren armselig im Vergleich zu einem Leben als Ritter. Heimlich hatte er sich auf ein fremdes Schiff begeben, um draußen in der Welt Abenteuer zu suchen. Doch sie waren in einen Sturm geraten, und er hatte sich in einem kleinen Boot an die Küste gerettet. Die anderen, rauhe, seefeste Männer hatten sich auf den Weg zum nächsten Hafen gemacht; doch als er erfuhr, wo er war, hatte er beschlossen, an den cornischen Hof zu gehen, da er viel von seinem Ruhm gehört hatte.

»Dein Wesen, mein Junge, paßt kaum zu einem, dessen Blut lau und träge durch Finger fließt, die vom Goldwiegen gichtig geworden sind.« Der blonde Ritter (wie sich herausstellte, hieß er Mereadoc) warf noch einmal einen prüfenden Blick auf das vor Eifer glühende Gesicht, den feingliedrigen Körper und überlegte, daß der König dem Jungen vielleicht einen Platz unter seinen Jägern geben würde. Er fragte ihn nach seinem Namen.

»Tristan.«

»Tristan!« Die schlechte Laune des Jagdmeisters war verflogen, und er lachte dröhnend. »Ihr mit eurer französischen Larmoyanz! Man hätte dich besser Glückskind nennen sollen.« Dann erklärte er, es sei Zeit für die Jagdgesellschaft, sich auf den Rückweg zu machen. Doch als die Männer die Teile des zerlegten Tieres einfach zusammenpakken wollten, widersprach Tristan entsetzt. »Aber nein, edle Herren, die Gesellschaft muß einen Zug bilden, in Zweierreihen reiten und die Jagdbeute in strengster Rangordnung tragen!« Er brachte die Männer in Aufstellung, vom ersten, der den Kopf mit dem Geweih trug, bis zum letzten mit den Innereien. Einer der Gefolgsleute überließ ihm ein Pferd; der Zug setzte sich in Bewegung, und sie ritten weiter durch den Wald. Tristan brach zwei Haselnußzweige und flocht sie zu Kränzen für sich und den Jagdmeister. Sie ritten fröhlich dahin. Das Zaumzeug läutete und klimperte. Die Sonne warf ein tanzendes Muster auf den Pfad. Die Vögel zwitscherten in den Zweigen, und über den Köpfen der Pferde summten schimmernde Wolken von Mücken.

Auf dem ansteigenden Boden lagen die Schatten schon weiter auseinander; das Blau hinter dem grüngoldenen Filigran der Blätter
wurde tiefer, und plötzlich erreichten sie hinter einer Wegbiegung
offenes Land. Das Heideland vor ihnen erstreckte sich bis hinunter
zum Meer, und sein zerklüfteter, durchbrochener Saum ragte in das
tiefgrüne Wasser. Aber zu ihrer Rechten, hinter dem grünen Band
einer wogenden Ebene, schob sich ein Felsenbollwerk – eine Festung
der Natur, die von Menschenhand mit Turm und Türmchen geschmückt worden war – weit ins Meer hinaus. Es hätte eine Insel sein
können, denn die unbezwingbaren Klippen schienen ringsum von
weißen Schaumkronen umgeben zu sein, die sich so lange jagten, bis
sie von schwarzen, tiefen Höhlen geschluckt wurden. Nur eine
schmale felsige Landzunge, kaum breit genug, daß zwei Reiter sie
nebeneinander überqueren konnten, verband die Landspitze mit
dem Festland; hier erhob sich der äußere Wachturm trotzig und
streng und überblickte die Ebene.
Tristan zügelte das Pferd und blickte staunend hinüber. Daran
kommt kein Feind vorbei, dachte er, und plötzlich, unerklärlicherweise glaubte er, schon einmal hier gewesen zu sein, den hohen,
dunklen Torbogen des Wachturms zu kennen, der gnadenlos den
Zugang zu den zinnengekrönten Türmen versperrte, auf denen
Fahnen und Banner wehten. Das Geräusch von Eisen dröhnte kalt
und hart in seinen Ohren – sie haben das Fallgitter heruntergelassen,
dachte er – er war ausgeschlossen. Quälende Angst überfiel ihn,
doch im nächsten Moment war alles vorüber. Hatte er geträumt? Vor
ihm lag die Burg, Wall hinter Wall, von der Sonne vergoldet, einla-
dend, lockend – zu welchem Abenteuer, zu welchen ritterlichen
Taten?
Ein Reiter streifte die Flanke seines Pferdes. Tristan blickte auf und
begegnete dem seltsam maskenhaften und unergründlichen Gesicht
Andreds. »Ist das Tintagel?« fragte er ehrfurchtsvoll.
Die Lippen in dem glattrasierten Gesicht verzogen sich geringschätzig. »Ja, sieh dich nur satt, Junge. Es ist der Hof von König Marc...
Tintagel, das Wunder im Westen.«
Tristan murmelte verzückt und benommen: »Es ist wie das Zauber-
schloß in den Sagen.«
Andred stieß ein kurzes, gepreßtes Lachen hervor. »Zauber! Schwar-
zer Zauber vielleicht.«
Tristan blickte verständnislos in die schwarzen Augen und wußte
plötzlich, weshalb sie ihn so seltsam berührt hatten. Das Bild, das sie

in sich aufnahmen, schien nicht der sichtbaren Welt zu entstammen, sondern aus den dunklen Höhlen der Erinnerung aufzusteigen.

Unter Rufen, Gelächter und dem Gebell der Hunde ritt die Gesellschaft vorüber. Tristan und sein Begleiter folgten mit lockerem Zügel am Ende. Der Junge suchte vergeblich nach Worten, um das Schweigen zu brechen; er fühlte immer stärker das Bedürfnis, sich von seinem düsteren Führer zu befreien. Schließlich, als seien seine Gedanken hörbar geworden, begann der Mann zu sprechen.

»Meine Mutter hatte wenig Freude daran, als man sie kaum verwitwet mit Gewalt hierher brachte, um sie mit ihrem Feind zu vermählen. Ein Draufgänger wie sein Vater ist mein Bruder Marc ganz bestimmt nicht. Wieviel besser, wenn er es wäre«, murmelte er vor sich hin.

Tristan riß so heftig am Zügel, daß sein Pferd scheute – dieser Mann war der Bruder seiner Mutter – oder ihr Halbbruder! Plötzlich fühlte er sich durch ein Band des Mitgefühls mit diesem finsteren fremden Mann von seinem Blut verbunden. Er hatte unter der Herrschaft seines Onkels Marc ebenso gelitten wie Andred. Ihm konnte er sich eines Tages vielleicht anvertrauen. Er wandte sich wieder dem Mann an seiner Seite zu. Aber aus dem tief verwundeten Gesicht schien alles Leben gewichen zu sein; der höhnische Zug um seinen Mund war verschwunden. Die Lippen hingen apathisch und kraftlos zwischen schlaffen Wangen. Nur die Stirn, gelb wie altes Elfenbein, wölbte sich hoch und klar über den tiefliegenden Augen. In Tristan stieg beinahe Abscheu auf. Inzwischen näherten sie sich der Burg. Der Trupp vor ihnen hatte angehalten; der Jagdmeister winkte Tristan zu sich, damit er an seiner Seite durch das Tor ritt. Erleichtert, seinem fremden Verwandten entrinnen zu können, folgte der Junge bereitwillig dieser Aufforderung. Im nächsten Augenblick gehörte er wieder zu den Männern und freute sich ebenso wie sie über diesen unverhofften Ausgang der Jagd. Jetzt mußten sie wieder in der strengen Ordnung reiten, die er ihnen gezeigt hatte. »Ein Horn, ein Horn!« rief Tristan und bat einen der Männer, ihm sein kleines Jagdhorn zu geben. Dabei erinnerte er sich an die Schätze des Kaufmanns und an das große Horn aus Elfenbein mit dem labyrinthischen Schnitzwerk aus Vögeln und Tieren. Purpur aus Tyrus, Gewürze und Myrrhe, glänzend weiße Zähne in einem schwarzen Gesicht... vor vier oder fünf Tagen war er mit dem Sohn des Barons zum bretonischen Hafen geritten, und jetzt stand er vor den Toren von Tintagel. Von hier war einst sein Vater mit Blancheflor geflohen.

Tintagel... träumte er? Er setzte das Horn an die Lippen. Die Töne stiegen klar und hell zu dem mächtigen Wachturm auf. Und die Männer um ihn lauschten verwundert, denn einen solchen Hörnerklang hatten sie noch nie gehört.

Das Festland lag hinter ihnen, sie hatten die felsige Landzunge halb überquert. Weit unter ihnen gurgelte und klatschte das Wasser auf den Kieselsteinen. Triumphierend brach sich der Klang des Horns im mächtigen Torbogen, als sie in den riesigen Burghof ritten. Tristan zog wie ein König siegreich an der Spitze seiner Freunde, seiner Vasallen durch Tore des Feindes ein. Endlich würde sein wirkliches Leben beginnen, und er blies noch fröhlicher in das Horn. Hell und klar hallte das Echo von Mauer zu Mauer, von Wall zu Wall bis hinauf zum höchsten Turm, zur leuchtend roten Fahne, die auf dem Bergfried flatterte. Der Löwe von Cornwall! O ja! Aber sein Falke würde höher steigen – Lyonesse!

Im Hof wimmelte es bereits von Menschen. Hälse reckten sich aus den Fenstern und hinter den Zinnen. Alle wollten wissen, was diese fröhliche Musik und der merkwürdige Zug, der sich ihnen näherte, zu bedeuten hatten. Ausrufe der Verwunderung, eiliges Laufen und durch den Ring der Einsamkeit, der sich schnell um ihn schloß, die starrenden Augen fremder Jungen, ein vorwitziger Zuruf und dann regneten Fragen auf ihn herab, während er auf Anweisung des Jagdmeisters wartete – worauf, wußte er selbst kaum. Drüben, auf der anderen Seite des Burghofs, sah er Mereadoc sich lachend mit Freunden unterhalten. Die lebhaften Gesten, die die Worte begleiteten, ließen den Mann unwirklich erscheinen. Von seinem Verwandten Andred entdeckte Tristan keine Spur. Sicher träumte er! Er schloß die Augen, öffnete sie wieder, aber nur um dasselbe Bild zu sehen. In der Mitte der wichtigtuerische Jagdmeister, der großspurig auf ihn zukam. Seine Majestät will den Jungen sehen!

Der König – Marc, sein Onkel! Jetzt, als er ihm gegenübertreten sollte, hatte seine Vorstellung an Lebendigkeit und sein Tun jeden Sinn verloren. Tristan sprang vom Pferd und folgte dem Jagdmeister die große Treppe hinauf – eine schmächtige, kleine Gestalt hinter dem stämmigen Mann. Tristan glaubte, durch luftleeren Raum zu gehen und klammerte sich an den einen Gedanken, der ihn völlig beherrschte – sie sollten erleben, was sie alles an seinem Vater Rivalin verloren hatten... allen voran der stolze, kalte und hochmütige Marc!

Mit einem herausfordernden Blick begegnete er dem herablassenden

Lächeln der Edlen, die in Gruppen um den Eingang standen und sich unterhielten. Plötzlich drehte sich der Jagdmeister um, und Tristan wäre beinahe gegen ihn gelaufen. »Der König«, flüsterte er. Tristan richtete sich hoch auf, hob kühn und trotzig den Kopf. Und dann blieb er stehen. Die Gestalt, die er allein auf der letzten Stufe sah, deutlich abgehoben vor dem dunklen Bogen, hatte etwas so Zwingendes an sich, daß Tristan kaum die Kraft fand, sich zu fragen, was er erwartet hatte – einen grausamen, strengen Tyrannen? Das nicht greifbare Schreckgespenst seiner Vorstellung löste sich auf. Denn instinktiv begriff er, daß die Einsamkeit, die diese ernste, ruhige Gestalt umgab, nicht auf Verachtung oder Stolz beruhte. Plötzlich wirkten die prahlerischen und wichtigtuerischen Edlen, die Ritter mit ihren kantigen Gesichtern und den harten Augen klein und wie unbeseelte Puppen im Vergleich zu diesem zerbrechlichen, schlanken Mann. Er steht weit über ihnen – wo bewegt er sich? Was sieht er? überlegte Tristan, während er spürte, wie ihn die ruhigen, grauen Augen schweigend musterten. Er gab sich einen Ruck. Wurde er schwach? Während Tristan sich wappnete, dem durchdringenden Blick zu begegnen und standhalten zu können, flog ein Schatten über die klaren, grauen Augen des Königs und trübte sie wie eine quälende Erinnerung. Doch im nächsten Augenblick war er wieder verschwunden. Die traurigen Lippen zwischen dem blaßbraunen Bart verzogen sich in einem Anflug von einem Lächeln.

»Der Jagdmeister hat uns deine Geschichte erzählt, Tristan, und uns von deinen Kenntnissen um das Waidwerk berichtet. Du sollst uns später darüber noch mehr erzählen. Und da du offensichtlich dem Kontor entflohen bist, können wir vielleicht neue Pläne für deine Zukunft machen. Aber fürs erste sei willkommen an unserem Hof.« Er legte dem Jungen freundlich die Hand auf die Schulter. Unfreiwillig und ohne es recht zu begreifen, sank Tristan plötzlich auf die Knie und preßte in einem seltsamen, blinden Verlangen, das er selbst nicht verstand, die Lippen auf die weiße, beringte Hand.

Einige Tage später hatte sich der Hof am Abend in der großen Halle versammelt und lauschte oder lauschte nur mit halbem Ohr dem Gesang eines alten, fahrenden Sängers, der an diesem Tag auf der Burg eingetroffen war. Dabei ging jeder seinen Beschäftigungen nach; die einen putzten das Gefieder ihrer Falken, die anderen beugten sich aufmerksam über ein Schachbrett oder spielten eine Partie Backgammon.

Der König saß vorgebeugt auf dem Thron und studierte den Plan einer Befestigungsanlage, die sein Baumeister ihm gebracht hatte. Tristan saß schweigend, kaum sichtbar in einer dunklen Fensternische. Er überließ sich der Musik und erlebte in Gedanken noch einmal die freudigen Ereignisse des vergangenen Tages. Sie hatten wieder im Wald gejagt. Der König hatte sein Geschick gelobt und ihn aufgefordert, neben ihm zu reiten, um ihm von den Waidmannsbräuchen in Frankreich zu berichten. Wenn er mich am Hof behält, überlegte Tristan, macht er mich vielleicht sogar zu seinem Knappen. Und eines Tages schlägt er mich zum Ritter, gibt mir eine Armee, und ich werde Lyonesse erobern! Richtig, er mußte die Sache mit seinem Vater erklären. Doch Marc würde verstehen. Der König schien alles zu verstehen. Warum hatte sich dann sein Herz gegen Rivalin verhärtet...? Es mußte irgendwie ein Mißverständnis gewesen sein. Einen Augenblick lang stand ihm Andreds finstere Gestalt vor Augen. Nach dem ersten Tag hatte er den Ritter kaum mehr gesehen. Nein, der König war nicht so, wie sie ihn dargestellt hatten – Andred und sogar Rual. Marc würde sicher verstehen. Vielleicht bereute der König es jetzt noch... Drohungen würden nicht notwendig sein. Tristan empfand beinahe Bedauern über eine verlorene Gelegenheit, sein Heldentum zu beweisen, fühlte sich aber zu glücklich, um solchen Gedanken nachzuhängen. Aus weiter Ferne, am Rand seiner Träume, vernahm er den wohlklingenden Gesang des Harfenspielers. Plötzlich hob Tristan den Kopf, setzte sich auf, lauschte, verließ dann zögernd seinen Platz und ging hinüber zu dem alten Mann. Ruhig stand er vor ihm und beobachtete jede Bewegung der Finger auf den Saiten, bis der Alte sie sinken ließ. »Das war ein bretonisches Lied«, erklärte Tristan. Der Harfenspieler blickte auf. Er freute sich über das Interesse an seiner Kunst. »Kennst du es, mein Junge?« fragte er überrascht. Tristan nickte und trat einen Schritt näher. Mit scheuen Fingern berührte er die Saiten der Harfe, und der alte Spielmann verstand die schweigende Bitte, die aus dem geröteten Gesicht sprach. »Möchtest du spielen?« Er gab Tristan die Harfe. Der Junge nahm sie mit einem gemurmelten Dank entgegen und setzte sich auf eine Stufe. Zaghaft griffen seine Finger ein paar Akkorde. Nach einer Weile begann er zu singen, zunächst beinahe unhörbar. Aber schließlich vergaß er alles um sich herum; seine Stimme erhob sich rein und klar über das Stimmengewirr in der Halle. Sie schwebte losgelöst wie Flötenklänge durch den Raum. Hier und da hob sich ein Kopf, wurde eine Beschäftigung beiseite gelegt. Das Lied war zu

Ende, aber Tristan blieb still sitzen. Seine Hände lagen noch auf den Saiten, denn es fiel ihm schwer, sich von dem Instrument zu lösen. Als er aufblickte, sah er den König mit dem halb entrollten Pergament auf den Knien. Er stützte den Ellbogen auf die steinerne Armlehne, sein Kinn ruhte in der Hand. Er hatte sich leicht vorgebeugt und schien fernen Erinnerungen nachzuhängen. Es dauerte einige Augenblicke, ehe auch ihm ins Bewußtsein drang, daß die Musik aufgehört hatte. Er winkte den Jungen zu sich.

»Wie es scheint, haben wir nicht nur einen Jäger, sondern auch einen Musikanten gefunden.«

Das Lächeln, das um die schmalen Lippen spielte, machte sie für Tristan, der vor ihm stand, noch einsamer, noch trauriger. Noch wie im Bann der Vergangenheit sagte der König: »Es ist lange her, seit in den Mauern von Tintagel eine so junge Stimme erklungen ist. Ich hatte eine Schwester... sie konnte nie genug Musik hören. Ihr zuliebe rief ich sie an meinen Hof... Sänger aus Wales, aus der Bretagne und aus den deutschen Ländern, Troubadoure aus dem Süden...«

Der König zog ihn näher, fuhr mit der Hand über die Stirn des Jungen und blickte ihm lange in die Augen. »Du könntest beinahe ihr Sohn sein.«

Tristan schlug das Herz so heftig, daß er glaubte zu ersticken. Wenn er jetzt sprechen könnte. Seine Lippen bebten, er rang um Worte.

Über Marcs Gesicht zog ein Schatten. »Aber sie wurde mir geraubt... durch zweifach verräterischen Raub... was die Liebe begann, vollendete der Tod.« Beinahe heftig ließ er die Schulter des Jungen los. Tristan hatte sich nicht träumen lassen, daß die sanfte, volltönende Stimme so bitter klingen könne. Sein Geständnis, das hervorbrechen wollte, erstarb ihm auf den Lippen.

Er sagte nichts, weder damals noch in den Monaten und Jahren, die folgten. Der Schwur, den er sich an diesem Tag abgelegt hatte, verhärtete sich in seinem Herzen und umschloß sein Geheimnis. Er würde erst dann sprechen, wenn er den Namen seines Vaters reingewaschen hatte. Doch während er am Hof von Cornwall lebte und Marc ihn immer enger an sich zog – allmählich, und zwar so allmählich, daß Tristan sich dessen kaum bewußt wurde –, erlebte der Schwur eine Wandlung. Von Kummer und

Selbstvorwürfen gepeinigt, klagte er sich an, daß er sich hatte dazu bringen lassen, Rivalin zu verraten, und der alte Groll gegen Marc erwachte von neuem. An jenem Tag hatte er voll Bitterkeit und Stolz beschlossen zu schweigen. Aber Jahre später hätte er kaum leugnen können, daß er Marc zuliebe nicht nur wie erträumt Rivalin rächen wollte, sondern auch von dem leidenschaftlichen Wunsch beherrscht wurde, an seiner Stelle zu sühnen.

Durch das Schweigen genährt, brannte die Heldenverehrung für seinen Vater noch immer unstillbar in ihm und beschwor einen leidenschaftlichen Traum von der Zukunft. Doch wider alle Vernunft war Marc der sichtbare Gegenstand seiner Bewunderung geworden. Tristan hatte schon lange den Versuch aufgegeben, Recht von Unrecht zu unterscheiden. Hatten beide, sein Onkel und sein Vater, durch eigene Schuld gelitten? Oder durch eine Laune des Schicksals, das den Spieß für Opfer und Missetäter umdrehte? »Wir sind nicht auf der Welt, um zu siegen«, hatte Marc einmal gesagt, »sondern um zu kämpfen und uns zu bemühen, zu prüfen und abzuwägen, um dem Weg zu folgen, den wir als richtig erkennen... sei es auch zu unserem Nachteil, bis wir selbst durch Unglück reicher werden... um uns zu wappnen, damit wir uns unserem Schicksal stellen können und bedeute dies auch den Tod.« Rivalin! Er war bereit gewesen zu sterben, dachte Tristan voll Stolz. Doch gleichzeitig schoß ihm der Gedanke durch den Kopf: Hatte er seine Worte sorgsam erwogen und hatte er nachgedacht, bevor er handelte? Hätte er die Kraft besessen, durch sein Schicksal zu wachsen? Und er begann, die unerklärliche Einsamkeit zu verstehen, die den König umgab. Doch die geheime Quelle seines freundlichen Gleichmuts blieb Tristan verborgen.

Bitter enttäuscht, da er sich durch seinen besten Freund verraten glaubte, hatte Marc sich selbst überwunden. Wo andere sich in ihrer Rache, im Haß und Mißtrauen gegen die Welt erniedrigt und auf die Ebene der übrigen begeben hätten, hatte er sich gezwungen, das Vertrauen an die Menschen nicht zu verlieren und das Wohl seiner Untertanen – vom höchsten Vasallen bis zum einfachsten Bauern – im Auge zu haben. In Jahren unendlicher Geduld und Ausdauer, im ständigen Kampf gegen Enttäuschungen, hatte er langsam sein Reich errichtet. Unerschrocken wendete er sich gegen die Gier seiner Edlen und stand unerschütterlich zu seiner Überzeugung, daß er nur durch Einigkeit ein Königreich errichten konnte, das diesen Namen verdiente.

Langsam wuchs Marc über die anderen hinaus, indem er sich bemühte, die Gewalt und die Schwäche zu verstehen, die er haßte und verabscheute. Die einen beschuldigten ihn, ein Heuchler zu sein, der hinter der Maske des Wohltätigen die absolute Macht anstrebte. Andere verspotteten ihn als Idealisten und warfen ihm Stolz vor. Doch wer bemerkte sein Sehnen, Wünschen nachzugeben und sich Dinge zu erfüllen, die zu unterdrücken ihn sein Pflichtgefühl gegenüber seinem höchsten Ziel zwang? Wer kannte das ganze Ausmaß der Schlacht, die er gegen sein Gewissen führte, das ihn verspottete und verhöhnte, das ihm einflüsterte, alles sei nur eine Flucht und ein Vorwand? Es gab Stunden, in denen Marc sich für einen Pharisäer hielt, der seinen Haß hinter Rechtschaffenheit verbarg, denn hatte er im Grunde seines Herzens jemals vergeben? Hatte er bei Rivalins Tod nicht heimlich triumphiert? Oft kam es ihm vor, als habe ihm die Kraft gefehlt, sich dem eigenen Urteilsspruch zu stellen. Er war geflohen und hatte sich seinem Gewissen verschlossen. Lyonesse sollte seinem Wohl oder Untergang überlassen bleiben. Niemand durfte Rivalin erwähnen... aus Achtung vor seiner Trauer... wer glaubte daran? Und dann war der Junge gekommen, der so merkwürdig seiner Schwester ähnelte – mit seiner Musik, seinem leidenschaftlichen Idealismus, seinen unbezähmbaren Träumen. Er wußte nichts und würde deshalb niemals zweifeln.

Und Tristan, den es nach Wissen dürstete, saß bewundernd zu Füßen des Königs. Selbst die Regeln, das Schreckgespenst seiner Kindheit, hatten Sinn gewonnen und erschienen ihm jetzt vernünftig. Er hatte seinen König, seinen Führer gefunden. Ihm wollte er dienen, ihm wollte er helfen, sein Reich zu errichten – nicht in der Welt der Träume über dem westlichen Meer, sondern hier in Cornwall, in Lyonesse! War Marc ein Mensch, war er ein Gott, fragte er sich manchmal. Ihm fielen die Geschichten der alten Ceridwen ein, die sie ihm vor langer Zeit in Lyonesse erzählt hatte: von den Königen der Unterwelt, vom Land des jungen Helden, der eine Zeitlang menschliche Gestalt annehmen konnte – sie alle kannten weder Schmerz noch Alter noch Tod. Doch dann erinnerte er sich an den Blick des Königs und an seine Stimme, an dem Abend, als Tristan zum ersten Mal für ihn gesungen hatte. Er würde nicht ruhen, bis er mit eigener Hand alles Unrecht gutgemacht hatte – er wollte es für Marc tun, und auch für Rivalin.

So vergingen die Jahre; Tristan und der König wurden immer unzertrennlicher. Zwar nahm er mit Eifer an Waffenübungen und den

Wettkämpfen seiner Altersgenossen teil. Aber er war nicht wirklich einer von ihnen. Sie fürchteten sich beinahe vor der Heftigkeit, mit der Tristan sich auf eine Aufgabe stürzte, als sähe er darin eine Bedeutung, die sie nicht begriffen oder verstanden. Ihnen war unbehaglich zumute, wenn er in dieser seltsamen Art von unbelebten Dingen sprach, als besäßen sie ein Eigenleben. Es gab Zeiten, da erschien ihm sein Körper zu klein, um ihn aufzunehmen; und er floh selbst vor dem König, um sich in ein tollkühnes Unternehmen zu stürzen. Dann konnte ihm niemand folgen; doch wunderbarerweise kam er immer wieder gesund und unversehrt zurück, als wachten unsichtbare Mächte über ihm. Doch hinterher bedeutete es ihm nichts mehr. Von ungezügelter Freude verfiel er plötzlich in seltsames Schweigen und streifte ganze Tage durch Felsen und Höhlen oder verschwand im tiefen Wald. Denn der Wald hatte ihn aufgenommen. Er empfand ihn nicht als einen untrennbaren Teil seines Wesens, wie das Meer es immer für ihn gewesen war – die drängende und getriebene, aber doch schweigende See, die zu warten schien, wie im geduldigen Wissen um eine Kraft, die über sie hinausging. Doch geborgen im Schatten der Bäume fand Tristan Erleichterung, bis er in den tausend Stimmen, die sein Ohr, das sich auf die Stille einstellte, wahrnahm, die quälende Last seines Ichs ertränkt hatte. Er lernte, die Stimme des Windes in den Eichen zu erkennen und vernahm sie im zaghaften Wispern der Birken und Erlen. Er konnte den Ruf der Vögel nachahmen.

Die Edelleute am Hof ließen Tristan in Ruhe. Herablassend lobten sie ihn anfangs und amüsierten sich über sein Geschick. Doch er blieb für sie immer das fremde, halb elfenhafte Wesen, das vom Ast eines Baumes gesprungen war. Mit skeptischer Belustigung beobachteten sie Marcs wachsende Zuneigung zu dem Jungen. Der König würde schon feststellen, daß er sich hatte täuschen lassen, sagten sie lachend voraus, und dann wird er seinen Ärger mit einem neuen Reformgesetz begraben.

Mereadoc hatte Tristan in der ersten Zeit unter seine Fittiche genommen. Doch im Laufe der Monate und Jahre wurde ihre Freundschaft nicht enger. Es lag eine versteckte Tiefe in dem Jungen, die den unbeschwerten Ritter beunruhigte; und Tristan fühlte sich machtlos angesichts Mereadocs liebenswürdigem, heiterem Wesen, von dem alles abprallte, wie Pfeile von einer glatten Oberfläche. Zu Dinas von Lidan fühlte er sich trotz Altersunterschied hingezogen. Mit Dinas sprach er über die Fragen, die ihm für das Ohr des Königs zu geringfügig erschienen. Der alte Krieger gab ihm Ratschläge aus der Fülle seiner Erfahrungen. Tristan wußte wohl, daß er seine Träume beiseite schob, wie ein heftiger Wind die Spinnweben zerreißt. Doch das Lachen in dem Gesicht mit dem braunen Bart und das Glitzern in den blauen Augen kannten keinen Spott. Dinas vermutete, daß hinter den Phantasien des Jungen etwas steckte. Er spürte eine dunkle, treibende Kraft, aber er drängte ihn nicht zu reden. Bereitwillig unterrichtete er Tristan im Waffengebrauch und in der Kriegführung. Und der Junge lernte mit einer solchen Leidenschaft, als bereite er sich auf seine Feuerprobe vor. Konnte es sein, daß er all dies für Marc und sein Reich tat, fragte sich Dinas. Der König würde Krieger brauchen, wenn Freiheit für die kriecherischen Herzen schwerer zu ertragen war als Gewalt... wenn Andred...

Seit dem ersten Tag in Cornwall hatte Tristan seinen geheimnisvollen Verwandten nur selten gesehen. Andred hielt sich monatelang von Tintagel fern und lebte abgeschieden in seiner Festung in den westlichen Mooren. Er nährte die Erinnerung an das Unrecht, das man ihm angetan hatte, oder er schmiedete dunkle Pläne für Aufruhr und Zerstörung – wer konnte es wissen? Aber wie von einem bösen Dämon getrieben, tauchte er von Zeit zu Zeit am Hof auf. Von Tag zu Tag, von Stunde zu Stunde schwankte er dann zwischen gewinnender Liebenswürdigkeit und beißendem Spott. Es gab Augenblicke, in denen Tristan kaum verstand, wie der König Andreds Sticheleien dulden konnte. Vielleicht hatten sie im Lauf der Jahre ihre Kraft verloren. Oder konnte Marc sich nicht von den quälenden Gewissensbissen befreien, daß er, ohne es zu wollen, für das vergiftete Leben seines Stiefbruders verantwortlich war? Tristan mußte sich jedoch widerwillig eingestehen, daß der Mann eine gewisse diabolische Anziehungskraft besaß. Der gesetzte, würdige cornische Hof hielt den Atem an, wenn Andred auf der Bildfläche erschien. Die Gespräche erhielten durch seine bissige Schlagfertigkeit eine gewisse Schärfe, und Tristan nahm die Herausforderungen an. Manchmal fühlte er sich tatsächlich versucht, Andred zuzustimmen, wenn jener Gondoins gefräßiger Trägheit einen Hieb versetzte oder Guenelons salbungsvolle Reden rücksichtslos unterbrach. Doch der Kanzler nahm mit dünner Stimme ungerührt den Faden wieder auf und wendete Andreds Spott mit subtiler Gelehrsamkeit gegen den Ritter. Und Marc – war Tristan nicht selbst beinahe außer sich vor Unwillen gewesen, als der König eine abscheuliche Untat nur maßvoll bestrafte, anstatt die Sache mit einem schnellen Schwerthieb zu erledigen?

Und Andred spottete: »Marc schafft sich seine Feinde auf die feine Art... ein Mann kann ihm eher vergeben, daß er den Kopf verliert, als seinen Stolz aufgeben zu müssen!« Aber Tristan verteidigte den König in einem leidenschaftlichen Ausbruch von Treue: Konnte jemand Marcs Gnade verachten? Konnte man geringschätzen, wenn man zum ersten Mal erlebte, was Freiheit und Gerechtigkeit bedeuteten? Daß sie nicht als Tiere, sondern als Menschen behandelt wurden? Marc würde die Welt verändern!

Andred hörte sich die leidenschaftlichen Entgegnungen des Jungen meist nur skeptisch an. Aber eines Tages lud er Tristan ein, ihn auf seine Burg im Westen zu begleiten, als er gerade im Aufbruch begriffen war. Tristan bat den König um seine Einwilligung, denn er war neugierig und ganz aufgeregt bei dem Gedanken, mehr über seinen Verwandten zu erfahren, vielleicht sogar etwas Neues über Blancheflor und Rivalin. Marc hörte sich Tristans Bitte zögernd und unwillig an. Er sah mit einem leichten Schock, daß aus dem schlanken Jüngling ein Mann geworden war. Konnte er es wagen, ihn der Prüfung auszusetzen?

Eines Morgens im Frühling verließ Tristan an Andreds Seite Tintagel. Die weiche, prickelnde Luft schien selbst Andreds Blut zu erwärmen. Und unterwegs begann er vom Hof zu erzählen, wie er früher gewesen war. Damals herrschte auf den Hügeln fröhliches Treiben. Wimpel flatterten auf den Zelten, und überall hörte man das Lachen und Lärmen der Bewaffneten und der fahrenden Händler. Damals war Cornwall noch nicht mit einem Heiligen als König gesegnet. Turnier folgte auf Turnier. Dabei ging es weniger um das Klirren von Stahl (davon hatte sein Stiefvater genug bei seinen ständigen Schlachten und Raubzügen), sondern mehr um das silberhelle Lachen der Frauen. Ja, Cormac verstand etwas von Frauen, obwohl er sie mehr wie Kühe behandelte. Aber wollte eine Frau etwas anderes... abgesehen von seiner Mutter? Ihr Herz konnte er nie erringen, obwohl er sie zwang, ihm zwei Kinder zur Welt zu bringen. Als man ihr das Erstgeborene in die Arme legte, sah sie es nicht an und beim zweiten starb sie. »Den ganzen Tag«, fuhr Andred fort, »saß sie schweigend am Fenster und blickte über das Meer zu den südlichen Ländern und verzehrte sich nach ihrem erschlagenen Gemahl, dem dunkelhaarigen Höfling, dem Troubadour... ich vermute, Tränen waren alles, was ich aus ihren Brüsten saugte... und die beiden anderen... sie kümmerten sich wenig um das Los ihrer Mutter; sie tollten und spielten in den Hallen von Tintagel – sie waren sein

Blut... obwohl meine Schwester Blancheflor selten zufrieden zu sein schien. Sie träumte nur und lauschte den Märchen der fahrenden Sänger.« Er schwieg.

Tristan fürchtete, seine Stimme könne ihn verraten und wagte nicht, ihm weitere Fragen zu stellen. Doch Andred nahm den Faden wieder auf, und in seiner Stimme lag der gewohnte Anflug von Verbitterung. »Es wäre eine schöne Geschichte für die Ohren alter Weiber... der Geist ihres Troubadours zeugt das Kind im Leib meiner Mutter. Meine Schwester hatte wenig von ihrem wirklichen Vater... weder sie noch Marc.« Er lachte rauh. »Ich denke, den alten Cormac schmerzte am meisten, daß ich mehr von seinem Feuer hatte als sein eigener Sohn, und er ließ mich dafür leiden. Doch ich vermute, er hätte sein Reich lieber...«

Er verschluckte den Rest. Hoch über der Heide sangen unsichtbar die Lerchen. Bemüht, Andred aus seinem Brüten zu reißen, und in der Hoffnung, das Gespräch vielleicht auf Rivalin lenken zu können, bettelte Tristan um Geschichten vom Hof, von den Zweikämpfen, Turnieren und Sängerwettstreiten. Und Andred beschwor die Vergangenheit herauf, als die Mauern von Tintagel vom Lärm und Geschrei kämpfender Männer widerhallten, und würzte seine Anekdoten mit der üblichen Bissigkeit. »Die meisten waren Grobiane, doch es waren Männer mit Kraft in den Knochen... ja sogar Marc mit all seinem mönchischem Getue, der immer zu Füßen des Kanzlers saß... obwohl der alte Guenelon kein Narr ist... selbst Marc hatte etwas für einen guten Kampf übrig. Es war einer der bittersten Streiche des Schicksals, daß er Rivalin sein Vertrauen schenken sollte.«

»Rivalin!« Tristan beugte sich aus dem Sattel, wie um die Gurte nachzuziehen, um sein Gesicht zu verbergen. »War er nicht einer... der tapfersten Ritter in Cornwall?«

Andred lachte laut und lange. »Danach mußt du einmal Marc mit seinen ritterlichen Idealen fragen. Unter Rivalins Schwert welkten sie dahin wie Stroh in der Sonne.«

Zweifel und Verzweiflung erfüllten Tristans Herz. Marc mit seinem Edelmut, seiner Weisheit – immer würde sich dieser unüberwindliche Abgrund zwischen ihnen auftun, während Andred, verderbt und boshaft... Er spürte die Hand des Mannes an seinem Handgelenk, spürte, wie die Zügel sich strafften. Andred deutete auf die Hügel vor ihnen auf der anderen Seite des Tales. Hoch oben auf dem Gipfel schienen sich die verstreuten Felsen zu einer Art Bollwerk zu verdichten.

»Der Horst des Geiers... was hältst du von meinem fürstlichen Reich?« Ohne die Antwort abzuwarten, trieb Andred mit einem bösen Lachen das Pferd den Abhang hinunter und das Tal entlang auf den Wald zu. Irgendwo hinter einem Vorhang aus Binsen und Weiden verriet unablässiges Murmeln einen Bach. Im weichen Gras hörte man den Hufschlag der Pferde kaum. Plötzlich zerriß ein heftiger Aufschrei den grünen Frieden der Wiese. Die Pferde spielten nervös mit den Ohren. Tristan sah überrascht zu seinem Begleiter hinüber. »Ein Tier?« fragte er.

»Wenn du so willst... obwohl dieser Name ihm sogar schmeichelt.«

Tristan trieb das Pferd auf die Weißdornbüsche zu, aus denen der Schrei gedrungen war. Er ertönte von neuem – ein langgezogenes Heulen, das in einem erstickten Gurgeln endete. Und jetzt hörte er dumpfes Schlagen, als würde jemand mit einem Flegel Korn dreschen. Einen Augenblick später bog er um ein Weidendickicht und entdeckte den Grund der Schreie.

Auf einer kleinen Lichtung am Rand eines Wäldchens stand neben einem verwitterten Baumstumpf ein kräftiger Mann und bearbeitete mit unablässigen Schlägen irgend etwas, das sich zu seinen Füßen wand. Tristan sah, wie sich die Muskeln in seinem dicken roten Nacken bei jedem Schlag spannten. Bald drang aus dem zuckenden Körper, der halb hängend, halb liegend mit Lederriemen an den Baum gefesselt war, nur noch ein Winseln; der zahnlose Mund, der es hervorstieß, gehörte einem alten Mann.

Von Abscheu und Entsetzen gepackt, zügelte Tristan sein Pferd und starrte auf die Szene. Dann gab er blaß vor Zorn dem Tier die Sporen, trieb es vorwärts und versetzte dem Mann einen Faustschlag in den Nacken. »Du Schurke, du Schuft, der Mann ist halbtot! Weißt du, daß das Gesetz dich zur Rechenschaft ziehen kann?«

Völlig überrascht hatte der Mann die Peitsche fallengelassen und wendete sich mit verdrießlichem Gesicht dem Ankläger zu. Als er Andred im Hintergrund entdeckte, kniff er die kleinen Augen zusammen und erwiderte in einer Mischung aus Unverschämtheit und Unterwürfigkeit: »Euer Knappe, Herr scheint mit den Sitten hier nicht vertraut zu sein.«

Andred lachte leise und höhnisch. »Er verhilft nur den Gesetzen des Königs zum Recht: Niemand darf Alte und Kranke körperlich züchtigen, es sei denn, auf Anordnung der Gerichte des Königs.«

»Der König!« Der Mann spuckte auf den geschundenen Körper zu seinen Füßen. »Soll er doch kommen und beweisen, daß er der Herrscher ist.«

Andred runzelte die Stirn, als wolle er ihn schweigend tadeln. »Es wäre gut, manche Leute würden Marcs Gesetze besser kennen... desto eher hätten sie genug von ihnen«, murmelte er vor sich hin. »Was hat der Mann sich zuschulden kommen lassen?«

»Er wollte die festgelegte Kornsteuer nicht zahlen.«

»Weshalb nicht?« Andred stieß das blutende Opfer mit den Sporen an. Der alte Mann hob zitternd den Kopf und versuchte zu sprechen. »Ich hatte kein Saatgut, hoher Herr.«

»Die Ernte war gut.«

Der Bauer schüttelte den Kopf. »Ich war nicht hier.«

Ungeduldig zügelte Andred sein tänzelndes Pferd. »Wo warst du? Hast du im Grab geschlafen, wo du eigentlich hingehörst?«

»Wer ist es?« fragte er den Vogt.

»Der alte Michael. Er wohnte in der Hütte unten im Marschland, aber als Marc die neue Siedlung hoch über dem Fluß errichten ließ, gaben seine Kinder keine Ruhe, bis er mit ihnen über den Deich zog.« Der Mann kam einen Schritt näher und erklärte mit boshafter Genugtuung: »Aber nach der Schneeschmelze entdeckte ich ihn, als er gerade die Asche aus seinem Herd räumte und die ersten Furchen zog. Wenn er Euer Land bestellt, Herr, dann muß er sein Lehen zahlen.«

Andred verzog die Lippen, und in seinen Augen blitzte Triumph auf, als er auf den geschundenen Bauern hinunterblickte. »Also dir gefiel das Paradies meines Bruders nicht?«

Nur mit Mühe hob der alte Mann den Kopf. »Es war nicht mein Zuhause. Meine Leute... seit zweihundert Jahren und noch länger lebten sie am alten Platz... es schien irgendwie nicht richtig, in dem neuen Ort zu sterben.« Sein Kopf sank zurück, und der zerschlagene Körper fiel in sich zusammen. Tristan durchschnitt mit dem Schwert die schmerzenden Riemen.

Sie wendeten die Pferde, und Andred fragte über die Schulter: »Wie geht es deiner Tochter, Mann? Hast du immer noch keinen Schwiegersohn gefunden, der ihre hübschen Wangen verdient?«

Der Vogt erwiderte augenzwinkernd: »Das schon, aber das vorwitzige Ding ist wählerisch. Ich glaube, sie ist zu verwöhnt!« Sein anzügliches Lachen schallte hinter ihnen her, als sie die Lichtung verließen.

Schweigend ritten sie in den Wald. Andred räusperte sich. »Wann wird mein Bruder Marc begreifen, wie wenig seine Untertanen von seinen Träumen halten?«

Tristan gab keine Antwort. Ein Schatten war über den Frühling gefallen, und er kämpfte in einem giftigen Nebel erstickenden Zweifels eine schweigende Schlacht um seinen Glauben. Menschen... waren sie wirklich nicht viel mehr als Tiere, wie Andred angedeutet hatte, nicht viel mehr als Tiere, die demütig zu der Hand zurückkrochen, die sie schlug? Waren sie vielleicht sogar weniger wert als Tiere? Ein Hase mit großen, aufgerichteten Ohren saß im Farn, spähte durch die sich entrollenden Wedel und hüpfte dann über den Pfad. Ein Vogel schwebte in silbernen Kreisen herab. Der Duft nach Weißdorn hing schwer in der Luft.

Plötzlich fühlte Tristan sich am Arm gepackt. Durch die lichter werdenden Bäume blickten sie auf eine Wiese mit grasenden Kühen. Am Gatter lehnte ein Mädchen. Langsam, mit natürlicher Anmut wandte sie den Reitern den Kopf zu und richtete die sanften fragenden dunkelbraunen Augen auf sie. Andred hob grüßend die Hand. »Wartest du noch immer auf deinen Märchenritter?« rief er, »es verirrt sich nur selten jemand vom Hof in mein rauhes Nest. Die zierlichen Füße werden vom Warten müde werden. Es ist schon lange her, daß sie in meiner Burg getanzt haben. Beinahe zwölf Monate, nicht wahr?« Er ritt näher und faßte die junge Frau unter das Kinn.

Mit einer gleichgültigen Bewegung entzog sie sich seinem Griff. »Ich muß das Vieh hüten...«

»Für einen Kuß von diesen roten Lippen wird der Schweinehirt das gern für dich tun.«

Ohne ihn weiter zu beachten, kaute das Mädchen weiter an einem Grashalm, den es in der Hand drehte. Der Ritter schien ihm höchst gleichgültig zu sein, denn es richtete den leeren Blick unverwandt auf Tristan.

Andred lachte leise. »Demnächst einmal, bei Sonnenuntergang, ja?« Die junge Frau nickte schweigend, ohne den Kopf zu wenden.

»Ich werde die Wache unterrichten.« Er griff in den Beutel an seinem Gürtel und holte eine Goldmünze heraus, ließ sie durch die Luft wirbeln und warf sie dann dem Mädchen vor die Füße. Es ließ sie achtlos im Gras liegen.

Tristan spürte, wie ihm das Blut in die Wangen stieg. Er wußte nicht genau warum; es schien, als empfände er an Stelle der jungen Frau die Schande. Doch seltsamerweise fühlte er sich getrieben, ihr auch etwas zu geben – aber kein Gold! Die Münze lag hart und kalt vor ihren Füßen; das Sonnenlicht vergoldete ihre braunen Haare und ließ ihre runden Wangen warm und zart erglühen. Tristan suchte nach einer Möglichkeit. Und dann sah er ein blasses Leuchten – die erste, sich entfaltende Knospe einer Heckenrose. Während er noch zögerte, die Hand auszustrecken und sie zu pflücken, hatte das Mädchen seinen Blick aufgefangen und brach sie ab. Als sie zu dem Zweig hinaufgriff, glitt ihr das Tuch von der Schulter. Lächelnd gab sie Tristan die Rose. Er suchte vergeblich nach Worten. Ärgerlich über seine Unbeholfenheit konnte er nichts anderes tun, als sie an seine Lippen zu halten, wie um den Duft zu genießen, den sie nicht besaß.

Andred war bereits vorausgeritten. Er folgte ihm gemächlich den steiler werdenden Weg hinauf und hielt dabei die Rose immer noch in der Hand. Tristan überlegte, ob ihr Körper ebenso seidig und kühl sei. Beinahe unbewußt preßte er die Blütenblätter an die Lippen.

Andreds Lachen riß ihn aus seinen Träumen. Mit spöttischer Belustigung hatte er den Jungen beobachtet. »Ein zartes Vögelchen in diesen rauhen Bergen, nicht wahr? Wer würde glauben, daß das Mädchen von diesem Rohling abstammt?«

Doch Tristan konnte nicht denken. Er war völlig verwirrt. Schönheit und Entsetzen, Lieblichkeit, Bestialität und Schmerz mischten sich und brachten ihn durcheinander. Er wußte weder ein noch aus. Die runde schimmernde Wange im Licht der untergehenden Sonne ließ ihn immer noch nicht los.

Aus einer Felsspalte blies ihm ein kalter Wind entgegen. Tristan blickte auf. Der Wald lag weit unter ihnen. Kurze Zeit später ritten sie zwischen riesigen grob behauenen Steinquadern hindurch. Es war kaum möglich zu sagen, wo die Felsen aufhörten und die Burg begann.

Der Zugang zu Andreds Festung hatte roh und barbarisch gewirkt. Aber später, in der hohen gewölbten Halle, die als Bankettsaal diente, mußte Tristan sich eingestehen, daß es viel zu bewundern gab. An den hohen Wänden oder wahllos verteilt auf Lehnstühlen und Bänken lagen wie vergessen die Zeichen einer reichen Vergangenheit: reich bestickte Wandteppiche, stumpf und stockfleckig von Alter und Feuchtigkeit, doch von solch handwerklicher Meisterschaft, daß Tristan an sein weit zurückliegendes Abenteuer auf dem Schiff der Kaufleute denken mußte. Während seine Finger über einen blaßgrünen schimmernden Glaskelch glitten, aus dem er den öligen, würzigen Wein trank – ein nacktes Wesen mit runden Brüsten und geschwungenen Hüften, die in einem Fischleib endeten, wand sich um den Stiel –, sah er sich neugierig um.

Andred bemerkte das Staunen seines Gastes und lächelte sein dunkles Lächeln. »Sie kommen aus der Heimat meiner Mutter, aus den Ländern im Süden. Der alte Cormac sorgte dafür, daß er seinen Teil an Schönheit bekam... seien es Schätze oder Körper.« Und er begann, von seinen Reisen auf der Suche nach der Heimat seiner Mutter zu erzählen, von der Burg am Mittelmeer, von den terrassenförmigen Hügeln mit ihren Olivenhainen und Weingärten, von dem verführerischen Lachen dunkeläugiger Frauen, das durch die mittägliche Luft drang, während sie vom Hof kamen oder dorthin ritten.

Tristan fragte sich beim Zuhören, warum Andred nicht im Land seiner Vorfahren geblieben, sondern zurückgekehrt war. Es schien, als sei er von einem unsichtbaren Stachel in das wilde Heideland seiner Kindheit zurückgetrieben worden. Es war, als mache Andred sich mit Gewalt ein Reich zu eigen, in das der Zufall des Schicksals ihn verschlagen hatte, bis er, der Fremde, der Ausgestoßene, in seiner wahnwitzigen Haßliebe sich an dem Land gerächt hatte, das ihn nicht aufnehmen wollte.

Die Tage vergingen; sie verbrachten ihre Zeit mit Jagen in den umliegenden Wäldern. Wenn sie Menschen begegneten, fiel Tristan immer wieder auf, welche Unterwürfigkeit sie Andred gegenüber an den Tag legten. Beruhte sie auf Angst oder auf einer seltsam unnatürlichen Verehrung ihres Herrn und Gebieters? Meist handelte es sich um derbe Männer mit gestählten Körpern. Sie waren wortkarg, wirkten verschlagen, und in ihren Augen lag ein unterdrücktes Glühen, als warteten sie auf den Tag, an dem sie den Pflug mit der Hellebarde vertauschen würden; es schien selbstverständlich, daß jeder bewaffnet war, und daß an den Wänden der Hütten zwischen Hacken und Halftern eine einfache, blank geputzte Waffe blitzte.

Als sie eines Abends bei Sonnenuntergang zurückkamen, sagte man ihnen, die Tochter des Landvogts sei mit einer Nachricht für die Ritter auf der Burg gewesen. Andred sah, wie Tristan das Blut in die Wangen stieg, und klopfte ihm auf die Schultern. »Keine Angst, sie wird schon zurückkommen.« Tristan ging achselzuckend und mit gespielter Gleichgültigkeit zur Burgmauer, unter der tief unten die endlose Heide lag. Plötzlich hielt er die Hand vor die Augen und beugte sich aufmerksam vor. Er glaubte, fern im Westen unter dem leuchtenden Dunst einen flammenden Goldfleck funkeln zu sehen.

Andred stand neben ihm. »Beeindruckt dich der Sonnenuntergang oder die Größe Cornwalls? Ich habe dir ja gesagt, mein Felsenheim ist ein Horst, dem das ganze Land zu Füßen liegt. Komm!« Er ging zum Bergfried voran. Sie stiegen die dunkle, gewundene Treppe nach oben. Sie traten ins Helle hinaus, und Tristan stockte vor Überraschung der Atem.

Weit unten lagen die Hügel, über die sie geritten waren. Doch sie wirkten nur noch wie eine wellige Ebene, die sich, umgeben vom schimmernden Meer, von Norden nach Süden erstreckte. Andred wies nach Nordosten, wo etwas über die Hochebene hinausragte, das wie eine Felskuppe aussah. »Die Türme von Tintagel!« Sein Lachen zerriß die klare Luft. Doch Tristan wandte sich nach Westen, wo der Horizont wie ein flammender Feuerofen glühte. Er war starr vor Erregung und wagte kaum, dorthin zu blicken, weil er fürchtete, seine Hoffnungen könnten nicht in Erfüllung gehen. Aber er irrte sich nicht; der feuerrote Sonnenball zwängte sich in eine stählerne Fläche, aus der das Land wie ein schwarzer, zerklüfteter Keil herausgeschnitten war.

Ein spöttisches Lachen riß ihn aus seinen Träumen. »Man könnte glauben, du starrst den Mont Sauvage an. Aber ich wette, das Land dort ist irdisch genug... Lyonesse... Cornwalls Lehen.«

Tristan zog schnell die Hand von der Mauerbrüstung, damit Andred nicht sah, daß sie zitterte. Er wagte nicht, sich umzudrehen. Wie aus weiter Ferne hörte er die Stimme seines Onkels. »Ja, dort wo Marcs Recht und Ordnung wirklich gebraucht würden, halten sie keinen Einzug. Er erlaubt sich nur diese eine Rache, Rivalins Land vor die Hunde gehen zu lassen. Lyonesse ist zugrunde gerichtet, und Morgan, dieser Köter, ernährt sich von den Überresten. Und doch muß es dort noch gutes Blut geben, Blut vom alten Stamm, und wenn sie einen Führer hätten...!«

»Und wenn sie einen hätten?« Erregt und halb erstickt brachen diese Worte aus Tristan hervor.

Andred lachte. »Nur ruhig, mein Junge. Du bist nur allzu schnell bereit, die Partei der Unterdrückten zu ergreifen. Es war nur eine Vermutung. Die Phantasie ist ein gutes Mittel, um den Verstand zu schärfen. Hast du nicht immer selbst Träume gesponnen? Wollen wir nicht zusammen eine Geschichte erfinden?« Mit gespieltem Gleichmut stützte Andred den Ellbogen auf die Brüstung und beobachtete Tristan aus den Augenwinkeln. »Glaub mir, eines Tages wird der Herr erscheinen, der Retter des Landes.« Er schwieg und starrte Tristan an, als habe er plötzlich eine Idee. »Mein Gott, das eignet sich gut für eine Ballade, mit denen die Sänger durchs Land ziehen können – denn du hast wirklich etwas von meiner Schwester Blancheflor, und wenn du erregt bist, funkeln deine Augen beinahe wie Rivalins Augen.«

Tristan glaubte, die Beine würden ihm den Dienst versagen. Es rann ihm heiß und kalt über den Rücken. Erlaubte sich Andred einen Spaß oder wußte er etwas?

Doch die zynische Stimme schwieg noch nicht: »Ich vermute, es würde nicht lange dauern, bis man Geschichten über dich erzählt. Es gibt genug Narren, die sie glauben werden, und viele, die bereit wären, sich selbst zu belügen, nur um das Land von Morgan zu befreien. Würde dir diese Rolle gefallen, Junge?... Der Kämpfer für eine gerechte Sache, ein Held... der Sohn des tapferen Ritters Rivalin?«

Unter Tristans Füßen schien der Boden zu schwanken. Er lehnte sich mit dem Rücken gegen die Brustwehr, um nicht zu fallen. Durch einen Nebel sah er Andreds spöttisches und triumphierendes Gesicht. Sprach der Ritter im Ernst? Er hatte doch selbst gesagt, es sei nur eine Geschichte. Aber wenn er sie nun bis zum Ende erzählte? Konnte es sein, daß seine – Tristans – Stunde endlich gekommen war? Lyonesse! Aber er hatte es durch Marc gewinnen wollen... durch die eigenen Taten, nachdem man ihn zum Ritter geschlagen hatte. Und bis dahin mußte er sich kaum länger als ein Jahr gedulden.

In Tristans Herzen nagten bittere Zweifel. Wenn Marc ihn nicht anhörte? Wenn er ihm aus Groll seine Pläne vereitelte? Und wie sollte er Rivalins Ehre wiederherstellen? Vor langer Zeit in der Kindheit schien das so einfach zu sein. Plötzlich richtete er sich auf und blickte Andred herausfordernd an: »Und dann?«

»Oh, wenn er siegt, wir Lyonesse einen Retter gefunden haben, Cornwall einen treuen Vasallen und der namenlose Sprößling eines fahrenden Ritters... einen Namen.«

Ungläubig starrte Tristan in das finstere Gesicht. »Aber Marc würde nie...«

Andreds spöttisches Lachen kam aus voller Brust. »Marc... warum muß man ihn fragen? In den Marken im Westen gibt es genug

Männer, die zum Schwert und zur Axt greifen, während Marc auf seinem Thron sitzt, grübelt und neue Welten in den Staub seines Musterreichs zeichnet. Wie gefällt dir der Gedanke an dein Lehen... Tristan... von Lyonesse?«

Andred machte keinen Spaß, ob es ihm bewußt war oder nicht. Durch den erstickenden Schleier des Entsetzens hindurch dämmerte es ihm... die dunklen verschlagenen Gesichter, die scharfen Waffen. Tristan riß sich zusammen, blieb einen Augenblick still stehen, als würde er sich einem Feind stellen. »Sehr gut gefällt sie mir, diese Geschichte, so gut, daß ich niemals den Namen eines Verräters tragen werde.«

Er machte auf dem Absatz kehrt, stürzte die Treppe des Bergfrieds hinunter, rief nach seinem Pferd, und ehe ihn jemand fragen oder aufhalten konnte, galoppierte Tristan durch das Burgtor, an den rauhen Mauern aus Felsen und grob behaueneen Steinen vorbei und den Abhang hinunter, den er erst vor wenigen Tagen, ganz seinem jugendlichen Frühlingstraum hingegeben, hinaufgeritten war. Der Wald lag verlassen im blauen Schatten der Dämmerung; der Geruch nach Pilzen lag dumpf in der Luft. Das Gatter vor der Wiese hob sich klar und schwarz vor dem giftiggrünen Gras ab. Er achtete kaum darauf, ebensowenig wie auf das Leuchten der Heckenrosen. Er ritt, ohne etwas zu sehen. Ihn trieb nur der Gedanke: Tintagel, Marc! Mit wachsendem Entsetzen erkannte Tristan, wie nahe er unwissentlich dem Verrat gewesen war. Doch er entschuldigte seine Blindheit nicht. Andreds Überlegungen stimmten beinahe. Wußte er etwas? Selbst jetzt war Tristan nicht sicher. Andred würde die Geschichte jenseits der Grenzen verbreiten. Doch er mußte ihm zuvorkommen und Marc alles erzählen. Jetzt konnte er es ihm sagen, denn jetzt hatte er seine Treue unter Beweis gestellt. Seine Treue! Plötzlich dämmerte ihm, daß es trotz allem nur um einen Handel ging, den er durch eine berechnete Drohung erzwang. – »Gib mir eine Armee, damit ich mein Land erobern kann, und ich werde dein treuer Vasall sein. Vergiß deinen Groll gegen Rivalin, denn ich, sein Sohn, habe dich vor den Machenschaften deiner Feinde bewahrt.« Als er nach langem Umherirren in der dunklen Heide Tintagel im Morgengrauen erreichte, wußte Tristan, daß er nicht sprechen konnte.

Und Marc zeigte sich nicht erstaunt über seine schnelle Rückkehr – ob er sich nun wunderte oder nicht. Er stellte keine Fragen, obwohl ihm nicht entging, daß der Junge sich mit schweren Gedanken quälte. Er vermutete vage, daß Tristan im Widerstreit zwischen Treue und Scham lag und mit sich kämpfte, ihm die Laster seines Halbbruders zu gestehen.

Tage vergingen. Tristan machte sich keine Sorgen mehr darüber, ob Andred sprechen würde. Wenn er seinen Onkel richtig einschätzte, würde er sein Wissen vermutlich für sich behalten und den richtigen Zeitpunkt abwarten. Aber im Augenblick schien er den Hof zu meiden. Welchen Verrat plante er? Tristan dachte, Marc müsse gewarnt werden und fragte einmal wie zufällig, ob er den Marken im Westen... und Lyonesse vertraue? Es war das erste Mal, daß er wagte, den Namen zu erwähnen. Ein Schatten zog über Marcs Stirn, doch er verwandelte sich in sein mattes, müdes Lächeln. »Lyonesse! Hat Andred dir seine Phantasien in den Kopf gesetzt? Selbst er, mein Bruder, hat seine Träume... obwohl sie rabenschwarz sind. Irgendwie sind wir alle Träumer«, fuhr er nachdenklich fort, »wir... aus unserem Geschlecht.«

Weit weg in seinem Felsenhorst tröstete Andred das Hirtenmädchen. »Weinst du nach deinem treulosen Ritter? Er ist nur ein Junge mit einem Kopf voller Träume. Glaubst du, deine hübschen Wangen würden den Traum eines Jungen von Heldentaten aufwiegen?« Er beobachtete, wie der Rubin sein dunkles Feuer auf den weißen Nacken warf, während er mit dem Verschluß des Halsschmucks spielte. Andred lachte, in Erinnerungen verloren. Tristan hatte seine Geschichte für bare Münze genommen! Aber seine Träume sind Feuer, dachte er weiter, und eines Tages wird einer entflammen und die anderen verbrennen – Rittertum und Tapferkeit, Ehre und Treue, selbst Marc und sein Musterreich. Er legte die glänzenden Locken über ihre schmollenden Lippen.

Monate vergingen, und noch immer war Andred nicht aufgetaucht. Gerüchte wollten wissen, er sei außer Landes, doch erzählte man sich auch, man habe gesehen, wie er sich in den westlichen Marken herumtrieb und Zweifel und Mißtrauen säte. Wenn Tristan jetzt auf seinen kurzen Aufenthalt in Andreds Festung zurückblickte, erschien er ihm beinahe wie eine seiner Phantasien; und er fragte sich, ob die Eindrücke dieser wenigen Tage, gerade weil sie so aufrüttelnd und konfliktreich gewesen waren, seinen Geist so überreizt hatten, daß er Dinge sah, die es nicht gab. Aber das

Erlebnis hatte in ihm eine fieberhafte Unruhe hinterlassen. Lyonesse! Erst als er es ausgebreitet vor sich sah, aber unerreichbar, erst dann begriff er ganz, was dieses Land ihm bedeutete. In acht langen Jahren der Abwesenheit war es zu einer unbestimmten, quälenden Sehnsucht geworden, ein nebelhafter Hintergrund für seinen Traum von Rache und Wiedergutmachung. Und jetzt wußte er wieder, es gab dieses Land. Es war greifbar wie in den Tagen der Kindheit, als er auf der Suche nach Abenteuern in seinem Boot nach Westen fuhr. Wartete Rual dort noch immer auf ihn? Hatte er die Botschaft erhalten? Er hatte nur ein einziges Mal gewagt, eine Botschaft einem Pilger anzuvertrauen, der zum Schrein des Heiligen Columban im Westen von Lyonesse zog. Wenn der alte Mann Kraft genug besessen hatte, ihn zu erreichen, so würde er kaum mehr zurückkehren. Und Tristan wußte, daß seine Nachricht sicher aufgehoben war: Es ginge ihm gut am Hof von Cornwall, doch Rual sollte weder kommen noch eine Nachricht schicken, bis er ihn rief... und sei es auch erst, wenn er erwachsen und ein Ritter war.

Ritterschaft! Er konnte kaum selbst glauben, daß er dem Ziel so nahe war. Wie oft hatte Marc voll Stolz und Freude mit ihm über die Pflichten der Ritter gesprochen, als sei er sein eigener Sohn, dem er den Ritterschlag erteilen würde. Und je näher der Tag rückte, desto mehr schien er an Bedeutung verloren zu haben. Ja, er hatte ein Recht darauf durch seine ritterliche Herkunft, die Marc nicht anzweifelte, und durch seine Fähigkeit im Umgang mit den Waffen. Doch war er so sicher gewesen, eine Tat würde ihm seinen Anspruch sichern – eine Tat, die es ihm schließlich ermöglichen würde, von jedem falschen Schein befreit und von allen Zweifeln entlastet vor den König zu treten, er, Tristan von Lyonesse.

Die Monate schleppten sich dahin. Eine quälende Ruhelosigkeit, die durch die leidenschaftliche Sehnsucht nach der Befreiung seines Landes ins Fieberhafte gesteigert wurde, trieb ihn auf der Suche nach Abwechslung zu tollkühnen Unternehmungen. »Der ruhelose Knappe« nannten seine Gefährten ihn inzwischen, wenn er tage- und wochenlang das Land durchstreifte. Er hatte beinahe das Bedürfnis, sich in fremde Schlachten zu stürzen, aber das hätte ihm in den Augen des Königs wenig genutzt – für ihn mußte er kämpfen, siegen oder fallen. Und Tristan begann, die geordnete Ruhe in Marcs Reich zu verwünschen. Er stimmte Dinas darin zu, daß das cornische Blut kalt und dickflüssig werden würde, wenn die Männer nicht mehr zu tun hatten, als bei einer Frau in der Kammer zu liegen und sich vom

Überfluß des Landes zu ernähren. Gab es da nicht starkes, unruhiges Blut, das auf nichts anderes wartete, als zu einem schlechten Zweck in Wallung gebracht zu werden? ... Und Tristan erinnerte sich wieder an die dunklen, gefährlichen Gesichter im Westen.

In der Luft lag drückend die Vorahnung des Sturms. Doch er brach nicht los.

An einem Spätsommertag kehrte Tristan von einem seiner ruhelosen Streifzüge zurück und erlebte, daß in Tintagel gespannte Erwartung herrschte. Männer und Frauen standen in Gruppen vor den Türen, flüsterten erregt miteinander und hielten leidenschaftliche Reden. Hier und da vernahm er das Wort Irland – »der Morolt, es gibt niemand, der sich mit ihm messen kann«. Ein Volksprophet verkündete: »Habe ich nicht schon immer gesagt, es würde soweit kommen?« Und ein anderer bemerkte eindeutig boshaft: »Jetzt hat Andred gut lachen.«

Tristan konnte seine Erregung kaum noch beherrschen und gab dem Pferd die Sporen. Er warf einem Pagen die Zügel zu und stürzte die Treppe hinauf.

In der großen Halle hatten sich die Barone von Cornwall versammelt. Gondoins Gestalt lehnte in ihrer ganzen Massigkeit gegen die Tafel; der Kanzler Guenelon saß in seinem tristen schwarzen Gewand mit hochgezogenen Schultern und halbgeschlossenen Augen gebeugt – wie ein zerrupfter Falke auf seiner Stange, durchzuckte es Tristan. Im selben Augenblick sah er Dinas' mächtigen Rücken vor dem Thron. Zwar kam ihm der Gedanke, dies sei vielleicht eine vertrauliche Ratsversammlung, bei der er nicht erwünscht war, doch bei Andreds Anblick vergaß er alle Scheu. Worum es sich auch handeln mochte, wenn er seine Hand im Spiel hatte, dachte Tristan, dann stand fest, daß sein Plan für Lyonesse keine Phantasievorstellung gewesen war. Der König war zu sehr von der Angelegenheit in Anspruch genommen, um ihn zu beachten. Dort saß er auf seinem Thron am anderen Ende der Halle, wie man es von ihm gewohnt war, wenn ihn etwas zutiefst beunruhigte. Er stützte das Kinn auf die eine Hand und zog mit der anderen feine Rillen in sein seidenes Gewand.

Dinas' Baß hallte durch den Saal. »Dreißig... unsere Söhne... in irischer Sklaverei, oder dazu erzogen, ihre Väter und Vorväter zu vergessen. Und eines Tages stürmen sie mit dem irischen Schlachtruf auf den Lippen gegen ihr eigenes Volk und ihre Brüder.«

Marc umklammerte seinen Bart. »Irland ist in seinem Stolz zu weit gegangen.«

Andred stand am ausgebrannten Feuer und gähnte lange. »Gold und noch mehr Gold... wir sind doch sehr großzügig hier in Cornwall! Zu leicht gewonnene Beute verliert schnell an Reiz. Es muß den Iren großes Vergnügen bereiten zu sehen, wie weit man unsere Großzügigkeit treiben kann.«

Tristan ahnte die Wahrheit. Er hatte davon gehört, daß Irland nach einem alten Gesetz alle zehn Jahre vom cornischen König Tribut forderte. Wurde der Tribut nicht entrichtet, fand ein Kampf zwischen zwei Rittern von fürstlichem Blut statt. Zum Leidwesen beider Länder war zu Cormacs Zeit dieses Blut geflossen, bis Marc, aus Abscheu vor dieser Sinnlosigkeit, den Tribut bezahlte. Und allen, die von verlorenem Ansehen sprachen, hatte er entschieden erwidert, Cornwall sei zu stolz auf seine Söhne, um sie aus eitler Ruhmsucht zu opfern. Und wenn Irland an Cornwalls Tapferkeit zweifelte, sollte es nur wagen, das Land anzugreifen. Jetzt verhöhnten die Iren...

Tristans Herz begann heftig zu schlagen: War die Stunde, nach der er sich gesehnt, die er herbeigefleht hatte, endlich gekommen?

Guenelon öffnete die Augen einen kaum wahrnehmbaren Spalt und zog die gebeugten Schultern noch etwas höher. »Dieser Morolt...«

Dinas schlug ungeduldig die eisenklirrenden Fersen aneinander. »Ein Riese von einem Mann... man erzählt, er kann mit ausgestreckter Hand einen Mann vom Pferd heben, als sei es nur eine Puppe. Aber er soll es nur versuchen! Wenn er es wagt, auch nur einen Finger an unsere Söhne zu legen, wird er erleben, wohin eine cornische Schwertspitze ihn bringt... kaum dorthin, wohin er wollte, als er seine Herausforderung überbringen ließ.«

»Zweifellos«, lachte Andred, »glaubte er, seine Rechnung geht auf. Unser ehrenwerter Hof verströmt einen so kostbaren Duft nach Philosophie, daß der irische Hund kaum ein tapferes cornisches Herz wittert.«

Marc hob den Kopf von der Hand. Unterdrückter Zorn verlieh seinen feinen Zügen eine scharfe, zum Zerreißen gespannte Härte. »Was Irland nach dem Gesetz forderte, war gerecht. Aber Schimpf und Schande wird Cornwall mit dem Schwert beantworten. Cornwalls Barone...«, seine Augen wanderten von einem zum anderen, doch den kühnen Worten folgte Niedergeschlagenheit. Die Finger spielten unsicher mit der grünen Seide und zerknüllten die Falten zu einem Knoten. »... Andred!« Die Stimme klang wie eine dünne Totenglocke.

In der Stille schlug Andreds Schwert klirrend gegen den Stein, als er sich an die Mauer lehnte. »Ich habe lange darauf gewartet, daß Cornwall mich als seinen Sohn ruft. Aber das habt Ihr Euch nicht träumen lassen, mein Bruder Marc, daß ein Mann vom Warten taub werden könnte!«

Dinas trat erregt vor. »Sire, gäbe meine Herkunft mir das Recht. Aber wenn es Krieg gibt, werde ich...«

Der König senkte den Kopf. Doch er dachte weniger an Andred. Zweifel und Versuchung beschlichen ihn. Hatte er sich doch geirrt? Hatte er in seinem Streben nach dem Wohl des Reichs seine Freunde verloren? Er hatte gelernt, mit der Einsamkeit zu leben. Aber indem er die Macht seiner stärksten Vasallen und der Fürsten an den Landesgrenzen brach, hatte er Verbündete verloren. Auf ein Zeichen von Cormac hatten sie zum Schwert gegriffen, und als Gegenleistung verschloß er die Augen vor ihren Raubzügen, ihrem Plündern und der Ausbeutung der Bauern. Es würde ihn nicht wundern, wenn sein Vater dabei oft selbst die Hand im Spiel hatte. Jetzt konnten sie sich über ihn lustig machen. Mußte er sich an einen fremden König um Hilfe wenden, nachdem er ein Reich geschaffen hatte, in dem mehr Frieden und Wohlstand herrschten als in jedem anderen Land im Westen? »Mein Reich... mein Cornwall...« Marc hatte nur sehr leise gesprochen, doch Dinas, der dicht neben ihm stand, hörte es. In seine aufrichtige Besorgnis, in sein gutmütiges Mitgefühl mischte sich unfreiwillig ein Anflug von Tadel.

»Es ist alt geworden, mein König. Seine mächtigsten Vasallen sind seit langem tot. Wären Brandigore oder Rivalin noch...« Er schwieg plötzlich, als habe er sich unbewußt in seinem Eifer vergessen. In der Halle herrschte tiefes Schweigen.

»Ich werde gehen.« Tristans Stimme durchschnitt plötzlich und scharf das Schweigen und hinterließ einen immer größer werdenden Kreis atemloser Spannung, so wie ein Stein, der ins Wasser geworfen, an der Oberfläche kreisförmige Wellen hinterläßt. Aufrecht und bewegungslos stand Tristan vor dem Thron. Die Augen in seinem blassen Gesicht richteten sich voll auf den König, ihr Feuer schien das Ziel zu durchbohren.

Der Tag war gekommen, sein Traum – Rache für Rivalin, Gerechtigkeit für Marc, Freiheit für Lyonesse – mündete nun in dem einen Gedanken, gegen den Morolt zu kämpfen. Worauf er sich einließ, und daß er sein Leben aufs Spiel setzte, daran schien er nicht zu denken. Tristan wußte nur eins, ein Leben mit der Enttäuschung war wertlos, die Welt sinnlos, ein Nichts.

Die Spannung löste sich. Für die anderen, die einen Augenblick lang überrascht aufgeblickt hatten, nahm die Zeit wieder ihren gewohnten Gang. Das war wieder einmal typisch Tristan, beruhigten sie sich. Tristan hatte wieder eine seiner verrückten Ideen. Gondoins polterndes Lachen brach das Schweigen, und seine Hand fiel schwer auf die Schulter des Jungen. »Ein tapferes Herz, ein großes Herz. Welch ein Jammer, daß der Morolt seine Fänge in so junges Fleisch schlagen sollte.«

Tristan blieb unbeeindruckt und wandte den Blick nicht vom König. In blinder Überzeugung von seiner Mission hatte seine Stimme eher etwas Befehlendes als Bittendes, als er erklärte: »Ich bin kein Kind mehr und habe meine Stärke unter Beweis gestellt. Sire, wenn Ihr mich jetzt zum Ritter schlagt...«

Von der Feuerstelle drang ein leises spöttisches Lachen herüber. »Der beste Ritter Irlands kämpft nur mit seinesgleichen. Glaubst du, er kreuzt seine Klinge mit dem namenlosen Balg eines fahrenden Ritters?«

Andreds Stimme drang wie ein Echo aus der Vergangenheit an Tristans Ohr. Er fuhr herum. Sie standen sich gegenüber wie damals auf dem Bergfried von Andreds Burg. Wann? Es hätte immer so sein können, denn in Tristan war der letzte Funken von Mitgefühl für seinen Verwandten verschwunden, in ihm schwelte nur noch leidenschaftlicher Haß. In seiner Hand spürte er bereits den Griff des Schwertes, das den Morolt erschlagen sollte; in seiner Erregung sah er Andreds Gesicht greifbar nahe vor sich, und er hätte blindlings, wutentbrannt zugeschlagen, damit der Mann wissen würde, wer sein geiferndes Maul zum Schweigen gebracht hatte. Tristan machte einen Schritt auf seinen Gegner zu, als wolle er ihn angreifen. Doch Marc löste mit einem Zeichen die Ratsversammlung auf. »Es ist nicht die Zeit für Streitigkeiten«, erklärte er, und in seiner Stimme lagen Zorn und Verzweiflung. Unschlüssig und zögernd zogen sich die Männer zurück; doch Tristan blieb auf ein Zeichen des Königs zurück.

»Ein Geburtsrecht«, zischte Andred, »hat schon etwas für sich, nicht wahr, Tristan, und sei es auch nur als Voraussetzung für einen Heldentod. Wären Träume Wirklichkeit geworden...« Marc zog Tristan zur Seite.

Der König und sein Neffe waren allein, und noch immer kannte keiner den anderen richtig. Doch Tristan wußte, der Schleier mußte sich jeden Augenblick heben. Doch während er dort stand und versuchte, das Netz zu zerreißen, rückte Marc in immer weitere Ferne. Er sah den König wie durch fließendes Wasser weit weg, unerreichbar auf seinem Thron, in völliger Erschöpfung zusammengesunken, zwischen den hohen grauen Wänden. Die Wellen flossen ungreifbar, unüberbrückbar zwischen ihnen; durch das Fließen hörte er die tiefe Stimme des Königs. »Ist es wirklich so, wie Dinas sagte? Ist Cornwall alt geworden? Seine größten Fürsten sind in endlosen Machtkämpfen gefallen. Ich habe mich bemüht, aus den Trümmern ein Land zu errichten, das sich nicht nur dem Namen nach als Reich erweisen sollte. Cornwall besaß Kraft und Kühnheit. Sollte beides immer nur zu sinnloser Zerstörung dienen? Ich träumte davon, sie auf ein gemeinsames Ziel zu lenken, bis aus Recht und Ordnung die Freiheit erblühen würde. Sind sie bei diesem Werk grau geworden, daß der Zweifel selbst Herzen erschüttern kann, die weniger verderbt sind als Andreds Herz?«

Tristan rang um Worte. »Wir sind nicht alt, wir werden kämpfen... es gibt genug junge Männer in Cornwall.« Doch als er den Namen aussprach, sah er nicht Cornwall vor sich, sondern das meerumschlossene Land der Felsen und Moore weit im Westen im Licht der untergehenden Sonne.

»Wenn sie einen Führer hätten!« Der rote Sonnenball schob sich in das glatte, silberne Meer. Aber die Stimme, die er gehört hatte, besaß nicht Andreds bissigen, giftigen Unterton. Es war Marcs Stimme – und Marc saß auf seinem kalten grauen Thron, beugte sich ihm zu und sah ihn sehnsuchtsvoll an. »Tristan, wärst doch du von meinem Blut und nicht Andred!«

Die Wellen flossen dichter, sammelten sich und schlossen sich über ihm. Tristan schien die Stunden, die Jahre zu zählen, in denen er ihrem Fließen gelauscht hatte, in denen er auf diesem Platz gestanden hatte – er, ein Junge, der seine Lieder gesungen und nicht gesprochen hatte. Marc bewegte sich immer noch nicht und blickte ihn durch die durchsichtigen unkörperlichen Wellen unverwandt an. Er sah, wie die rechte Hand des Königs sich über seine Stirn legte, während die andere die Armlehne des Throns umklammerte. Er sah den Amethyst lila zwischen dem bläulichen Geflecht der Adern unter der weißen Haut brennen.

»Ich bin... Tristan von Lyonesse... der Sohn Eurer Schwester... Blancheflor.«

Vor wie langer Zeit waren sie gesprochen worden. Die Worte schienen nicht über seine Lippen gekommen zu sein, sondern von irgendwo jenseits der unsichtbaren Wellen. Sie schienen über das Wasser gedrungen zu sein und unerreichbar für ihn dort zu schweben.

»Tristan!« stieß Marc rauh und erstickt hervor.

Die Wellen zerrannen, die graugrünen, grottenartigen Wände zogen sich in die Winkel der Halle zurück. Tristan sah die Hand von der Stirn des Königs fallen, der sich halb erhob, um wieder auf den Thron zurückzusinken. »Junge, willst du mich jetzt mit Träumen narren, von denen ich mir in all den Jahren gesagt habe, sie seien Lügen, wenn du wie der Geist meiner Schwester vor mir standest, weil ich wußte, ihr Kind war tot geboren worden?«

»Man hielt meine Geburt geheim, aus Furcht, Morgan würde nicht ruhen, bis er mir das Leben genommen hatte.« Tristan wunderte sich über die Ruhe in seiner Stimme, über die seltsame Widersprüchlichkeit, die ihn beherrschte. Es schien, als sei er in dieser Stunde, nach der er sich gesehnt hatte, in der er sich befreit und mit der Lüge aufgeräumt hatte, sich selbst fremd geworden. Und Eifersucht packte ihn auf das Leben, dem er ein Ende gesetzt hatte, das Leben, das ihm, nur ihm gehört, und das er gegen alle Versuchungen und gegen jeden Verrat geschützt hatte. Und während Tristan mit kühlem, unpersönlichem Stolz von seiner Kindheit, von Rual und seinem Aufenthalt am bretonischen Hof berichtete, schien er die Bruchstücke seines Körpers zusammenzutragen. »Rual«, sagte er, »wird Beweise bringen.« Es klang, als gehe es dabei um die Identifikation eines Leichnams.

Marc hob den Kopf. In seinem Gesicht standen unendliche Trauer und Vorwürfe geschrieben. »Und in all diesen Jahren, Tristan, hast du im Schatten einer Lüge an meiner Seite gelebt... Mein Gott, warum hast du nie gesprochen?«

Die eisige Einsamkeit in Tristan barst. Das ganze Sehnen, das er in all den Jahren erstickt hatte, seine Liebe und seine Bewunderung brachen über ihn herein, und mit einem erstickten Schrei warf er sich Marc zu Füßen. »Ich hätte es getan. Ich hätte es an jenem Abend getan, als ich das erste Mal für Euch sang, und Ihr von Eurer Schwester... meiner Mutter... gesprochen habt... Ich schwöre bei Gott, ich wollte sprechen, aber Eure Stirn umwölkte sich in Bitterkeit und Zorn. Und damals schwor ich mir, Ihr solltet es erst dann erfahren, wenn ich durch meine Taten die Ehre meines Vaters reinwaschen und Euch für Euren Verlust entschädigen konnte.« Tristan hob den Kopf, die Qual in seinem Gesicht wich leidenschaftlichem

Flehen. »Laßt mich gegen Morolt kämpfen... in mir fließt ebenso fürstliches Blut wie in ihm.«

»Tristan!« Zögernd, als fürchte er, seine Hände könnten nach einer Traumgestalt greifen, zog Marc ihn an sich, und als er spürte, daß Tristan leibhaftig vor ihm stand, schloß er ihn in seine Arme. »Damit dich zu finden nur bedeuten würde, dich zu verlieren... das kannst du nicht von mir fordern, Neffe.«

Tristan erwiderte den bittenden Blick des Königs entschlossen und unnachgiebig. »Ich muß kämpfen, für die Ehre meines Vaters und um meinen Eid zu erfüllen, sonst werde ich Cornwall verlassen.«

Da er den Jungen kannte, wußte Marc nur allzugut, daß gegen diese Drohung jeder Einwand vergeblich sein würde.

BRAUER

Bewährung

Ungestüm sind die Wellen und der Donner.
Laßt sie in ihrem Toben stürmisch sein,
Am Tag des Kampfes bin ich Trystan.

Aus *Lady Guest,* in *The Mabinogion*

Das Tor fiel schwer hinter ihm ins Schloß. Im verklingenden Echo hörte Tristan die Stimme seiner Gefährten, die im Spätsommerabend in der Luft schwebten, verblaßten und erstarben. Um ihn herum breitete sich spürbar die Dämmerung aus. Undurchdringlich legte sie sich um die sockellosen Schäfte und Säulen, die wie aus einer Höhle aufstiegen, und ihre verzerrten Kapitelle reckten sich wie Köpfe in das zuckende Licht, das am anderen Ende der Krypta flackerte. Tristan blieb mit angehaltenem Atem stehen. Die Unruhen der letzten Tage, die aufregenden Vorbereitungen, Ruals Ankunft... mit dem metallischen Schnappen des Schlosses versank alles in der Stille. Das fieberhafte Drängen der Zeit war unterbrochen. Er streckte die Hand aus und umfaßte den geschnitzten Torpfosten. Mit unsicheren Schritten ging er die Stufen hinunter. Aus dem See der Dunkelheit tauchte hart und fest der Fußboden auf. Langsam tastete er sich von Säule zu Säule. Seine Hand löste sich nur langsam und zögernd von dem festen Stein. Die Stille betäubte Gedanken und Sinne. Er kam um eine Mauerecke und blieb stehen. Vor ihm unter einer dunklen Girlande schlanker Säulenschäfte schimmerte blaß der Altar. Die Fackeln kämpften gegen die kärglichen Überreste des Tages, die wie zwei blaue Medaillons in der durchbrochenen Mauer hingen, und warfen ihr glänzendes Licht auf Eisen – auf das Eisen seines Helms, auf seinen Schild und – er täuschte sich nicht – auf sein Schwert, auf Rivalins Schwert, das vor der dunkelroten Altardecke lag. Er erkannte es wieder, er kannte den goldenen schmucklosen Griff. Und nun verstand er, weshalb er Rual aus einem unbestimmten Gefühl heraus gebeten hatte, es ihm nicht zu zeigen, damit er es in der Stunde sehen würde, in der er sich durch die lange Nachtwache dem Dienst an diesem Schwert weihen würde. Hatte er nicht bereits schon einmal vor langer Zeit eine Nacht bei ihm gewacht? Damals war er eingeschlafen. Doch er hatte es die ganze Nacht über festgehalten und hatte gelobt... Unwillkürlich streckte Tristan die Hände aus, um es zu berühren, zog sie aber mit größter Selbstüberwindung zurück und verschränkte sie entschlossen auf dem Rücken; er legte sich diese Prüfung selbst auf, um für alles zu sühnen, was er unwissentlich in der Kindheit bei diesem wilden Kampf mit dem Drachen sich hatte zuschulden kommen lassen, und weniger um die Heiligkeit des Altars zu wahren. Damals hatte er einen Schwur abgelegt, der jetzt endlich in Erfüllung gehen sollte. Er warf sich auf die Knie und preßte den Kopf gegen das kalte Altargitter. Das Fieber der letzten Tage schüttelte ihn. Alles, was beinahe wie Wahnsinn und ein Traum gewesen zu sein schien, war nun Wirklichkeit. Hier allein in der Stille würde er zu sich selbst finden, hier allein mit dem Schwert. Dunkel wußte Tristan, nicht die Weihe des Priesters, noch nicht einmal Marc, der es ihm morgen beim Ritterschlag umlegen würde, konnte ihm das geben, was er jetzt bekam.

Die Zeit verstrich. Die blauen Medaillons in den gewölbten Mauernischen schlossen sich hinter einem undurchdringlich schwarzen Tuch. Nichts regte sich. Der einzige Laut war das gelegentliche Zischen der tropfenden Kerzen. Tristan lag auf den Knien und kämpfte vergebens darum, seine Gedanken zu sammeln, um sich die Entschlüsse wieder ins Gedächtnis zu rufen, die er in der heutigen Nacht zu fassen sich gelobt hatte. Doch einer nach dem anderen wurde davongetragen und ging unter in der Flut seines Daseins.

»O mein Herr und Gott, gib, daß ich es in Ehre trage... gewähre mir Ehre und die Rache an meinen Feinden.« Die Worte brachen in dunklem, blindem Sehnen aus ihm hervor und nahmen eine Gestalt an. Morgan – er würde dem Verleumder seines Vaters von Angesicht zu Angesicht gegenüberstehen, ihn bis zu den letzten kahlen Felsen von Lyonesse verfolgen. Tristan versuchte, ihn sich vorzustellen – dieses Schreckgespenst seiner Kindheit – wie er von Rivalins Schwert auf die Knie gezwungen, laut um Gnade flehte, die Morgan nicht gewährt hatte. Doch plötzlich schob sich die riesige Gestalt von Morolt dazwischen, der ihm mit donnernder Stimme seine Herausforderung entgegenschleuderte und den Tribut an cornischem Blut und cornischer Jugend verlangte. Bei Gott! Dort auf der Insel mitten im Meer würde er ihm seine Überheblichkeit austreiben. Gott würde seinen Armen Kraft verleihen. Schützte er nicht die Guten und die Gerechten? Tristan spürte, wie sich sein Schwert durch den Kettenpanzer tief in den Hals des Gegners bohrte. Aber Andreds Gesicht starrte ihm höhnisch aus dem offenen Visier entgegen: »Ein Geburtsrecht hat schon etwas für sich... und sei es auch nur als Voraussetzung für einen Heldentod.« Nun brauchte er nicht mehr zu spotten. Tristan hatte sein Gesicht gesehen, als die Wahrheit bekanntgegeben wurde. Andred hatte also nichts gewußt! Tristan hatte noch keinen Menschen gesehen, dem Ärger und verwundeter Stolz so das Gesicht entstellte. Er hätte sich keinen größeren Feind schaffen können, das wußte er – und lachte dennoch triumphierend. Er würde ihn im

Kampf töten! Andreds Blut mußte fließen, um Marcs Reich von aller Niedertracht und allem Bösen zu säubern. Andreds Blut... Weshalb rann es ihm plötzlich eiskalt über den Rücken? Weshalb begannen die Kerzen auf dem Altar zu flackern? Blut war nicht alles. In ihren Adern mußte nicht das gleiche Blut fließen, obwohl sie es von derselben Frau hatten, die hier dicht neben ihm in den Schatten in der bleiernen Gruft schlief und in ihren ewigen Träumen weniger still war als im versteinerten Schweigen ihres Lebens, in dem man ihr so großes Unrecht zugefügt hatte. Unrecht wurde mit Unrecht beantwortet. Die Geister seiner Vorfahren schienen unter den gemeißelten, im Fußboden eingelassenen Grabplatten, die sich wie Wächter entlang den Wänden der Krypta reihten, verächtlich zu lachen. Sie hatten gegeneinander gekämpft, sich beraubt und sich bis in die Dunkelheit des Grabes verfolgt. Blut mischte sich mit Blut, floß und verband sich zu neuen Mustern von Liebe und Haß. Und er? Hatte in ihm nicht einmal der gleiche Haß gegen Marc gebrannt, den Andred empfand? Doch damals kannte er den König noch nicht. Und sein Vater... Rivalin? Hatte er den König nicht gehaßt... nicht mit dieser schleichenden Bosheit eines Andred, sondern mit der ihm eigenen Unbekümmertheit und Leidenschaft, mit der auch Tristan hassen würde...?
Ihm war auch nicht entgangen, daß auch Rual seinen alten Groll gegen den König von Cornwall nicht überwunden hatte. Der Marschall hatte lange mit ihm gerungen, um ihn von seinem Vorsatz abzubringen. Was sollte diese Wahnvorstellung von Sühne, hatte er gefragt? Rivalin hatte für Marc genug geopfert.
Blut wird mit Blut beantwortet, Unrecht mit Unrecht. In der Stille schien er zu hören, wie sich das Blut dunkel und höhnisch in den geisterhaften Formen regte und in seine Adern eindrang. »Gott, schenke mir Ehre und dem König, meinem Oheim, ein langes Leben.« Tristan klammerte sich an diesen Satz. Er wiederholte die Worte immer wieder, um sich vor der Dunkelheit seiner Zweifel zu retten.
Kniend oder stehend, stehend oder kniend hielt er Wache. Nur die schmelzenden Kerzen zeigten das Verstreichen der Stunden, während er in Minuten und Sekunden ein Jahrhundert durchlebte und kämpfend ein neues Reich errichtete. Auf den Felsen von Lonyesse erhoben sich Städte mit Zinnen und Türmen. Er stand in der rauchgeschwärzten Ruine von Andreds Festung und sah, wie ihr Marmor im Sonnenuntergang wie von innen erleuchtet schimmerte. Irlands

Drohung verblaßte. Die Barken und Pinassen von Cornwall fuhren beladen mit den Schätzen des Ostens über das Meer zu den Häfen, die er bauen würde. Durch seine Hand würde Marcs Reich sich voll entfalten. Aber immer wieder versank sein Geist in die Tiefen der Leere, bis das tropfende Wachs oder das knarrende Holz ihn plötzlich zu seiner Pflicht zurückrief. Als habe er Jahrzehnte vergeudet, richtete Tristan die Augen auf das Schwert und zwang die Lippen zu einem neuen Gebet. »Damit ich es im Namen Gottes und der Gerechtigkeit führe, zur Befreiung der Unterdrückten und im Dienst der Frauen und in deinem Dienst, Jungfrau Maria, Mutter Gottes.« »Rose des Morgens« hatte der fahrende Sänger sie genannt, der gegen Unterkunft und Verpflegung auf der Burg gesungen hatte, »wie eine Blume, die sich im Osten entfaltet«. »Und wenn der Himmel im Osten in Flammen steht und sich die Tore des Paradieses weit öffnen, kommt sie...« Wann hatte er das gehört? Nein, nicht sie... es war der Gott des Persers, »strahlend und siegreich aus dem Osten... der Morgen, die Quelle des Lichts«. Vor langer Zeit auf dem Schiff der Kaufleute. Aber auch sie... er hob den Kopf. Über dem Altar betupfte das Kerzenlicht die Morgendämmerung mit winzigen goldenen Flecken, verwob sie zum schimmernden Stoff eines Gewandes, zum Kranz einer Aureole. Sie kommt aus der blauen Morgendämmerung und wandelt auf Sternen, Maria, Stern der Meere... so nannten sie die Fischer seines Landes. Ihre Lampe brannte im Schrein und führte sie durch die Gefahren der Felsen und leitete sie durch die Wogen. Sie zähmte das Wasser mit ihrer Hand und band die Winde mit ihrem Schleier. Hatte sie ihn aus dem Sturm und aus den Händen der Kaufleute gerettet? Hatte sie sein Boot zur Insel im Westen geführt? Er hielt den Atem an. War es ihr Wille, daß der Kampf auf einer Insel mitten im Meer stattfinden sollte? Morolt... er hatte es immer gewußt. Er hatte nie daran gezweifelt und es in seiner Unbekümmertheit nie in Frage gestellt... er würde nicht sterben.

In der Stille hörte Tristan das Rauschen des Meeres, das klatschend und unersättlich bis ans Ende der Zeit gegen die Felsen schlug. Die Zeit hatte aufgehört zu sein. Sie war mit dem Zuschlagen der Tür ausgeschlossen worden. Wieviele Stunden waren vergangen? Morgen... würde er je kommen... und der Tag danach... der Kampf, von dem alles abhing? Eine erstickende Leere breitete sich in seinem Kopf aus. Zeit, hatte Guenelon einmal gesagt, und seine Lider schlossen sich dabei über den kleinen, seltsamen Augen... ein weiser, gelehrter Mann behauptet, es gibt keine Zeit. Aber woher

kam dann die Unruhe, das Vorwärtsdrängen einem Ziel entgegen, das er kaum kannte? Tristan wußte nur, daß man handeln, daß man durchbrechen und zerstören mußte, um... die Zeit hinter sich zu lassen. Wozu? Nur, um weitergetrieben zu werden? »Laß mich auf meiner Suche nicht müde werden, Gott...«, aber am Ende würde er das Ziel erreichen! Manchmal glaubte er es zu erahnen... in der Hitze des Kampfes, in seiner Musik, seinen Liedern... als lausche er dem Herzschlag der Schöpfung, eins mit ihr, eins mit dem, wovon er sang. Doch später, in der Erinnerung, konnte er nicht mehr dorthin gelangen. Er war ausgeschlossen, einsam, in einer Welt toter, unbedeutender Dinge, bis der Traum wiederkehrte und mit ihm die brennende, quälende Sehnsucht. Warum hatten die Menschen um ihn herum nie verstanden, daß es mehr als ein Spiel war, mehr als eine Aufgabe, die man gelassen mit dem Arm, dem Auge oder Kopf löste? Nein, man mußte sein ganzes Wesen einbringen, um sich hingeben zu können, sich völlig aufzugeben! Tristan überprüfte sich. War das nicht eine der ritterlichen Tugenden, um die er jetzt beten sollte – »teile großmütig, was du besitzt«. Plötzlich befand er sich nicht in Cornwall, sondern in der Kapelle der bretonischen Burg. Er sah die häßliche, verkrüppelte Gestalt, die sich auf eine Krücke stützte; er sah den ausgestreckten Arm, das habgierige, verschlagene Gesicht und darüber den schlanken Ritter in der Rüstung, dessen lockige Haare leicht im Wind wehten, als er sich vom Pferd beugte und mit dem blitzenden Schwert den Mantel teilte... St. Martin, bei der Wohltätigkeit deines Schwertes... nein, nicht so, nicht so. Und jetzt wußte er mit einer Gewißheit, die er sich als Junge nicht wagte einzugestehen – der Anflug von – war es Bitterkeit oder war es Verachtung auf den Lippen des Ritters? Ah, er teilte nicht seinen Mantel, nicht seinen Besitz, sondern gab sich selbst... nicht nur halb, sondern ganz. Den Niedrigen und Gemeinen konnte man nur einen Teil geben. »Was du dem geringsten meiner Kinder gibst, das gibst du mir«, hörte er die Stimme des Priesters durch die Kapelle schallen. »Aber laß es dabei nicht bewenden. Gott, laß es dabei nicht bewenden!« Tristan vergrub das Gesicht in den Händen. Würde selbst Gott nicht verstehen?
Die Flammen der Kerzen schienen zu schrumpfen. Die Dunkelheit verkroch sich in den gewölbten Tiefen des Raums. Weit unten schlug das Meer hart auf die Steine. Als er schließlich den Kopf hob, blickte die Morgendämmerung kalt durch die Augen der Fenster. Er erhob sich. Das weiße Leinen seines langen Gewandes wirkte grau. Die

Flammen der Kerzen flackerten wie Irrlichter auf den tropfenden Stümpfen. Doch die Klinge seines Schwerts glänzte rein und aufrecht im weißlichen Licht. Jubelnd brach es aus seiner Kehle: »Wir werden zusammen weitergehen... allein!« Blauer Stahl, nackter Stahl... furchtlos und unerschütterlich. Sein Herz schlug ruhig und stark. Irgendwo ertönte eine Trompete... sein Morgen, sein Tag... Ritterschaft und morgen... Morolt!

Ein Schlüssel drehte sich knirschend im Schloß. Die Türflügel öffneten sich langsam.

Und noch immer tanzte die Insel mit jedem Heben und Senken des Bootes vor ihm auf und ab. Sie entfernte sich kaum, obwohl er unermüdlich die Ruder ins Wasser tauchte. Hatte er sie je erreicht? dachte Tristan. Aber nein, es war nicht mehr dasselbe. Als er vor einer Stunde gekommen war, wuchs die Gestalt, die breitbeinig auf der Insel stand, von Minute zu Minute – wirklich ein Riese von einem Mann. Nun stand er nicht mehr dort, nur noch das große Schlachtroß, das an seiner Seite gewartet hatte. Er konnte sehen, wie das Tier am abfallenden Ufer spärliche Grashalme zupfte. Aber die dunkle plumpe Masse unten auf dem Sand war vorher nicht dagewesen. Und an seiner Seite... ausgestreckt auf dem weißen Sand wirkte er klein – Morolt? Der Morolt – erschlagen? Von seiner Hand erschlagen. Das Schwert des Iren lag doch dunkel von seinem eigenen Blut zu seinen Füßen im Boot. Und wenn die Drohung des Kerls sich schließlich als wahr erweisen würde? Er lachte. Der Mann war ein geborenes Großmaul; doch sein Hirn entsprach kaum seiner Muskelkraft, denn jetzt lag er mit gespaltenem Kopf am Rand des zurückweichenden Wassers, und Tristan hatte sein Boot in die Wellen geschoben. War es nicht klar genug gewesen, daß nur einer die Insel lebend verlassen würde, wenn sie nicht beide erschlagen dort lagen? Nur ein Geist würde ein zweites Boot brauchen. Goliath war von seiner Antwort überrascht gewesen, das hatte Tristan wohl gesehen. ›Vorwitziger junger Gockel‹ hatte er ihn genannt. Und dann gewagt, ihn als kleinen Jungen zu behandeln. Er hatte ihm angeboten, auf den Kampf zu verzichten. Gewiß, wenn er, Morolt, auf den Tribut verzichtete! Sie waren nicht zu einem Wortgefecht zusammengekommen. Tristan hatte den Burschen beinahe für einen prahlerischen Feigling gehalten, bis er die Wucht seiner Schläge zu spüren bekam.

Da blieb ihm kaum Zeit zum Luftholen. In echter Verzweiflung hatte
er den Schild zu hoch gehalten. Das Schwert des Iren fuhr herab und
traf ihn mit ganzer Wucht am Oberschenkel. Einen Augenblick lang
hatte er geglaubt, das sei sein Ende. Doch der Tölpel erwies sich auf
seine Weise als ritterlich. Allerdings mußte er bald erkennen, was
hinter Morolts Großzügigkeit steckte: Wenn Tristan den Kampf ab-
brach... er wollte ihn nur ungern erschlagen, würde er sein Verbün-
deter werden, und Morgan sollte sich bald im Staub winden. Morolt
forderte von Tristan nicht, sein Vasall zu werden, und von seiner
Lehenspflicht gegenüber dem König von Cornwall würde er befreit
sein. Lyonesse! Mußte es immer der Köder sein, mit dem man
versuchte, ihn als Unterpfand zu benutzen, um Marcs Reich zu
schwächen? Er würde Lyonesse mit eigener Hand befreien! Seinem
Land zu dienen, hatte er sein Leben geweiht. »Nein, wenn dir dein
Leben lieb ist«, hörte er den Morolt lachen, »folgst du mir nach
Irland.« Was hatte er über das Gift in seiner Wunde gesagt? Kein Arzt
auf der ganzen Welt außer der Königin von Irland könne sie heilen?
Großtuerei! Der Aufschneider hatte versucht, ihn mit Drohungen
und Lügen einzuschüchtern! Er sollte zu spät erfahren, wer jetzt
einen Arzt brauchte! Trotzdem wünschte Tristan, die Wunde würde
aufhören zu bluten. Die Ruder wurden merkwürdig schwer. Doch
ein inneres Gefühl sagte ihm, wenn er sich jetzt ausruhte, würde er
kaum mehr Kraft haben, weiter zu rudern. Inzwischen mußte er
doch sicher in der Nähe der Küste sein (die Insel wirkte endlich
kleiner), aber er konnte sich nicht aufraffen, den Kopf zu wenden. Er
mußte in dem gleichbleibenden Rhythmus rudern. »Der Morolt ist
tot«, sagte er sich immer wieder vor. »Lyonesse... der Morolt ist
tot.« Wie war es schließlich geschehen? Tristan wußte es kaum.
Außer sich vor Schmerz und Zorn über die Heimtücke des Mannes
hatte er das Pferd herumgerissen und war in vollem Galopp auf den
Feind losgestürmt. Sein Angriff kam so plötzlich, daß er den Iren
überrascht haben mußte, denn es gelang Morolt nicht mehr, sein
scheuendes Pferd zu zügeln, und er landete halb fallend, halb
springend auf dem Boden. Im nächsten Augenblick, daran erinnerte
Tristan sich jetzt deutlich, war der Riese mit erhobenem Schwert auf
ihn zugestürmt. Aber nicht ihm galt der gewaltige Schlag. Tristan
spürte, wie sich das Pferd unter ihm aufbäumte und dann in die Knie
brach. Irgendwie war es ihm gelungen, von dem stürzenden Tier zu
springen, und während Morolt sich vergeblich bemühte, seine Waffe
aus dem Pferdeleib zu ziehen, packte Tristan sein Schwert mit beiden

Händen und ließ es mit voller Wucht auf den Kopf des Iren niedersausen. Er traf direkt zwischen Helm und Halsschutz. Stahl klirrte gegen Stahl. Als er später sein Schwert aus der eisernen Rüstung zerrte, sah er einen Fingerbreit über der Schwertspitze eine Kerbe. Der Splitter mußte tief im Kopf des Mannes begraben sein. Sollte Morolt den Tribut mit nach Hause nehmen! Er hatte ihn bezahlt... mit einer Münze aus Stahl!

Der Wind trug ihm ein geschmettertes Lied zu. Wie durch einen Nebel sah er das irische Schiff und die Krieger, die sich an Deck drängten. Hatten sie das Boot von Morolt erkannt? Sangen sie ihre Siegeslieder? Besangen sie den Triumph ihres Helden? Aber das Lied brach ab und verwandelte sich in wildes Geschrei. Sollten sie singen! Sollten sie ihn mit ihren Klageliedern betrauern! »Rudert, Männer von Irland! Rudert zur Insel und seht, wie cornischer Stahl den Tribut zahlt!« Tristan wollte sich erheben und ihnen die beiden Schwerter vor Augen halten... sein Schwert und das Schwert des Morolt – aber vom Schmerz überwältigt, sank er auf die Ruderbank zurück. Halb betäubt tastete er blindlings nach seinem Schild, um sich zu bedecken. Er gönnte ihnen nicht den Trost, auf seine Wunde zu starren und sich daran zu weiden. »Weiß für die Rechtschaffenheit eines Ritters, rot für das Blut Christi.« Hatten sie das gesagt, als sie ihn für den Ritterschlag mit Hemd und Mantel kleideten? Das weiße Leinen seines Wappenrocks war jetzt rot genug. Verflucht sei das Schwert des Mannes! Es würde den Feldzug verzögern. Rual würde ungeduldig werden. Mit letzter Kraft legte Tristan sich in die Ruder. Erstickte er? Inzwischen mußte er längst außer Reichweite ihrer Pfeile sein. Ungeschickt mühte er sich mit den Helmbändern ab und dem Kopfschutz. Ah, der Wind... der Wind in seinem Haar! Tristan holte tief Luft. Nur eine Fleischwunde – allerdings eine tiefe Wunde. Nur ein paar Wochen. Rual würde solange warten. Und dann... Lyonesse... sein Triumph, seine Rache. Noch ein Ruderschlag, noch einer und... noch einer. In Kürze würde er vor dem König stehen. Er hatte seine Schuld bezahlt, sich von der Lüge befreit und seinen Vater von aller Schuld und Schande reingewaschen.

Ein durchdringender Schrei durchschnitt die Luft, ein zweiter übertönte ihn, ein dritter und brausender Jubel erhob sich, erstarb und brandete wieder auf, mischte sich mit den durchdringenden, schmetternden Trompetenstößen, dem Geklirr von Schwertern, die gegen die Schilde geschlagen wurden. »Tristan, lang lebe Tristan, Tristan von Lyonesse!« Zum ersten Male hörte er, wie andere seinen Namen, seinen vollen Namen jubelnd riefen. Freude durchströmte ihn, obwohl sein Kopf hämmerte und die Arme kraftlos auf den Rudern lagen. Aber sie legten vom Ufer ab. Er hörte das Aufspritzen der Gischt unter dem Bug, die Rufe der Männer; und dann zogen sie sein Steuer zu ihren Booten. »Tristan... mein Gott, er hat ihn erschlagen! Er hat sein Schwert, das Schwert des Morolt. « Einer von ihnen, ein rothaariger, sommersprossiger junger Mann, beugte sich vor, nahm die Waffe an sich und schwang sie hoch durch die Luft. Die Schreie am Ufer wurden lauter, umbrandeten ihn, rollten wie Donner in seinen Ohren. Sie hatten sich seiner Ruder bemächtigt. Wie lange würde es dauern, bis sie das Land erreichten? Sie fuhren im Schatten der hohen Klippen. Wer stand dort im Sonnenlicht, hoch oben auf der Felsenplattform über dem Landeplatz? War es Rual? War es der König? Dorthin würde er nie kommen. Der Kiel knirschte gegen den Uferwall. Oh, der Schmerz! Hände packten ihn an den Schultern und Armen. Außer sich vor Jubel trugen sie ihn halb, halb zerrten sie ihn die Stufen hinauf. Und noch immer, ohne es recht zu wissen, beinahe instinktiv bedeckte er mit dem Schild seine Wunde. Eine Frau durchbrach die Reihen der bewaffneten Männer und warf sich zu seinen Füßen. »Gott rette dich, denn du hast unsere Söhne gerettet!« Er wurde vorwärts gedrängt. »Heil David, Sieger mit Goliaths Schwert!« Der Stimme nach mußte es Andred sein. Später, später, er würde es schon erleben... und immer noch Stufen. Und dann... stand er auf der Plattform? Sie ließen seine Schultern los. Jemand legte ihm das Schwert in die Hände. Tristan stieß die Spitze seines Schildes in den Boden und richtete sich auf. »Cornwall... ist vom Tribut befreit!« Der Nebel legte sich rot über seine Augen. Der Schild schwankte und entglitt seinen Händen. Rual fing ihn in seinen Armen auf.

Also war es doch mehr als irische Prahlerei gewesen! Als sie nach dem ersten Tag seine Verbände wechselten, und er das entzündete, rote Fleisch sah, lachte Tristan noch über ihre Besorgnis. Es waren nur die Auswirkungen der anstrengenden Rückfahrt. Er sei zu erhitzt gewesen, erklärte er und bestürmte Rual mit Fragen und Plänen für ihren Feldzug. Aber als die Wochen vergingen, und die besten Ärzte des Landes vergeblich Heilmittel um Heilmittel versucht hatten, als er sich selbst entsetzt von der eiternden, formlosen Masse abwandte, die einmal sein Oberschenkel gewesen war, und er die Hände auf den Mund preßte, um seine Schreie zu ersticken, wußte er, daß Morolt nicht gelogen hatte. Doch selbst noch jetzt verschwieg er den anderen die Drohung und gestand sich die Wahrheit nicht ein. Nur das Schweigen, das zwischen ihm und seinem Ziehvater inzwischen herrschte, bedeutete soviel wie ein unausgesprochenes Eingeständnis. Rual gelang es in seiner ernsten Aufrichtigkeit nicht, sich nichts anmerken zu lassen; und Tristan erstarben die falschen Hoffnungen auf den Lippen. Wenn sie jetzt von Lyonesse sprachen, dann sprachen sie von der Vergangenheit. Nur mit Marc erörterte er die Zukunft, einen nebelhaften Traum, den sie in seltsamer Ernsthaftigkeit für sich gegenseitig ausmalten, wie zwei Kinder, die mit Phantasiespielen sich die Zeit vertreiben. Doch eines Tages, als Tristans Zustand sich offensichtlich entschieden verschlechtert hatte, und er nach einer endlosen Nacht unendlicher Qualen wie ein Toter in seinem Bett lag und niemand wußte, ob er bei Bewußtsein oder bewußtlos war, konnte Rual seinen lange unterdrückten Groll nicht länger zurückhalten und blickte Marc anklagend an.

»Und all das, all das«, sagte er mit rauher erstickter Stimme, »um einen Namen reinzuwaschen, der nie entehrt worden ist.« Ruhig und fest erwiderte der König den Blick des alten Marschalls. »Er hat ihm neue Ehre gebracht. Er ist wirklich Rivalins Sohn.« Alle Bitterkeit war aus seiner Stimme gewichen.

Tristan hatte diese Worte durch einen Nebel von Schmerz und Qualen gehört, und Freude erfaßte ihn. Es war doch nicht umsonst gewesen. Wenn er soviel erreicht hatte, dann konnte dies nicht das Ende sein. In leidenschaftlicher Auflehnung gegen das Schicksal bäumte er sich auf, doch er fand keinen Ausweg. Langsam sank er wieder in tiefe Verzweiflung; doch schließlich drang das unermüdliche Klatschen der Wellen in sein Bewußtsein, die das Land umspülten – westwärts, südwärts nach Lyonesse, westwärts, nordwärts in die Irische See.

Irland! Er hatte sich bisher nicht erlaubt, daran zu denken, solange er sich mit vergeblichen Hoffnungen betrog. Doch wenn der Morolt nicht im einzelnen gelogen hatte, warum sollte er dann überhaupt gelogen haben? Niemand außer der Königin von Irland konnte ihn heilen. Tristan lag lange mit geschlossenen Augen und zwang sich kaum zu einem Gedanken, während sich die Fäden der Träume zu einem vollständigen Muster verwoben. Tristan hatte sich so lange nicht geregt, daß Marc angstvoll glaubte, er liege im Sterben, als Tristan ihn ans Bett rief und ihm seinen Plan mit unheimlicher Klarheit erläuterte. Lebte Tristan in einer Legende aus Avalon?

Warum hatte er ihm die Geschichte von Morolt bisher nie erzählt? Der Gedanke war jedenfalls reiner Wahnsinn – als bretonischer Spielmann verkleidet, an der irischen Küste zu landen, auf die seit Morolts Tod kein cornischer Ritter einen Fuß setzen konnte, ohne sein Leben zu verlieren. In seinem Fieber würde er sich verraten. Bereits die Reise – Rual sollte ihn zwar bis dicht vor die irische Küste bringen – doch dann würde er vielleicht stundenlang allein in einem Boot ohne Ruder und Steuer Wind und Wellen ausgeliefert sein! ... Sanft und nachdrücklich versuchte Marc, den kranken jungen Mann von seinen Hirngespinsten abzubringen. Tristan sah ihn aus matten Augen an. »Das Meer ...«, beinahe lag der Anflug eines Lächelns auf seinen Lippen, »wir kennen uns schon so lange.«

Reff die Segel
laß das Steuer los
treibe ... und überlaß dich
der Flut
ohne Küste oder Ziel.
Der Wind deines Verlangens
hat sich gelegt
den blendenden Blitz
deiner sehenden Augen
hat das Zwielicht gedämpft.
Lausche – und höre
hinter dem eintönigen Rauschen der Wogen
die Musik deines Seins
nicht gefesselt an die Kraft des Willens
auch nicht, wie es dir scheint
von Zufall oder Schicksal getrieben
sondern wie es ist –
dir
und nur dir allein
ist es dies eine Mal
auf dem Meer der Ewigkeit gegeben.

Der Morgen dämmerte fahl und kalt über der Irischen See. Im Westen hob sich die Steilküste zu einer scharfen Spitze und senkte sich hinunter bis zu einem Häuserkeil dunkler und flacher Hütten, die sich zwischen den Hügeln drängten. Unter dem Gewirr der Dächer brannte kaum ein Licht. Auf der anderen Seite des Tales stieg der Boden steiler an, als sei er mit Gewalt unter der schwarzen Masse von Wall und Turm abgeschlagen worden.

Die See war leer. Nur dort, wo der Nebel sich zu einer dichteren Bank ballte und sich von der allgemeinen Dunkelheit zu lösen schien wie ein Schiff, das lautlos nach Südosten trieb, saßen zwei Männer in einem Boot. In ihre Arbeit vertieft, beugten sie sich über die leeren Netze, ohne auf ihre Umgebung zu achten.

»Und wenn der heilige Petrus, der selbst ein Fischer war, uns nicht erhört, wird es keine Makrelen geben, um in diesem Winter unser Brot zu salzen.« Die Stimme, die sich da vernehmen ließ, kam von einer langen dürren Gestalt und war ebenso dünn und düster wie das Gesicht – ein merkwürdiger Kontrast zu dem stämmigen Mann, der ausdruckslos antwortete: »Die Heiligen werden die Gebete eines Mannes, wie du es bist, sicher erhören, Teig, und uns noch ein Wunder bescheren!«

Auf dem Bugspriet lag zusammengerollt eine kleine Gestalt, die sich nun reckte, streckte, ausgiebig gähnte und zum heller werdenden Himmel hinaufblickte. Der trübsinnige Fischer gab dem Jungen einen Stoß in die Rippen. »Wenn Gott doch allein die Nichtstuer mit Hunger bestrafen würde!« Doch der Junge blickte weiterhin seelenruhig auf die dahinziehenden Wolken und ließ sich nicht stören. Plötzlich hob er hellwach den Kopf und lauschte. »Meister!«

»He?« Der stämmige Fischer unterbrach seine Arbeit.

»Habt Ihr die Musik nicht gehört?« flüsterte der Junge kaum hörbar.

»Musik?« Der Mann lachte schallend. »Teig, he, Teig! Hat der alte Sean dir nicht gesagt, daß wir noch Wunder erleben werden? Pst!« Er legte den Kopf zurück, »ich höre nichts«, und schwieg enttäuscht.

Doch der Junge lauschte noch immer angestrengt und gespannt. »Leise! Jetzt ist nichts mehr zu hören.«

Teig seufzte und erklärte ungläubig: »Paudeen träumt.«

Der Beschuldigte erwiderte entrüstet: »Ich war bestimmt so wach wie ihr.« Er kniete am Bootsrand und lauschte aufmerksam. »Hört doch, da ist es wieder.«

Über Seans einfältiges Gesicht glitt ein dümmliches Lächeln. »Es klingt wie die himmlischen Harfen. Aber heilige Maria, ich würde gern noch ein bißchen hier auf der Erde warten!«

»O ja, du wirst warten, und zwar nur allzu lange, im Jenseits und danach. Und viele werden für dich beten müssen, um dich aus dem Fegefeuer zu erretten. Kannst du etwas sehen, Junge?«

Paudeen starrte in den sich lichtenden Nebel. »Im Süden sehe ich ein kleines Boot. Von dort ist die Musik gekommen. Ja, sicher, dort ist es! Aber es hat weder Segel noch Ruder«, fügte er plötzlich ängstlich hinzu.

Neugierig kletterte der dicke Fischer neben ihn. »Es ist auch kein Mann zu sehen. Teig, ist es vielleicht eine der Wasserfrauen, die den alten Sean in ihren weißen Armen wiegen möchte?«

Das Licht tanzte über das graue Wasser, stob fächerförmig auseinander und schien das Boot auf seinem Weg aus den Wellen zu heben.

Die Harfentöne erklangen deutlicher und brachen dann ab. Ein Zittern hing in der Luft. Teig hatte die Ruder eingezogen. Im nächsten Augenblick würden sie nahe genug sein, um das Boot mit einem Haken einzuholen. Sean bereitete sich darauf vor, trat aber dann zurück und packte seinen Gefährten am Arm. »Vielleicht ist es besser, du gehst zuerst, du bist ein heiliger Mann. Denn schließlich könnte es ja der Böse selbst sein.«

»O je, o je, sollen wir nicht besser abdrehen?« jammerte der Junge.

Aber Teig zog das geheimnisvolle Gefährt ungerührt heran und beugte sich über den Bootsrand.

»Ist es eine Frau, Teig? Mit einem silbernen Fischleib und grünen Haaren?« Seans Stimme klang belegt und lüstern.

Mit aufreizender Langsamkeit drehte sich Teig mit säuerlicher Miene nach seinem Freund um. »Laß dein heidnisches Gerede. Es ist ein Mann wie ich. Aber soviel ich sehen kann, ist er kaum noch am Leben.«

Sean murmelte enttäuscht einen Fluch. »Ist er vielleicht der Teufel, der Seans Herz in Flammen setzt und dann mit einem Lied abspeist?« Dann siegte die Neugier über seine Enttäuschung, und er blickte in das kleine Boot. »Teig, sieh dir den Mantel und das Schwert an. Es muß ein reicher Mann sein. Vielleicht ist er ein cornischer Ritter! Für seinen Kopf würden wir einen guten Preis bekommen!«

Teig schob ihn beiseite. »Nur nicht so schnell, sonst bekommst du am Ende gar nichts.« Er beugte sich hinunter und legte dem Fremden die Hand auf das Herz. »Noch fließt das Blut in ihm. Und wenn er nicht aus Cornwall stammt, wird die Königin ihn und seine Harfe sicher willkommen heißen. Und wir werden dadurch auch nicht ärmer.« In der düsteren Stimme lag beinahe ein Anflug von Freundlichkeit. »Beim Heiligen Patrick, das ist ein besserer Fang als alle Fische, die uns im ganzen Leben ins Netz gehen können.«

Die Zeit, für Tristan ausgelöscht, überflutete ihn mit dem wiedererwachenden Bewußtsein von neuem. Noch immer schaukelte das Boot, knirschte dann auf dem Sand; Wände schlossen sich drohend über seinem Kopf. Um ihn löste sich aus der Dunkelheit eine verwirrende Fülle von Formen, stürzten ihm entgegen, wichen wieder zurück und schwebten in der Luft – Taue, ein Ruder stieß bedrohlich aus dem Nichts hervor, ein baumelnder Schwimmer.

Er lag auf dem Boden einer Hütte vor einer Wand. Sonnenlicht drang durch eine verborgene Öffnung herein und warf ein weißliches Rechteck in das Dunkel, wo vor seinen Füßen das schwarze, riesige Gespenst eines Netzes über Wand und Decke hing. Seine Sinne kämpften darum, die Umgebung aufzunehmen und wurden von einem wachsenden Schmerz überwältigt, der Stich um Stich seinen Körper durchbohrte und sich in der linken Seite zu einem schneidenden Messer tödlicher Qual verdichtete. Durch den dünnen Strohsack drückte sich der harte unebene Fußboden in sein geschwollenes Fleisch. Er versuchte, sich zu bewegen; der getrocknete und harte Verband riß an der Wunde. Ein stechender Schmerz in seinem Rückgrat ließ ihn gequält aufschreien.

Von irgendwoher näherten sich polternde Schritte. Tristan spürte den harten Rand eines Bechers zwischen den Lippen, und über sein Kinn rann kühles Wasser. Als er wieder die Augen öffnete, beugte sich ein gerötetes, einfältiges Gesicht dicht über ihn. Als der Mann den Mund öffnete, um zu sprechen und dabei gelbe Zähne zeigte, verbreitete sich scharfer, stechender Alkoholdunst. Tristan konnte einzelne Worte verstehen. »Teig... der andere Fischer... die Königin heilt die Kranken... die Harfe.« Er wußte nur das eine: Alles hing davon ab, daß er sich nicht verriet, und deshalb starrte er den Mann ausdruckslos an, der begann, ihm seine Geschichte mit so übertriebenen Gesten zu erzählen, daß Tristan laut aufgelacht hätte, wenn ihm nicht jede Bewegung unerträglich gewesen wäre.

Er schien eine Ewigkeit auf dem Boden zu liegen und den Schmerz mit der Erregung und Erwartung zu bekämpfen. Aber von Zeit zu Zeit versank seine Umgebung. Jetzt wiegten ihn die Wellen, doch das Boot rührte sich nicht von der Stelle. Er hatte das Ruder verloren –

nein, da war es und schwebte über seinem Kopf – wenn er es nur erreichen könnte – das Ruder? Es hing dort an der Wand, in der Hütte des Fischers – die Königin kommt – welche Königin? Darauf kam es nicht an – es war ein Ruder – gelb und gesplittert – sehr alt; ein Ruder, an dem eine Schwimmblase baumelt, und er klammerte sich mit den Augen an diese Form, aus Angst noch einmal das Bewußtsein zu verlieren.

Der Schmerz durchbohrte mit beharrlicher Zähigkeit sein Bein und seinen Fuß.

Die Zeit verstrich; der Schatten des Fischernetzes an der Wand war lang geworden und zu seinem Kopf gewandert. Tristan streckte die Hand aus, griff in die imaginären Maschen und entlockte ihnen zwischen jedem qualvollen Stich bruchstückhafte Töne. Doch die Zwischenräume wurden kürzer. Die qualvollen Wellen überschlugen sich. Wenn er nur bis zum Ende durchhalten konnte. »O Gott, gib, daß ich es ertrage! Gesegnete Jungfrau Maria, heiliger Martin, bei der Kraft deines barmherzigen Schwertes... mein Schwert, o heilige Maria, hast du vergessen? Unter deinem Bild... mein Schwert... oh, nicht dafür.« Wort legte sich auf Wort, türmte sich, überstieg die endlosen Sekunden.

Der geknüpfte Schatten glitt aus seiner Reichweite. Tristan preßte den Kopf gegen den kalten, feuchten Stein. Das Gewicht des Mantels auf seinem Bein wurde unerträglich. Langsam und ruckweise zog er ihn zur Seite; seine Finger krallten sich in die Falten und verknäulten sie.

Und schließlich... irgendwo jenseits der Grenzen seiner Qual durchbrachen rauhe Stimmen die Stille, hallten laute, eisenklirrende Schritte... Als sie ihn aufhoben, sank er wieder in gnädiges Vergessen.

Wachte er? Zuerst gab er sich nicht die Mühe sich zu fragen, wo er war. Ihm genügte, daß er auf Wolken gebettet zu sein schien, und zufrieden überließ er sich dem kühlen Leinen, den kühlen Fingern, die ihm Schläfen und Handflächen mit einer wohlriechenden Flüssigkeit einrieben. Die Dunkelheit wich wie eine Welle zurück... Das Gesicht einer Frau neigte sich über ihn. Sein Blick trübte sich wieder, doch eine leise, weiche Stimme besänftigte seine gequälten Sinne...

»Wie seid Ihr zu einer solchen Wunde gekommen?«

Er kämpfte darum, sich einen Gedanken abzuringen. Beugte sich die Königin über ihn?

Als er da lag und die Bruchstücke seines Bewußtseins miteinander verwob, erinnerte er sich an die List, die allein ihn retten konnte; und einen Augenblick lang bäumte er sich gegen die Lüge auf. Doch dann dachte er an ihre Heimtücke und die vergifteten Waffen, und das Verlangen nach Leben stieg mit Macht in ihm auf. Tristan erzählte seine Geschichte – wie er, der arme Sohn eines Ritters aus der Bretagne, gekommen war; sein Name war Tantris – er mußte seinen Lebensunterhalt als Spielmann verdienen – auf dem Weg nach Wales hatten Seeräuber das Schiff überfallen, die ganze Mannschaft ermordet, doch er, von einem vergifteten Schwert verwundet, hatte sie mit seinem Gesang zu Mitleid gerührt; schließlich hatten sie ihn in ein Boot gelegt, und er war an diese unbekannte Küste getrieben...

Offensichtlich verstand die Königin genug bretonisch, denn sie lächelte und antwortete ihm auf irisch. Wenn sein Spiel das Herz eines Seeräubers erweichen konnte, dann war es nicht erstaunlich, daß die einfachen Fischer seine Musik für ein Wunder hielten. Wenn er wieder bei Kräften sei, solle er ihr etwas vorspielen.

Aber obwohl die Schmerzen ihn wieder überfielen, wußte er irgendwie, er mußte jetzt spielen, um vor sich selbst seine Ehre zu retten. Er mußte die Königin überzeugen, ihr Mitgefühl durch seine Kunst gewinnen. Er flehte sie an, ihm zuzuhören, bis die Königin seinen fieberhaften Bitten nachgab, aus Angst, er könne sich sonst zu sehr erregen. Unruhig blickte er sich im Raum um und suchte seine Harfe. Eine dunkelhaarige Frau folgte seinen Blicken und beugte sich hinunter, um sie ihm zu reichen.

Die Königin hatte sich einem Mädchen zugewendet, das regungslos in einer Fensternische saß. »Iseult, möchtest du sein Harfenspiel nicht hören?«

Das Gesicht der jungen Frau lag im Schatten. Aber als sie den Kopf hob, fiel die Sonne auf ihr Haar, und Tristan schien es, als habe einen Augenblick lang etwas das Dunkel erleuchtet, das seine kranken Sinne einhüllte. Aber sein Leiden und die verzweifelte Anstrengung, von der sein Leben abhing, beschäftigten ihn zu sehr, um mehr wahrzunehmen.

Tristan begann zu spielen.

Iseult saß vor dem Fenster. Ihre Hände lagen still und teilnahmslos im Schoß. Ihr Kopf lehnte leicht zurückgelehnt an der Wand, und sie blickte auf das Meer. Die Töne entströmten suchend, schwebend und einschmeichelnd den Schatten, und sie fragte sich, wann die Musik begonnen hatte, denn sie vernahm sie nicht als eine Melodie, die an die Ohren dringt, sondern als die Sprache ihres Blutes, das bisher stumm, erwachte – noch nicht im Wissen um das eigene Ich, nicht einmal das Verlangen, sondern als eine unendliche Frage, die aus der Tiefe ihres Wesens aufstieg. Doch die Musik verstummte. Die Harfe entglitt Tristans Händen. Besorgt beugte sich die Königin über ihn. »Tantris«, sagte sie, und ihre Stimme klang jetzt weich und tief. »Die Welt könnte es uns verübeln, wenn wir nicht alles tun, was in unserer Kraft steht, um Euch zu heilen.«

Er hörte die Worte und wußte, daß er nicht länger kämpfen mußte. Er konnte es auch nicht mehr, als die Wogen der Schmerzen über ihm zusammenschlugen und ihn in Dunkelheit hüllten.

»Wird er am Leben bleiben?«

Die Frage fiel so schwer und verhängnisvoll in die Stille des abgedunkelten Raumes, daß Iseult beim Klang ihrer eigenen Stimme erschrak, als sei diese Frage in all diesen Tagen und Nächten ohne ihr Wissen in ihr gereift und fiele jetzt wie eine reife Frucht in die Stille eines ummauerten Gartens und erwecke in der Seele die plötzliche Ahnung von Leben und Tod.

Doch die Königin antwortete beinahe beiläufig und beruhigend, als wolle sie unbewußt ihre eigene Besorgnis verbergen; und Iseult überlegte später, ob hinter ihrer Frage vielleicht doch mehr lag. Eine unbestimmbare Last bedrückte sie, und sie bemerkte ein wachsendes Bedürfnis nach Stille und Einsamkeit, in der die verschwommenen Gedanken, die sie bewegten, sich klären konnten. »Ich werde hier bleiben und bei ihm wachen«, sagte Iseult. Die Königin war froh über jede Beschäftigung, die das Mädchen aus der Teilnahmslosigkeit reißen konnte, die es nach Morolts Tod befallen hatte – außerdem wußte sie, es war sinnlos, sich dem Willen ihrer Tochter zu widersetzen – und beugte sich mit den gemurmelten Worten über das Bett: »Hoffentlich kann er schlafen!« Dann ging sie zur Tür und schloß sie leise hinter sich.

Das Schweigen umhüllte Iseult wie der Mantel einer Glocke. Die Gestalt im Bett schien kaum zu atmen. Sie saß auf einem niedrigen Hocker zwischen Bett und Fenster und stützte die Wange in die Hand. Sie hielt die Augen geschlossen. Nichts regte sich. Nur dort, wo die Sonne durch das schmale Fenster auf ihre im Schatten liegenden Haare fiel, tanzte eine zitternde Flamme.

Sie wollte nicht denken. Vielleicht würden sich in der Stille diese beunruhigenden Stimmen in ihr zu Wort melden; vielleicht würden sie sogar verstummen, und sie konnte in die sichere Selbstverständlichkeit ihres Seins zurückgleiten. So wie sie einmal gewesen war... wie lange lag das zurück? Tage waren vergangen, Jahre vergingen; es gab etwas, das sich Zeit nannte, und es war nichts Beunruhigendes. Man sagte sogar, sie sei einmal geboren worden, aber wie konnte es für sie, die sie immer gewesen war, einen Anfang und ein Ende geben? Tod...? Leblos, mit erstarrten Krallen lag eine Drossel auf dem Pfad, doch ein Windstoß schüttelte einen Schauer Regentropfen von den Heckenrosen, und sie lief mit nassen Haaren und zwinkernden Augen lachend in die Sonne. Eines Tages wurde Morolt erschlagen, und Iseult fragte sich zum ersten Mal, was und warum sie war – sie und diese Menschen, die sie umgaben, deren Liebe, deren Leben sie beinahe als festen Bestandteil ihres Daseins hingenommen hatte, ohne es zu wollen oder zu verlangen – auch Morolt. Dann wurde mit einem Schlag das Gewebe ihres Lebens zerstört. Wie konnte sie sich hilfesuchend an jene wenden, die für sie plötzlich ebenso sterbliche Wesen wie er geworden waren, deren Leben so zerstörbar war wie ihr eigenes, die ihre gähnenden Abgründe mit Jammern und Furcht, Haß und Racheträumen füllten? Wenn sie sich wenigstens an diesen Haß hätte klammern können; doch als sie voll Zorn und Bitterkeit den Feind anklagen wollte, der ihre Welt zerstört hatte, als sie die Oberfläche ihres verwundeten Stolzes durchdrang und sich der Trauer um den toten Verlobten überlassen wollte, fand sie nur ein befremdliches und erschreckendes Nichts. Vergeblich klammerte sie sich an die Erinnerung seiner Stärke und seiner Tapferkeit, an seinen derben Humor, der ihn so beliebt gemacht hatte. Doch je mehr sie sich daran zu erinnern versuchte, desto unwirklicher wurde Morolt für sie. Seine unbeholfene Verehrung – eine unglaubwürdige Unterbrechung in seiner heißblütigen Begeisterung für Kämpfe und Spiele hatte sie für so selbstverständlich genommen wie den Rest der Welt. Und nun hatten Zeit und Tod sich an ihr gerächt, waren in die Festung ihrer Sorglosigkeit eingedrungen und hatten ihr nur dieses vernichtende Nichts gelassen, bis eines Tages eine unerklärliche Musik in die Stille vorgedrungen war, die sie verloren und trotz allen Suchens nicht wieder hatte finden können, obwohl es schien, als sei sie nicht von außen gekommen, sondern in ihr aufgestiegen. Selbst als sie jetzt dort saß, eingehüllt in das dämmrige Schweigen des Raumes, drangen die Bruchstücke an die Oberfläche, verhießen bebend ein Versprechen, sanken aber wieder in die unerforschten Tiefen ihres Wesens zurück.

War die Musik je von außen gekommen, von den Händen, die leblos und stumm auf der Decke lagen? Im Verlauf der Wochen, die vergangen waren, seit man diesen Fremden in die Burg gebracht hatte, hörte sie beinahe auf, die Musik mit diesem gemarterten Körper in Verbindung zu bringen, für den die Ruhe nur Schmerz bedeutete, der ihn zur schlimmeren Qual der Bewegung trieb, bis er schließlich in eine betäubende Erschöpfung fiel, die kein Schlaf war.

Iseult nahm die Hand vom Gesicht und wandte sich halb unbewußt dem Bett zu. Im dämmrigen Licht wirkte es unförmig und plump, wo die Polster lagen, um das verletzte Bein des Mannes zu stützen. Auf dem weißen Kissen hoben sich die Haare ab, die in wirren, feuchten Strähnen von den eingefallenen Schläfen hingen. Das Gesicht war scharf geschnitten, und obwohl die Schmerzen die Züge verwischt hatten, kam es Iseult vor, als kämpfe hinter der leblosen Maske etwas darum sich zu befreien – ein Kampf, der sich in den langgliedrigen, nervösen Fingern fortsetzte, die sich selbst jetzt gegen die Kraft der Hände aufzulehnen schienen. War es die Musik, die sich nicht befreien konnte, solange sie in dieser leblosen Gestalt eingesperrt lag – konnte sie sich weder in ihr noch in ihm befreien? War es diese Furcht, die unbewußt in ihr zu der Frage herangewachsen war, die sie, ohne es völlig zu verstehen, gestellt hatte: »Wird er am Leben bleiben?« Ein umherziehender Spielmann war in einem ruderlosen Boot nach Irland getrieben worden! Bestürzt über den Wahnsinn ihrer Gedanken rief Iseult sich zur Ordnung, doch sie kamen hartnäckig immer wieder. Wenn er nicht geheilt wurde, wenn er starb, würde sie dann für immer die Bürde dieser unerfüllten Musik in sich tragen müssen? Würde sie im Laufe der Monate, im Laufe der Jahre wachsen, so wie sie jetzt wuchs und den Raum mit erdrückenden Vorahnungen erfüllte? Ihre Gedanken hatten eine solche Kraft erreicht, daß sie ihr beinahe hörbar zu sein schienen, und sie fürchtete, sie könnten den Fremden wecken. Deshalb stand sie auf und ging zum Fenster.

Vom Meer wehte ein sanfter Wind, kühlte ihre Schläfen und umspielte ihre Lippen. Sie seufzte erleichtert. Wie ruhig das Meer ist, dachte sie und blickte auf die endlose silbergraue Fläche, die sich unter dem Himmel wölbte. Vielleicht wartet es, dachte sie weiter, oder es ist über das Warten hinaus. Sie holte tief Luft, als wolle sie aus seiner Kraft Frieden ziehen. Vom Ufer unten drang ein anhaltendes, gleichförmiges Rauschen empor, das allmählich sich ihren Sinnen aufdrängte und sie in seine zärtliche Obhut nahm. Die Herbstsonne

schien auf ihre Stirn. Sie schloß die Augen. Eine verspätete Biene
stieß benommen gegen den Fenstersturz und begann mit vergeblicher Hartnäckigkeit aufgeregt zu summen. Beinahe achtlos wischte
Iseult das Tier beiseite.

Als sie sich wieder dem Raum zuwandte, nahm sie eine Veränderung
wahr. In der Stille hörte sie den ruhigen, gleichmäßigen Atem – jetzt
schlief er bestimmt. Sie spürte die geheime Musik wieder in sich
aufsteigen – suchend und beunruhigend –, doch die Furcht war
gewichen. Sie wußte, sie würde ihre Bedeutung erfahren und ihr
Ende hören. Wie es sein konnte, fragte sie sich nicht. Es genügte,
jetzt in sich diese Gewißheit zu spüren, die die Leere ihres Wesens
füllte, aber nicht so blind und schlafend, wie ihr altes Ich gewesen
war, sondern mit staunender Erwartung. Selbst die Dinge, die sie
umgaben, erschienen ihr wie verwandelt. Und wie, um sie in ihrer
neuen Wirklichkeit zu begrüßen, streckte sie die Hand aus und ließ
sie über den nach innen gerollten Rand des Wandbehangs gleiten,
über das harte, gemaserte dunkle Holz, bis ihre Finger, die beinahe
ziellos durch die Schatten wanderten, gegen eine klingende Saite
stießen. Wie seltsam, dachte sie, daß sie seine Harfe vergessen hatte,
während seine Musik sie so sehr beschäftigte. Hätte sie dort vielleicht
die Antwort finden können? Zögernd strich Iseult über die Saiten,
denn sie fürchtete, den Schlafenden zu wecken. Doch das harte
unmelodische Flüstern, mit dem sie ihr antworteten, ließ sie die
Harfe beiseite legen. Und dann sah sie das Schwert in der Ecke gegen
die Wand gelehnt, wohin man es gestellt hatte. Beinahe hätte sie es
nicht weiter beachtet, doch der schimmernde Griff im Halbdunkel
weckte in ihren Händen, die jetzt jede Oberfläche in sich aufnahmen,
den Wunsch, ihn zu erforschen. Sie hob es hoch und umklammerte
es fester, als sie das unerwartete Gewicht spürte.

Es war ein schlichter Griff ohne den Schmuck von Kristallen oder
Edelsteinen, aber mit einem so bestürzenden Eigenleben, daß sie sich
vorstellte, die Spiralen aus Golddraht hätten sich aus eigenem Willen
um den Griff gelegt – wie die Haarlocken einer Frau, dachte sie, und
auch ebenso kraftvoll. Ehrfurchtsvoll begann sie, das Schwert aus der
Scheide zu ziehen. Ungeachtet aller Schläge, die die Schneide ver-
schrammt hatten, verjüngte sich der Stahl glatt und unverletzlich zur
Spitze. Und dann, einen Finger breit über der Spitze, war die Linie
plötzlich unterbrochen und entstellt. Dieser unerwartete Makel
schmerzte so sehr, daß Iseult ihn beinahe wie eine eigene Wunde
empfand. Wie gebannt blickte sie auf die Kerbe in der Klinge.

Es war eine ungewöhnliche Kerbe, die das Auge nicht vergessen würde, nachdem es sie einmal gesehen hatte. Iseult fuhr mit dem Finger darüber, und ihr drängte sich immer stärker die Gewißheit auf, daß sie die Kerbe schon einmal gesehen hatte. Sie bemühte sich vergeblich darum, sich zu erinnern, wann und wo... und plötzlich fiel es ihr wieder ein – im Kerzenlicht, bei eintönigem Gemurmel, dem Aufschrei einer Frau und dann der Racheschwur... Der Stahlsplitter, der spitz und gekrümmt war wie der Schnabel eines Vogels! Sie hatte ihn zwischen den Fingern gehalten – den Splitter, den man in Morolts Wunde gefunden hatte. Ihre Hände zitterten so heftig, daß sie das Schwert auf eine Truhe gleiten ließ. Morolt – das Schwert, mit dem er erschlagen worden war. Morolts Mörder? Der verwundete Mann im Bett? Der Spielmann mit seiner seltsamen, unheimlichen Musik? Tantris hatte er sich genannt... Tan – tris. Der Name summte ihr spöttisch und aufreizend in den Ohren – zwei tanzende, springende Silben, die wie die bunten Bälle eines Gauklers kreisten. Tan-tris, Tris-tan, Tris-tan, Tan-tris – Tris – der Rhythmus verlangsamte sich, beim Werfen waren die beiden Silben irgendwie vertauscht worden. Langsam sanken sie wie zwei Gewichte in ihr Bewußtsein zurück – Tristan – Tristan von Lyonesse! Kaum mehr als ein Flüstern kam über ihre Lippen; doch es klang hart und schrill, durchbohrte die Schatten und zerriß die Stille. Ein Zittern durchlief die Gestalt auf dem Bett. Sie achtete nicht darauf. Ihre Füße rannten, rannten durch steinerne Flure, und schon mühten sich ihre Hände mit dem Verschluß eines Kästchens. Dort lag er in seinem Nest aus dunkelgrüner Seide. Er glänzte – nur ein kleiner Splitter, spitz und gebogen wie der Schnabel eines Vogels. Wie lange war es her? Sie hatte ihn dorthin gelegt; aber nur jetzt, nur dieser Augenblick zählte – ihre Finger umklammerten das gezackte Metall. Warum jagten ihre Füße blind und schneller als Gedanken durch die steinernen Flure zurück – wohin? In das Zimmer, das sie nie erreichen würde... in das Zimmer, das es nie gegeben hatte. Und wenn sie es erreicht hatte, würde es leer sein – doch schon spürte sie die schwere Tür unter ihren Händen, die aufging – und alles war wie zuvor: das gedämpfte Sonnenlicht, das unförmige, wuchtige Bett, das glänzende Kreuz des blanken Schwerts auf dem dunklen Holz.

Es faßte sich hart und kalt an. Als stehe sie neben ihrem eigenen Körper, beobachtete sie neugierig ihre Hände, die den Splitter in die Kerbe der Klinge legten. Wie sicher sie sind, dachte Iseult, als hätten sie nie eine andere Aufgabe als diese gehabt. Sie triumphierte über die makellose Schneide. Auch sie hatte keine andere Aufgabe, gingen ihre Gedanken weiter – selbstverständlich wie ein kreisendes Rad, ohne etwas zu suchen, und es gab nur die eine Antwort. Lügen sind ihm verhaßt, und alles trübt und verdunkelt... alles, bis auf das, was unter der Berührung Wirklichkeit ist. So eindeutig, wie der Schwertgriff in der Hand, so zuverlässig wie die Klinge und so vollendet in sich selbst – es ist stumm, bis auf das Klirren des Stahls, scharf, hart und vollkommen – es ließ den Lärm verstummen und die Musik, die mit dem Versprechen unendlichen, unerfüllten Verlangens täuscht...

Iseult stand neben dem Bett. Und es kam ihr vor, als sei die leblose Gestalt, die vor ihr lag, der Körper ihrer eigenen Leere, die Lüge, mit der sie sich betrogen und verraten hatte – ihr Ich, Morolt und an ihm würde sie ohne Mitleid oder Gnade gerächt. Sie hob die Arme. Der Lichtstrahl vom Fenster warf Eis in den Stahl und Feuer in ihr Haar. Und dann, genau in dem Augenblick, in dem sie zuschlagen wollte, sah sie, daß er die Augen geöffnet hatte. Unergründlich lagen sie in der weißen Maske des Gesichts, zwei glühende Abgründe der Dunkelheit. Sie ruhten voll Staunen und Ehrfurcht auf ihr, so völlig hingegeben, daß sie in diesem Augenblick die Grenze der Angst überschritten hatte. Und Iseult, benommen von der Kraft ihres Blicks, der sie durchbohrte, schien im Erahnen eines Mysteriums, das jenseits ihres Verstehens lag, etwas zu begreifen, und spürte ihren Willen erschlaffen.

Ihre Arme sanken herab. Das Schwert fiel ihr aus den Händen.

Drei Monate später stand Tristan wieder in der großen Halle von Tintagel. Die winterliche Dämmerung war früh hereingebrochen. Niemand hatte ihn auf seinem Weg vom Hafen zur Burg erkannt. Und da er den Wachen verboten hatte, seine Ankunft zu melden, erreichte er unbemerkt die Halle. Er blieb am Eingang stehen, lehnte sich auf den Speer, den er mit beiden Händen umfaßte; die Harfe hing über seiner Schulter, und er neigte den Kopf leicht zurück. Wie es schien, halb in dem Wunsch, sich auf eine unvertraute Umgebung einzustellen und halb aus Trotz.

Es vergingen Minuten, ehe ein Ritter die Augen vom Schachbrett hob und ihn bewegungslos wie eine Statue an den Türpfosten gelehnt stehen sah.

»Tristan!« stieß er bleich und mit offenem Mund hervor. Er erstarrte in seiner Bewegung und hielt einen roten Bauern in der Hand. Sein Mitspieler sprang auf. Gondoin warf sich schwerfällig auf seinem Platz an der Feuerstelle herum und stieß dabei seinen Becher um. »Gott steh uns bei! Tristan, müßt Ihr uns wie ein Geist überfallen?« Er erhob sich mühsam.

Alle waren vor Überraschung wie gelähmt, und es dauerte eine Weile, ehe ein paar Männer auf Tristan zugingen. Sie zögerten, als sie sahen, daß er so merkwürdig ruhig und reglos stehenblieb, ohne etwas zu sagen. Lachend packte ihn Mereadoc bei den Schultern.

»Ich wette, er ist lebendig, obwohl er so dünn ist wie der Elf, der damals vor sieben Jahren im Wald mitten unter uns sprang, als wir auf der Jagd waren.«

Ein flüchtiges Lächeln zuckte um Tristans Lippen, die er jedoch sofort wieder zusammenpreßte, während er sich hoch aufrichtete, wie um sich der eifrigen Hände zu erwehren, die ihn zum Thron ziehen wollten. Doch der König eilte bereits herbei. Die ausgestreckten Arme umschlossen ihn fragend, als müsse er sich von Tristans Anwesenheit überzeugen.

Er war zurückgekehrt.

Für Tristan verwandelte sich das Ziel, von dem er in den Tagen und Monaten geträumt hatte, in denen es keine Hoffnung zu geben schien, in eine Drohung. Die Zeit – eine Kette sich heimtückisch dahinschleppender Sekunden – hatte ihn vorwärtsgezogen. Es gab kein Zurück. Der entscheidende Augenblick, bis jetzt unwirklich und unerreichbar, hatte ihn plötzlich eingeholt, dehnte sich zu der unbarmherzigen Fläche des Fußbodens, die er unter ihren Augen überqueren mußte. Verzweifelt umklammerte er den Speer, um gegen seinen schleppenden hinkenden Gang anzukämpfen.

Schließlich durchbrach Marc die erstickende Mauer des Schweigens und fragte ernst und besorgt: »Tristan, bist du geheilt?«

Die Spannung löste sich; das Blut stieg ihm in die Wangen, Stolz erfaßte ihn stützend, befreiend und widersetzte sich der Flut ihres Mitleids, widersetzte sich seinen eigenen Zweifeln. Er stieß ein rauhes, herausforderndes Lachen aus und warf den Kopf zurück. »Das vergeht. Vor einem Monat konnte ich noch nicht einmal auf den Beinen stehen.«

Man nahm ihm Harfe und Speer ab. Er ließ sich auf den Stufen vor Marcs Thron nieder; und bald erzählte er ihnen von Irland, als habe es sich nur um ein kurzes Abenteuer gehandelt, bis schließlich die

Halle vor Lachen dröhnte, während er ihnen die abergläubischen und ängstlichen Fischer vorspielte. (Diese Geschichte kannte er von der Königin.) Tristan machte sich darüber lustig, wie die Iren die Geschichte von Tantris geglaubt hatten und den wirklichen Tristan für einen Unsterblichen halten – oder zumindest für einen Menschen, der seine Seele dem Teufel verkauft hat, und dafür ein Zauberschwert bekam und unverwundbar wurde. Gott beschütze sie davor, daß sie je solche Schmerzen ertragen müssen wie er... obwohl an dem Zauber etwas Wahres sein konnte – er lachte und wollte erzählen, wie die Tochter der Königin ihn beinahe mit seinem eigenen Schwert erschlagen hätte. Aber plötzlich fiel er in Schweigen und erkundigte sich nach einer Weile, was es Neues in Cornwall gab.

Bald darauf zog sich der König mit dem Kanzler zurück, um sich den Tagesgeschäften zu widmen. Tristan blieb auf den Stufen sitzen, umringt von den Männern, die ihm immer neue Fragen stellten. Mitten in ihrer Unterhaltung ertönte von der Tür eine spöttische Tirade. »Welche Neuigkeiten hallen durch Tintagel? Der fahrende Sänger ist zurückgekehrt? Willkommen Tristan, willkommen in den Hallen deiner Vorväter!«

Andred näherte sich langsam, mit gespieltem Gleichmut den Männern, streckte wie zur Begrüßung die Hände etwas aus, blieb aber zehn Schritte vor der Estrade stehen. Sein Mund verzog sich zu einem gewinnenden Lächeln. Tristan erwiderte seinen verschlagenen Blick, ohne mit der Wimper zu zucken.

»Gewiß wird in diesen Hallen Musik erschallen, Andred. Und wenn nötig der Klang von Stahl.«

Die Männer jubelten. »Und ein cornisches Schwert kann eine sehr fröhliche Weise singen!« Mereadocs schallendes Lachen klang siegessicher.

Andred runzelte die Stirn, doch das Lächeln grub sich tiefer in seine Mundwinkel ein. Wie ihm schien, verbarg sich unter Tristans Sorglosigkeit ein Anflug von Unsicherheit. Die empfindsamen Züge des Jungen, durch die Krankheit noch betont, reizten ihn wie ein Stachel. »Was, schon wieder so kriegerisch, Tristan? Ah, ich habe das Symbol nicht gleich bemerkt!« Seine Augen glitten von der Harfe zum Speer, der daneben lag, doch nicht in Tristans Reichweite. Tristan stieg das Blut in die Wangen. Mereadoc fürchtete Streit und versuchte, Andred abzulenken. Doch dieser ließ sich von seiner Beute nicht abbringen und erklärte liebenswürdig:

»Wir alle sind von deinem Anblick ganz entzückt. Ein hübscher

Barde, nicht wahr, Mereadoc... ganz dazu geschaffen, das Herz einer Frau vor Mitleid zerfließen zu lassen! Bald wird man neue Lieder von deinen Heldentaten singen:

Tristan schlägt tödlichere Wunden bei der Romanze
Als im Kampf mit Schwert und Lanze.«

Andred genoß seinen gelungenen Reim und fragte dann anzüglich lachend:
»Welcher Sieg fiel dir leichter, Tristan – der Sieg über den Riesen oder über die rachsüchtige Frau?«
Ein paar brachen in schallendes Gelächter aus. Gondoin, wieder auf seinem Platz neben dem Feuer, setzte den Becher ab und schlug seinem Zechkumpan auf den Rücken... »Natürlich die Frau«, kicherte er, »die Frau...«
Tristan war mühsam aufgestanden. »Hüte deine Zunge, Andred!«
Er machte unbeholfen ein paar Schritte vorwärts und stützte sich gegen die Mauer. Der Speer lag jetzt in seiner Reichweite. Er streckte die Hand aus. Doch Andred gab ihm geschickt und hinterhältig einen Tritt, zog sich zu seinem alten Platz in der Mitte der Halle zurück und lächelte triumphierend und boshaft. »Willst du deinen Speer nicht holen, Tristan?« fragte er, »obwohl ich mir denken kann, daß dir eine Krücke bessere Dienste leistet, bis dein Fieber sich gelegt hat.«
Tristan wankte bleich und zitternd. Mereadoc faßte ihn bei der Schulter und drehte sich mit der Hand am Schwert nach Andred um. Aber von den lauten Stimmen herbeigelockt, stand der König in der hohen Tür. »Und Ihr, Andred, leistet Euch am besten selbst Gesellschaft, bis Ihr Euer Gift verdaut habt. Wir jedenfalls können auf Eure Anwesenheit am Hof von heute an gerechnet sechs Monate lang verzichten.«
Ein zustimmendes Murmeln erhob sich unter den Männern. Andred hob mit gespielter Gleichgültigkeit die Augenbrauen. »Die Launen der Genesung sind eine Unterhaltung, auf die ich gerne verzichte. Ich hoffe, Sie werden Eure Majestät nicht allzusehr beschweren. Tristan, auf eine baldige Genesung«, fügte er hinzu und warf ihm den Speer vor die Füße. »Ich hoffe, du wirst deine Waffen in Zukunft wieder zu einem heldenhafteren Zweck benutzen.«
Er verbeugte sich vor dem König und verließ die Halle.

Es gab Tage für Marc, an denen sich Andreds spöttische Warnung zu erfüllen drohte. Der Anblick seines verzweifelten Neffen schnitt ihm ins Herz. Tristan sprach nie darüber. Mit siegessicherem Lachen bekräftigte er die vorsichtige Ansicht der Ärzte, daß er in Kürze wieder völlig hergestellt sein würde, um mögliche Zweifel des Königs und seiner Freunde zu zerstreuen. Das Gift hatte sich bis in die Knochen gefressen, das Hüftgelenk versteift und seine Gesundheit untergraben. Aber in wenigen Monaten – »Monate?... Wochen!« hatte er heftig erwidert und überließ sich ungeduldig ihrer Behandlung.

In aufrichtigem Mitgefühl ersparten ihm die Männer die Schande ihrer Rücksichtnahme. Sie hatten begriffen, ihm war bei seinen hartnäckigen Versuchen, die Waffenübungen wie früher wieder aufzunehmen, nichts unerträglicher, als wenn sie seine Schwäche berücksichtigten. Zu unterliegen schien ihm beinahe lieber zu sein als ein Sieg, dem er mißtrauen mußte. Und nicht nur mit gespielter Tapferkeit rief er aus, er würde sich beim nächsten Mal ganz sicher dafür rächen, und legte doppelte Heftigkeit in seine Schwerthiebe, wodurch er seinen geschwächten Körper bis kurz vor den Zusammenbruch trieb.

Aber aus den Wochen wurden Monate, und Tristans Zustand besserte sich nicht wesentlich. Vergeblich riet ihm Marc, sich die langen Stunden mit der Harfe zu verkürzen. Entweder lag es an Andreds beißendem Spott oder es war nur eine Auflehnung gegen die körperliche Unzulänglichkeit, jedenfalls schien die Musik Tristan beinahe verhaßt zu sein. Und wenn sie hartnäckig immer wieder in ihm aufstieg, unterdrückte er sie bewußt. Doch die wilden Töne, die er hin und wieder der Harfe abrang, schienen dem Aufruhr seiner Gefühle am nächsten zu kommen, den er mit aller Macht bekämpfte.

Der König vermutete manchmal, daß nicht nur Ungeduld und Verzweiflung, auch nicht nur das gesteigerte Empfinden für das Leben, das für einen Genesenden so natürlich ist, Tristans außerordentliche Empfindsamkeit zugrunde liegen konnte. Das galt ebenso für die seltsame Wachsamkeit, die ihn nie loszulassen schien, als könne ihm die Antwort auf ein Geheimnis entgehen, das ihn quälte, das er aber noch nicht einmal in Worte fassen konnte.

Marc hatte sich erkundigt, wie es zu der Auseinandersetzung mit Andred gekommen war. Gewiß, die boshaften Sticheleien des Mannes reichten aus, um an überreizten Nerven zu zerren; er wußte nur allzu gut, daß Andred nichts besser konnte, als die Sache soweit zu treiben, daß sie bis zum Zerreißen gespannt wurden. Trotz allem schien Tristan zu unbeherrscht und zu heftig reagiert zu haben. Eines Tages, als er mit seinem Neffen allein war, erkundigte er sich betont gelassen nach der irischen Königin. »Die Königin?« Tristans Überraschung angesichts der Aufforderung, sich an etwas zu erinnern, das er schon halb vergessen hatte, war so echt, daß Marc wußte, er hatte sich geirrt. Er mußte über die Schlichtheit der Schilderung lächeln. »Sie hatte kühle Hände und eine Stimme, die einen sanft in den Schlaf wiegte. Aber wie sie Tristan haßte! Ich wurde den Gedanken nicht los, daß ihre Heilmittel sich augenblicklich in Gift verwandeln würden, wenn sie herausfand, wer Tantris war. Sonst hätte ich meine Heimkehr so lange hinausgeschoben, bis ich Andreds Bosheit gewachsen war!« Er lachte bitter.

Marc sah ihn ernst und bittend an. »Vergiß Andred!« sagte er.

Tristan starrte vor sich hin. Seine Antwort kam aus zusammengepreßten, blutleeren Lippen: »Ihn vergessen... er ist es kaum wert, sich an ihn zu erinnern, bis mein Schwert ihn findet.«

Die Märzsonne strahlte durch die Fensterbögen. Draußen streichelte sie die vom Wind hart gewordene Erde, spielte im dürren Gerippe der Zweige und erfüllte die Welt mit einem Vorgeschmack des Frühlings. Im Raum warf sie ein goldenes Glühen über die Wände und entlockte dem alten Holz ein verborgenes Leben, als fließe wieder Saft durch die erstarrten Adern. Das große rechteckige Pergament, das ausgebreitet auf dem Tisch lag, schimmerte sanft.

Meister Aidulph hatte ohne Frage sein Werk mit der Hand eines Künstlers geschaffen. Die tintenschwarze Linie wand sich mit der geschmeidigen Anmut einer Schlange über das gelbliche Blatt. Es war auf den ersten Blick kaum erkennbar, was sie einschloß, und was sie ausschloß, bis das Auge, nachdem es das saftige Grün eines Riesenpilzes und die geometrische Genauigkeit stahlgrauer Zapfen bewundert hatte, entschied, daß Bäume und Berge wohl kaum im Meer wuchsen, während Ungeheuer mit Flossen und Schuppen, die bedrohlich zwischen mächtigen Pinassen hervorlugten, mit größter Wahrscheinlichkeit nicht auf dem festen Land lebten. Außerdem zogen sich über das bunte Muster von Wäldern und Hügeln zwei Namen, die das Gebiet in Hälften teilte – in eine größere und eine kleinere. Und wenn jemand die Kunst des Schreibens nicht beherrschte und ihre Bedeutung nicht verstand, so sprachen die bemalten Wappenschilde deutlich genug, die über den prächtigen Barken und den raubgierigen Fischen hingen. Auf dem roten Schild prangte in heraldischer Pracht und Größe der wilde Löwe, und auf dem anderen der schwarze Falke im goldenen Feld – Cornwall und Lyonesse –, eine Anmaßung, die zumindest im Fall von Lyonesse hätte Mißtrauen wecken können. Denn das Meer schien mit Lyonesse bestimmte Absichten zu haben. Es umringte das Land wie bei einer Belagerung. Ausgenommen blieb nur ein schmaler Landrücken, der es mit dem größeren Gebiet verband. Hier hatte der Meister einen eindrucksvollen Wall gezogen. Aber Tristan vertiefte sich nicht in diese gewichtigen Symbole, während er sich über das Pergament beugte. Er folgte mit dem Finger der unruhigen Linie des Landes, das sich im Zickzack auf eine rote Sonne mit goldenen Zacken zuschlängelte. Er hat die Insel vergessen, dachte Tristan. Und freute sich gleichzeitig darüber, daß sie selbst jetzt unantastbar blieb und nach wie vor insgeheim ihm gehörte.

Marcs tiefe, freundliche Stimme rief ihn aus der Kindheit in die Gegenwart zurück. »Und es wird ein Reich sein, Tristan. Nicht nur dem Namen nach, sondern durch den Geist... ein Bollwerk der Stärke und Einigkeit gegen den Feind.« Der König schwieg. Hatte ihn die Begeisterung des Jungen angesteckt, seine fieberhafte, fast kindliche Erregung, in der er vor einer Stunde erschienen war und die Landkarte wie eine Trophäe schwenkte? Stellte er sich blind, wie Tristan es vielleicht tat, der trotzig gegen das Schicksal und gegen die Zeit anrannte? Marc hatte hin und wieder insgeheim gefürchtet, die Heilung seines Neffen sei vielleicht mehr als nur eine Frage der Zeit, aber Tristan schien Tag und Nacht nur von einer verzweifelten Ungeduld getrieben zu werden. Immer noch halb in seinen Träumen gefangen, hob er den Kopf vom Pergament. Selbst der brennende, harte Blick, der in letzter Zeit in seinen Augen lag, verwandelte sich wieder in das alte Leuchten. »Bis zu den Inseln im Westen werde ich es schützen... bis zum äußersten Punkt im Westen, wo es nur Felsen und das Meer gibt... und wo die Sonne eine Bahn aus Feuer über das Wasser wirft.« Er schwieg einen Augenblick. »Nur die letzte Insel... sie soll mir gehören... nicht als Lehen und ohne Lehenspflicht. Es war ein Traum meiner Kindheit, die Vorstellung, daß sie mir gehörte... noch ehe ich erfuhr, daß ich Rivalins Sohn bin. Sie ist so klein... seht, Meister Aidulph hat sie vergessen!« Mit dem Finger fuhr er über Schiffe und springende Delphine.

Marc lächelte über seinen Eifer. »Sie soll dir gehören, Tristan... nicht als Lehen... und was das andere angeht... Lehenspflichten? Bist du mir nicht inzwischen wie ein Sohn, in den ich größtes Vertrauen setzte?« Gedrängt von einem überwältigenden Gefühl sprach er Worte, die er sich eigentlich für einen späteren Zeitpunkt hatte aufheben wollen. »Wenn es Gott gefällt, und ich eines Tages Cornwall und Lyonesse als ein Reich in deine Hände lege, wirst du es dann gut hüten?«

Tristan starrte ihn verständnislos an. Der Traum wuchs in seiner Vorstellung zu überwältigender Größe, wurde zu einer riesigen Wolke, die alle Horizonte verdeckte; und wie eine Wolke, die ständig ihre Form veränderte und sich auflöste, verflüchtigte, wenn er sie festhalten wollte, verdichtete sich der Traum zu schimmernden Nebeln ferner Visionen. Die Zukunft schien ein Traumgebilde zu sein. Ihn erfüllte nur das brennende Verlangen, sich der Gegenwart zu überlassen – komme, was wolle. Aber das Bild, das Marc ihm vor Augen führte – mußte er nicht undankbar erscheinen, wenn er es jetzt nicht – noch nicht – erfassen konnte? Im blinden, unbestimmten Verlangen, seine Dankbarkeit zu zeigen, kämpfte er vergebens um Worte. »Euch immer zu dienen... bis zu meinem Tod.«

Marc sah die Verwirrung auf Tristans Gesicht und wußte, daß seine Worte zu früh gekommen waren. Es war vergeblich, jetzt weiter darüber zu sprechen. »Wollen wir das Reich also gemeinsam errichten, Tristan, solange wir beide am Leben sind? Gibt es nicht noch viel aufzubauen, Guenelon?« Er hatte sich der gebeugten und runzligen Gestalt an seiner Seite zugeneigt.

Bisher hatte der Kanzler geschwiegen. Neugierig waren seine Augen über die Karte gewandert, während der König und sein Neffe sich ihren Träumen überließen. Besorgt und ernst studierte er Tristans glühendes Gesicht. »Der Mensch erweist sich nicht nur im Planen, noch nicht einmal in der Verwirklichung als Meister, sondern im Wiederaufbauen des Hauses, das wir heute Stein um Stein errichten, und das der nächste Tag mit Sicherheit zerstört.«

Marc lächelte traurig und versuchte, sich durch die düsteren Gedanken des alten Mannes nicht entmutigen zu lassen. »Es wächst langsam, Guenelon. Aber unser Reich wächst, obwohl die Feinde es unterwandern und schwächen.« In seiner Stimme schwang ein beinahe jungenhaftes Sehnen. Tristan litt unter der müden Geduld auf Marcs Gesicht, und er spürte, wie in ihm sein starker jugendlicher Glaube entflammte.

»Sie sind blind!« rief er, »in ihrem Stolz, in ihrem Neid und in ihrem

Zweifel. Aber wenn sie es mit eigenen Augen gesehen haben, wenn sie daran glauben, dann werden sie sich diesem Reich mit Leib und Seele verschreiben, wie sie sich den Kreuzzügen angeschlossen und ihr Leben für Die Jungfrau geopfert haben, als sie Ihr Haus wieder aufbauten... Fürsten und Bauern, Seite an Seite... wie wir es in Lyonesse tun werden.«

Ein dünnes Lächeln umspielte die Lippen des Kanzlers. »Hütet Euch, Tristan, damit die Kirche einen solchen Glauben, der sich auf weltliche Ziele richtet, nicht als Gotteslästerung verdammt.«

Marc nickte. »Für das Heil seiner Seele darf ein Mann alles opfern... sogar seinen Stolz.«

Guenelons Lippen verzogen sich geringschätzig. »Die Angst, nur die Angst erweist sich am Ende als der beste Herrscher.«

Angst? – darauf setzte Andred! »Möchtet Ihr einen Haufen Feiglinge als Untertanen haben?« Tristan sah die beiden Männer hitzig an. »Nicht Angst werden wir Euch bringen, sondern die Kraft und Freude unserer Freiheit!« Seine eingefallenen Wangen glühten. In der Begeisterung über seine Vision vergaß er seine körperliche Schwäche. Er lehnte sich über den Tisch und legte zitternd vor Erregung die Hände über die bunten Flächen der Hügel und Bäume.

»Lyonesse, mein Land, mein Reich... laßt mich mein Volk führen!«

Marc blickte in das aufgewühlte Gesicht und sah, wie die Vision des Jungen vor seinen Augen Gestalt annahm. Er sah den endlosen Strom der Jugend, der sich über Hügel und über Täler zog, den Wald der Lanzen, über denen Banner flatterten und zu Boden sanken, während sie sich blind und ohne zu begreifen für einen Traum opferten, den Tristans Begeisterung heraufbeschworen hatte. Und beinahe erfaßte ihn Neid, denn er wußte, Tristan würden sie folgen. Denn wer von ihnen sollte die Tragweite seines Ideals verstehen, wer von ihnen würde daran festhalten, wenn es verwirklicht worden war, dachte er bitter. Konnten sie vielleicht nur in dieser blinden Hingabe ihres Wesens einen Augenblick lang über sich hinauswachsen, um dann im Verlauf der Jahre durch Trägheit und Verlogenheit gemein und kleinlich zu werden? War der Heldentod das beste, was ein Mensch sich im Leben wünschen konnte? Zweifel und nackte Verzweiflung beschlichen sein Herz, schlossen ihn in den Kerker der Einsamkeit ein – in eine Einsamkeit, die vielleicht nur Tristan hätte durchdringen können, wenn er ihm einen Blick hinter die Maske erlaubt hätte, die er immer tragen mußte – er, der König. Und jetzt

mehr denn je zum Wohl seines Neffen. Tristan sollte sich nicht im
Überschwang eines überreizten Körpers und Geistes dem Tod auslie-
fern. Und die Worte, die seine Lippen formten, klangen ihm so
freudlos wie das Dogma eines Pedanten in den Ohren. »Ein Mann
erweist sich nicht nur als Held, indem er sich ganz einer Sache
verschreibt oder stirbt, sondern in der Beschränkung, dem endlosen
Kreislauf, in dem wir unseren Traum der meßbaren, greifbaren
Wirklichkeit anpassen.«
Tristans Augen schienen ihn spöttisch anzublitzen. »Was ist greifbar?
Lyonesse, so wie es ist... der Ausgangspunkt, nichts... bis unser
Traum es zur Wirklichkeit gemacht hat.«
Guenelon hob warnend den Finger. »Nominalist oder Realist? Diesen
Streit sollte man am besten den Gelehrten in den Schulen überlassen,
Tristan.« Aber Marc gab sich keineswegs geschlagen. In seinem
Ringen mit der Begeisterung des Jungen kämpfte er für ihn, indem er
ihn bekämpfte. »Wirklichkeit ist Zeit, Tristan... Zeit, die den Traum
zügelt, damit er nicht vor der Stunde der Erfüllung sinnlos geopfert
wird.«
Aber Tristan entgegnete eifrig: »Die für Lyonesse geschlagen hat.«
Marc schüttelte den Kopf. »Sie wird dann kommen, wenn du alles
geben kannst, was dein Reich von dir verlangen wird.«
»Ich werde es jetzt geben... alles.«
»Du wirst einmal mehr zu geben haben.«
Unerbittlich bremste die ruhige, sichere Stimme Tristan in seinem
Höhenflug. In seiner Vorstellung hatte er das Gelöbnis schon halb
erfüllt gesehen, das sein ganzes Leben lang über ihm hing und seine
Kindheit überschattet hatte – endlich, endlich würde er frei sein –
und mit ihm das Versprechen eines ungelebten Lebens, das ihn
quälte und jetzt in dem einen Ziel zu münden schien: Lyonesse!
Plötzlich stürzte das Bild zusammen, zog sich spottend und quälend
in unerreichbare Fernen zurück. Die Kraft, die ihn getragen, ihn über
sich selbst hinausgehoben hatte, verließ ihn. Er konnte nur noch
stammeln: »Meine Pflicht gegenüber meinem Volk, meine Rache,
meine Ehre... sie können nicht warten.«
Aber Marc erwiderte streng und ernst: »In diesem Zustand zu
gehen... einem Tod entronnen zu sein, nur um sich mit Sicherheit in
einen anderen zu stürzen... ist das deine Pflicht, Tristan? Sich selbst
zu zerstören, ist keine Tapferkeit.«
Marc wandte sich ab. Er konnte das verwirrte Gesicht, die suchenden
Hände, die sich öffneten und schlossen, als kämpften sie verzweifelt

darum, etwas zu begreifen, nicht länger ansehen. »Aber wann... wann?« Die flehende Stimme schnitt ihm ins Herz. Er suchte nach Worten: »Dann, wenn du genug Kraft hast, um dein Volk zu führen.«

Tristan hatte mit seinen überreizten Sinnen das kurze Zögern wahrgenommen, und plötzlich überfiel ihn ohne ersichtlichen Grund die niederschmetternde, vernichtende und untrügliche Erkenntnis, daß dies alles nur Vorwände waren, um ihre Zweifel zu verbergen. Denn sie hatten gezweifelt, wie er in seinem Herzen gezweifelt hatte. Sie hatten es gewußt und ihn mit den blassen Bildern einer unwahrscheinlichen Zukunft getäuscht, mit falschen Theorien abgelenkt, während die Gegenwart ihn bedrängte und folterte. Seine Finger krallten sich in das Pergament und rissen den Rand in Fetzen. Mit einem Ruck drehte er sich um und stürmte zum Fenster. Reglos stand Tristan in der tiefen Nische, preßte die Schultern gegen den Stein und wendete den beiden Männern den Rücken zu, die angesichts seiner wortlosen Qual nur ohnmächtig zusehen konnten. Schließlich brach die ganze unausgesprochene und unterdrückte Angst der letzten Monate mit trockenem, krampfhaftem Schluchzen aus ihm heraus. Noch ehe einer der beiden Worte fand, um ihn zu besänftigen, war er gegangen.

Im folgenden Schweigen wagten die zwei Männer nicht, sich anzusehen. Die Spannung löste sich schließlich, als Guenelon sagte: »In ihm brennt ein Feuer, das ebenso unbezähmbar ist wie das seines Vaters.«

Langsam strichen die gelblichen, knotigen Finger den eingerissenen Rand der Landkarte glatt.

Marc schüttelte den Kopf. »Rivalin war eine ruhelose Flamme. Das Schicksal löschte ihn aus. Tristans Feuer wird sich selbst verzehren.«

Aus dem Burghof drang immer noch das Echo seiner schlurfenden Schritte zu ihnen herauf.

Vorwärtsgetrieben von einem blinden Drang erreichte Tristan die Stallungen, während ihn sein Elend wie ein dichter werdender Nebel umgab. Ohne auf den Stallburschen zu achten, der herbeieilte, um ihm zu helfen, sattelte er sein Pferd, schwang sich auf seinen Rücken und galoppierte durch den Torbogen des Bergfrieds, jagte über den abschüssigen Felsgrat, der die Halbinsel mit dem Land verband. Vor ihm tauchte drohend der Wachturm auf – ein schwarzer Tunnel – dröhnte, hallte und schloß sich hinter ihm.

Ohne etwas zu sehen, flog er dahin. Die graue Biegung der Straße zwang ihm ihren Rhythmus auf, das Trommeln der Pferdehufe, das dröhnend und hämmernd den eisernen Gipfel seiner Verzweiflung erreichte. Dörfer tauchten auf, das Gewirr von Dächern in der Ferne verwandelte sich in ein Muster sich kreuzender Balken, das klaffende Maul eines Tors, eine schrille Stimme, die zu dem Gesicht eines Mädchens am Brunnen gehörte, das mit einem heftigen Ruck herumfuhr.

Er ritt und ritt. An einer Wegbiegung in einem Tal wäre er beinahe in eine Gruppe Reiter galoppiert, die unter fröhlichem Lärmen ihres Wegs zogen. Mit einem Fluch riß der Anführer seinen Rotschimmel zur Seite. »Tristan!« Ohne zu hören, ohne zu sehen, gab Tristan seinem Pferd die Sporen. Irgendwo löste sich sein Name wie ein Splitter vom berstenden Felsen seines Bewußtseins.

Das Klappern der Hufe unter ihm verwandelte sich in ein dumpfes Klopfen. Die Heide lag kahl unter dem Himmel. Auf einem sandigen Hügel streckte eine Reihe windgepeitschter Bäume ihre Äste wie verkrümmte Klauen über den Weg. Raschelnd stoben spröde und zerfaserte Blätter vom letzten Sommer auf, wirbelten und kreisten wie ein Strudel in der Luft. Er bot sein Gesicht ihren Hieben.

Aber dann umschmeichelte die Luft wieder zart seine Haut. Der Rhythmus der Pferdehufe hatte sich verlangsamt und zog ihn allmählich und unwiderstehlich in die Wirklichkeit zurück, bis er seine Umgebung wieder wahrnahm. Das Tier unter ihm zitterte. Tristan spürte den Schweiß der Flanken an seinen Beinen. Wie lange war er geritten? Eine Stunde? Eine Ewigkeit? Der Druck seiner Qual hatte ihn davongetragen, bis die Zeit versank, bis alle Gedanken versanken. Nur seine Verzweiflung steckte ihm wie ein dumpfer Splitter im Kopf und trieb ihn weiter. Er stieß dem Pferd die Fersen in die Flanken.

In der Ferne ragten plötzlich aus dem flachen Heideland dunkel und drohend spitze Felsen auf. Und aus einem Grund, den er selbst nicht kannte, glaubte er, sie erreichen zu müssen. Tristan trieb das erschöpfte Tier weiter.

Die gebogene Spitze wurde größer, die unheimliche Schwärze hellte sich auf und milderte sich zum Braun und Ocker von Gestrüpp und Ginster zwischen dem Grau der Steine. Inmitten zerzauster und gebleichter Grasbüschel lagen von Flechten betupfte Granitblöcke wie gefallene Monolithen. Hier und da ragte ein Felsen wie ein gigantischer Stoßzahn in den Himmel.

Das Pferd rutschte und stolperte. Tristan fuhr aus seinem Brüten auf. Er glitt aus dem Sattel und band es achtlos und beinahe unbewußt an einen Dornbusch. Seine Bewegungen schienen einem inneren Zwang zu gehorchen, der ihn einem Ziel zutrieb – einem Ziel, das sich im Augenblick als der Gipfel des höchsten Felsens darbot. Wie jemand, der sich in der Unwirklichkeit eines Alptraums bewegt, begann er den Aufstieg. Durch die Unwirklichkeit hindurch spürte er die harte, rauhe Oberfläche des Steins unter seinen Händen, als er sich an den Felsblöcken nach oben zog. Über ihm lehnten riesige Steinplatten aneinander, ragten wie ein Turm auf, der vor vielen Jahrhunderten von Giganten errichtet worden war. Wenn sie umstürzen und ihn unter sich begraben würden! Die heftigen Windstöße ließen ihn beinahe den Halt verlieren. Höher und höher kämpfte er sich, bis er den Gipfel erreichte und beinahe ins Leere gestürzt wäre.

Schwankend stand Tristan an einer steil abfallenden Felsplattform hoch über der Ebene. Tief unten tanzte und wogte die Heide wie ein bewegtes Meer aus Schatten und Licht. Benommen und erschöpft warf er sich auf einen Steinsims im Schutz eines überhängenden Felsens. Mit ausgestreckten Armen lag er auf dem Rücken, eine Hand ragte über den Rand in die Leere – Erinnerung, Gedanken... überflutet vom Pochen seines Herzens, vom dumpfen pulsierenden Schmerz in seinem Schenkel. Dort über ihm gab es nichts. Er hatte ein Ende erreicht, war hinausgeworfen in die kreisenden Himmel, hinaus aus der Zeit, hinaus aus dem Raum, um im brausenden Wind, im Schrei eines Vogels zu enden. Er schloß die Augen. Er wußte nicht, ob er schlief oder wachte, aber er träumte.

Und wieder war Tristan ein Kind in seinem Boot auf dem Meer von Lyonesse. Er war so weit gerudert, daß die Insel nur noch ein Fleck am Horizont war, als er den Kopf wendete. Und obwohl er wußte, er würde das Ufer nie wieder erreichen, schien das nicht wichtig zu sein. Er würde auf der Sonnenbahn weiter und weiter rudern. Doch als er versuchte, die Ruder ins Wasser zu tauchen, waren seine Arme zu erschöpft, um sie zu halten – sein ganzer Körper war erschöpft. Er legte sich auf den Rücken und spürte voll Staunen, daß er weitertrieb. Denn die Sonne vor ihm wurde größer und größer – ah, nicht das Boot bewegte sich, sondern das Licht jagte über das Wasser; der feurige Knauf eines Lichtschwertes blitzte auf, es sauste auf ihn zu, um ihn zu durchbohren. Aber im drohenden Augenblick seiner Vernichtung löste sich der Feuerball auf, verwandelte und verwob sich zu den Haarflechten einer Frau. Sie brannten und strahlten so hell, daß das Gesicht, das sie einrahmten, dunkel und verschwommen blieb; und doch wußte er, daß er dieses Gesicht schon einmal gesehen hatte. Ihn quälte der Gedanke, daß es etwas in dem Gesicht gab, das er vergessen hatte, und er bemühte sich, es deutlicher zu sehen... Tristan zwang sich, die Augen zu öffnen.

Licht stürmte auf ihn ein – blendendes, wirbelndes Licht. Unbarmherzig, gnadenlos schoß es vom Himmel. Die Heide lag schutzlos unter seinem gleißenden Strudel; die Hügel in der Ferne reckten sich der Unendlichkeit entgegen. Weit hinten am Horizont zog das Meer eine weißglühende stählerne Klinge.

Sein Körper streckte sich, war gespannt wie ein Bogen vor dem Losschnellen des Pfeils. Unerbittlich stach und schlug das Licht auf ihn ein, bis aus den Tiefen seines Wesens sich siegreich und triumphierend sein Ich unter diesem Angriff erhob, während die gespenstischen Ängste, die ihn seit Monaten gequält hatten, eine nach der anderen sich wie Nebel verflüchtigten. Im Staunen über sich selbst erkannte er in diesen Ängsten selbstgeschaffene Täuschungen, die die Bilder seiner Erinnerung überschattet hatten, das Bild, das er durch den Fieberschleier hindurch sah, als er erwachte und die irische Prinzessin mit seinem Schwert in der Hand über ihm stand... Sie hatte nicht zugeschlagen – aus Mitleid hatte sie nicht zugeschlagen...

Wie lange hatte er sich das später immer wieder eingeredet, nachdem er vom Hörensagen wußte, daß es sie gab – Iseult von den goldenen Haaren? Er hatte sie nie wieder gesehen. »Aus Mitleid« – Andred – aber sein aufsteigender Zorn ging in triumphierender Verachtung unter, denn in seinem Jubel wußte Tristan, daß das wiedergefundene Bild seines Traumes niemand anderes als Iseult von Irland war. Und obwohl es auch jetzt wieder verschwamm, wußte er, sie hatte ihn nicht mitleidig angesehen. Erleichtert und befreit lachte er laut. Die Zweifel und Ängste, die ihn mit Geistern, mit leeren Bildern der Vergangenheit und der möglichen Zukunft gefoltert hatten, waren von ihm abgefallen. Wo lag das Schicksal, außer in ihm selbst, in diesem neugeborenen, erwachenden Ich, das sich unverwundbar in ihm regte?

Tristan lag am Rande des Abgrunds auf den Knien, nahm die Hände vom Gesicht und trank das Licht. Doch er dachte nicht an Iseult von Irland; er war völlig verzückt von der strahlenden Pracht, die über ihn gekommen war. Und er wußte, sie würde wiederkommen und ihn eines Tages in sich aufnehmen – nicht wie die anderen, die ihn vereinnahmten, die behaupteten, ihn zu lieben, jedoch nur einen Teil von sich selbst in ihm sahen und ihn zum Gegenstand ihrer Verehrung, ihres Mitleids und ihrer Liebe umformten – sondern ausschließlich und nur wegen seines ganzen, ungeteilten Ichs.

Die Sonne wanderte nach Westen. Der Wind blies kalt um den Felsvorsprung. Schließlich erhob sich Tristan und kletterte über die Felsblöcke nach unten. Er war sich des mühsamen Abstiegs kaum bewußt, stieg auf sein Pferd und ritt den Weg zurück, den er gekommen war; doch als er die zerzausten Bäume erreichte, fiel er in Galopp, warf lachend den Kopf zurück und griff mit den Händen nach den raschelnden Blättern.

Eine Stunde nach Sonnenuntergang ritt Tristan singend durch die Tore von Tintagel.

Selbst im Gewölbe der Wachstube war die Luft erdrückend. Die Hunde suchten den Schatten und lagen hechelnd und mit ausgestreckten Pfoten auf dem Fußboden. Gondoin leistete ihnen, zusammengesunken auf seinem Stuhl und mit geschlossenen Augen Gesellschaft.

Der Kanzler saß am anderen Ende des Raumes am Fenster und ordnete seine Rollen.

Klirrende Schritte hallten auf den Steinplatten. Guenelon hob die Augen nicht vom Pergament, als sei die Störung der zitternden Stille etwas Unwirkliches, bis die kräftige Gestalt von Dinas in die Tür trat, einen kurzen Blick auf Gondoin warf, und im nächsten Augenblick auch schon neben ihm stand. Er legte ihm die schwere Hand auf die Schulter und sagte: »Wie, Guenelon, die weise Eule grübelt immer noch über ihren Prophezeiungen, während ganz Tintagel schläft? Ihr beschämt uns Krieger! Ich wäre beinahe im Sattel eingeschlafen.« Er blickte sich suchend um. »Wo ist Tristan?«

Die gebeugten Schultern unter dem dicken schwarzen Tuch hoben sich müde. »Tristan? In der Heide, vielleicht in den Wolken ... wer weiß? Die Erde genügt kaum, um ihn zu halten.«

Dinas runzelte ungeduldig die Stirn. »Verständlich genug für jemanden, der monatelang die Sonne nicht gesehen hat, sondern nur den Schatten des Todes.« Die stählernen Augen verdunkelten sich besorgt. »Aber ist er ... ist er wirklich wieder gesund?«

»Es geht ihm gut.« In seinen Worten lag ein Anflug von wehmütigem Neid. »Wenn er sich nicht selbst überanstrengt, merkt niemand, daß ihm je etwas gefehlt hat.«

Dinas seufzte erleichtert auf, ließ sich auf einen Stuhl fallen und wischte sich den Schweiß von der Stirn. »Als ich damals nach Tintagel kam und erlebte, wie er sich herumschleppte, obwohl er bereits vor zwei Monaten aus Irland zurückgekommen war... bei Gott, da gab es Augenblicke, in denen ich wünschte, Morolt hätte ihn getötet.«

Guenelon nickte. »Wäre er nur vernünftiger gewesen. Aber er kämpfte mit Speer und Schwert bis zur Erschöpfung, als sei er gesund. Ich weiß nicht, ob es an Andreds Spott lag, doch er rührte seine Harfe nicht an.«

Ein rauhes Lachen ließ Dinas' rötlichen Bart erzittern. »Ich habe diesem Ding immer mißtraut. Ein schlechter Freund für einen, der ein Schwert trägt. Aber er war ganz versessen darauf. Vielleicht sieht Tristan inzwischen selbst, daß nur ein schlechter Freund einen Mann im Stich läßt, wenn er in Not ist.«

Die dünnen Lippen des Kanzlers verzogen sich angesichts dieser simplen Weisheit. »Aber er hat sich wieder mit ihr ausgesöhnt und ihr noch nie zuvor solche Musik entlockt. Man könnte sich wirklich fragen, woher er sie hat. Allerdings könnte man viele Fragen über Tristan stellen«, fügte der Kanzler besorgt hinzu.

Dinas lachte gutmütig. »Gibt es etwas im Leben, das Ihr in Eurer Weisheit nicht ergründen könnt?«

Guenelon beugte sich vor und sagte zögernd: »Es gibt Dinge an Tristan, die den größten Weisen in Erstaunen setzen könnten... selbst die Art, auf die er gesund wurde.« Die verkrümmten Finger klopften unruhig auf die Tischplatte, während er mit unbewegter Stimme weitersprach. »Gott allein weiß, ob Tristan begonnen hatte, an seiner Wiederherstellung zu zweifeln und sich mit einem Traum betrügen wollte, doch eines Tages humpelte er mit einer Karte von Lyonesse herein, wild entschlossen, auf der Stelle loszuziehen. Marc hielt ihn zurück. Plötzlich ein leidenschaftlicher Ausbruch, und er war verschwunden... wohin weiß niemand. Aber der Stallbursche erzählte, er habe sein Pferd gesattelt und sei nach Osten in die Heide geritten. Und als er zurückkam...«

In Erinnerungen versunken starrte Dinas vor sich hin, die Hand über die Augen gelegt. »Was muß er gelitten haben! Guenelon, all diese Jahre hat er gewartet. Seine ganze Kindheit war verdunkelt von dem

Gedanken an Rache ... und dann zu erleben, daß seine Pläne zunichte gemacht werden...«

Guenelon lächelte müde. »Er wird seine Rache bald genug haben, vermute ich, obwohl Marc ihm an diesem Tag das Versprechen abgenommen hat, vor der morgigen Ratsversammlung nicht mehr davon zu sprechen.« Er sah sich um, als fürchte er, belauscht zu werden. »Das Heer, das Ihr mit Euch bringt, ist für ihn«, und vertraulich fügte er hinzu, »für Lyonesse.«

Der Ritter blickte begeistert auf, und seine Augen leuchteten voll Stolz. »Es sind gute Männer und zuverlässig bis auf den letzten Mann! Morgan wird bald genug in der Hölle sein, wo er hingehört.«

»Aber paßt auf, daß Tristan nicht im Himmel landet. Marc leidet Qualen wegen seiner Unbesonnenheit, und das ist kein Wunder... niemand weiß, was sich der Junge als nächstes in den Kopf setzt.« Dann, als sei er ungehalten über die Unterbrechung seiner Gedankengänge, erklärte der Kanzler leicht gereizt: »Wie ich bereits gesagt habe, ritt Tristan an diesem Tag völlig aufgewühlt davon, und nur Gott weiß, wohin. Als er zurückkam, wirkte er wie jemand, von dem ein Fluch genommen ist. Von Stund an besserte sich sein Zustand so schnell, daß er im Sommer beinahe wieder der alte war. Hinter einer solchen Heilung steckt mehr als das Wissen aus Büchern und die Kenntnis von Kräutern. Vielleicht haben die Araber recht, wenn sie sagen, das Schicksal der Menschen liegt in den Sternen«, fügte Guenelon hinzu und versank in trübsinniges Nachdenken.

Dinas brummte ungläubig vor sich hin. Er freute sich bereits auf die Kameradschaft und die Heldentaten an Tristans Seite, und die Vorbehalte des Kanzlers erschienen ihm unnütz und nebensächlich. »Ihr habt Euch schon immer über den Sinn und die Gründe der Dinge den Kopf zerbrochen und den Menschen Gottes Wege gezeigt. Der Junge ist gesund. Und nur darauf kommt es an.«

Guenelon sah ihn prüfend an. »Nicht alle Menschen haben einen so schlichten Glauben, lieber Dinas. Tristan war schon immer merkwürdig. Seine Altersgenossen haben ihn kaum verstanden.«

»Vielleicht war er als Kind zuviel allein. Aber seine Männer lieben ihn.«

»Doch wer versteht ihn wirklich? In ihm gab es immer ein geheimes Leben, das ihn für seine Kameraden zu einem Fremden machte. Sie fürchteten ihn fast. Ich erinnere mich gut, er war damals noch ein Kind... ich sah ihn in einer stürmischen Nacht, in der sicher manch ein Sünder zitterte und bebte, aus Angst, der Herr würde ihn in seinem Zorn erschlagen. Doch Tristan stand hoch aufgerichtet auf den Zinnen und blickte verzückt zum tobenden Himmel hinauf, als warte er nur darauf, daß ein Blitz ihn durchbohrte.«

Dinas lachte geringschätzig. »Wahrscheinlich sah der Krieger in ihm nur das Blitzen seiner eigenen Waffen im Kampf um Lyonesse. Guter Gott! Es genügte, daß Ihr und alle anderen immer etwas Merkwürdiges an ihm gefunden habt, damit er am Ende schließlich selbst daran glaubte. Auch Marc mit seiner Enttäuschung über seine Schwester Blancheflor nährte diesen wahnwitzigen Traum von Sühne in dem Jungen, bis Tristan im Kampf gegen Morolt bereit war, sein Leben zu opfern...«

Guenelon richtete einen besorgten Blick auf Dinas. Langsam, als prüfe er das Gewicht seiner Worte, sagte er: »Sein Opfer wird nicht unbelohnt bleiben. Marc liebt ihn wie seinen eigenen Sohn. Er wird ihn zu seinem Erben machen... zum Erben von Cornwall, Dinas!«

Dinas richtete sich auf und hob stolz den rotblonden Kopf. »Tristan, der Erbe von Cornwall! Zeigt mir einen, der dem Land besser dienen und sich ihm so sehr mit Leib und Seele verschreiben würde...«

»Einem Traum verschreiben.« Die müde Stimme wirkte wie ein kalter Guß. »Doch wer über ein Reich herrscht, muß die Wirklichkeit im Auge haben. Habt Ihr Tristan je von der Wirklichkeit sprechen hören? Die Materie ist so lange nichts, bis der Traum sie wirklich gemacht hat. Sollen wir gemeinsam zur Schule gehen, Ritter Dinas, um die Geheimnisse von Tristans Theorien zu ergründen?«

Dinas runzelte ärgerlich die Stirn. »Das ist alles nur überspanntes Gerede, und Ihr verdient es, wenn Ihr den Jungen unbedingt in Eure Philosophien hineinziehen müßt. Ich glaube, die Materie war für Tristan wirklich genug, als er Morolt erschlug.«

Guenelon lächelte trocken. »Tristan ist ganz gewiß kein Philosoph. Ihn weht es nach Norden und Süden, noch ehe ein Satz zu Ende gesprochen ist. Vielleicht weiß er selbst kaum, ob er lügt oder nicht, und was Wahrheit und Wirklichkeit ist. Für ihn ist alles Schall und Rauch, was außerhalb seiner Träume liegt. Er ist ein Dichter, Dinas.«

»Kommt mir nicht mit Euren Dichtern, es sei denn, sie besingen seine Taten!«

Mit nachsichtigem Verständnis betrachtete Guenelon den begeisterten Dinas. »Ja, in ihm brennt ein Feuer, neben dem die Kühnheit anderer Männer verblaßt. Kein Wunder, daß Marc sich an dieser

Flamme wärmt. Aber ihn zu seinem Erben machen? Tristan... König? Ein Meteor, der durch die Äonen der Träume stürzt! Die Menschen brauchen ein maßvolles Licht, das sie durch die endlose Runde der Jahre führt.«

Ungeduldig stieß Dinas seinen Stuhl zurück. Das Schwert in der Scheide stieß hart auf den Fußboden. »Mein Gott, wollt Ihr, daß Cornwall alt und blutleer wird, zusammengesunken zu den trockenen Abstraktionen Eurer Philosophie? Sie werden Euch gehören, die leeren Hüllen, denn mehr wird von Marcs schönem Reich bald nicht mehr übrig sein, während Andred und seinesgleichen höhnisch triumphieren.« Er drehte sich um und ging mit gesenktem Kopf, die Hände auf dem Rücken verschränkt, mit großen Schritten in der Halle auf und ab.

Ein unterdrücktes Lachen ließ ihn aufblicken. Andred stand an der Tür.

»Ich bin geschmeichelt, Dinas. Ganz gewiß, ich bin geschmeichelt, wenn ich feststelle, daß die Abwesenheit mir in Eurem Theaterspiel einen so wichtigen Platz eingebracht hat. Wie es scheint, hat Bescheidenheit mich beinahe taub gemacht. Ich hatte geglaubt, Cornwall hallt nur von einem Namen wider... Tristan der Held, Tristan, der den Riesen schlug, Tristan, der die Tore des Todes öffnete.«

Gondoins massige Gestalt streckte sich und gähnte. »Ein düsterer Name... ein leidvoller Name, von dem ein Mann sehr gut abgehärmt werden kann, wenn er ihn zu lange hört.«

Dinas' Augen funkelten zornig. »Es ist ein Name, ohne den Cornwall vor Schande weinen müßte... wie Irland weint. Übrigens habe ich eine Neuigkeit. Der irische König, der verzweifelt einen Nachfolger für Morolt sucht, hat seine Tochter so gut wie an einen Sarazenen verkauft. Aber der Heide Palamedes ist ritterlich und erklärt sich bereit, in einem Turnier gegen jeden christlichen Ritter anzutreten, der bereit ist, sein Leben zu wagen, um ihre Seele zu retten. Die Aufforderung zu dem Turnier soll heute verkündet werden. Wie schade, daß kein cornischer Ritter einen Fuß nach Irland setzen darf!«

»Wie es aussieht«, lachte Andred verächtlich, »hat Tristan uns in irischen Augen noch eine Spur schwächer gemacht als den Heiden.«

Gondoin sah ihn belustigt an. »Wie, seid Ihr ein eifersüchtiger Bewerber, Andred? Ist das Mädchen so schön? Tristan schien kaum von ihr beeindruckt zu sein, denn er hat nie von ihr gesprochen.«

Andred zuckte mit den Schultern. »Ich vermute, der Junge war von reiferen Reizen zu sehr geblendet, um die Anmut einer Jungfrau zu bemerken.«

»Wenn Ihr andere nur nach Eurer eigenen Schlechtigkeit beurteilen könnt, müßt Ihr achtgeben«, brummte Dinas, »daß Ihr das eines Tages nicht zutiefst bedauert.«

Guenelons Stimme ertönte dünn und brüchig aus der Ecke am Fenster. »Der eine, Andred, mißt das Leben an der Materie, der andere am Geist. Tristan...« fügte er spöttisch hinzu, »... mißt es am Traum.«

Gondoin lachte: »Ganz bestimmt achtete er wenig auf die Materie, als die schöne Frau von Segwarides sie ihm zu Füßen legte, obwohl es kaum eine Frau mit einem so weißen und weichen Körper gibt. Ein Ehemann kann ruhig und tief schlafen, solange Tristan schlafwandelt.«

»Bis der Traum sein Blut erhitzt, und er alles andere vergißt«, lachte Andred. Mit seinem spitzen Schuh stieß er einem der Hunde aus reiner Bosheit in den Bauch.

Guenelon war zu ihnen gekommen und ließ sich langsam und bedächtig auf einem Stuhl nieder. »Tristan kann wie ein Besessener sein, sei es beim Harfenspiel oder beim Kampf. Dann scheint er sein ganzes Wesen in sein Tun legen zu wollen.« (Wenn er nur nicht zum König bestimmt wäre, dachte er bei sich.) »Er besitzt eine Leidenschaft für das Absolute wie nur ein Heiliger.«

»Oder wie der Teufel«, zischte Andred gehässig.

Guenelon blickte müde und zweifelnd auf. »Luzifer ist ein vollkommener Staatsmann, Andred. Als sein Schüler könnte Tristan viel von ihm lernen.«

Andred hob verächtlich die Augenbraue. »Staatsmann... wozu? Für seine Felsenwüste, für sein Reich von Sklaven und Halsabschneidern? Er hat es noch nicht einmal erobert!«

Die Hände des Kanzlers spielten nachdenklich mit der Rolle in seinen Händen. »Lyonesse, wenn es nur darum ginge... aber Cornwall...«

Dinas, der bisher ruhelos auf und ab gegangen war, drehte sich heftig nach ihnen um. »Ja, Cornwall... und ich glaube, Marc weiß sehr gut, daß nach ihm der Tag kommen wird, an dem Gerechtigkeit nicht genügt, um sein Reich zu retten. Dann brauchen wir ein Schwert, das ohne Zögern und Fragen das Böse vom Guten trennt.«

Eine Minute lang herrschte tödliches Schweigen. Die Luft schien zu kochen. Andreds Gesicht verzerrte sich vor Wut. Schaum trat ihm auf die Lippen. Schließlich stieß er kaum verständlich hervor. »Also hat er Marc doch überredet.«

Guenelon nickte. »Morgen in der Ratsversammlung wird Tristan zum rechtmäßigen Thronfolger ausgerufen.«

»Der Rat! Pah!« Andred spuckte auf die Steinplatten. »Ein Wunder, daß wir überhaupt noch zum Rat geladen werden. Hat Saul nicht seinen David und David seine Visionen? Wozu braucht Marc noch den Rat gewöhnlicher Männer? Und der Herr sprach zu David... Selbst die Hand des Todes genügt nicht, um den jungen Hund von seiner Selbstgefälligkeit zu kurieren.«

Dinas fuhr herum. »Bei Gott, ich habe genug, Andred! Wäre Marc bei Verstand gewesen, hätte er Euch nicht für ein paar Monate, sondern für alle Ewigkeit verbannt!«

Einen Augenblick lang wurde Andreds Gesicht bleich vor Haß, doch die Wut wich sofort wieder dem alten Spott. »Trotzdem, Dinas, in einem Punkt scheinen wir diesmal doch übereinzustimmen. Wie es scheint, zweifeln wir beide an Marcs Verstand.«

Das Geräusch rennender Füße zerriß die gespannte Stille der Halle. »Dinas... Dinas!« Die helle, klare Stimme wurde lauter. Die Hunde stellten die Ohren, reckten sich und liefen zur Tür. Einen Augenblick lang hob sich die schlanke Gestalt auf der erhöhten Schwelle, umrahmt von dem dunklen Torbogen, groß und schattenhaft vor dem sonnenbeschienenen Burghof ab, dann stürmte sie vorwärts und nahm die Stufen mit einem Sprung. Dinas eilte mit ausgestreckten Armen auf ihn zu. »Tristan... Gott sei Dank!« Er fürchtete sich beinahe, die Augen von ihm zu wenden, um nicht beim zweiten Blick erleben zu müssen, daß er sich getäuscht hatte. Die kraftvollen, ruhelosen Arme und Beine, die wendige Gestalt in der schlichten Tunika, das gebräunte, lachende Gesicht, alles verströmte den frischen Geruch von Salzwasser. Tristan hatte noch nie so gut ausgesehen. Leicht verlegen über Dinas' Gefühlsausbruch löste Tristan seine Hände aus dem eisernen Griff, warf den Kopf zurück und strich sich das nasse Haar aus der Stirn. »Schurke, Verräter«, rief er. »Ihr seid nicht auf unserer Straße gekommen. Wenn der alte Bran mit seinen Schafen nicht über die Klippen gezogen wäre und gesagt hätte, daß er Euch vor drei Stunden in der Bodminheide begegnet ist, würde ich immer noch auf den Wellen schaukeln. Mein Gott, war es heiß bei den Felsen.«

Dinas' Augen funkelten vor versteckter Freude. »Unser alter Jagdweg ist etwas zu schmal, um fünfhundert Männer hierher zu führen.« Er ergriff ihn am Arm und zog ihn beiseite. Dann fügte er leise hinzu: »Wenn ich mich nicht irre, hat der König mich beauftragt, sie für Euch zu bringen... für Lyonesse.«

Einen Augenblick lang wich Tristan alles Blut aus dem Gesicht, und er hielt den Atem an. Dann nahm er den älteren Mann bei den Händen und sagte: »Dinas!«

Das Land der Kindheit stieg greifbar und lockend vor ihm auf wie der cornische Sommer, von dem er sich gerade hatte berauschen lassen.

»Und wir werden Seite an Seite zusammen kämpfen. Es ist ein schönes Land, für das wir kämpfen, so schön, Dinas, so wild und ungezähmt. Es muß befreit werden. Selbst das Meer kann es nicht bezwingen, das gegen die Felsen anstürmt, und nicht der Wind, der durch die Täler pfeift, bis die Grashalme zittern und beben, und hoch oben in den Bergen läßt der Ginster sein Banner unter dem Himmel wehen. Dort gibt es Inseln, die bei Sonnenuntergang in Flammen stehen, und die Sonne wirft einen leuchtenden Pfad über das Wasser. Man nennt sie die gesegneten Inseln des Westens. Gott weiß, es ist ein Land mit einem Versprechen. Es wird uns gehören, Dinas... uns, um es zu gewinnen und zu schützen.«

Unbewußt hatte er die Stimme gehoben und in blinder Begeisterung Andred kaum bemerkt, der mit dem Rücken zu ihm stand und jetzt wütend herumfuhr. »Schluß mit diesen Albernheiten! Es würde genügen, wenn du deinen Triumph schweigend auskostest, anstatt uns deine ungezügelte Phantasie ins Gesicht zu schleudern!«

Beim Anblick des Mannes war Tristan das Blut in die Wangen gestiegen. Die Worte hatte er kaum gehört.

Andreds Lippen verzogen sich verächtlich. »Ja, träum nur von deinem Narrenparadies, aber da der Herr das gesegnete Cornwall nicht zu seinem Reich erkor, sei auch nicht so verdammt sicher, daß er dich zu seinem König erwählt hat!«

Tristan begriff nicht. In seinem Kopf drehte sich alles wirr und durcheinander, und er stammelte ungläubig: »Cornwall... König?«

Andreds Gesicht verzerrte sich vor Wut. »Hältst du mich für einen Narren, daß ich deine gespielte Unschuld glauben soll? Du weichst doch nicht von Marcs Seite; bist du nicht sein williges Ohr, das Echo seines Herzschlags?«

Tristan blickte in qualvoller Verwirrung zu Dinas hinüber.

»Aber Dinas, wovon spricht er? Lyonesse...«

Der Ritter blieb stumm und rang in ohnmächtigem Zorn nach Worten.

»Treue«, höhnte Andred, »ist stumm. Oder ist es der Zweifel, Dinas?«

Glühend vor Zorn funkelte Dinas ihn an: »Wenn Ihr Eure Schändlichkeit vor aller Welt ausposaunt haben möchtet, Andred, so sei es. Er behauptet, Ihr hättet Euch die Gunst des Königs erschlichen, um sein Erbe zu werden.«

»Andred!« Es war mehr ein gequälter als zorniger Aufschrei.

Tristan war wie gelähmt, und Gondoin legte ihm besänftigend die Hand auf die Schulter. Sein massiger Körper schob sich zwischen die beiden. »Frieden, Frieden. Muß es immer das gleiche sein, wenn Ihr zwei Euch begegnet? Es ist eine schöne Aussicht auf Eure Herrschaft, wenn ein Mann nicht einmal ungestört sein Schläfchen machen kann, nur weil Ihr Euch nicht beherrschen könnt. Gleichmut, mein Junge, und ein voller Bauch sind für einen König wichtig.«

Tristan beruhigte sich und strich sich mit der Hand über die Stirn. »Warum redet ihr alle von Königen und Erben, die es gibt und vielleicht nicht gibt. Euer König ist Marc, was wollt ihr mehr? Ich schwöre bei Gott«, fügte er heftig hinzu, »ich habe nie etwas anderes gewollt, als ihm in Ehre und Treue zu dienen... als sein Ritter und Vasall.«

Guenelon hatte lange geschwiegen. Sein faltiges Gesicht zuckte, als habe er Schmerzen. Die schweren Lider hoben sich über den müden Augen, und er blickte Tristan lange an. »Habt Ihr den Tag vergessen, an dem Ihr mit Eurer Karte von Lyonesse und Cornwall in die Halle gekommen seid, und Marc Euch seinen Sohn nannte? Hat er Euch damals nicht gesagt, daß Cornwall eines Tages vielleicht Euer sei, um es zu schützen und zu führen? Ist es etwas so Geringes, ein Reich versprochen zu bekommen, daß man es im Schlaf vergißt wie ein Spielzeug?«

Tristans Blick verdunkelte sich. Bestürzt umfaßte er seine Finger und verdrehte sie. »Ja, jetzt erinnere ich mich. Damals habe ich kaum darauf geachtet. Die Zukunft schien so wertlos zu sein... und später... nachdem ich das Leben wieder gefunden hatte, und der Traum von morgen in greifbare Nähe rückte... was bedeuteten die fernen Jahre angesichts der Wirklichkeit des Lebens, des Atmens und des Seins?«

Der Kanzler schüttelte den Kopf. »Ein Mann, dem Königreiche zufallen, muß die fernste Zukunft so greifbar sehen wie die Vergangenheit, und er muß erkennen, daß sie in den Möglichkeiten der Gegenwart enthalten ist.«

Dinas lachte laut und geringschätzig. »Die Tat, nur die Tat von heute entscheidet das Morgen.«

Andreds Sporen klirrten laut auf den Steinplatten. »Genug von eurer Philosophie! Wenn dein Herz wirklich so wenig an Cornwalls Thron hängt, Tristan, wie du uns glauben machen willst, weshalb kehrst du dann nicht nach Lyonesse zurück? Ich glaube, Rivalins Geist wartet schon viel zu lange auf Rache.«

Bleich und mit blutleeren Lippen fuhr Tristan herum. Unwillkürlich griff seine rechte Hand an den leeren Gürtel. Nur die flackernde Bosheit in Andreds Augen verriet, daß sein Lächeln gespielt war.

»Für Tagträume braucht man keine Schwerter, nicht wahr, Tristan?«

Tristans Blick fiel auf die Waffen an der Wand. Er stürzte vorwärts, doch im selben Augenblick hörte man leichte Schritte auf den Stufen, und ein junger Page kam eilig in die Halle. »Edle Herren, Seine Majestät entbietet Euch seinen Gruß und bittet Euch alle zu sich, in das Ratszimmer.« Die klare helle Stimme des Jungen ging in der gespannten Situation beinahe unter. Tristan schien nichts zu hören und griff nach dem Schwert, aber Dinas packte ihn an der Schulter.

»Wie schön«, höhnte Andred, »daß dein guter Geist dir zur Seite steht, Tristan, um dich daran zu erinnern, daß Marc strenge Gesetze erlassen hat, die Streitigkeiten in seinem Musterreich verbieten.« Mit verächtlichem Lachen ging er gemächlich zur Tür.

Tristan sah ihm mit dunklen Augen nach. Seine Stimme klang rauh und gepreßt. »Und wenn es der Himmel wäre und die Gesetze Gottes, Andred, ich würde sie alle brechen und lieber in die Hölle gehen, als diesen Tag zu vergessen, und den, an dem wir uns zum letzten Mal begegnet sind!«

Die Luft im Ratszimmer war kühler. Seit dem Mittag hatte die Sonne nicht mehr durch die Fenster geschienen, und ein leichter Wind vom Meer vertrieb hin und wieder die Hitze.

Marc hatte die Barone mit freundlichem Ernst begrüßt, wie es seiner Art entsprach. Niemand hätte das geringste Anzeichen von Zurückhaltung gegenüber Andred bemerken können. Seine Abwesenheit vom Hof hätte eine freiwillige Verbannung gewesen sein können, denn Marc nahm seine schmeichlerische Huldigung mit großer Liebenswürdigkeit entgegen. Nachdem er sich freundlich und aufmerksam nach dem Wohlergehen jedes einzelnen erkundigt hatte, lehnte er sich leicht gegen die geschnitzte Rückenlehne seines Sessels und wandte sich mit den Worten an alle:»Meine edlen Herren, nach altem Brauch fordere ich jeden auf, der morgen vor dem Rat einen Wunsch oder ein Gesuch vorbringen möchte, jetzt darüber zu sprechen.«

Niemand rührte sich. Auf dem seidenen Wandbehang reckten die silbernen Greifen trotzig die Klauen. Guenelons pfeifender Atem klang dünn in der Stille. Gondoin schabte einmal mit dem Fuß über den Boden, und einen Augenblick lang schien es, als wolle Dinas, der die Augen fest auf den König gerichtet hielt, sprechen. Doch dann preßte er die bereits halb geöffneten Lippen wieder energisch zusammen. Andreds funkelnder Blick glitt langsam und unschlüssig von einem zum anderen und wob ein Netz der Unsicherheit.

Marc wartete immer noch. Langsam schob er den Ärmel seines Gewandes vom Handgelenk zurück. Auf der weißen Haut bildeten die hervortretenden Adern ein blaues Muster. Ein Seufzen, fast ein Gähnen, entrang sich ihm, während seine Finger im kurzen, rötlichbraunen Bart spielten. Der König beugte sich leicht vor und stützte das Kinn in die Hand.»Es scheint, Edle Herren, daß Euch etwas bedrückt. Wenn es in unserer Macht steht, Eure Bürde zu erleichtern, so soll es geschehen.«

Andred warf noch einmal einen prüfenden Blick in die Runde. Boshafter Triumph blitzte in ihnen auf, als er jetzt einen Schritt vortrat.»Majestät, wie es aussieht, muß ich der Sprecher sein.« Er hob den Arm, als wolle er mit dieser Bewegung andeuten, daß alle einer Meinung waren.»Wir Barone von Cornwall sind gezwungen, mit wachsendem Kummer und großer Sorge zu bemerken, daß sich in Eurem Reich und unter Eurem Volk Unruhe ausbreitet. Die Jahre vergehen, und noch immer denkt Eure Majestät nicht daran, sich zu vermählen und die Thronfolge zu sichern.«

Marc hob den Kopf. Seine Finger wanderten zur Kehle und spielten mit dem Brokatrand seines Gewandes. Die großen, blassen Augen musterten durchdringend und forschend zuerst Andred und dann die anderen. Doch als der König sprach, klang seine Stimme gelassen und beruhigend.

»Wenn das alles ist, edle Herren, lassen sich die Befürchtungen unseres Volkes leicht zerstreuen. Es scheint beinahe, wir haben den Wunsch vorausgesehen. Morgen im Rat werden wir allen verkünden, was Ihr vielleicht schon ahnt.« Er lächelte und sprach bedächtig weiter. »Vor ein paar Jahren wäre Eure Besorgnis vielleicht gerechtfertigt gewesen. Doch das, was wir nach eigenem Willen oder durch das Schicksal verloren haben, fanden wir dreifach wieder in ihm, den wir zu lieben gelernt haben wie unseren eigenen Sohn... unseren Neffen.«

Andred ballte die Hände auf dem Rücken. Doch er unterdrückte die Bosheit in seiner Stimme und erwiderte mit meisterhaft gespielter Besorgnis: »Seit beinahe hundert Jahren ist Cornwalls Krone in direkter Erbfolge weitergegeben worden. Das Volk ist abergläubisch. Es wäre nicht gut, die Regel zu durchbrechen.«

Der König lachte und antwortete mit mildem Spott: »Das Volk mag abergläubisch sein, doch Tristan ist sein Idol.« Seine tiefe Stimme hob sich. »Welch größere Gnade hätte Gott diesem Reich erweisen können, als den Mann zum Thronfolger zu bestimmen, der sein Held ist? Tristan.« Er wandte sich etwas zur Seite und bedeutete Tristan, zu ihm zu kommen, der die ganze Zeit bewegungslos, von den anderen getrennt in der Fensternische gestanden und sehend oder nicht sehend, die Augen unverwandt auf den Horizont gerichtet hatte, wo Wasser und Himmel zusammenstießen. Es verging ein Augenblick, ehe er sich umdrehte, stehenblieb und dann langsam näherkam. Sein Gesicht war blaß unter der gebräunten Haut. Es wirkte so versteinert, daß es einem Fremden zu gehören schien. Ein paar Schritte vor dem König blieb Tristan starr und wortlos stehen. Die dunklen, unergründlichen Augen in dem maskenhaften Gesicht richteten sich auf Marc. »Was kann ich sagen?« Und dann entfuhr es ihm mit plötzlicher Heftigkeit: »Habe ich nicht in all den Monaten bis zur Ratsversammlung geschwiegen? Ich habe mein Wort gehalten. Doch wie es scheint, greift der heutige Tag dem Morgen vor. Und deshalb laßt mich sprechen!« Er sprach mit wachsender Erregung weiter. »Lyonesse... mein Land... ruft mich, meinen Eid zu erfüllen und meine Ehre zu verteidigen. Es kann nicht länger warten.«

Ein Lächeln flog über Marcs müde Züge. »Wir wissen, wie man Treue belohnt, die so bedingungslos gewahrt wird, Tristan. Dinas ist mit einem Heer gekommen, mit dem Ihr Euren Feind bald vernichtend schlagen werdet.«

Dinas richtete sich auf: »Sie sind bereit bis zum letzten Mann.«

Freude flog über Tristans angespanntes Gesicht.

Marc sprach lächelnd weiter: »Und dann, wenn Ihr wieder Ordnung in Eurem Reich geschaffen habt, werdet Ihr zurückkommen.«

Tristan sah ihm fest in die Augen und schüttelte den Kopf. »Wer kennt die Zukunft? Lyonesse liegt in Trümmern, und es dauert vielleicht ein ganzes Leben, es wieder aufzubauen. Und sollte ich je wiederkommen, wäre ich ein Fremder.«

Das Leuchten auf Marcs Gesicht erlosch. Die Falten auf der Stirn vertieften sich. »Aber Tristan, sie werden eins sein... Cornwall und Lyonesse... ein Reich, damit ich es eines Tages in Eure Hände legen kann... als Euer Königreich.«

In Tristans Gesicht regte sich nichts. »Wie es scheint, haben Eure Barone andere Pläne.«

Marc richtete sich auf. Eine Hand umklammerte die geschnitzte Armlehne, während die andere auf seinen Knien sich heftig öffnete und schloß. Die blassen grauen Augen glühten vor Zorn. »Diese Torheit ist Euer Werk, Andred.«

Dinas trat unvermittelt vor. »Es ist eine schändliche Verschwörung.«

Andred lachte leise und anzüglich. »Treffen wir uns nicht zum Rat, damit wir Eurer Majestät bescheiden unsere Vorschläge unterbreiten?« Sein unterwürfiger Ton wich anmaßendem Triumph: »Ein Aufstand der cornischen Baronien würde Euer Lebenswerk, Euer Musterreich vermutlich zerstören.«

Marc sah ihn voll Verachtung an. »Habt Ihr vergessen, daß wir für Verrat Euer Leben fordern können? Und im übrigen, Andred, sprecht Ihr besser nur für Euch!« In seiner Stimme lag so etwas wie versteckter Spott, als er sich der massigen Gestalt zuwendete, die am Türrahmen lehnte. »Oder hat sich dieses Gift auch schon in Eure Adern geschlichen, Gondoin?«

Der Mann zögerte und räusperte sich. »In dieser sterblichen Welt... einer schlechten Welt, mein Lehnsherr, wäre es nicht weise, alle Hoffnungen nur auf einen Stern zu setzen... Nachkommen...«

Marc preßte die Lippen zusammen. Seine Finger zerrten am seidenen Gewand, als er sich Guenelon zuwendete. Aber die niedergeschlagenen Augen, die seinem Blick auswichen, die zittrigen Finger, die über das Pergament strichen, verrieten ihm ebensoviel wie das Schweigen des alten Mannes. Das Gesicht des Königs wurde bleich. Die empfindsamen Züge wirkten gequält und düster.

Stahl klirrte hart auf dem Stein. »Mir könnt Ihr vertrauen!« Dinas kam mit großen Schritten vorwärts und stellte sich an Tristans Seite. Doch Tristan sah Guenelon an, und in seinem Blick lag fast Erleichterung. Und als er sich wieder Marc zudrehte, war alle Befangenheit von ihm gewichen. Er glich einem flehenden Bittsteller. »Meinem Land und Euch als Vasall zu dienen... laßt es damit genug sein. Denkt an das Wohl Eures Reiches. Soll ich wie Ungeziefer an den Wurzeln Eures Königreichs nagen? Wollt Ihr, daß mein Leben durch ihren Haß vergiftet wird, bis mein Geist von Bitterkeit und Argwohn erfüllt ist? Mein Gott, können alle Throne der Christenheit die Freiheit aufwiegen?«

Marc fiel in sich zusammen. In dem folgenden Schweigen wagte keiner den anderen anzusehen. Andreds Augen leuchteten triumphierend. Dinas trat einen Schritt vor. »Mein Herr und König... das Volk...«

Marc schüttelte den Kopf. »Das Volk... ist Spreu im Wind. Und was nützt Eure Treue, guter Dinas, wenn Tristan sich als treulos erweist?«

Wie um dem zu widersprechen, packte Dinas Tristan am Arm und wollte ihn vorwärts ziehen, doch Tristan befreite sich aus dem Griff. »Schon gut, Dinas! Lyonesse... genügt.«

Marc stützte den Kopf in die Hand und bedeckte die Augen. Wie zu sich selbst murmelte der König: »Prüft Gott unseren Glauben dadurch, daß er im Herz des Menschen höchste Freude entfacht, um sie mit einem Schlag wieder zunichte zu machen?«

Die Hoffnung von Jahren... nichts. War er blind gewesen? War er vielleicht der Träumer, den er in all den Jahren glaubte, zur Vernunft bringen zu können? Erwies sich die Einheit, die zu schaffen er gehofft hatte, jetzt im Augenblick der Prüfung nur als leere Hülle ohne Geist? Jeder war nur auf seinen eigenen Vorteil bedacht. Tristan! Was hatten sie getan, um ihn in diesen Wahn zu treiben? Andred – er wußte, daß die beiden sich nicht ausstehen konnten. Und Gondoin – ein genußsüchtiger Einfaltspinsel – er ließ sich leicht beeinflussen. Aber Guenelon! Verzweiflung überfiel ihn. Besaß der Kanzler vielleicht die Weitsicht, die ihm in seiner Liebe für Tristan fehlte? Konnte er sich als Verräter erweisen, nachdem er mit ihm durch dick und dünn gegangen war und ihn bei der schwierigen Aufgabe, dem Reich Gestalt zu geben, nie in Stich gelassen hatte. Und wozu das alles? In den Jahren endloser Mühen und Opfer hatte er sich das nie gefragt, und dabei Traum um Traum in sich erstickt. Aber jetzt stand er dicht vor der Vollendung. Durch seine Liebe zu dem Jungen schienen Entsagungen in dem Wissen aufgewogen zu werden, daß sein Werk durch Tristan mit dem Feuer erfüllt werden sollte, das er in sich ausgelöscht hatte. Alles kreiste um diese Krönung seines Ideals. Vergeblich! Er hatte geplant und erwogen, Stein auf Stein gesetzt, verschmolzen und vermessen, bis jeder Winkel, bis alles überprüft war, nur um zu erleben, wie alles schwankte und einstürzte. In all diesen Jahren... was hatte ihm seine Mühe anderes eingebracht als das Erstarren seines Wesens? Fürchtete sich Tristan vor diesem Los? Er hätte sich dem Leben ebenso überlassen können wie der Junge, denn seine Weisheit hatte ihm nichts genützt. War er eine leere, mit Stroh gefüllte Hülle, während die anderen einfach lebten? Nicht nur Tristan! Hatten sie nicht alle ihre Leidenschaften, ihre Wünsche? Andred seine Bosheit, Gondoin seine Völlerei; der gute Dinas seine aufrichtige Treue; selbst Guenelon überließ sich den Regeln eines geordneten Lebens – aber er? Besaß er noch die Kraft, sich einem Traum hinzugeben, auch nur einer Laune oder einem Einfall? Plötzlich durchzuckte ihn eine Erinnerung – ja, gerade an diesem Morgen! Hatte er sich nicht dabei ertappt (lag es am betörenden Sommer oder an seiner Freude?), daß er sich einer verrückten Idee überließ wie ein unerfahrener Junge – ein Streifzug in das Land des Unberechenbaren, des Unbekannten?

Marc warf einen Blick auf den Ring an seiner linken Hand, und seine Finger spielten mit dem Gold. Sollte er diese Laune aufgreifen, nachdem er feststellen mußte, daß die Umsicht eines ganzen Lebens ihm nicht weiter geholfen hatte, als ein Zufall es konnte? Sollte er einmal alle Vernunft in den Wind schlagen? Hatte Tristan nicht die Heilung gefunden, als er sich im ruderlosen Boot den Wellen überließ? – Konnte er vielleicht Frieden finden, wenn er sich einmal dem Zufall anvertraute? Marc zuckte zusammen, als er erkannte, welchen Weg seine Gedanken nahmen – sollten Zufall, Schicksal, eine Laune ihn zu dem Ziel führen, das seine Feinde ihm gesetzt hatten? Ein Ziel, das sich vielleicht jetzt noch als Rettung seines Reiches erweisen konnte? Sein Reich! Das Netz des Schicksals zog sich spöttisch und höhnisch enger zusammen. Mußte der Weg, auf dem er fliehen wollte, sich als die Richtung erweisen, die ihn zu seinem Lebenswerk zurückführen würde – eine Laune, die nicht erfüllt werden konnte? – Und da sie unerfüllbar war, sagte er sich – als suche er nach einer Entschuldigung –, konnte auch kein Schaden dadurch entstehen, daß er ihr nachgab. Zumindest würde dies die Barone im Zaum halten, bis sich vielleicht die Dinge zum Besseren entwickelt hatten. Der König hob den Kopf und blickte die Männer an. Der Anflug von Ironie, der seine Lippen umspielte, beeinträchtigte nicht den gelassenen Ernst seiner Worte:

»Es mag vorkommen, daß das Schicksal oder Gott durch Symbole zu uns spricht, die unserem schwerfälligen Bewußtsein unverständlich bleiben, bis sie durch die Stimme eines Menschen an Aussagekraft gewinnen. Ein solches Zeichen, edle Herren, für das wir immer noch blind waren, ist durch Eure Worte erhellt worden. Habt Ihr uns nicht geraten, wir sollten uns vermählen? Heute morgen verirrte sich eine Schwalbe in unser Gemach, und als wir versuchten, sie zu fangen, fiel aus ihrem Schnabel ein goldener Faden.« Langsam zog er den Ring von der linken Hand und löste einen glänzenden Faden, der sich um ihn band. »Ein Frauenhaar! Seht, der Ring verblaßt daneben! Edle Herren, es liegt in Eurer Macht, daß Euer Wunsch sich erfüllt. Wollt Ihr die Suche aufnehmen? Die Frau mit den Haaren von solchem Glanz soll Königin von Cornwall werden, wenn sie von königlichem Geblüt ist.«

Starr vor Überraschung schwiegen alle.

»Erlaubt sich Eure Majestät einen Scherz mit uns?« fragte Andred schneidend.

»Wir geloben es feierlich.« Marc lauschte verwundert seinen eigenen Worten und glaubte von einem kreisenden Rad erfaßt zu sein.

Die Männer standen stumm und unentschlossen vor ihm; die unglaubliche Laune des Königs hatte sie sprachlos gemacht. Das schimmernde Haar hing zitternd vor dem stumpfen Hintergrund des Tuchs und zerteilte den Schatten.

»Iseult von Irland!« Kaum lauter als ein Flüstern kam der Name über Tristans Lippen. An die Wand gelehnt, hatte er den König geistesabwesend angesehen, aber plötzlich schien er wie gebannt den Blick nicht von ihm wenden zu können.

Andred sah sich um, und seine Augen durchbohrten das verträumte Gesicht. Verschlagenheit breitete sich genußvoll auf seinem Gesicht aus. Zufriedenes Lachen stieg in ihm auf. »Iseult von Irland! Wenn Ihr Euch das Mädchen zum Ziel setzt, werdet Ihr Grund zum Träumen und Suchen haben. Denn dank Euch, Tristan, ist sie ihres Beschützers beraubt, und wird bald von dem Sarazenen entehrt werden, wenn nicht ein Christ sie beim Turnier gewinnt... ist es nicht so, Dinas? Ihr habt die Neuigkeit gebracht.«

Der alte Mann fluchte in seinen Bart. »Im wesentlichen... ja. Aber die hämischen Worte stammen von Euch, Andred.«

»Nun ja, Dinas, Ihr habt kaum Sinn für Feinheiten. Wie gefällt Euch diese Aufgabe, Tristan? Mit Euch als ihrem Ritter kann Seine Majestät seine Märchenbraut gewinnen.«

155

Marc ballte zornig die Hand. »Eure Bosheit, Andred, kennt keine Grenzen. Kein cornischer Ritter darf irischen Boden betreten, ohne sein Leben zu wagen. Und kaum ein christlicher Ritter kann hoffen, gegen Palamedes zu gewinnen.«

Andred erwiderte achselzuckend: »Hat der Edle Tristan sich nicht bereits als Meister der Verstellung erwiesen? Und wenn er Morolt erschlagen hat...«

Tristan stand vor dem König. »Ich werde um sie kämpfen«, erklärte er.

Dinas eilte zu ihm. »Seid Ihr von Sinnen... am Vorabend der Eroberung von Lyonesse?«

Tristan blickte ihn mit Augen an, die nichts zu sehen schienen außer dem einen Bild. »Ich muß gehen«, erwiderte er. Aber Marc hatte sich erhoben.

»Genug, Tristan. Euer Leben ist nicht so wertlos, daß wir es einer Laune wegen opfern würden.«

Aber Tristan beharrte: »Es ist keine Laune. Habt Ihr nicht geschworen? Die Prinzessin Iseult... an Ihr Gesicht erinnere ich mich kaum... ich habe sie nur einmal gesehen. Ich nehme an, ich war zu krank, um darauf zu achten... aber ich glaube, sie war schön... und ihr Haar... es glich dem Licht. Sie rettete mir das Leben«, fügte er ruhig hinzu, »ich habe ihren Verlobten erschlagen. Bin ich ihr dies nicht schuldig? Und Euch auch... für alles, was Ihr mir gegeben habt und geben wolltet. Als Dank will ich sie zu Euch bringen, wenn ich sie gewinnen kann. Versteht Ihr, was das bedeutet... ewiger Friede zwischen Irland und Cornwall... ist das nicht die Erfüllung Eurer Träume?«

Marc sah Tristan lange prüfend an. Aber er konnte in den klaren, leuchtenden Augen nur die rückhaltlose Begeisterung eines Jungen entdecken.

Noch einmal legte der Hafenmeister vor der grellen Sonne die Hand schützend über die Augen und starrte der großen, schlanken Gestalt nach, die den Hügel hinaufeilte. »Diese Schultern werden sich kaum vor einem Kunden ducken«, lachte er. »Aber er hatte eine flinke Zunge und würde mit seinen Überredungskünsten einen Juden übertreffen!« Unbehaglich trat er von einem Fuß auf den anderen. Hatte er sich vielleicht gar zu bereitwillig einfangen lassen? An dem Burschen war doch etwas Merkwürdiges, dachte er, und kratzte sich hinter dem fleischigen Ohr. Aber seine Erklärungen hatten einleuchtend geklungen... »durch widrige Winde auf dem sommerlichen Meer vom Kurs abgekommen...« Es war hart, daß er wegen der launischen Winde bei seinen Geschäften große Verluste haben sollte. Es schadet nichts, wenn der Mann durch die Stadt streifte und verkaufte, was er konnte, während er sich beim Marschall um einen Paß für die Waren und seine Männer bemühte. Der Marschall wußte ein goldenes Spielzeug zu schätzen! Der Hafenmeister drehte den ziselierten Becher in den Händen. Mit dickem Finger fuhr er über das Cloisonné. Eine meisterhafte Arbeit. Trotzdem hätte der Mann ihm kaum so anmaßend sagen müssen, er möge den Marschall auf die kunstvolle Arbeit hinweisen, als hätten sie hier in Irland noch nie kostbare Dinge gesehen. Trotzdem hatte er so etwas noch nie in den Händen gehalten – ganz in blauem und grünem Emaille. Und erst der Junge... vom Volk Jesse – saß da mit gekreuzten Beinen und spitzen Schuhen an den Füßen, das Gesicht dem Himmel zugewendet und sang, als wolle er der Heiligen Jungfrau ein Lächeln entlocken – sogar die Harfensaiten waren aus Gold! Und dieses Bürschchen sollte den Riesen bezwungen haben, der dazu noch einen Schuppenpanzer trug – obwohl... erzählte man sich nicht, daß Tristan, der junge Hund, der Morolt erschlagen hatte, auch kaum mehr als ein Junge war? Immerhin, Gott hatte Davids Arm geführt, während Tristan... hatte ihm nicht der Teufel selbst geholfen? Welch ein Segen, daß sie heute beim Turnier vor solchen Machenschaften geschützt waren. Und dieser Bursche, dachte er weiter, kann sich glücklich schätzen, daß er aus der Bretagne kam und nicht aus Cornwall, wie er zuerst vermutet hatte, als er ihn sprechen hörte. Denn Händler hin, Händler her, das Gesetz war so streng, daß er niemandem aus Cornwall innerhalb eines Tages einen Paß hätte verschaffen können. Na ja, die Belohnung, die der Mann ihm angeboten hatte, war der Mühe wert – ein massiver Goldring, da gab es keinen Zweifel. Er mußte sich auf den Weg machen, um vorgelassen zu werden, bevor alle nur noch das Turnier im Kopf hatten. Der Hafenmeister warf noch einen Blick auf den Becher, nahm ihn unter den Arm und ging in Richtung Stadt. Aber heute, so dachte er, wird die Kraft Davids und die Hilfe aller Heiligen vonnöten sein, um den Heiden zu besiegen... wenn es um meine Tochter ging, überlegte er, so würde ich ihre Schönheit lieber einem Mann aus Cornwall überlassen als dem schwarzen Ungläubigen, denn er hätte wenigstens eine helle Haut. Schließlich ist sie ganz weiß mit ihrem goldenen Haar.

Weit vor ihm hatte der Händler den Weg zu den Klippen eingeschlagen. Also sucht er seine Kunden unter den Zuschauern beim Turnier. Nun ja, er wird heute kaum eine Seele in der Stadt antreffen, dachte der Mann, und freute sich über das Gold an seinem Finger.

Noch immer siegte der schwarze Halbmond. Der blaue Turm und der rote Löwe, der geflügelte Greif und selbst die rote Hand von Ulster, sie fielen Schild um Schild im Kampf mit dem Heiden.

Aber die schmetternde Trompete ertönte immer wieder aufs neue. Der ohrenbetäubende Lärm von Eisen gegen Eisen ließ die Luft zittern und dröhnen. Die Hufe der Pferde zerwühlten und zertrampelten die ausgetrocknete Erde. Staubwolken stiegen in die Luft, in denen die Kämpfer beinahe verschwanden, bis der Tumult sich legte. Und wer noch Kraft und Willen hatte, stellte sich den Mauren im Zweikampf.

Über dem Getöse saß Iseult mit zum Zerreißen gespannten Nerven und beobachtete jeden Speerwurf, jeden Schwerthieb, ohne noch etwas zu hoffen oder an das Ende zu denken. Sie lebte nur im Klirren des Stahls und im Herzen eines Schreis, der sich der Menge entrang.

Selbst die Fanfare weckte keine Erwartungen mehr. Außer dem Augenblick des Zusammenpralls war nichts mehr wirklich. Einmal schreckte sie die Kürze eines Kampfs aus ihrer Benommenheit auf. Die Gestalt in der Rüstung, die bewegungslos zehn Schritte von dem scheuenden Pferd im zertrampelten Gras lag, war klein und zierlich wie die eines Jungen. Lag neben dem Helm nicht eine dunkelrote Rose im grauen Staub? Und sie erinnerte sich, wie sie ihn gestern im Garten in dieser fremden, rauhen Stimme hatte singen hören, die sie nicht verstand.

Dietmar von Gravenhorst – hatte Brangwen nicht gesagt, daß er so hieß? Das junge, frische Lied dort im Tau hatte so anders geklungen als die unglückliche Klage vieler Troubadoure. Aber als sie ihm die Rose zugeworfen hatte, starrte er sie nur in stummem Staunen an...

Sie winkte einer ihrer Dienerinnen – »Sieh nach«, flüsterte sie, »wie es ihm geht«, und wendete sich wieder dem Turnierplatz zu. Sie hatten den jungen Mann weggetragen und ebneten den Sand für den nächsten Kampf.

Die Trompeten schmetterten, Lamorack, der Rote – ganz Europa hallte wider von seinen Heldentaten. Das schwarze Streitroß donnerte über das Feld. Die Lanzen flogen hoch und über den ansteigenden Jubel hinaus. Die Luft erzitterte unter den klirrenden Schwertern. Iseult preßte die Hände auf die Ohren – und plötzlich herrschte Stille.

Ein heiseres Murmeln lief durch die Ränge.

Die Königin wandte sich besorgt an eine ihrer Hofdamen. »Wer ist noch übrig, Brangwen?«

Aus ihrem Grübeln aufgeschreckt, schob Brangwen die schweren, schwarzen Zöpfe aus der Stirn. »Berengar von Anjou und Bratislav – er ist der Nächste.« Ein Lächeln flog über das angespannte, blasse Gesicht. »Man sagt, er kommt aus einem Land, wo die Wälder so schwarz wie die Nacht sind und die Flüsse von Bergen herabstürzen, die in den Himmel aufragen und deren Spitzen selbst im Sommer verschneit sind. Aber er sieht aus, als sei er mehr in den Gemächern der Frauen zu Hause!«

»Oh, aber er ist schön.« Ein Mädchen an Iseults Seite zupfte sie am Ärmel und lehnte sich nach vorne, um den herausgeputzten Stutzer besser zu sehen, der auf seinem tänzelnden Pferd über den Platz ritt. Er begrüßte sie mit einem fröhlichen Winken, und dabei klingelten die vielen kleinen goldenen Glöckchen, mit denen der Saum seines geschlitzten, smaragdgrünen Mantels besetzt war.

Iseult preßte die Lippen zusammen. Die Dienerin war zurückgekehrt, und sie hatte die Botschaft der Frau in den Augen gelesen. Iseult wandte den Kopf ab. Plötzlich erfüllte sie Entsetzen – diese Verschwendung... diese Verschwendung von Männerleben um ihretwillen. Sie ballte die Fäuste, stand auf und wollte laut schreien, um ihnen Einhalt zu gebieten. Aber hinter den Schranken erhob sich der Ruf: »Iseult, Iseult von Irland!« Aufgenommen von tausend Kehlen schwoll er an und umtoste sie. Schließlich wurde sie aus ihrer Verzweiflung gerissen und von der brausenden Woge mitgerissen, fühlte sie sich siegessicher und erfüllt vom triumphierenden Gefühl ihrer Macht.

Und wieder ertönte die Fanfare.

Brangwen beugte sich zu ihr herüber. »Gebt die Hoffnung nicht auf, Iseult. Es ist Berengar von Anjou. Er hat in Tournai den Preis gewonnen.«

Iseult starrte angespannt und starr mit geöffneten Lippen und wilden, aufgerissenen Augen auf den Reiter, der mit eingelegter Lanze vorbeigaloppierte. Auf dem Helm das furchterregende Untier.

»Der Leopard der Angevinen setzt zum Sprung an! Ah, der Heide schwankt... Iseult!«

Sie spürte, wie Brangwen ihr die Finger in den Arm bohrte. Die Schwerter blitzten, tanzende Funken wirbelten durch den Staub. Dann ein Schrei und Brangwens erstickte, niedergeschlagene Stimme. »Er ist gestürzt... das Pferd wird ihn zu Tode trampeln.«

Sie fragte sich, weshalb sie immer noch kalt und ungerührt auf den Platz hinunter sah, als betrachte sie ein Bild, als sähe sie etwas, das schon vor langer Zeit geschehen war, das keine Bedeutung besaß und mit ihr nichts zu tun hatte. Sie sah, wie die Männer herbeieilten und an dem Tier zerrten, das auf dem zertrampelten Platz lag und mit den Hufen in die Luft schlug; sie sah, wie die Männer eine Last trugen, die seltsam zusammengekrümmte Gestalt eines Mannes. Das Pferd stand kraftlos und mit zitternden Flanken wieder auf den Beinen. Unter den tropfenden Eingeweiden, die wie ein Bündel roter Früchte aus dem Bauch des Tieres quollen, vergrößerte sich die dunkle Lache... In der Mitte des Feldes ragte die schwarze, gepanzerte Gestalt des Palamedes so unbeweglich wie ein Felsen auf.

Das Gemurmel und Geschrei der Menge wogte um den Platz wie gepeitschte, hoch aufschlagende Wellen und verebbte in der Stille. Das muß der Vater sein, dachte sie gleichgültig beim Klang der heiseren, verzerrten Stimme, die aus unendlicher Ferne zu ihr drang. »Hält Gott so wenig von seinen Rittern, daß er zuläßt, daß einer nach dem anderen unter der Hand des Heiden fällt?« Und die Stimme ihrer Mutter – ganz und gar nicht mehr samtig und verlockend – fiel ein: »Diese Schande wäre uns erspart geblieben, wenn Morolt noch lebte.«

Morolt! Plötzlich und zum ersten Mal in ihrem Leben wurde er für Iseult zur Wirklichkeit. Er war ein brennendes Verlangen, denn Morolt hätte sie vor allem bewahrt, was ihr jetzt widerfuhr. Heißer, blinder Haß auf den Mann, der ihr den Verlobten geraubt hatte, riß sie aus ihrer Erstarrung. Er war in ihrer Hand gewesen und hilflos der Rache ausgeliefert, die sie nicht nahm. Statt dessen hatte sie ihm das Leben geschenkt. Das Leben? War er inzwischen gesund? Die Erinnerung an einen Wintertag durchzuckte sie. Iseult spürte sie jetzt... die dünne prickelnde Luft, als sie einen Augenblick lang am Fenster gestanden hatte. Unten im Burghof warf ein Junge in einer roten Tunika seine Speere auf ein Ziel an der Mauer. Plötzlich erschien eine dunkel gekleidete Gestalt um die Biegung des Walls. Der Mann blieb in der seltsam geneigten Haltung stehen, wie jemand, der eine Krücke benutzt. Sie sah ihn immer noch deutlich vor der Wehrmauer stehen: einsam und ausgestoßen, den Blick auf den Jungen gerichtet, der die Lanze in das Sonnenlicht über den blauen, undurchdringlichen Schatten warf.

Wie damals stieg auch jetzt wieder beim hellen, durchdringenden Schmettern der Fanfaren wilder, kalter Triumph in ihr auf. Aber das Bild schwand nicht, und sie hörte die erstickte Bitte: »Gib mir deinen Speer.« Das verständnislose, trotzige Zögern des Jungen... die Wangen des Mannes brannten vor Scham... endlich der widerwillig entgegengestreckte Speer... eine Minute lang gehalten, gehoben und geworfen... Plötzlich war alles ausgelöscht – der Haß, der Triumph, der gemarterte Körper, der an der Mauer lehnte, war ausgelöscht im Willen des blitzenden Stahls, der sein Ziel treffen mußte – Tristan von Lyonesse!

Sie riß sich von ihren Wahnbildern los. Brangwen klammerte sich an ihre Schulter und zwang Iseult, auf den Turnierplatz sehen... Was für einen Sinn sollte das haben? Sie wußte, wie alle wußten, daß es vorüber war. Niemand würde dem letzten Ruf der Fanfare Folge leisten. Irgendwo im Hintergrund ihrer wahnwitzigen Bilder war sie erklungen.

Träumte sie noch immer? Iseult sah aufblitzenden, blanken, singenden Stahl – Pferd, Reiter und ein leerer weißer Schild stürmten geradewegs auf ihr Ziel zu. Aufgeregtes Murmeln erhob sich in der Menge: »Wer ist der unbekannte Ritter?« »Ach ja, es ist der Ritter, der sich schon am Anfang hervorgetan hat.« Eine Frau in der Nähe schluchzte: »Gesegnete Jungfrau, hast du einen deiner Heiligen in den Kampf geschickt, um uns zu retten?«

Iseult sah nur den blitzenden Stahl im blendenden Staub oder das kalte Licht im winterlichen Burghof.

Brangwen keuchte in ihr Ohr: »Seht doch, er kämpft anders. Er kennt die Listen des Sarazenen.«

List und Verschlagenheit – das Sein verzehrt vom Feuer des eigenen Willens, über sich selbst hinausgehend, ungeteilt, eins mit dem Bild seines Verlangens. Der verwundete Harfenspieler, Morolts Mörder, der unbekannte Ritter – wer? Wer?

Im Brennpunkt ihres Wahns schoß der blitzende Stahl in die Ewigkeit. Über der fieberhaften Stille der Menge schwebte das Schwert, nur das Schwert... stoßend und gleitend... abgleitend und abprallend. Und als die Spitze schließlich traf, und der Halbmond schwankte und fiel, schien in dem Schweigen das Ende der Welt gekommen zu sein, bis der brausende, lautschallende Jubel ausbrach und über den Platz hallte und widerhallte.

Iseult ließ sich von seinem Strudel mitreißen.

Männer stürmten auf den Platz und umringten den Sieger. Brannten Brangwens Tränen so heiß auf ihrem Nacken? Beugte sich ihre Mutter über sie? Sie wußte es nicht, und es war ihr auch gleichgültig. Wie in einer Trance sah sie, wie die schlanke Gestalt in der Rüstung mit immer noch geschlossenem Helm unten vor dem Pavillon stehenblieb und dann über den roten Teppich die Stufen hinaufschritt. Was hatte sie geträumt? Der zierliche Körper, der stolze, hoch aufgerichtete Kopf – ein Fremder. Sie sah, wie er vor dem Thron das Knie beugte, hörte die Begrüßung ihres Vaters und seine Gefühle, die durch seine förmlichen Ruhmesworte hindurchklangen, die höfliche Aufforderung, Name und Herkunft zu enthüllen. Sie sah, wie sich der Ritter erhob, einen Schritt zurücktrat, den Kopf nach ihr wandte und dann zusammenzuckte, als seine Augen unter dem Visier ihrem Blick zu begegnen schienen. Noch ehe er den Helm öffnete und den Halsschutz löste, noch ehe Brangwen rief: »Tantris, der verwundete Harfenspieler!« hatte sie ihn erkannt.

Bleich und aufrecht, den Blick fest auf den König geheftet, stand er vor ihnen. Seine Stimme klang fest und klar: »Ich bin Tristan von Lyonesse.«

Er hörte kaum den Aufschrei der Königin und das entsetzte Aufstöhnen der Menge, als der Name von Mund zu Mund lief. Ebensowenig sah er die von Schrecken und Staunen erstarrten Gesichter. Wie etwas, das er seit langem erwartet hatte, nahm er den Haß in der samtigen Stimme wahr: »Morolts Mörder... er hat sich selbst in unsere Hände gegeben«; von allen Seiten erschollen zornige Rufe und schwollen zu einem ohrenbetäubenden Chor an: »Verräter, Zauberer! – Tod dem cornischen Hund! – Rache für Morolt!«

In staunendem Entzücken stand Tristan wie angewurzelt und sah nur Iseults Gesicht, wie er es in dem einen kurzen Moment wahrgenommen hatte, in dem ihre Augen sich trafen. Ihn verwirrte nicht ihre Schönheit, auch nicht der Glanz und das Licht, das von ihren Haaren ausging. Daran erinnerte er sich nur halb wie an eine Vision und halb hatte er es erwartet, nicht aber das lebendige wirkliche Mädchen, das ihn anblickte – voll Stolz? Voll Haß? Tristan wußte es nicht und spürte nur, daß sie an einen geheimen Platz seines Wesens rührte, der ihm bislang verschlossen gewesen war und an dessen Schwelle er jetzt, völlig verwirrt über sich selbst, stand.

Der eiserne Griff an seinen Schultern löste sich, als ihn die Wachen auf ein Zeichen des Königs widerwillig losließen. Mit einer Handbewegung gebot er Schweigen, und der Lärm verebbte allmählich. »Friede, Edle Herren von Irland! Aus gutem Grund lodern Haß und Zorn in unseren Herzen. Doch unser Ehrenwort darf nicht gebrochen werden. Kein Gesetz untersagte einem cornischen Ritter, am Turnier teilzunehmen. Es schien zu genügen, daß keiner irischen Boden betreten durfte. Wir sind die Opfer unserer eigenen Blindheit. Den Preis, den der Mann fordert, hat er mit seiner Tapferkeit gewonnen. Wenn er in seinem übermütigen Stolz sich an die Schuld erinnert, die er durch seine List auf sich geladen hat und es für ruhmvoll hält, mit dem Namen eines Verräters und Betrügers vor der Ritterschaft der ganzen Welt zu prahlen, dann mag er vortreten und seinen Preis fordern.«

Für Tristan waren die Worte, von denen er wußte, sie würden in ihren Augen seine Ehre retten, plötzlich unwirklich, bedeutungslos und eine Lüge geworden. Und doch waren sie das Unterpfand für das Leben, das ihm alles bedeutete: Ritterschaft, Ehre, Marc. Deshalb klammerte er sich an diese Worte, um sich gegen die abgrundtiefe Welt zu wappnen, die sich vor ihm auftat. »Mein König, zum Dank für das, was mir gewährt wurde, fordere ich die Hand von Iseult, der Prinzessin von Irland, nicht für mich, sondern im Namen dessen, dem ich diene und in dessen Auftrag ich kämpfte... für Marc, den König von Cornwall... damit Friede zwischen beiden Reichen herrsche.«

Als er schließlich wieder wagte, Iseult anzusehen, fand er sie in der verschlossenen, erstarrten Maske nicht mehr, die sie ihm bot.

Traum und Erwachen

Vom Schicksal bestimmt
war ihnen nichts als zu scheiden.

(Isländische Tristan-Ballade)

Die Wellen rollten unaufhörlich unter ihm; sie kamen aus der Schwärze und stürzten in die Schwärze. Nur wo das flackernde Fackellicht einen rauchigen, fahlen Lichtschein warf, wurde die Dunkelheit zerrissen, die das Schiff unerbittlich jagte – wohin, welchem Ziel entgegen? Tristan schritt ruhelos auf dem Deck durch die Nacht. Für ihn schien die Reise ihren Sinn verloren zu haben. Warum und weshalb war er gekommen? Er hatte sich mit dieser Frage so lange gequält, bis er nicht mehr denken konnte; er trieb wie das Schiff auf den unergründlichen Wogen dahin – Vergangenheit, Zukunft, die Bruchstücke seines Lebens wirbelten unter dem Bug, ertranken in der Gischt.

Das nicht endenwollende Rauschen der Wellen. Nichts durchbrach die Eintönigkeit. Nur hin und wieder fuhr der Wind in die Takelage; einmal drangen polternde Schritte und ein rauhes Lachen durch die Nacht, als der Steuermann am Ruder abgelöst wurde.

Langsam bemerkte er durch seine Betäubung hindurch, daß die obere Hälfte der Dunkelheit verblaßte, als würde von innen Vorhang um Vorhang zurückgezogen, und den Blick auf die feste Wasserlinie freigab.

Die Morgendämmerung! Er empfand sie wie einen Stoß, der seinen Körper wieder zusammenschob und die losen Enden seines Wesens wieder miteinander verwob, der ihn vor die Aufgabe stellte, sich der Zukunft zuzuwenden, die ihm nur als bodenlose Leere erschienen war. Es mußte viele Morgendämmerungen gegeben haben, seit sie zur Rückreise aufgebrochen waren. Aber jede brachte nur die Wiederholung eines Tages, der irgendwie seinen Sinn verloren hatte. Und doch war ein Ziel erreicht. Die Vernunft, die jetzt unglaubwürdiger schien als die Träume der Nacht, drang hartnäckig in seine benommenen Sinne. Nicht weit vor ihnen, hinter dem dunklen Streifen Wassers, lag Cornwall, und dahinter Lyonesse – dort warteten ein neues Leben, eine neue Welt darauf, gestaltet und aufgebaut zu werden.

Die alte Welt war von ihm abgefallen. In diesen verworrenen Wochen nach dem Turnier hatte Tristan die letzte leere Hülle dieses Lebens abgeworfen. Zwischen Irland und Cornwall war Frieden geschlossen, und er brachte Marc das Unterpfand, die königliche Braut. Er hatte sein Versprechen gehalten, seine Aufgabe erfüllt. Jetzt stand er hier und verstand sich selbst nicht mehr, staunte über das Unwahrscheinliche des ganzen Unternehmens und begriff zum ersten Mal die Bedeutung seines Tuns. Er hatte vorsätzlich seinen Lebensfaden zerrissen – die Jugend am Hof von Cornwall, die enge Bindung an den König. Noch ehe ein neuer Morgen anbrach, würde auch Cornwall hinter ihm liegen. Lyonesse sollte nicht länger warten. Er würde später nur selten den Hof besuchen. Sein Leben sollte nicht von den Baronen vergiftet werden. Aber dunkel wußte Tristan, es ging nicht nur darum – er wollte nicht am Hof bleiben und immer diese bleiche, starre Maske vor Augen haben müssen. In ihrem irischen Stolz, in ihrem Haß verachtete sie ihn, den Mörder ihres Verlobten, den Mörder Morolts. Er hatte versucht, Iseult zu versöhnen, doch ihre Antwort war nur Schweigen. Sollte er sie meiden wie ein Ausgestoßener? Er hatte sie rechtmäßig für sich gewonnen. Das sollte sie begreifen, obwohl er seinen Anspruch abgetreten hatte. Nicht Marc hatte Palamedes besiegt. Stolz und Bitterkeit stiegen in ihm auf. Er wollte diese kalte, undurchdringliche Maske zerbrechen.

War es eine Maske? Zweifel hatten ihn die ganze Nacht gequält – gespenstische, verwirrende Zweifel, die alle Vernunft aufhoben, seine Gedanken abirren ließen und immer wieder in dieser leblosen Gestalt mündeten. War die Maske des Mädchens und alles andere nur ein Traum, geboren aus den Fiebernebeln, aus seiner Verzweiflung, seiner Ekstase an diesem Tag auf den Felsen in der Heide? Nun begriff er, er hatte sie nicht für wirklich halten können, sonst hätte er diese wahnwitzige Aufgabe nie übernommen. Doch weshalb war sein Traum in diesem kurzen Augenblick, als ihre Augen sich trafen, ehe er sich nach dem Turnier zu erkennen gab, so greifbar, so nahe erschienen? Gedanke um Gedanke quälte ihn wie ein Stachel. Tristan fand keine Antwort außer dem gefühllosen Rauschen der Wellen.

Hinter dem dunklen, gewölbten Horizont riß der Nebel auf, wie von unsichtbaren Händen gehoben, und gab den Blick auf weite leuchtendgrüne Flächen frei, die wie Glasscheiben wirkten, durch die schwaches Licht dringt. Das Schiff jagte nach Süden. Tristan wußte, sie würden landen, noch ehe die Sonne hoch über dem Wasser stand. Ruhelos umherwandernd hatte er das Vorderschiff erreicht. Dort stand eine Art Pavillon, um die irische Prinzessin und ihre Frauen vor der Sonne zu schützen. Wie oft hatte er erlebt, daß ihm nur Verachtung begegnete, die von der Höflichkeit der Frauen kaum verschleiert wurde, wenn er sich nach ihren Wünschen erkundigte und bereit war, ihr die Zeit mit Gesprächen und Liedern zu vertreiben.

Tristan blieb stehen. Halb in Auflehnung, halb in unbewußter Ehrfurcht, als könne ihr Geist noch dort weilen, teilte er die Vorhänge. Er fuhr zusammen, sie entglitten seinen Händen und schlossen sich hinter ihm.

Iseult stand am Bug mit dem Rücken zu ihm und blickte aufs Meer. Ihr Gewand, ihre Haare wirkten im Morgengrauen dunkel. Die Linie ihres Nackens und ihrer Schultern hob sich schwarz vor dem schwach leuchtenden Meer und dem Himmel ab. Ungebrochen verlief sie bis zum ausgestreckten Arm, der auf der Bordwand ruhte. Sie schien so vollkommen, etwas so Ewiges zu sein, daß Tristan, in Betrachtung versunken, nicht wußte, wie lange er dort stand. Himmel und Meer hinter ihr flogen unaufhörlich dahin. Wachte er? Lebte er?

Schließlich regte sie sich und schob mit einer langsamen, aufsteigenden Armbewegung die Haare aus ihrem Gesicht.

Tristan ließ den lange angehaltenen Atem ausströmen. Vielleicht hörte sie das, oder das Seufzen des Windes in der Takelage, denn sie drehte sich um. Sie hätte wissen können, daß er dort stand, so unmerklich war das Zittern, das durch ihren Körper rann, als sie ihn sah. Und ihre Worte schienen beinahe eine Fortsetzung ihrer letzten Gedanken zu sein.

»Ihr habt lange gebraucht, um zu kommen.«

Seiner Sinne nicht mächtig stand er vor ihr und konnte nur bestürzt stammeln: »Ich hätte mir nicht träumen lassen, daß Ihr hier seid... auf Euren Befehl hielt ich mich fern.«

Die nächsten Worte ließen keinen Zweifel an ihrem Spott.

»Und der Vasall gehorcht der cornischen Königin? Kümmerte sich Tantris in Irland darum, ob ein Gesetz ihm gebot zu kommen oder zu gehen?«

Ärger und Auflehnung versanken in stummer Verwirrung. Vom Horizont her schoben sich drohend Schatten an Schatten dunkle Balken über das Wasser und zerfielen unter dem Bug des Schiffes.

»Ja, seht hin, Edler Tristan, seht auf das Meer hinaus, und vielleicht werdet Ihr dabei begreifen, warum ich allein sein wollte. Das Meer und das Gesicht eines Betrügers, passen sie nicht gut zusammen? An Eurem cornischen Hof, umgeben von tausend Masken des Verrats und der Lüge, wird es mir eines Tages gleichgültig sein, ob Euer Gesicht darunter ist oder nicht.«

»Keine Angst, Prinzessin Iseult. Wenn wir das Land erreichen, werde ich Cornwall verlassen.«

Tristan hatte sich verhärtet. Sie wandte sich wieder dem Wasser zu. Stunden schienen zu vergehen, ehe er ihre bittere und gepreßte Stimme hörte.

»Und in welcher Verkleidung werdet Ihr wiederkommen? Werdet Ihr Euch eine noch feinsinnigere ausdenken, Tristan von Lyonesse... der kühne, christliche Ritter rettet das irische Mädchen vor heidnischer Schande, um sie einem noch schlimmeren Los zu überlassen... Tantris erkauft sich durch Mitleid und ein Lied sein Leben von der Braut des Mannes, den er erschlug.«

Mitleid! Irgendwo aus der Vergangenheit grinste ihm gehässig die Erinnerung entgegen. Aber er hatte um sie gekämpft, sie gewonnen und dabei sein Leben aufs Spiel gesetzt. Trotzig hob Tristan den Kopf.

Iseult hatte ihm wieder das blasse, verschlossene Gesicht zugewandt, und erschrocken überkam ihn wie schon einmal das Gefühl, daß ihre Augen ihn bis zu den Wurzeln seines Wesens zu durchbohren schienen und dabei die Worte wiederholten »In welcher Verkleidung...?«

Langsam und unbarmherzig wurde ihm bewußt, daß er seit seiner Kindheit nichts anderes getan hatte, als zu täuschen. War es sein Schicksal, im Leben eine Lügenmaske nach der anderen zu tragen, bis er nicht mehr wußte, was Lüge, was Wahrheit war, und Ehre nichts anderes als Verrat bedeutete?

Wann hatte es begonnen? Als er nach Cornwall gekommen war und Marc angelogen hatte? Lange, lange vorher! Seit seiner Kindheit war es ihm nie möglich gewesen, er selbst zu sein, denn seines Geburtsrechts und seiner Herkunft beraubt, trug er einen Namen, der ihm nicht gehörte. Und selbst als er seinen richtigen Namen gefunden hatte, wurde er sofort wieder der Verschwiegenheit und Täuschung geopfert. Er kannte auch seine Aufgabe nicht, verstand die Suche nach einem Ziel nicht, das er nicht kannte – wie sollte er, da er sich selbst belog! Wie sollte er es je kennen? Und er sah seine Zukunft vor sich – ein Betrug reihte sich in einer endlosen Kette an den anderen. Er betrog die Welt, er betrog sich selbst – er überlistete sogar den Tod. Er hatte es immer und immer wieder getan. Im Schatten des Todes war er gezeugt und in der Stunde des Todes geboren worden. Später, als der Tod lachend triumphierte, hatte er ihn noch einmal zum Narren gehalten; und die Hand, die sein Werkzeug hätte sein sollen, riß ihn aus seinen Klauen. War das die Rache des Todes, ihn mit dieser Verspottung des Lebens zu quälen? Leben! Diese Frau, deren

Verlobten er erschlagen hatte, hielt sein Leben für schändlich und ehrlos. Und da er von Lüge zu Lüge getrieben wurde, mußte er es selbst als Schande und Ehrlosigkeit betrachten. Würgender, verzweifelter Zorn auf das Schicksal, auf das Leben erfaßte Tristan, das ihm nur Hindernisse in den Weg warf und ihn in den Augen der Menschen gemein und verschlagen erscheinen ließ. Er würde sich am Leben und am Tod rächen, wie sie gerächt werden sollte. Hielt Iseult ihn für einen Feigling?

Er machte einen Schritt auf sie zu. Heftig zog er das Schwert aus der Scheide und streckte es ihr entgegen.

»Ihr wolltet mich schon einmal erschlagen.«

Wie zwei feindselige Fremde standen sie sich unter dem weiten Himmel und dem endlosen Meer gegenüber.

Der Horizont erglühte in rosigem Dunst. Darüber, in dem leuchtenden Grün, glänzte eine Wolke wie eine rußende Flamme. Die faltige Haut des Wassers schwelte.

Ein roter Bogen erschien am Horizont, wuchs zu einer Scheibe, einer Kugel. Blutrot hing sie vor der Wolkenbank – flammte glühend auf, zerriß den Nebel, und Meer und Himmel erstrahlten in Gold. Das Licht um Tristan tanzte, loderte, hüllte ihn triumphierend ein und ließ ihn unversehrt.

War dies die Erfüllung, das Ziel, das er gesucht hatte? In seinen Träumen hatte er es sich anders vorgestellt – im Glanz des Sieges, vielleicht im Jubel eines Liedes; statt dessen kam es im Gefolge von Schande, Qual und Niederlage. Trotzdem hatte er sich noch nie so sicher, so frei gefühlt. Die Dunkelheit, den zerstörenden Schatten, der seine Aufgabe verhöhnte, den Traum zerschnitt, ihn selbst zerschnitt – er würde sie überwinden.

»Ich bin bereit«, sagte Tristan.

Seine Stimme klang so ruhig, daß jeder Zweifel schwand. Doch als er voll Staunen in die Morgenröte blickte, wußte Iseult, daß sie wieder einmal besiegt war. Was bedeutete der kleine Tod, den ihre Hände bringen konnten, angesichts der einsamen Größe seines Traums, in dem er jetzt starb, an dem sie nie teilhaben konnte. Doch ihr Stolz, der sich dunkel gegen die Auslöschung ihres Wesens wehrte, war ihre letzte Waffe.

»Euer Tod, Edler Tristan, kann das Leben der Schande nicht aufwiegen, das Ihr mir bestimmt habt.«

Die Sonne erstrahlte über dem Dunstschleier. Ein Funken tanzte in Iseults Haar, sprang von Locke zu Locke.

Von irgendwoher drang die Stimme, die verletzt von Schande sprach – eine Schande, die jetzt ausgelöscht werden sollte. Konnte sie nicht, wollte sie nicht verstehen?

Schande? Konnte man es als Schande empfinden, Königin von Cornwall zu werden? Vielleicht war König Marc nur ein Name für sie, um den sich Geschichten von Verachtung und cornischem Vasallentum rankten. In seiner Kindheit war ihm nichts ruhmvoller erschienen, als Marc zu dienen, und Tristan wandte sich ihr mit dem Feuereifer eines Jungen zu, der die Sache seines Helden verteidigt.

Iseult sah ihn im Licht der aufgehenden Sonne vor sich stehen. Die Strahlen fielen auf sein Gesicht und vergoldeten die eiserne Rüstung. Wovon sprach er? Von Cornwall? Vom König? Rittertum und Ehre – es seien mehr als hohle leere Worte, und das habe er vom König gelernt. Eine neue Welt sollte heraufziehen – das Reich, das Marc und er schaffen würden – »Dafür habe ich gekämpft und dafür, daß ein barbarischer Brauch nicht länger die Freiheit verhöhnt. Und ich erträumte mir für diese Welt Euch als Königin.«

Hatte er vergessen, daß er sterben wollte? fragte sich Iseult. Plötzlich verwirrte sie der Gedanke, daß der Tod einen Platz in diesem strahlenden Morgen finden sollte; sie wandte sich ab, und als sie wieder sprach, war alle Bitterkeit aus ihrer Stimme gewichen.

»Wollt Ihr immer nur träumen und nie Fleisch und Blut einer Sache kennenlernen? Man erzählt, Ihr habt Marcs Reich meinetwegen ausgeschlagen, und dabei war es der Felsen, auf dem Ihr Euer Traumreich hättet bauen können.«

Die veränderte Stimme brachte ihn in die Gegenwart zurück. Erwachte er – vom Tod? Er hatte ihr sein Schwert angeboten, aber es lag immer noch in seinen Händen, und sie blickte schon wieder hinaus aufs Meer.

Ein merkwürdiger schmerzlicher Frieden war zwischen ihnen entstanden. Vor dem schimmernden Opal der Wellen sah er die sanft geschwungene Linie ihres Halses, den die aufgehende Sonne vergoldete; Tristan sah die sanfte Biegung ihrer Handgelenke, als die grüne Seide sich zurückschob, während sie die Hände ausstreckte und in die Gischt hielt. Ein sanfter Wind erfaßte eine Haarlocke und hob sie vor das Licht. Hatte sie sich seit dem Morgengrauen so verändert? Plötzlich staunte er über ihre Zerbrechlichkeit. Über dem Rauschen der Wellen vernahm er ihre leisen, traurigen, vorwurfsvollen Worte.

»Ihr seid wie die Flut, die hungernd um die Welt treibt. Doch was Ihr findet, laßt Ihr unbeachtet am Ufer liegen und zieht auf den Wogen Eurer unersättlichen Träume weiter. Mein Leben war nur ein winziger Tropfen in Eurem ruhelosen Meer... mehr nicht...«

Iseult hatte Schaumperlen in ihren Händen gefangen und hielt sie hoch. Die gewölbten Handflächen schimmerten in der zitternden Luft – wie ein heiliger Kelch, der in seinem eigenen Licht erstrahlt – dachte Tristan und erinnerte sich plötzlich an die Geschichte von Parzival und dem Gral. War er sein Leben lang durch die Dunkelheit geirrt? Was hatte er gesehen von all dem, was man ihm angeboten hatte, denn ihn blendete sein Traum von Heldentaten, Ruhm und einer Erfüllung, die sein Sehnen endgültig löschen würde! Angesichts ihrer zerbrechlichen, zarten Schönheit überkam es ihn jetzt wie eine Erleuchtung – er hatte mit dem Schicksal gehadert, bis er schließlich, um sich selbst zu retten, ihr aus Stolz und Trotz sein Leben und das Zerrbild seines Traums angeboten hatte. Konnte er niemals wirklich sühnen?

»Tristan...«

Er hörte ihre Stimme, suchend und zögernd wie eine Welle; er sah ihre Hände, die sie immer noch halb ausgestreckt hatte. Beinahe ohne zu wissen, was er tat, beugte er sich darüber.

Sie spürte seine Haare über ihre Handgelenke streicheln, die Berührung seiner Lippen auf ihren Händen. Ihr ganzes Wesen schien ihr entzogen zu werden. Sie war ein leeres Glas, in dem sein Wille widerhallte.

Der Wind zerrte und stöhnte in der Takelage. Der Schatten einer Vogelschwinge zuckte dunkel über das Segel. Der Geruch des Meeres erfüllte die Luft.

Der Schatten eines Lächelns zitterte auf ihren Lippen.

»Ist es bitter?«

Ihre Hände öffneten sich.

»Iseult!«

Das Schiff glitt schnell und unbeirrt unter dem blauen Himmel seinem Ziel zu. Sie hatten es vergessen. Völlig versunken in den Anblick des anderen standen sie voreinander und fanden im Schweigen eine Sprache – getrennt durch ihre Körper, doch ohne es im Staunen des Erkennens zu bemerken.

Die See tanzte in tausend Flammen.

»Land voraus!«

Der Ruf vom Mast durchschnitt die zitternde Luft. Aufgeschreckt

suchten ihre Augen das Meer. Am Horizont ragten die dunklen
Umrisse der Steilküste auf.
»Cornwall...!«
Auf ihren Lippen klang der Name unwirklich wie ein Traum.

Wozu brauchten sie noch Gift
von zauberkundigen Händen
um Mitternacht gebraut
den Schluck Wein
den Tropfen ewigen Feuers
verwandelt zu flüssigem Rubin
gebracht im kristallenen Becher
und von trockenen, unwissenden Lippen
gierig getrunken
bei Windstille in der Hitze des Mittags?

Ewigkeit
liegt verborgen in jedem Augenblick
harrt aus
in den fliehenden Stunden und Jahren
und im unaufhörlichen Strömen
von Welle um Welle
überdauert alle Erscheinungen
die Menschen Zeit nennen.

Unwissend
hält sie ihn in ihren Händen
unwissend
beugt er den Kopf und trinkt
und plötzlich
sehen sie sich
nicht wie sie zu sein scheinen
sondern wie sie sind
und gelangen über die Erscheinung hinaus
sogar hinaus über die Zeit –
sind eins – die zuvor getrennt waren.

Neugeboren als sie selbst
stehen sie und blicken in
schweigendem Staunen

noch nicht wissend
daß sie fortan nichts anderes mehr empfinden
als Verlangen
daß die Verzückung ihrer Körper
sie nur mit dem Versprechen der Erfüllung
täuschen kann
und die Liebe nur ein anderer Name
für den Tod ist.

Mit unbarmherziger Gewißheit rückte das Land näher. Unter lärmenden Rufen, klatschenden Seilen hob und senkte sich das Schiff, und in einem zeitlosen Innehalten schäumte Wasser heftig gegen den Bug.

Doch Iseult, die blind dem Druck auf ihrem Arm gehorchte und über den Landesteg geleitet wurde, erschien alles unwirklich, als sie unter ihren Füßen den ebenen harten Boden des Kais spürte. Zwar ist es Tristan, der mich führt, dachte sie, doch weder er noch ich stehen im schwarzen Schatten dieses hohen Felsens, denn alles war Sonne und Meer. Dies hier ist ein Traum, aus dem wir bald erwachen.

Aus der Menge der Köpfe löste sich ein rotbärtiges, ernstes Gesicht, und während die Vernunft dunkel darauf beharrte, dies ist Marc, es ist der König, und sie seinen ruhigen, bewundernden Blick auf sich gerichtet fühlte, wurde ein weit entferntes Gefühl von Haß und Stolz bedeutungslos. Hier ist Ruhe, hier ist Sicherheit, dachte sie, obwohl es ihr vorkam, daß diese Entdeckung nicht von ihr und auch nicht jetzt gemacht worden war, sondern schon vor langer Zeit; von wem? Iseult wußte es nicht.

Denn all dies widerfährt nicht mir, sondern einer anderen, sagte sie zu sich, als ihre Frauen sie später in einem fremden Raum (welch steiler Aufstieg; direkt unter ihr rollten die Wellen schwarz über die Kieselsteine) sie mit Juwelen und einer Krone schmückten. Und sie überlegt, ob man das Meer wohl in allen Räumen hörte und erinnerte sich, daß davon die Rede gewesen war, sie solle in das meerumschlungene felsige Tintagel reisen und dort leben. Als sie später die gewundene Treppe hinabstieg, hörte sie noch immer das glucksende, klatschende Murmeln, bis es ihr unvermutet aus einer Säulenhalle entgegenschlug – eine brausende Flut. Und als sie nach unten blickte, sah sie einen strudelnden Wirbel weißer Masken, die sie

anstarrten, um sie zu begrüßen – Arm neben Arm, Stahl neben Stahl. Und sie wußte, es sind die Vasallen, Cornwalls Vasallen, die Vasallen von Marc, dem König – der rotbärtige König, der auf dem Thron sitzt und wartet (der goldene Löwe hebt trotzig die Tatzen). Er wirkt so zerbrechlich und körperlos unter den starren Falten seines Brokatmantels. Dieser Mann stand im Hafen, um mich zu begrüßen.
Doch der andere neben ihm mit der blassen Haut und den schwarzen Haaren. Der Halbbruder des Königs, hatte jemand gesagt; er führt die drei Eber im Wappen. Seine Augen ruhen auf einem Mann, der halb verborgen reglos an der Wand lehnt und mich nicht ansieht. »Unter den tausend Masken der Schmeichelei und der Lügen wird es mir eines Tages gleichgültig sein, ob Euer Gesicht darunter ist oder nicht« ... O Gott... und er hatte geantwortet »Keine Angst... es kann Euch gleichgültig sein... morgen werde ich Cornwall verlassen.«
Tristan...
Und noch mehr Stufen. Später erschien es ihr, als habe sie nie das Ende der Treppe erreicht.

Schweigen und Nacht... In den Torbogen gedrückt, konnte Tristan wieder atmen. Endlich standen die dicken Mauern und das eisenbeschlagene Holz zwischen ihm und dem Wahnsinn der Musik, dem Gestank von Öl und zechenden Männern und Iseults Gesicht – so weiß im Schein der Fackeln.
Eine Mauer der Dunkelheit ragte vor ihm auf, zerfloß und verschlang ihn. Der Salut der Wache klang wie das Klatschen eines Steins im Wasser. Noch immer blind suchte er tastend seinen Weg in die Nacht. Seine Füße verfingen sich im langen Gewand und verloren beinahe den Halt auf den grob gehauenen Stufen. An der Spitze der Landzunge ragten die Felsen wie ein natürliches Bollwerk auf und gaben nur den Blick auf das Meer frei. Dort suchte er Zuflucht, lehnte sich gegen den Stein und hob das Gesicht dem Wind entgegen, der in feuchten Böen vom Meer her blies. Aus der Dunkelheit tauchten fahle Schaumkämme auf, stürzten vorwärts, fielen aber immer wieder in die schwarze, gleichgültige Flut zurück.
Und noch immer höhnte die Musik in seinen Ohren und Andreds unterdrücktes Lachen. »Nun, wenn ich diesen Preis gewonnen hätte, wäre ich wohl kaum so hochherzig gewesen, mein Bett um Marcs willen verwaist zu lassen, damit er Iseult statuengleich über sein Musterreich setzt.«

Ehre und Treue! höhnte die Erinnerung. Ehre? Blinde Augen, blinde Sterne – nicht mehr und nicht weniger. O Gott, war das die Hölle? Nicht für das, was wir getan haben, sondern für alles, was wir nicht getan haben... geblendet, geblendet von Träumen.

Weit unten gurgelte und gluckste das zwischen schwarzen Felsen eingeschlossene Wasser. Unerbittlich hinuntergezogen, verschluckt von diesem Brunnen der Dunkelheit besaß kein Traum die Macht, aufzusteigen... »zieht auf der Woge Eurer unersättlichen Träume...« würden sie ihm selbst dort noch davonziehen?

»Iseult!«

Das Meer brüllte auf, als wolle es antworten, doch seine Qual hatte nichts mit ihm zu tun; sie war vergeblich, unmenschlich, etwas anderes.

Minuten vergingen. Tristan stand an die Mauer gepreßt und verbarg das Gesicht in den Armen, die ausgestreckt auf dem Stein lagen, um nichts zu sehen. Einmal drangen Lautenklänge durch die Nacht. Irgendwo fiel dumpf eine Tür ins Schloß. Ihn kümmerte es nicht mehr. Hinter ihm tastete sich jemand durch die Dunkelheit. Eine rauhe Stimme fluchte über die Steine... Dinas!...

»Der König bittet Euch, ihn in das Brautgemach zu geleiten.«

Nur das Klatschen der Wellen durchbrach die Stille. Schließlich sagte Dinas: »Lyonesse!«

Sie ritten im Morgengrauen.

Tristan für Lyonesse!

Scharf und gellend erhob sich der Ruf über den Lärm der Schlacht und drang aus den Kehlen der Männer, die im Blutrausch dahinstürmten. Der Falke auf dem goldenen Grund flatterte hoch über ihnen, und die Reihen der Feinde hielten ihren Speeren nicht stand. Rauh und hart übertönte er das Klirren und Knarren der Kriegsmaschinen, das Zischen und Knistern des griechischen Feuers, das Geschrei und das Getrampel der Männer, die die Mauerbresche stürmten... im Morgengrauen, am Mittag und bei Sonnenuntergang, bis die Nacht sich über die Ebene senkte, und die gesplitterte Lanze, den geborstenen Stahl, Pferd und Reiter, die unter dem Ansturm zermalmt worden waren, einhüllte. Und immer noch war er zu hören, als ein trockenes Flüstern von sterbenden Lippen – »Tristan für Lyonesse!«

Jetzt ertönte er wieder, und ein lachender Mund gab ihn zurück, als ein kleiner Trupp Männer vorübersprengte und in der zunehmenden Dämmerung verschwand – eine unbefriedigende Antwort für den Mann, der in der Tür des Gasthofes lehnte und mit besorgten Fragen auf den Lippen hinausgeeilt war. Er blickte den Männern lange nach, bis die Schatten sie verschluckten. Hinter den Feldern schimmerte blaß das Meer, doch der Himmel wirkte grau und erloschen. Im Osten, hinter dem niedrigen Hügelkamm, glühte es rötlich und dunstig, als würde ein verborgenes Feuer ihn erhellen.

Ärgerlich stieg der Mann die Stufen des tieferliegenden Zimmers hinunter. Dort hatte man die Talglichter noch nicht entzündet, doch als er sich auf der Bank an der Feuerstelle niederließ, traten im Schein einer züngelnden Flamme die scharfen Linien in seinem Gesicht und die rötliche Narbe auf der Stirn deutlich hervor. Eine hagere Frau rührte in den Töpfen und hob den Kopf. Die Falten in ihrem Gesicht vertieften sich und verrieten die unausgesprochene Frage.

»Noch mehr Reiter.« Der Mann antwortete, als besäßen die Worte keine andere Bedeutung als das, was sie aussagten – weder Tragödie, weder Triumph noch Verzweiflung.

Die Frau stieß ein rauhes Lachen aus.

»Ja, laß sie reiten, laß sie in den Tod reiten! Aber sie werden sich wenig aus dem Geklirr von Schwertern und Streitäxten machen, wenn sie erst alle kalt und blutig auf den Feldern liegen!«

»Sie reiten in die Freiheit.« Die Gleichgültigkeit war aus der Stimme des Mannes nicht völlig gewichen, während er in die Dunkelheit hinausstarrte.

»Sicher, vielleicht finden sie Freiheit auf der anderen Seite des Grabes; dann müssen sie auch nicht mehr das Schreien der Frauen und das Weinen der kleinen Kinder an den leeren Brüsten hören, die leer sind nach all dem Klagen.«

»Der Tod wird sie alle holen«, ließ sich eine brüchige, pfeifende Stimme aus dem Schatten vernehmen, die das Surren des Spinnrads übertönte, »aber nicht durch das Schwert oder durch die Hand eines Menschen. Das Meer hungert jahrein, jahraus nach Sterblichen... zuerst den einen und dann den anderen... fünf Söhne an ihren Vater, und alle noch vor der Blüte ihres Lebens.«

Sie wiegte sich auf dem Schemel hin und her.

Die Frau am Feuer murmelte vor sich hin.

»Gott hat uns nicht alle dazu verdammt, Fischer zu sein. Er hat uns das Land gegeben, um zu säen und zu ernten.«

Der Mann lachte bitter. »Dank Morgans Gier ernten wir wenig. Er verkauft das Korn in fremde Länder und läßt uns kaum die Spreu.«

»Auch bei Rivalin haben wir wenig geerntet, weil er durch die Welt zog.«

»Er war freigiebig«, murmelte der Mann, allerdings klang dieses Lob etwas zögernd.

»Er konnte leicht geben und noch leichter vergessen, denn er hat uns seinen Baronen überlassen, die das Land mit ihren Streitigkeiten zugrunde richteten.«

Aber Widerspruch reizte ihren Mann zu der Rechtfertigung: »Rivalin war nach Hause gekommen, als sie ihn erschlugen... Morgan und sein Verräterpack.«

Die Frau lachte schrill. »Und wie lange wäre er geblieben? Mit dem nächsten Mond wäre Rivalin wieder auf und davon gewesen, ohne an Frau und Sohn zu denken. Es mußte nicht der Tod kommen, um Tristan vaterlos zu machen«, entgegnete sie giftig, »obwohl... Gott weiß, ob in seinen Adern überhaupt Rivalins Blut fließt.«

Der Mann stützte müde das Kinn in die Hand. »Habe ich dir nicht gesagt, daß Rual Beweise hatte? Der Ring gehörte der Mutter des Jungen, und der König von Cornwall hat es bestätigt.«

»Das beweist nicht, daß es ihr Kind war. Er hat wenig von Rivalin, und er hat helle Haare.«

»Er hat die dunkle Haut seiner Mutter, obwohl er so dunkel auch wieder nicht ist. Du hättest sie einmal sehen sollen, Frau. Tiefschwarze Haare hatte sie, und Augen wie der Sommerhimmel... Blancheflor war kaum mehr als ein verträumtes Kind.«

»Dann hat er seine Augen weder von ihm noch von ihr, denn sie sind grau wie die Regenwolken über dem Moor.« In der verdrießlichen Stimme lag ein Anflug von Gehässigkeit.

Aber der Krieger in dem alten Mann fühlte sich zur Verteidigung aufgerufen. »Sie sind grau, wenn eine Schwertklinge grau ist oder der Speer, der im Mondlicht aufblitzt. Und ich glaube, es ist gut, wenn ein Krieger das Leuchten seiner Waffen in den Augen hat. Aber du weißt mehr als alle anderen, Frau, denn niemand kann sagen, ob seine Augen grau oder blau, grün oder golden sind.«

»Sie sind weder grau, noch blau noch golden, sondern ändern die Farbe wie das Meer unter dem Himmel.«

Die unerwarteten Worte erklangen so langsam und tonlos wie in einem Traum; alle wendeten den Blick in die Ecke, aus der sie gekommen waren.

»Und was weißt du Gans schon darüber, wie die Augen eines Mannes die Farbe ändern«, zischte die Frau gehässig, »du kannst höchstens erleben, daß die Augen deines Brotherrn schwarz vor Zorn über deine Faulheit werden.«

Die junge Frau, mit der sie geschimpft hatte, blieb unbeeindruckt. Sie saß reglos und halb verborgen im Schatten des Rauchfangs und schien auf ihre Hände zu starren, die ausgestreckt in ihrem Schoß lagen. Das flackernde Feuer spielte auf dem dunklen Fleck, der wie der Abdruck eines Fingers auf ihrem weißen Handgelenk brannte.

»Was hat das Mädchen?« fragte der Mann und beugte den Kopf vor.

Die Frau murmelte vor sich hin.

»Seit der Herr Tristan hier übernachtet hat, ist sie wie verhext.«

»Sie war schon immer merkwürdig mit ihrem Gerede vom Retter, der aus dem Meer im Westen kommt. Aber sonst war sie ein braves Kind und hat fleißig gearbeitet.«

Die Frau lachte schrill. »Ihr Retter wird in Gestalt eines schönen Mannes kommen, denke ich, und dahinter wird sich seine schwarze Seele verbergen, wenn es nicht gar der Teufel selbst ist.«

Ein krächzendes Lachen ertönte vom Spinnrad.

»Ja, Retter und Seele und alles wird sie schnell genug vergessen, wenn sie erst in den Wehen liegt.«

Der Mann schob den Kopf vor. »Was meint ihr Frauen damit?« fragte er zornig. »Ich glaube, der Teufel ist in eure Zunge gefahren.« Er schob den Tisch beiseite, stand auf und humpelte wieder zu seinem Platz an der Tür.

Der Himmel im Osten war flammend rot. Das stürmische, durchdringende Läuten einer Glocke erfüllte die Nacht.

»Germaron steht in Flammen.« Seine Stimme vibrierte vor unterdrücktem Triumph.

Die Frau ließ den Deckel auf ihren Kessel fallen und stand auf. »Sie sollen nur brennen, plündern und vergewaltigen, bis sie das ganze Land zu der Hölle gemacht haben, in die sie gehören... sie und ihr Retter Tristan.«

Aus dem dunklen Zimmer drang ein Schrei, man hörte ein Handgemenge und dann ein Keuchen.

»Mein Gott, laß mich los! Sie stürmen die Festung... er hat mir versprochen, ich würde an seiner Seite reiten.« Ein Junge war mit hochrotem Kopf und wilden Blicken von seinem Strohlager aufgesprungen und wehrte sich heftig gegen einen Soldaten, der aus dem

Schlaf aufgeschreckt war und vergeblich versuchte, den Jungen wieder auf das Lager zu ziehen. »Kann ein Mann nicht einmal im Bett seine Ruhe haben?« rief der Söldner.

»Er hat wieder Fieber«, murmelte die Frau.

»Fieber, Pest und Hungersnot... was das Schwert nicht nimmt, holen die drei sich. So war es zu Rivalins Zeiten und bei seinem Vater vor ihm«, ließ sich die Alte vernehmen. »Die Pest kriecht aus den Sümpfen.«

»Der Herr Tristan wird die Häfen wieder ausbauen und die Sümpfe trockenlegen«, erwiderte der Mann voll Hoffnung.

»Wenn sie ihn in seinem Wahnsinn nicht verschlingen.« Die Frau machte sich an den Töpfen zu schaffen, füllte einen Becher und flößte die Flüssigkeit dem Jungen ein, der sich unruhig von einer Seite auf die andere warf.

»Er wird an der Furt warten, und wir kommen nicht...«

Der Soldat beugte sich beruhigend über ihn. »Er hat die Furt schon vor drei Tagen überschritten. Herr Tristan wartet nicht, weder hier noch in Cornwall. Und es ist hartverdienter Sold im Dienst eines Herrn, der vergißt, daß ein Mann einen Magen hat, den er füllen und Augen, die er schließen muß. Herr Tristan kommt zurück, der König vermählt sich noch am selbem Abend, und er läßt einem kaum Zeit, nach dem Fest wieder einen klaren Kopf zu bekommen, sondern ist vor dem ersten Hahnenschrei mit seinen Männern schon auf dem Weg nach Lyonesse.«

»Herr Tristan wird sie in die Freiheit führen«, stöhnte der Junge heiser. »Ich wollte sie mit meinem Lied anspornen...«

»Was für ein Lied brauchen sie wohl, um angespornt zu werden?« lachte der Soldat. »Sie folgen ihm durch Feuer und Wasser, und vergessen, daß ihre Lungen noch für etwas anderes da sind als zu rufen: ›Tristan! Tristan von Lyonesse!‹«

Die Glocke dröhnte ohrenbetäubend, grell und schrill. Der Fahnenflüchtige fluchte vor sich hin. »Mit Plündern hat er wenig im Sinn. Er brennt alles nieder und denkt nur an Rache und an Morgans Blut.«

Die Frau rang die Hände. »Oh, die schönen Türme und die Gehöfte... alles zu Staub und Asche verkohlt, und die Männer ohne Prozeß und Urteilsspruch erschlagen.«

Ihr Mann belehrte sie verächtlich: »Sie haben seinen Vater verraten. Ihr Tod ist eine einfache, schnelle und saubere Sache im Vergleich zu dem Schicksal all derer, die Morgan auf das Rad flechten und foltern ließ. Lyonesse hat lange genug auf Rache gewartet.«

»Tod gegen Tod«, schnaufte es aus dem Halbdunkel, »und es wird ein schwarzer Tag sein, an dem Rivalins Blut bei einem Unrecht nicht aufflammt oder für die frischen roten Lippen eines Mädchens.«
Der Soldat lachte. »Herr Tristan scheint sich wenig aus dem roten Mund eines Mädchens oder ihrem goldenen Haar zu machen. Denn er bringt die irische Jungfrau ins Bett des Königs, nachdem er sie drüben über dem Meer mit seinem Schwert gewonnen hat.«
Von den Lippen des Mädchens, das noch immer reglos in der Ecke am Feuer saß, kam ein leises Stöhnen. »Und das Meer wird ihn immer leiten, zusammenbringen und trennen... aber am Ende wird es ihn nach Hause tragen.«
Wie in Trance starrte es immer noch auf ihre Hände.

Hohe Wolken zogen über den Himmel.
Zwischen dem Aufblinken und dem kurzen Verweilen der Nadel sah Iseult, wie sie in den Fensterbogen trieben, sich vor dem strahlenden Blau bauschten und plötzlich wie abgeschnitten hinter den Säulen des Rahmens verschwanden. Ein leichter Wind ließ die Schatten der Blätter auf dem sonnenbeschienenen Sims tanzen. Die Luft vibrierte im Licht.
Der Frühling ist da, spottete das Licht und ließ den Wollfaden aufleuchten. Iseult staunte, da sie gerade etwas entdeckt hatte, was ihr den ganzen Winter über entgangen war, und lächelte über ihrer Stickerei. Herbst und Frühling vermählen sich hier, dachte sie. Ihre Augen wanderten von der Lilie im dunkelgrünen Laub zu der roten Kugel einer Phantasiefrucht.
Aber der Sommer ist dem Herbst gewichen, der Herbst dem Winter – Monate sind vergangen, Tage und Stunden; und sie waren gleich; so gleich wie die unzähligen Stiche der grünen Blätter, dachte sie, die untergehen in diesem grünen Nichts. Doch jetzt ist Frühling.

> Drei Schiffe segelten über das Meer
> *Arone ree, arone ree*

> Auf einem fuhr ein Ritter schön und hehr
> Das zweite nahm Kurs auf Gottes Land
> Jesus! Halt über meinen Liebsten deine schützende Hand!
> *Arone ree, arone*

Drei geblähte Segel kamen aus West,
Arone ree, arone ree

Auf einem dräute der Löwe stolz und fest
Das blaue war der Jungfrau Maria geweiht
Ich geb meinem Liebsten unter schwarzem Tuch das Geleit.
Arone ree, arone

»Warum singst du dieses Lied, Brangwen?« fragte Iseult.
Brangwen blickte erstaunt auf. »Ihr wolltet es doch den ganzen langen Winter hindurch immer wieder hören!«
Iseult schob die Haare unter den Schleier, als seien sie ihr zu schwer, und sagte verwirrt: »Aber heute ist kein Winter mehr, sondern Frühling.«
»Der junge Farn in den Hecken ist noch zusammengerollt wie leuchtend grüne Schneckenhäuser«, warf Jennifer ein.
»Und am Bach schmücken die Schlüsselblumen das Ufer wie feine, blaßgoldene Teppiche«, träumte Linet vor sich hin.
»Der Schwan hat im Schilf seine Eier gelegt. Soll ich Euch eins bringen, Königin Iseult?« Paranis, der Page, hielt einen halbfertigen Pfeil in die Luft.
»Laß sie liegen.« Iseult lächelte und blickte versonnen in die Schatten. Ein Schwan watschelte unbeholfen durch den Schlick. Doch nachts war er ein weißer Gedanke, der durch die Dunkelheit glitt und ins Wasser tauchte – suchend, suchend – an seinem Schnabel ist Blut.
Brangwen ließ die Hände schwer in den Schoß sinken.
»Die weißen Blüten der Anemonen treiben über den Waldboden. Doch die Axt schlägt sie. Die Bresche in der Mauer ist gähnend schwarz... als Kind war ich in Wales...« Ihre belegte Stimme sank bei der Erinnerung zu einem undeutlichen Flüstern herab.
Wie oft hatte Brangwen ihnen die Geschichte erzählt? Hatte Brangwen sie sich nicht selbst so lange wiederholt, bis ihr Leben mit dem Schatten der Geschichte verflochten war wie ihr blasses Gesicht mit den schwarzen Haaren? Eine Königstochter als Sklavin nach Irland verkauft. Iseult lief ein Schauer über den Rücken. Hatte sie ihr Los nicht für schlimm, ja sogar schlimmer gehalten? Niemand hatte das Mädchen aus Wales gezwungen, das Bett mit dem Feind zu teilen... gezwungen? Sie lachte beinahe über diesen unsinnigen Gedanken.

Marc und Gewalt hatten nichts miteinander zu tun. Aber wie immer, wenn sie begann, verächtlich über den König von Cornwall zu denken, kam sie sich irgendwie klein vor, als erkenne sie die eigene Unzulänglichkeit. Iseult wußte, nicht Schwäche veranlaßte Marc, ihrem schweigendem Stolz mit geduldiger Ehrerbietung zu begegnen. Wenn es so gewesen wäre, hätte sie ihn verachtet. Er bewunderte sie, das konnte sie sehen. In ihrer Gegenwart wirkte er manchmal wie ein Mensch, der in eine andere Welt blickt, von der er so lange ausgeschlossen war, daß er sie als Fremder betrat, als man ihn schließlich einließ. Danach zog er sich wieder ruhig in die Sicherheit seiner Hoheit zurück. Er bat nicht, doch was er ihr nicht mit Gewalt entriß, nahm er sich in Ehrerbietung seiner Rechte als König. Lehrte er sie, was es bedeutet, eine Königin zu sein? Sie hatte von Schande und Rache geträumt und von Verschwörungen, von seiner Vernichtung und ihrer. Aber statt dessen schien sie in der Sicherheit seiner Ruhe zur Erkenntnis ihrer selbst und ihrer Bestimmung heranzureifen.

Ich bin Iseult, dachte sie, Iseult und keine andere. Ich gehe meinen Weg, Brangwen ihren – ihren dunklen, bedrohlichen Weg überschatten Bäume, und Regentropfen fallen auf morsches Holz. Linet und Jennifer haben ihren Weg. Sonnenflecken tanzen auf den Blättern und Vögel, die unaufhörlich zwitschern. Aber ich habe einen anderen Weg. Ich sehe ihn bereits vor mir. Ich bleibe stehen, wenn ich eine Halle betrete, mit einer Hand greife ich an die Spange meines Gewandes und mit der anderen ordne ich die Falten. Alle meine Bewegungen sagen: Ich bin die Königin, die Königin von Cornwall.

Marc lehrte sie, bis sie eines Tages sich und den Weg kennen würde, dem sie folgen mußte, ohne zu fragen. Die Pflicht würde sie lehren, Mildtätigkeit zu ehren und die Sorge um das Wohlergehen ihres Volks, die zahllosen drängenden und verpflichtenden Aufgaben und eine Hoheit, die ihren Willen versklavte, ihr aber gleichzeitig alle Freiheiten vorgaukelte, nicht zu vergessen.

Sie würde nicht zweifeln, sie würde nicht fragen. Nur wenn sie manchmal nachts neben dem schlafenden König lag und hörte, wie sich das Meer unten an den Felsen brach, würde sie auf den tosenden Aufprall lauschen, dem Rollen der Steine unter den zurückweichenden Wellen, bis die rohe Eintönigkeit ihres Ansturms und Rückzugs von der ewigen, der unerbittlichen Stimme des Meeres selbst wieder verschluckt wurde. »Du bist die Königin«, spottete sie, »du gehörst

Marc, aber du bist nicht Iseult, denn im Morgengrauen auf jenem Schiff hast du dein Wesen mit mir vereint, es einem anderen dargeboten und so dich weggegeben.« Zitternd lag sie dann wach, bis der Tag anbrach, bis Brangwen kam, um sie anzukleiden, und unter dem Gewicht ihrer Krone wurden ihre Gedanken wieder in die Würde ihres neuen Selbst gedrückt, in dem sie sich von Tag zu Tag sicherer fühlte. Hier, in der Zuflucht von Marcs Thron, würde sie Frieden finden – einen Frieden, den sie seit Morolts Tod nicht mehr gekannt hatte und seit dem Harfenspiel eines verwundeten Spielmanns. Seine Musik hatte sie eines Tages vor die Frage gestellt, warum und weshalb sie lebte. Jahre würden vergehen, und die Stimme des Meeres würde sie schon seit langem nicht mehr beunruhigen, wenn sie hier bei ihren Frauen saß und zwischen dem Aufblinken und dem kurzen Verweilen der Nadel die Wolken sah, die in dem unendlichen Blau dahintrieben. »Der Frühling ist – gekommen«, würden ihre Lippen murmeln, aber ihre Hände würden nicht mehr erwartungsvoll zittern.

»Bald werden die gelben Schwertlilien wie Fahnen über dem Moor wehen«, lachte Jennifer.

»In Wales ist der Schnee auf den Bergen geschmolzen. Das braune Wasser stürzt rauschend über die Felsen.« Brangwen hob ihr Gesicht dem Licht zu.

Meine Hände zittern nicht, dachte Iseult. Sie dienen mir nicht mehr. Und plötzlich fürchtete sie, sie seien etwas Fremdes, das ihr nicht gehörte – Werkzeuge, die der Nadel ihren Rhythmus gaben. Stich und Zug... Stich und Zug – wie lange hatten sie sich dieser Last gebeugt – einen Winter? Es hätten zehn Jahre sein können. Sie waren ruhig geworden; vielleicht ein wenig schwer von der Schwere stumpfer, stummer Dinge. Können sie brennen, dachte Iseult, diese Hände, die mir nicht mehr gehören? Können sie vor Zorn, Bitterkeit und Scham brennen, weil sie das Schwert sinken ließen? Und doch hatten sie einmal ihr ganzes Leben gehalten. Jetzt war es aus ihnen herausgeflossen, denn sie blieben stumm und schweigsam.

»Morgen«, sagte der Page, »werden wir in den Wäldern jagen. Was wollt Ihr jagen, Königin Iseult?«

»Das Einhorn, Paranis.«

Iseult lächelte über ihren Einfall und blickte auf die Umrisse des seltsamen Tiers auf ihrer Stickerei. Wie weiß es ist, dachte sie, wenn es aus dem dunklen Wald stürmt... aus dem Wald mit den roten und goldenen Früchten. Blindlings bricht es aus dem blühenden Grün

185

hervor. Vögel und Tiere auf den Ästen betrachten es staunend, denn aus all diesem Weiß ragt ein Horn. Greift es an oder flieht es? Aus dem Wald kommt ein Jäger im grünen Gewand, der es verfolgt. Ein Speer blitzt auf, doch er wird nie das Ziel treffen, denn das Einhorn ruht jetzt. Wer ist die Schöne, vor deren Schoß es kniet... die Schöne im himmelblauen Gewand? Sie hält ihm einen Spiegel vor, damit es den Kopf neigend sieht... sein eigenes Bild?

In der Ferne ertönte fröhlicher Hörnerklang. Sie jagen es, träumte sie, immer noch gefangen in der Geschichte ihrer Nadelarbeit.

»Irgend jemand bereitet sich schon auf morgen vor«, rief lachend Linet.

»Ich höre Pferdehufe auf dem Weg«, murmelte Brangwen.

»Er reitet sehr schnell«, sagte Jennifer.

»Welches Bild steigt in dem Spiegel auf?« überlegte Iseult. Das Horn klang jetzt deutlicher und klarer.

»Niemand in Tintagel kann das Horn so blasen...«, Linet legte die Nadel beiseite.

»O doch, o doch!« Paranis war aufgesprungen und schwang sich auf den Fenstersims.

Sie hörten, wie sich das Fallgitter quietschend hob und kurz darauf das Klappern von Hufen im gepflasterten Hof. Die jungen Frauen stießen sich erwartungsvoll an. Der Page sprang vom Fenster und tanzte durch das Gemach.

»Es ist, es ist...«, rief er. Aber als sie auf ihre ungeduldigen Fragen nur ein neckendes Lachen erhielten, eilten sie zum Fenster.

»Oh, ist er schön!«

»Er sitzt auf dem Pferd wie ein König.«

»Er ist jetzt Herr über ein eigenes Land.«

Iseults Hände zitterten.

Brangwen erhob sich mit schwermütigen, müden, würdevollen Bewegungen und stellte sich hinter die beiden Mädchen, die sie um einen halben Kopf überragte. Dann ging sie wieder langsam zu ihrem Platz zurück und griff zu ihrer Stickerei. Die dunklen Augen unter den schweren Lidern richteten sich nur auf die Weinranke, an der sie stickte. »Es ist Tristan von Lyonesse«, sagte sie.

Iseults Nadel stach blindlings in den Spiegel. Die Arme umeinandergelegt, beugten sich die beiden Mädchen aus dem Fenster.

»Er ist zurückgekommen, um sein Lehen zu fordern.«

»Er hat Rache genommen. Man sagt, er habe Morgan mit eigener Hand erschlagen.«

»In seinem Zorn ist er unerbittlich, aber wenn er Harfe spielt, bringt er selbst Männer zum Weinen.«

Einen Augenblick herrschte Schweigen im Raum.

»Sein Mantel ist so blau wie ein Saphir«, sagte Linet gedankenverloren, »so blau wie der Mantel des Heiligen im Kirchenfenster.«

Vom Burghof drang das Geräusch eiliger Schritte herauf. Grußworte wurden gewechselt.

»Sie drängen sich um ihn und bestürmen ihn mit Fragen.«

»Er geht in ihrer Mitte. Er lächelt, aber seine Augen sehen etwas anderes.«

Paranis sprang immer noch ausgelassen umher. »Der Edle Tristan, der Edle Tristan ist zurückgekommen! Er wird mit uns auf die Jagd reiten. Er wird den Hirsch im Dickicht verfolgen.« Er kniete vor Iseult. »Darf ich gehen?« bettelte er atemlos.

Sie nickte kaum merklich.

Linet und Jennifer kicherten und flüsterten am Fenster. Brangwen beugte sich über ihre Arbeit. Ihre schweren Zöpfe hingen dunkel über den leuchtenden Fäden.

> Drei Regentropfen fielen in das Meer
> *Arone ree, arone ree*
> Einer scharf und kalt, wie Stahl so schwer
> Einer rein und klar, wie eine Perle weiß
> Einer leuchtend und rot, wie Herzblut heiß.
> *Arone ree, arone*

sang sie beinahe unhörbar vor sich hin.

Iseults Hände bewegten blind die Nadel. Schließlich, als erinnere sie sich an etwas, das lange zurücklag, legte sie die Stickerei beiseite und sagte zu Brangwen: »Bring mir meinen Mantel, damit ich ihn begrüßen kann, wie es sich für die Königin ziemt, einen Sieger zu empfangen.«

Weiß und rein zog sich der Faden durch den Spiegel.

Stufen... führten sie mit oder gegen den eigenen Willen in welche unbekannte Zukunft? Sie höhnten durch Unterwürfigkeit und waren schicksalsschwanger. Stufen, von tausend kummerschweren Füßen ausgetreten – Füße, die zweifelnd zögerten oder achtlos ihrem Verhängnis entgegeneilten.

Iseult stand auf der obersten Stufe, und plötzlich erschien ihr das ganze Leben auf Tintagel, seit sie an jenem Tag wie jetzt hier gestanden und einen Augenblick gewartet hatte, ehe sie hinabstieg, um Marcs Braut zu werden, wie ein ständiges Gehen über diese Stufen. Doch irgendwie kam es ihr vor, als habe sie nie das Ende der Treppe erreicht. Heute werde ich es erreichen, das spürte sie, ohne zu wissen weshalb, und sie fürchtete sich.

Hier ist die Scharte im Stein, dachte Iseult. Man könnte meinen, sie sei von einer Schwertspitze herausgeschlagen... und dort, an der nächsten Biegung, glänzt der Pfosten von haltsuchenden Händen ständig poliert. Das weiß ich alles; weshalb zittere ich dann? Hinter sich hörte Iseult die sanften, leisen Schritte Brangwens, die immer ging, als schleiche sie verstohlen über aufgeweichten Waldboden. Und hinter ihr kamen atemlos und leichtfüßig Jennifer und Linet – sie werden gegen mich stoßen, aber ich will mich nicht beeilen. Ich bin zwar jeden Tag meines Lebens in Cornwall diese Stufen hinabgestiegen, doch heute werde ich das Ende erreichen.

Von tief unten höre ich ein Rauschen wie das Murmeln des Wassers zwischen den Felsen von Tintagel. Aber es ist nicht das Meer – es ist Marc, der mich mit seinen Rittern erwartet. Und sie erwarten mich, wie an dem Tag, als ich mit dem König von Cornwall vermählt wurde. Die Scharte im Stein und die polierte Stelle am Pfosten liegen hinter mir. Das Murmeln braust in meinen Ohren. Ich stehe auf dem Treppenabsatz, und obwohl ich mich aufrecht halte, wie Königinnen es tun, presse ich meinen Körper gegen die Balustrade, denn der Stein unter meinen Füßen ist wie geschmolzenes Wachs. Vor mir liegen die letzten Stufen, deren Ende ich nie erreicht habe. Ich stehe als Ausgestoßene für alle sichtbar auf diesem Treppenabsatz über dem Gemurmel der höhlenartigen Steinhalle. Am anderen Ende stehen die Männer in Gruppen zusammen und unterhalten sich. Ich kenne ihre Gesichter (obwohl dies alles so ist wie an meinem ersten Tag in Tintagel, als sie für mich Fremde waren). Dort ist Mereadocs lachendes Gesicht, aber es verblaßt vor dem glühenden Haß in Andreds Augen. Er sieht mich nicht, noch sieht mich niemand. Er richtet den Blick auf etwas direkt unter mir in der Nähe des Throns. Von Marc sehe ich nur die Hand, seine schmale, weiße Hand, an der rotblau der Amethyst leuchtet. Jetzt sammle ich all meine Kraft, jetzt gehe ich weiter. Ich sehe den König – er beugt sich leicht vor und hört jemandem zu, der vor ihm steht... ist er es, vor dem ich mich fürchtete? ... Sein Gesicht ist meinem Blick verborgen, sein himmelblauer Mantel hängt glatt über seine Schultern – der dunkle Kopf darüber neigt sich: Tristan...!

Ah, Brangwen berührt mich leicht am Ellbogen, als ordne sie die Falten meines Gewandes. Aber sie muß mich nicht stützen. Heute werde ich ohne Hilfe den Fuß dieser Treppe erreichen, denn ich bin die Königin von Cornwall. Ich habe mich gefunden. Ich kenne meinen Weg.

Sie haben mich gesehen. Alle, die saßen, sind aufgestanden. Andred hat mich kurz angesehen und den Blick wieder seinem alten Ziel zugewendet. Ich setze den Fuß auf die letzten Stufen. Die Welt unter mir schwankt. Aber Stufe um Stufe kommt mir entgegen, damit ich nicht falle. Hinter mir liegen die Treppen, über die ich bis jetzt gegangen bin – ein Tag, ein Abend wie der andere, bis hundert Tage wie ein Tag waren. Sie sind gestern, sie sind die Vergangenheit, und jetzt trete ich über den Rand des Morgen, ohne Bedenken, ohne Furcht. Ich lächle ein wenig und raffe meinen Mantel hoheitsvoll wie eine Königin. Jetzt sehe ich den dräuenden Löwen hinter dem Thron. Und in seiner Sicherheit werde ich ruhig und stark. Unter meiner schweren Krone kann kein Traum aufsteigen und mir den Kopf verwirren. Noch fünf Stufen liegen vor mir, nur noch drei.

Ah, warum muß ich erwachen? Warum spüren meine Hände, die sich von mir getrennt hatten und ihren eigenen Befehlen folgten, dem Gebot einer Königin, plötzlich, wie das Blut in sie strömt? Warum werden sie lebendig, wenn sie sich dem blauen Turm entgegenstrecken, der sich jetzt erhebt, sich vor mir verneigt und mich einhüllt wie eine Woge?

Iseult stand am Fuß der Treppe. Eine Hand lag auf der Spange über der Brust, während sie mit der anderen ihren Mantel raffte. Tristan kniete vor ihr und küßte den Saum ihres Gewandes.

> Der Frühling ist da.
> Der Wind peitscht das Wasser.
> Die Weiden zittern
> schwingen ihre grauen Quasten.
> Über dem Moor
> ertönt wie üblich der Schrei der Wachtel.
>
> Der Wald erbebt.
> In der Luft liegt scharf
> der Geruch fruchtbarer Erde.

Grüne, sprießende Speere
durchbohren die Trümmer des Winters.

Kahl liegt das Moor.
Zwischen den Felsen
fliegt wilde weiße Baumwolle.
Eine Herde brauner Pferde
donnert zum Fluß
gefleckte Fische springen blitzend im Licht.

Eisig ragt der Weißdorn
unerbittlich in das Blau.
Wolken werden zerstreut.
Das Licht spaltet die Wogen des Meers.

Tristans Stimme schallte hart und laut durch das gesprenkelte Grün
der Bäume. Sie sank und hob sich stürmisch und triumphierend, um
so plötzlich zu verstummen, daß die fröhliche Jagdgesellschaft, die
unter den Bäumen ruhte, überrascht schwieg. Gondoin gähnte und
griff mit seiner schlaffen Hand auf einen Teller.
»Wahrhaftig, Rache und Sieg haben Eure Raserei also nicht besänftigt. Wollt Ihr mit Eurem Geschrei einem Mann die Ohren zerreißen?
Ich dachte, der Frühling sei eine sanfte Musik.«
»Der murmelnde Bach und die Nachtigall, nicht wahr, Gondoin, die
immer das gleiche Lied singen«, entgegnete Tristan beinahe gleichgültig. Er lehnte an einem Baum und spielte mit einem knospenden
Zweig.
»Doch Ihr müßt zugeben«, wandte sich Marc lächelnd an ihn, »Miß-
klang schien Eure Absicht zu sein, obwohl die Kunst des Sängers in
den Augen der Welt darin besteht, Harmonien zu schaffen. Wollt Ihr
Euch gegen die Regeln auflehnen?«
»Reim und Rhythmus?« Tristan blickte auf, und in sein Gesicht stieg
hitzige Röte. »Freude, Leid und Pein... alles soll in die eine Form
gepreßt werden, gefangen sein im selben Wortgeklingel? Eure festen
Tonleitern, Euer strenger Takt, Eure starren Töne und Harmonien, als
schreite das Leben gleichförmig voran! Das Leben kennt keine Fes-
seln... und ein Lied ist Leben.«
Das Gesicht des Königs wurde ernster: »Aber wissen wir so sicher,
was Leid, was Freude ist? Wo verläuft in den Augen Gottes die
Grenze? Wir sind blind...« Der König schwieg und sagte dann wie

zu sich selbst: »Manchmal scheint das Leid am größten zu sein, wenn es im Gewand der Schönheit kommt. Harmonie ist vielleicht ein Spiegel der Visionen Gottes.«

Tristan erwiderte zögernd: »Aber wer kennt die Visionen Gottes? Wir haben unsere eigenen... und alles andere ist eine Lüge. Gottes Vision ist Schönheit, ist Licht. Wir können sie nur suchen. Das Lied ist unser Sehnen. Das Lied ist unser Verlangen.«

Andred hob die Augenbraue. »Den Troubadouren nach zu urteilen, habt Ihr ins Schwarze getroffen. Aber es ist ihre Art«, fügte er munter hinzu, »ihre Klagen für die Ohren der Frauen angenehmer zu machen.«

Iseult flocht Blumen in Brangwens Haar. Sie blickte auf und schüttelte lachend den Kopf.

»Ihr tut uns Unrecht, Edler Andred, wenn Ihr glaubt, wir könnten keinen rauheren Frühling ertragen als einen mit Lämmern und hübschen Blumenkränzen.«

Andred erhob sich und verneigte sich vor ihr. »Zephir weht im Frühling, und Venus streift durch die Wälder. Und wo sie geht, erblühen Hyazinthen unter ihren Füßen«, er bückte sich, pflückte eine Blume und überreichte sie Iseult, »ihre Haut ist weißer...«

»Mein Gott, Eure kalten Allegorien.« Tristan riß ungeduldig die Blätter vom Zweig. »Alles, was die Troubadoure anzubieten haben... goldene Haare, einen weißen Nacken und rubinrote Lippen. Seine *Donna composita* aus einem Dutzend Frauen zusammengesetzt, weil er keine Augen hat, es in der einen Frau zu finden.«

Habt Ihr sie gefunden, schienen Andreds Augen zu fragen. Aber Marc hatte bereits ein Zeichen zum Aufbruch gegeben, denn er fürchtete einen neuen Ausbruch der unvermeidlichen Fehde zwischen Andred und seinem Neffen. Tristan ritt an seiner Seite. Aber nun sprachen sie nicht mehr über Dichtung, sondern über Lyonesse. Tristan schwankte zwischen leidenschaftlichen Ausbrüchen und dunklem Brüten, während er von Sorgen und Nöten seines Landes sprach. Marc beunruhigte die Ruhelosigkeit seines Neffen, die bittere Ungeduld, in die ihn unbedeutende Staatsgeschäfte versetzten. Der König stellte fest, daß er sich an Guenelons Bedenken erinnern mußte. Tristans Heftigkeit und seine Unfähigkeit, nach links oder rechts zu sehen, wenn er leidenschaftlich ein Ziel verfolgte – das alles kannte er gut genug. Marc hatte verstanden und vergeben, daß er ihn am Tag seiner Vermählung verlassen hatte, ohne sich richtig zu verabschieden, da er vermutete, Tristan fürchte noch eine Verzögerung. Cornwalls Nöte hatten schon zu oft verhindert, daß Tristan seinen Schwur einlöste. Aber Marc hatte davon geträumt, Tristan würde sich verändern, ruhiger werden, umsichtiger, nachdem er in seine Rechte als Herr über das eigene Land eingesetzt war und die Verantwortung dafür übernommen hatte. All das war er nicht gewesen und war es nicht geworden – und genau das machte dem König Kummer. Tristan war nicht mehr derselbe. Aus Lyonesse kam er härter zurück. Er war so schweigsam, daß er beinahe mürrisch wirkte, wenn er sich nicht gerade wie vorhin im Wald wegen einer Meinungsverschiedenheit erregte – oder wie jetzt über einen unvernünftigen Plan oder Traum. Irgendein Kummer, ein Groll nagte an ihm. Vielleicht hatte der Anblick seines verwüsteten Landes, vielleicht die Erfahrung mit der menschlichen Niedertracht seine Seele verwundet – Tristan war schon immer überempfindlich. Das vom Krieg heimgesuchte Lyonesse setzte ihm sicher unbarmherzig zu. Merkwürdig, dachte Marc plötzlich, wie wenig ihm an Frauen liegt – er hat kaum mit Iseult gesprochen. Er hatte sie wie ein schüchterner Junge begrüßt – und später, als er beim Mahl, das ihm zu Ehren gegeben wurde, neben ihr saß, hatten sie kaum ein Wort gewechselt. Plötzlich sah der König wieder den Becher vor sich, den man zwischen beide gestellt hatte – der dunkelrote Wein füllte ihn beinahe bis zum Rand – keiner von beiden hatte auch nur einen Tropfen getrunken... Warum sollen sie trinken, wenn sie keinen Durst haben, sagte er sich. Vielleicht ist Tristan schüchtern. Der Sitte nach hätte sie auf ihn trinken sollen. Und dann begriff der König langsam, und fühlte sich erleichtert, als sei eine dunkle, unbekannte Drohung von ihm genommen – sie hatte ihm Morolts Tod nie vergeben. Und er erinnerte sich wieder, daß sie in dem ganzen langen Winter kaum einmal von Tristan gesprochen hatte. Wenn ihn jemand erwähnte, hatte sie das Gespräch sofort auf etwas anderes gelenkt. Er mußte Frieden zwischen ihnen schließen, überlegte der König und blickte auf. Wer konnte in diesem Mai, inmitten all dieser Schönheit einen Groll hegen, dachte er, und sah Iseult zwischen den Rittern und ihren Frauen reiten. Sie hatte das Gesicht leicht nach oben gewandt, wie um den Frühling zu trinken. Ihr Gewand und der Rhythmus ihres Körpers nahmen die Bewegung des Windes auf. Sie sollte fliegen, sagte er sich, aber wohin? Es schien unvermeidlich, daß es weg von ihm sein mußte. Und eine leise Stimme beharrte, daß auch Tristan fliegen würde – wild und blind seinen Träumen nachjagend oder nur berauscht von der Geschwindigkeit des Flugs. Aber noch ehe Marc den Gedanken ganz zu Ende denken konnte, rissen Andred und einige Höflinge ihn aus seinem Grübeln, als sie ihm von einer neuen Fährte berichteten.

Tristan blieb zurück. Er sehnte sich nicht nach Andreds Gesellschaft. Weiter rechts ritt Iseult mit ihrer Gesellschaft quer über die Felder. Mit dem erstickenden Gefühl der Sinnlosigkeit folgte er ihr. Sie reitet vor mir, dachte er. Ihr ist es gleichgültig, ob ich hier bin oder nicht. Hat sie damals auf dem Schiff nicht selbst gesagt, daß es so sein würde? Und doch haben wir uns im Morgenrot angesehen. Manchmal neigt sie den Kopf Brangwen zu, manchmal Mereadoc wie eine Weide, die sich im Wind einmal hierhin, einmal dorthin neigt. Sie lacht, macht Späße. Einst war sie stumm vor Stolz und Haß. Sie schützt sich mit höfischem Benehmen. Und doch zeigte nur sie Verständnis für mein Lied.

Iseult stand an der Treppe. Ich wagte nicht, sie anzusehen. Ich hätte es tun können, denn sie hatte ihr ganzes Leben unter dem Gewand verborgen. Einst lagen ihr Haß und Racheträume in den Händen, und sie waren unbarmherzig wie Stahl. Ihr ganzes Leben strömte in die Hände, und sie wurden zum Becher, aus dem ich trank. Jetzt sind es nur gehorsame Hände, die sich einem Zweck unterordnen. Sie verteilen milde Gaben, nehmen Ehrerbietung entgegen und raffen den Mantel, wie Königinnen es tun. Denn sie ist die Königin von Cornwall. Ich habe sie dazu gemacht.

Er reitet hinter mir, dachte Iseult. Er zügelt das Pferd. Im nächsten Augenblick gibt er ihm vielleicht die Sporen und galoppiert über die Heide. Die Hufe werden die Veilchen zertrampeln, denn er sieht nur Zerstörung.

Er hat gesungen. Einmal – er war todkrank – spielte Tristan auf der Harfe. Seine Musik schien einer verborgenen Quelle seines Wesens zu entströmen, die keinen Anfang und kein Ende kennt. Dort fließen alle Dinge und verweben sich in der Unendlichkeit eines Traums. Jetzt, in seiner heftigen Unruhe, zerreißt er alle Bilder. Die Welt klafft und ist gespalten. Obwohl er hinter mir reitet, spüre ich, wie sein Schmerz mich durchbohrt. Wenn ich nicht mit ihm spreche, wird er den Frühling zerstören. Aber ich kann nicht sprechen, denn über meine Lippen kommen nur die Worte einer Königin.

Morgen werde ich zurückkehren, dachte Tristan. Ich habe meine Pflicht erfüllt – ich habe meinen Treueeid geleistet und mein Lehen entgegengenommen. Und während er sich das einredete, wußte Tristan, daß er nicht allein aus diesem Grund gekommen war...

An jenem frühen Morgen, als er nach Lyonesse aufgebrochen war, hatte er nicht an die Notwendigkeit einer Rückkehr gedacht. Er war aus dem Dunkel der Raserei geflohen, und der Tod wäre ihm willkommen gewesen.

An den Krieg erinnerte er sich jetzt nur noch als an eine Folge von Stunden und Tagen, die ihn von Gewalttat zu Gewalttat riß, getrieben von einer Lust, die nichts stillen konnte. Er dachte nicht daran, was geopfert wurde, und es kümmerte ihn auch nicht. Er begrub seine Sinne unter demselben Rachetraum, der auch die Männer an seine Seite brachte, sie zur Begeisterung und Bewunderung mitriß und blind für alles machte, außer für den Haß, der sie antrieb. Was wußte er über sie, außer, daß ein Gesicht, das gestern an seiner Seite gelacht hatte, heute nicht mehr da war. Fieber oder das Schwert hatten es hinweggerafft. Und heute lachte ein anderes Gesicht an seiner Seite. Einmal sang ein Junge neben ihm in der Dunkelheit. Die Stimme brachte ihn dazu, von einer Freundschaft in einer Zukunft zu träumen, an die er nie dachte. Aber am nächsten Abend verschönte kein Lied die Dämmerung. Er hatte seinem Pferd noch heftiger die Sporen in die Flanken gestoßen und seinen Männern zugerufen, keine Gefangenen zu machen. Die ganze Zeit über erhellten Flammen die Nacht. Bis eines Tages sein Ziel erreicht war und Morgan vor ihm auf dem Boden lag – der Mann, dessen Name seine Kindheit verfolgt und seine Jugend überschattet hatte. Das Ziel war erreicht, die Rache vollzogen, die das Schicksal immer wieder verhindert hatte. Die Sehnsucht von Jahren erlosch in einem Augenblick.

Aber der Sieg, der anderen als Erfüllung erschien, hinterließ in ihm insgeheim das Bewußtsein einer Niederlage. Inmitten von Jubel und Lärm, von Feiern und Jagen mit den Freunden seines Vaters empfand er nur eine wachsende Leere. War er ein Fremder unter ihnen? Diese Männer, die der Kampf in unverbrüchlicher Kameradschaft an ihn gebunden hatte... Er dachte mit zunehmender Wehmut an Marcs Hof. Sie alle waren zu lange gezwungen gewesen, nicht weiter zu denken als an die Freiheit, die das rächende Schwert bringen konnte. Nur einer, der Junge, der neben ihm geritten war, hätte vielleicht verstanden. Aber ihn hatte das Fieber gepackt. Und Tristan hatte sich mit erbitterter Heftigkeit auf die Trockenlegung der Sümpfe geworfen. Mit ganzer Kraft hatte er sich den Winter über dem Wiederaufbau seines Landes gewidmet. Woche um Woche hatte Tristan die Verwirklichung neuer Pläne in Angriff genommen. Er wagte nicht auszuruhen; als fürchte er unbewußt die Leere in sich, füllte jede

Stunde mit Taten. Aber mit den ersten Anzeichen des Frühlings war ihm bewußt geworden, daß er über den Mühen und Anstrengungen der vergangenen Monate nicht einmal das Haus seiner Kindheit besucht hatte. Und in einem plötzlichen Einfall machte er sich auf den Weg.

Die Kluft zwischen Tristan und seinem Ziehvater, die trotz all ihrer Liebe immer bestanden hatte, war unerklärlicherweise unverändert da. Als er neben Rual hoch oben über der Landspitze stand, die wie ein zerschlissenes Banner in die unendliche Weite von Himmel und Meer ragte, erschienen ihm alle Mühen der letzten Monate unbedeutend und vergeblich. Verbunden durch die Erinnerung an den Abend in Tristans Kindheit, als sie hier schon einmal gestanden hatten, blickten sie schweigend auf die große Ebene hinunter, die sich zwischen dem felsigen Hochland und den cornischen Mooren erstreckte. Noch war sie eine unfruchtbare Wildnis. Aber an manchen Stellen durchbrachen gerodete Flächen brauner Erde das wirre Gestrüpp. Im Sommer würde daraus ein Schachbrett aus Grün, Braun und Gold werden. Seht Ihr, mein Falke wird sein goldenes Feld finden, hatte Tristan gesagt und gelächelt; doch mit wehem Herzen hatte er sich den kahlen Felsen zugewandt, die halb im Wasser versunken glänzten. Land und Meer!... Sie kämpften unerbittlich, unversöhnlich einen ewigen Kampf. Zwischen ihnen konnte niemand vermitteln. Es konnte nur um den entscheidenden Sieg oder um die Niederlage gehen. Kein Mensch hatte sie je gezähmt. Keinem Menschen würde es je gelingen: Lyonesse! Auf dem steilen Abhang zwischen den Klippen und dem Hügel, auf dem er stand, loderte der Ginster unberührt vom kühlen Weiß der Schlehen und dem blauem Veilchenteppich, der sich über die Felsen breitete – ein brennender Aufschrei, ein letztes trotziges Jubeln der Erde, ehe sie sich der Wasserwüste und dem Himmel überließ, sich furchtlos in ihr Los schickte... Aber er war seinem Schicksal entflohen. Er war gekommen, um sich diesem Land zu schenken und konnte doch nur einen Teil geben – das andere, beinahe sein ganzes Ich, hatte er in Cornwall zurückgelassen.

Der Bach floß murmelnd zwischen den Grasbüscheln dahin. Das Wasser war braun vom Frühlingsregen, und Tristan versank in dem leisen Plätschern wie an den Tagen der Kindheit, als die Flöte des Hirtenjungen ihn mit dem Versprechen von Musik gelockt hatte. Sehnend erklang ihre Klage; die Sehnsucht nach einer Vision, die ihn völlig verzehren würde. Aber er hatte sein Wesen geteilt und entwurzelt. Wie in seiner Kindheit, als er seinen Gefährten entflohen war, blickte Tristan aufs Meer hinaus und sah vor dem Silberband der Wellen die Insel dunkel aufragen. Verzweiflung packte ihn. Mußte er zu ihr zurückkehren, nur um Kraft zu sammeln, damit er sich wieder auf die Suche nach seinem Traum begeben konnte...?

Deshalb war er zurückgekommen – nicht nur, um sein Lehen zu fordern. Er war gekommen, ohne zu wissen, wie er Iseult antreffen würde – verschlossen im Schweigen von Stolz und Schande wie Andreds Mutter oder versöhnt mit ihrer Würde als Königin – vielleicht sogar in Marc verliebt? Tristan wußte kaum, was er am meisten gefürchtet hatte; wußte nur, daß er sich dem stellen mußte, was er in seinem Wahn begonnen hatte. Aber er fand sie unbeschädigt in sich ruhend.

Iseult hat ihr ganzes Wesen in die Würde einer Königin gelegt, sagte er sich. Sie hat sich von mir gelöst, obwohl wir uns im Morgenrot angesehen haben. Ich werde nach Lyonesse zurückkehren und das Bild ihrer vollkommenen Schönheit mitnehmen. Eines Tages werde ich ein Lied daraus machen, aber es wird kein Ende haben, denn ich habe aus ihren Händen getrunken, und mein Durst kann nicht gelöscht werden.

Tristan riß sich aus seinen trüben Gedanken und stellte überrascht fest, daß sie nicht mehr über die Felsen ritten, sondern ein stilles Tal erreicht hatten, durch das sich ein Fluß zog. Auf beiden Seiten des Wassers breiteten Wiesen einen grünen Teppich mit unzähligen Gänseblümchen aus, die wie winzige Sterne leuchteten.

Weit vorne schwebte über unzähligen blühenden Ringelblumen Mereadocs heiteres Lachen wie ein zartgoldenes Band durch die Luft, überschattet von Brangwens dunkler Stimme. Am Rand eines Haselnußwäldchens reckte ein einzelner Baum, eine Vogelkirsche, weiße Schneeblütensträuße in den Himmel. Das Moor lag abseits und ausgeschlossen.

Iseult hatte ihr Pferd gezügelt, und ehe Tristan es richtig bemerkte, ritt er neben ihr. Als sie mit einem leichten Lächeln ihr Gesicht einer weißen Blütenwolke über ihrem Kopf zuwandte, sah sie ihn einen Augenblick lang an.

»Auch das ist der Frühling«, sagte sie.

Und plötzlich streifte Tristan Blüten um Blüten vom Baum und ließ sie auf ihre Hände herabregnen. Schweigend wandten sie die Pferde und ritten in das Tal hinein. Hinter ihr tanzten die weißen Blüten.

Sie holten die Gesellschaft ein. Gedankenverloren beantwortete Tristan Mereadocs Fragen über Lyonesse. Die beiden Frauen sprachen kaum.

Wie dunkel Brangwen ist, dachte Tristan. Die Ringelblumen brannten wie Feuerbälle in ihren schwarzen Haaren. Doch Iseults Haar lodert wie eine Flamme. Sie hat es unter dem weißen Schleier erstickt. Ich wollte ihr den Frühling schenken, das drängende, ungestüme Herz des Frühlings. Doch sie nimmt nur die weiße und schimmernde Kühle seiner Blüten entgegen, die wie Schaumflocken durch ihre Finger gleiten.

In der Ferne mündete ein schmaler Wasserlauf in das Tal, und dort wartete ein einsamer Reiter wie ein dunkler Wächter. Andred! Unwillkürlich nahm Tristan die Zügel auf. Doch sein Onkel trabte ihnen unbeschwert entgegen und winkte ihnen spöttisch zu.

»Es sieht aus, als wolltet Ihr zum Maifest reiten.« Sein Blick streifte die Blütenzweige. »Ich dachte, Ihr hieltet nichts von dieser sanften Seite des Frühlings, Tristan.«

O Gott, konnte der Mann nie einen anderen Ton anschlagen?

In Iseults Lachen mischte sich eine Spur von Verachtung. »Und Ihr, Edler Andred, streift Ihr ganz allein umher? Einsamkeit ist eine traurige Huldigung an den Mai.«

Mit einer leichten Verbeugung wies er auf das Seitental. »Wir sind über die Heide geritten und haben Euren Weg gekreuzt. Ich habe hier gewartet, um Euch Neuigkeiten zu überbringen. Der König folgt einer neuen Spur und reitet in Richtung Wald.«

Die Anwesenheit des Mannes schien einen Schatten auf die Sonne zu werfen. Froh, nicht weiter reden zu müssen, mit ihm sprechen zu müssen, ritten sie in die angegebene Richtung. Das Tal machte plötzlich eine Biegung, und vor ihnen lag der Wald. Hier teilte sich der Weg und führte auf der einen Seite in das Gehölz, auf der anderen einen steilen Abhang hinauf und in das offene Heideland. Mereadoc blickte suchend auf den Boden. »Die Hufspuren führen den Hügel hinauf.«

Andred runzelte verwundert die Stirn. »Ich bin ihnen weit genug gefolgt, um zu sehen, wie sie im Wald verschwanden. Der Boden hier ist morastig. Am anderen Ufer sind wieder Hufspuren.«

»Sie sind schon eine Woche alt«, lachte Mereadoc.

Iseult seufzte und erklärte ungeduldig: »Wenn Ihr beide so sicher seid, gibt es nur einen Weg... sich trennen.«

Mereadoc musterte nachdenklich den Weg. Plötzlich warf er lachend den Kopf zurück.

»Es würde mich nicht wundern, wenn uns an dieser Stelle derselbe Streich gespielt wird. Es war vor beinahe neun Jahren. Ein paar schworen, der Hirsch sei im Unterholz verschwunden, andere wollten gesehen haben, wie er im hohen Farn untertauchte. Wir entschieden uns für den Wald und fanden unsere Beute... und Euch dazu, Tristan (er schlug ihm auf die Schulter). Ihr hattet Euch im Baum versteckt und lachtet über uns... Damals ahnten wir nicht, daß der Waldelf sich einmal als Cornwalls bester Ritter erweisen würde.« Er warf einen kurzen Blick auf Iseult, als fürchte er, die Zunge sei mit ihm durchgegangen. »Ich...« fuhr er hastig fort, »... möchte das Schicksal jedenfalls nicht zweimal versuchen. Ich nehme den anderen Weg.«

Iseult war so tief in Gedanken versunken, daß sie nicht auf seine Worte achtete. »Hier habt Ihr ihn gefunden«, sagte sie halb zu sich selbst, und wandte sich in einem plötzlichen Einfall lächelnd den Männern zu.

»Der Edle Tristan kann sein altes Versteck nicht vergessen«, sagte sie. Doch ihre Augen trafen sich nicht.

Sie spielt mit mir, dachte er und sagte laut: »Die Hufspuren führen eindeutig den Hügel hinauf.«

»Mereadoc wird ihnen folgen.« Sie lachte sorglos und fröhlich. »Er hat seinen Fund gehabt. Aber ich möchte doch sehen, was das Schicksal für mich bereithält. Ihr habt gewonnen, Edler Andred.«

Tristans Pferd stampfte unruhig. »Das Unterholz im Wald ist manchmal undurchdringlich«, erklärte er.

Andred lachte. »Ihr kanntet den Weg wie der Waldgeist selbst.«

Tristan erwiderte nichts, aber Iseult ritt bereits durch das Wasser. »Kommt«, sagte sie.

Brangwen folgte ihr zögernd. Iseult bemerkte es. »Ihr liebt den Wald nicht«, lächelte sie. »Geht, schließt Euch Mereadoc an und seht, was ihm das Glück beschert.«

Brangwen sah sie unentschlossen an, dann senkten sich ihre schweren Lider über die dunklen Augen, und sie folgte dem Ritter durch den Farn. Iseult blickte ihr nach.

»Führt uns, Tristan.« Sie neigte den Kopf über den Weißdorn, als er an ihr vorbeiritt.

Der Weg war schmal. Er ritt voran, und Andred hinter ihr. Hier und da versperrten Haselnußzweige und Heckenrosen den Pfad. Tristan bahnte sich mit dem Schwert den Weg. Er drehte sich nicht um.

Zwischen den Bäumen reckten sich riesige Farnwedel und stießen ihre gekrümmten Klauen über das Unterholz hinaus. Der durchdringende Geruch von Pilzen lag in der Luft.

Er dreht sich nicht um, dachte sie. Schwer liegt sein Haß in der Luft. Ich spüre, wie Andreds Atem mir den Nacken versengt. Seine Augen kleben an unserem Rücken und wühlen sich neugierig in unsere Seelen.

Er wartet, dachte Tristan. Er weiß, daß ich umkehren muß, aber ich werde es nicht tun. Ich werde sie bis in alle Ewigkeit durch das Dickicht führen. Die Bäume werden schwarz und riesig den Himmel verdecken, der Farn wird uns überragen. Wenn ich umkehre, werde ich ihn töten.

Schweigend ritten sie weiter. Einmal flog ein erschreckter Vogel aus seinem Versteck auf; ein Flügel blitzte wie ein blauer Edelstein vor den Baumstämmen und verschwand oben im Dunkel der Blätter. Er hat ihn gesehen, dachte Iseult; ich habe ihn gesehen. Wir haben gemeinsam diese Schönheit erblickt, und doch schweigen wir, sind voneinander getrennt.

Die Hufe der Pferde klangen dumpf im moosigen Gras. Nur selten klirrte das Zaumzeug.

Die Bäume rückten auseinander. Sie erreichten eine Lichtung – eine grasbewachsene Schneise vor einem niedrigen, überhängenden Felsen. Eine Eiche reckte knorrige schwarze Äste in das Tal. Tristan zügelte das Pferd, aber er wandte sich nicht um. Iseult blickte unschlüssig von einem zum andern. Lachend wies Andred auf einen Baum. »Von dort sprang der Waldelf aus dem grünen Laub zu uns herunter.«

Sie betrachtete den überhängenden Ast. »Ich bin müde«, erklärte sie und nahm die Zügel in eine Hand, als wolle sie absteigen.

Im nächsten Augenblick war Andred vom Pferd gesprungen, um ihr behilflich zu sein. Tristan wandte das Pferd und sah sie in seinen Armen.

Er stieß dem Tier die Sporen in die Flanken. Es bäumte sich auf und hätte die beiden beinahe mit den Hufen getroffen. Iseult stand zwischen den Männern; Tristan riß das Pferd heftig zur Seite. Andred machte sich mit einem leichten Schulterzucken daran, die beiden Pferde an einem Baum festzubinden.

»Ich möchte mich ausruhen«, sagte sie und setzte sich auf einen gestürzten Baumstamm. »Tristan kann uns seine Geschichte erzählen.«

Er schien nichts zu hören. Schließlich hob er wie lauschend den Kopf. Sie sah sein bleiches Gesicht. »Ich höre Hörner. Vielleicht sind es die Männer des Königs«, sagte er.

Mit zitternden Fingern umklammerte sie das knorrige Holz. »Will keiner von Euch beiden reiten, um es herauszufinden?« fragte sie. »Wenn es der König ist, sagt ihm, ich werde hier auf ihn warten.« Herausfordernd starrten die beiden Männer sich lange an. Iseult rührte sich nicht. Plötzlich riß Tristan das Pferd herum.

Insgeheim bebend erklärte sie rasch: »Wir können den Edlen Tristan doch nicht gehen lassen, denn vielleicht wird er uns ein zweites Mal entfliehen... und zwar nach Lyonesse. Das würde uns der König kaum vergeben!«

Andred verzog den Mund, aber seine Augen funkelten triumphierend und boshaft, als er Tristan ansah. Dann sprang er mit großer Geste in den Sattel und verneigte sich vor Iseult.

»Ich werde den König benachrichtigen, wie Ihr es wünscht. Eure Majestät handelt vielleicht klug. Waldelfen sind flüchtige Wesen... und für Sterbliche gefährlich.« Sein leises Lachen drang durch die grüne Stille.

Unbewußt folgten ihre Augen Andred, der zwischen den Bäumen verschwand. Das Geräusch der Hufe wurde leiser. Ein Zweig knackte, als er zur Seite geschoben wurde.

Sie waren allein. In der Stille hörten sie das Zittern eines Blattes. Iseult saß auf dem gestürzten Baumstamm und stützte das Kinn in die Hand. Ihre Finger spielten mit den langen Grashalmen zu ihren Füßen und verknoteten sie. Schließlich hob sie den Kopf.

»Wollt Ihr mir nicht Euren Wald zeigen, Tristan?«

Er starrte ins Leere. »Er hat mich verstoßen«, erwiderte er.

»Weil Ihr ihm die Treue gebrochen habt? Aber Ihr seid zurückgekommen...«

Er saß noch immer bewegungslos auf dem Pferd und starrte vor sich hin. »Früher schien ich die Stimme des Waldes zu verstehen. Ich habe den Schlüssel verloren«, sagte Tristan dumpf.

Sie riß die zerknoteten Grashalme in Stücke. »Sollen wir ihn zusammen suchen, Tristan, wie zwei, die zurückgekommen sind, um etwas zu suchen, was sie vor langer Zeit verloren haben?«

Bei diesen Worten wandte er ihr den Kopf zu. »Und wenn ein Mann sich selbst verloren hat?«

Iseult zögerte. Ein Lächeln zuckte um ihre Lippen. »Dann muß er vielleicht den Weg zurück in die Kindheit finden.«

Plötzlich stand sie auf. Noch ehe er sie erreicht hatte, saß sie im Sattel. (Andred hatte sie in den Armen gehalten.)

»Zeigt mir den Weg, den Ihr vor neun Jahren gekommen seid, als man Euch in Cornwall an Land gesetzt hat.«

»Aber Ihr seid müde«, sagte er ausweichend.

»Ich war Andreds müde.«

Er ritt vor ihr einen kaum begangenen Pfad den Abhang hinauf. Unter der Eiche hielt er an.

»Hier habe ich gesehen, wie sie einen Hirsch zerhackten wie ein Schwein.« Sein Lachen klang gepreßt.

»Die Jäger des Königs?«

Tristan nickte stumm. Sie folgten dem Pfad, über den er als Kind gekommen war, nachdem man ihn allein an einer unbekannten Küste ausgesetzt hatte, und die Erinnerung an diesen Tag bestürmte ihn – seine kindlichen Träume von Heldentaten, von Rache, sein stolzer Groll gegen Marc. Und später – was war daraus geworden? Seine Liebe, seine Bewunderung für den König – waren sie ein Traum, oder zu welchen Wahnideen seiner Kindheit führten sie ihn zurück?

»Wir reiten zu weit, und sie werden uns nicht finden«, gab er zu bedenken.

Iseult antwortete nicht, aber sagte zu sich: Sie werden uns nicht finden, sie können uns nicht finden, denn es hat sie nie gegeben. Der Wald steht hier so unbekannt, so unveränderlich wie an dem Tag, an dem er kam. Nichts hat ihn seitdem berührt, nichts ist erkundet worden.

Dies ist der Pfad, dachte Tristan, und er ist weich vom verrotteten Laub. Über diese knorrigen, verschlungenen Wurzeln bin ich gestolpert, hungrig und erschöpft. Auf diesem gestürzten Baum habe ich gesessen. Ein grüner Käfer rannte unter einem Stein hervor. Einsamkeit umgab mich. Die Vergangenheit, die Zukunft, alles war vergeblich.

Wie lange sind wir geritten, dachte Iseult. Wie lange werden wir reiten? Dieser Wald nimmt kein Ende. Wir sind grün geworden, so grün wie der Wald. Nur mein Tuch ist etwas Fremdes, es ist weiß. Sie löste den Stirnreif und zog den Schleier vom Kopf.

Und Tristan erbebte. Die Königin, die Königin von Cornwall reitet an meiner Seite, doch sie hat den Reif der Königswürde abgenommen. Ihr Haar leuchtet im grünen Dunkel. So kannte ich sie, so war sie mein, bevor ich sie Marc übergab.

Jetzt ist alles geschehen, jetzt steht die Zeit still, dachte Iseult. Nur der Wald steht wie damals, als er hierherkam und nichts vom cornischen Hof, von Königen und Königinnen wußte.

Die Bäume rückten auseinander, die Sonne beschien große Flächen mit Farn zwischen den Haselnußbüschen. Der Wald schloß sich hinter ihnen. Über einen farnbewachsenen Abhang führte der Pfad zu den Hügeln hinauf.

Sie standen im offenen Heideland. Es breitete sich nach Süden und Osten braun unter dem Himmel aus. Im Westen schimmerte blau das Meer. Ein Boot tanzte wie ein Fleck auf dem Wasser... Das Schiff der Kaufleute... Muzaffar... Abdur Rahman. Plötzlich erinnerte er sich... »Der Wille des Menschen ist wie ein Mohnkorn, das vom Rad des Schicksals zu Staub zermahlen wird.« Um es zu besiegeln, war er gekommen – um sich seinem Geschick zu stellen.

Tristan schreckte aus seinen Träumen auf und bemerkte, daß sie nicht mehr an seiner Seite ritt. War alles nur ein Traum gewesen? Er sah sich um. Iseult galoppierte dort drüben auf dem Abhang über die Heide; von ohnmächtiger Verzweiflung getrieben, folgte er ihr. Aber als sie ihn sah, trieb sie ihr Pferd an. Schneller und schneller jagte Iseult dahin. Jetzt setzte sie über einen Bach. Ihr offenes Haar wehte im Wind. Floh sie vor ihm? Spielte sie mit ihm? In verletztem Stolz gab Tristan dem Pferd die Sporen. Die Wolken trieben schnell über den Himmel. Das Land wurde flach. Zwischen den Hügeln lag das schwarze Moor. Ist sie von Sinnen? Sie reitet geradewegs in den Sumpf! Sie schwankt im Sattel. Sie kann das Pferd nicht mehr halten. Er trieb sein Pferd noch heftiger an. Der Abstand zwischen ihnen verringerte sich; langsam, langsam holte er auf. Noch hundert Meter bis zum schwarzen Moor – zehn Meter, fünf Meter – Tristan erreichte sie, drängte ihr Tier ab, griff in die Zügel, riß beide Pferde zurück, dann beugte er sich hinüber und hob sie mit einer schnellen, heftigen Bewegung aus dem Sattel, setzte sie vor sich auf sein Pferd. Das sumpfige Wasser glänzte dunkel im Schilf.

Aber sie galoppierten nordwärts über die Heide. Wogende Schatten jagten sie, überholten sie, eine nach der anderen... Minuten, Monate... Jahre. Ritten sie in der Zeit oder jenseits der Zeit? Waren sie die Zeit? Das Licht fiel auf Iseult herab, auf ihr Haar und auf ihre Augen, die sich seinen Augen öffneten. Umfaßte er die Gestalt seines Lebens, die seinen Händen entglitten war, und die er wiedergefunden hatte? Sie ritten langsamer.

»Iseult!«

Seine Küsse regneten auf ihre Augen, auf ihren Mund und ihren Hals. Und jetzt ritten sie, ritten bis an das Ende der Zeit.

Aus der flachen endlosen Heide ragten graue Felsen auf. Die Sonne sank tiefer. Ihr Licht tränkte die Erde, vergoldete das Gras, drang in jede Steinritze und nahm ihnen alle Schwere. Zwischen den Grasbüscheln leuchteten blasse Granitblöcke und warfen scharfe Schatten körperloser Dunkelheit. Die Felsentürme über ihnen begannen, in der Stille zu glühen. Wohin führte er sie? Iseult wußte es nicht, und es war ihr auch gleichgültig. Tristan band das Pferd an einen Dornbusch. Er ging vor ihr den Hügel hinauf, und sie folgte, ohne eine Frage zu stellen. Höher und höher zog er sie, von Felsen zu Felsen. Eingehüllt in dieses unwirkliche Licht spürte sie verwundert die festen Steine hart und kantig unter den Händen. Jetzt hielt er sie fest. Sie wollte sich ihm willenlos überlassen, aber er zog sie weiter. Schließlich blieb er stehen. Hatten sie den Gipfel erreicht?
Um sie herum türmten sich gewaltige Felsplatten auf. Unter ihnen lag einsam die Welt und fiel dunkel in das glühende Meer. Der Wind pfiff um die Felsen und bauschte ihr Gewand. Er zog Iseult in den Schutz der Felswand. Die Schultern an den Stein gedrückt, preßte er sie an sich, und sie legte vor dem grellen Licht den Kopf zurück. Sie wollte sich ihm überlassen, in die Dunkelheit seines Körpers stürzen, sich tragen und mitreißen lassen von seinem fiebernden Atem. Doch als sie die Augen öffnete, sah sie seinen Kopf über sich. Sein Haar wurde vom Wind zurückgeweht, und er blickte auf den Himmel und das Meer. Plötzlich verstand Iseult, ohne daß Gedanken und Vernunft etwas damit zu tun hatten. Und als sie in qualvoller Verzückung mit ihm verschmolz, eins wurde mit seiner Vision und sich mit ihm im weißglühenden, strahlenden Licht vereinigte, fühlte sie sich emporgehoben und schwebte in seinen Armen.
Die Welt versank im Nichts.
Unter dem Rücken schob sich ihr der harte Stein entgegen. Iseult lag ausgestreckt auf einer Felsplatte unter der Feuersbrunst des Himmels, und jubelnd sah sie, wie der Feuerball aus den Wolken hervorbrach, auf sie herabstürzte, sie bis in den Kern ihres Wesens entflammte und erloschen versank, als sie ihn in die Dunkelheit des Nichts zog.

Die Dämmerung brach herein, als Tristan den Kopf von ihren Armen hob. Ein letztes schwaches Glühen lag über Himmel und Meer, aber die Granitblöcke ragten tot und erloschen um sie auf. Iseult zog ihn noch einmal an ihre Brust und schloß die Augen, als wolle sie die Welt ausschließen, die unwirklich zu sein schien.

Aber ein dunkler Wind blies um die Felsen. Sie fröstelte. Er stützte sich auf den Ellbogen und hüllte sie in seinen Mantel und starrte über die dämmrige Heide wie jemand, der sich gegen eine Erkenntnis sträubt.

»Es wird spät«, murmelte er dumpf, und offensichtlich mußte er sich zwingen, die Worte auszusprechen, die ihm nicht über die Lippen wollten und deren Bedeutung er kaum begriff. »Ich muß dich zurückbringen.«

Etwas in ihr schien zu erstarren und hart zu werden wie der Stein, auf dem sie lag.

»Es gibt keinen Weg zurück, Tristan«, sagte Iseult. Sie versteht nicht, was ihre Worte bedeuten, dachte er verzweifelt. »Für uns gibt es nur Flucht, Iseult, und der Wald ist unser Heim.«

»Flucht?« Sie schüttelte den Kopf. »In all diesen Monaten sind wir geflohen, in all diesen Jahren... nun fliehen wir nicht mehr, das ist alles.«

Er hob ihr das Gesicht entgegen, und da sie neben all seiner Qual Staunen und Freude darin aufsteigen sah, hatte sie Gewissensbisse wegen ihrer Zweifel.

Sie standen auf und suchten Hand in Hand den Weg über die Felsen nach unten.

Er hob sie vor sich in den Sattel. Aber nach einer Weile stieg er ab und führte das Tier am Zügel, denn der unebene Boden war in der hereinbrechenden Dunkelheit tückisch und gefährlich. Im Nordosten ragte der Wald schwarz in den Himmel. Sie sprachen kaum. Worte schienen wie leblose, leere Dinge zwischen sie zu fallen, denn gefangen in ihrer Liebe konnten sie nicht begreifen, daß sie zwei getrennte Wesen waren.

Tief im Wald kannte Tristan eine Höhle, die er als Junge auf seinen einsamen Streifzügen entdeckt hatte. Dorthin brachte er Iseult. Auf einem Bett aus Farnwedeln fanden sie Zuflucht vor dem nächtlichen Tau und den Regenschauern. Sie ernährten sich von gejagtem Wild, Kräutern und Wurzeln, die Iseult im Wald sammelte. Musik schenkten ihnen die flüsternden Bäume und der Fluß. Und wenn Tristan auch nicht seine Harfe hatte, so blieb ihm doch seine Stimme. Wenn sie der Gedanke flüchtig beunruhigte, ein Holzfäller könne vorüberkommen und sie hören, so vergaßen sie ihn bald wieder. Denn wie war es möglich, ein Lied zu unterdrücken, das auf den Lippen lag, wenn das Blut im Einklang mit der Erde schwang? »Ein Lied ist Sehnen, ein Lied ist Verlangen«, schien etwas in schwacher Erinnerung an die Vergangenheit zu flüstern – aber ein Lied konnte auch Freude sein.

Tristan war wieder ein Junge, und in dieser kurzen Zeit schien er beinahe die unbeschwerte Fröhlichkeit zu genießen, die ihm in seiner Kindheit verwehrt war. Ist er wirklich so glücklich, fragte sie sich und empfand zärtliches Staunen über diese Veränderung seines Wesens.

Eines Morgens erwachte Iseult beim Gesang der Nachtigall. Benommen vom Schlaf glaubte sie, das Mondlicht erfülle die Höhle. Dann spürte sie etwas Warmes auf ihrer Wange, öffnete die Augen und sah die Sonnenflecken in den Bäumen. Verschlafen blickte sie sich verwirrt um. Das Lager an ihrer Seite war leer. Sie glaubte, Tristan sei früh auf die Jagd gegangen und zwang sich aufzustehen. Im Wald sang der Vogel seine traurige Klage. Eine Nachtigall singt bei Tag? War das noch ein Zauber, der sie umgab? Sie folgte dem Gesang des Vogels und glitt geräuschlos wie ein Wesen das Waldes von Baum zu Baum. Ja, das Lied kam bestimmt aus den Zweigen der großen Buche, aber in diesem Augenblick verstummte es. Es hob wieder an – nein, es war die Drossel dort in der Eberesche. War sie nicht bei Sinnen? Jetzt war es die Amsel, dann der Eichelhäher und nun der Specht ganz in ihrer Nähe. Hielten die Waldvögel sie zum Narren? O Kuckuck, Kuckuck du falscher Vogel; sie würde es ihm schon zeigen. Vorsichtig teilte sie die Zweige... »Tristan!« Zwischen seinen Küssen fielen Tautropfen von den Zweigen. Er kannte alle Rufe der Vögel des Waldes.

Und auf den Frühling folgte bald der Sommer. Sie bemerkten nicht, wie die Tage vergingen und achteten nicht darauf. Sie waren gefangen im Zauber der Stunde, als könne der Augenblick ihrer Verzükkung kaum die Tage und Monate aufwiegen, die sie verloren hatten.

Von der Vergangenheit oder der Zukunft sprachen sie kaum. Gestern und morgen waren nicht viel mehr als das Gitter von Schatten und

Licht, das von Baum zu Baum wanderte, oder das Murmeln des Wassers, das eine Weile an ihr Ohr drang und bald wieder vergessen war. Und der Bach floß weiter – braun zwischen abbröckelnden Ufern oder gurgelnd um Steine und Kiesel, die blank in der Sonne lagen, bis er schließlich im Farn untertauchte und verschwand. Aber irgendwo sammelte er sich in einer Senke zu einem kleinen See, der still und unergründlich tief zwischen den Bäumen unter einem blauen Streifen Himmel lag. Dort fand Tristan eines Tages Iseult, als er von der Jagd zurückkehrte. So unerwartet war ihr Anblick, daß er einen Augenblick nachdenklich stehenblieb, als sähe er sie zum ersten Mal. Sie kniete am Teich, schöpfte Wasser mit den Händen und ließ es über ihr Gesicht rinnen. Ihre nackten Arme hoben sich warm und golden vor dem weißen Hemd ab. Irgendwo in einer anderen Welt hörte er das Wasser von ihren Händen tropfen, als sie sie ausstreckte und lauschte. Plötzlich strafften sich Hals und Oberkörper, schnellten hoch, lösten sich von den festen Schenkeln, ehe sie auf die Füße sprang. Einen Augenblick lang blieb Iseult lachend stehen, um ihn zu erwarten, aber plötzlich drehte sie sich um und floh in den dunklen Wald.

Tristan warf Speer und Beute beiseite und verfolgte sie immer schneller, von Baum zu Baum, bis sie, nur noch eine Armlänge von ihm entfernt, herumwirbelte, zurück zum See rannte und keuchend am Ufer niedersank. Auch er fiel lachend auf die Knie und nahm sie in die Arme. Aber in ehrfurchtsvollem Staunen vor ihrer Schönheit sah er sie nur an und nannte sie Nymphe und Göttin. So, sagte er, sei Diana durch die Wälder gestreift; so habe Aktaeon sie auf der Jagd beim Bad in der Quelle unter den Bäumen entdeckt und sie voll Bewunderung betrachtet. Doch seine Kühnheit wurde ihm zum Verderben, denn die Göttin, zornig darüber, daß ein Sterblicher ihre Schönheit erblickt hatte, verwandelte den unglücklichen Jäger in einen Hirsch, der, von seinen Hunden gehetzt, zerrissen wurde.

»Hättest auch du mir dieses Ende bestimmt?« fragte Tristan lachend und sah sie trotzig an, denn er ahnte den tieferen Sinn der Geschichte und schien ihr eine Antwort abringen zu wollen.

»Ich bin keine Göttin, Tristan, nur Iseult... Sieh her!« Ihre Augen wanderten über seine Schultern hinaus und zwinkerten verspielt und fröhlich. Er folgte ihrem Blick und sah, daß ihm ihr Ebenbild aus dem Spiegel des Teiches entgegenlachte.

Sie lagen lange still nebeneinander und blickten in das getupfte Blätterdach, das sich in den gläsernen Tiefen wölbte, von einem

blauen Streifen geteilt wurde, während unter einem Floß aus goldenen Weidenkätzchen, in dem sich Zweige und Grashalme verfangen
hatten, blaß und unerreichbar ihre Ebenbilder schwammen.

»Ich bin Iseult, und du bist Tristan«, sagte sie nachdenklich, als sei
seit ihren letzten Worten keine Zeit vergangen.

Träumend nahm er die Last auf: »Iseult und Tristan, Tristan und
Iseult – zwei Namen, zwei Bilder... es sollte nur eins sein, denn
jeder von uns ist allein nichts... O törichter, spottender See, du
weißt nichts von Liebe«, rief er. Mit plötzlicher Heftigkeit riß er einen
Schilfhalm ab, zog ihn durch das Wasser und beobachtete, wie ihre
Spiegelbilder sich unter dem Wirbel auflösten, miteinander verschmolzen und sich wieder trennten. Als Iseult sah, wie er nachdenklich die Stirn runzelte, konnte sie ihn nur necken.

»Wenn es dort nur ein Bild gäbe, Tristan, wie sollte ich dann sehen,
daß um deine Lippen ein Lächeln spielt, das kein Lächeln ist. Ich
wüßte auch nichts von den kleinen Falten zwischen den Augenbrau-
en, die immer dann erscheinen, wenn deine Augen mehr zu schauen
scheinen, als sie sehen, obwohl ich nie weiß, was sie dann sehen, bis
du plötzlich die Haare zurückwirfst und lachst, wie du jetzt vielleicht
lachen wirst, da du weißt, mir liegt nichts an einem Traumbild, wenn
es nicht deine Gestalt und nicht die tausend Züge trägt, die dich zu
dem machen, was du bist... zu Tristan und zu keinem anderen.«

Doch der Schatten des Traumes wich nicht von seinem Gesicht.

»Wenn ich tot bin, Iseult, werde ich Gott bitten, daß er mich hoch
unter die Sterne am Himmel setzt, damit du mich neben dir im See
gespiegelt siehst.«

Nichts regte sich. In dem Schweigen lag das Wasser still wie Glas,
dunkel und unergründlich. Sie streckte die Hand aus und ließ ihre
Finger durch seine Haare gleiten.

»Wenn du tot bist, Tristan«, sagte sie schließlich, »wird nichts von
mir auf der Erde zurückbleiben, um dich zu sehen. Aber vielleicht
wirst du dort oben unter den Sternen leuchten wie die Leier, die du
mir am nördlichen Himmel gezeigt hast, und die einst ein Sänger war
wie du. Und wenn irgendwo irgend etwas von mir ist, dann werde
ich dein Harfenspiel hören, wie ich es vor langer Zeit einmal gehört
habe, als man dich, einen todkranken, verwundeten Spielmann, zu
meiner Mutter brachte.«

»Als dein Feind«, murmelte er. »Wenn ich das nicht gewesen wäre,
Iseult...«

»Dann wärst du niemals gekommen«, beendete sie mit der schlichten

Sicherheit ihrer Liebe seinen Satz, »und ich hätte nie dein Harfenspiel gehört, und das war mir bestimmt, denn es schien mir etwas zu
sein, was ich vor langer Zeit gehört und vergessen hatte. Du aber
hast aufgehört zu spielen, und mich überkam die Angst, ich würde
nie das Ende hören.«

»Vielleicht hatte es weder Anfang noch Ende. Könnte unsere Liebe
ein Ende haben, Iseult? Es muß sie gegeben haben, noch ehe wir
davon träumten, und sie wird nach uns sein, an einem Ort, an dem
es keinen Anfang, kein Ende, keine Zeit und keine Sprache gibt, die
wir auf der Erde sprechen, von der wir jedoch manchmal träumen...
in der Musik und im Schweigen unserer Liebe.«

Tristan beugte sich vor und ergriff ihre Hände. »Der Tod kann ihr
nichts anhaben, Iseult, auch nicht der Himmel oder die Hölle.« Eine
Erinnerung durchzuckte ihn; er lachte plötzlich unbekümmert, zog
sie hoch und küßte sie auf den Mund. Sie blieben noch eine Weile am
Seeufer. Dann nahm Tristan seine Jagdbeute auf den Rücken, und sie
gingen zurück zu dem versteckten Pfad unter den Bäumen.

Bald hatte der Wald sie verschluckt. Der See lag dunkel und still. Hin
und wieder sprang ein Fisch aus dem Wasser und fiel klatschend
zurück; die Teichhühner schwammen und tauchten zwischen dem
Schilf. Ein Windhauch kräuselte die Wasseroberfläche. Der Weiden-
zweig, unter dem sie ihr Spiegelbild gesehen hatten, drehte sich ein
wenig, zitterte und lag wieder ruhig auf dem Wasser. Wieder breitete
sich Stille im Wald aus.

Die Heide schien in der Hitze zu schwimmen, als würden die
Sonnenstrahlen einen Dunstschleier darüber breiten, nachdem sie
das welke Heidekraut verbrannt hatten. In der Ferne schimmerten
blaß die Kornfelder. Selbst das Meer schlief und wiegte sich in
Höhlen und Spalten, die von den klatschenden Wellen schwarz und
glitschig waren, oder ließ träge ein paar schaumige Blasen aufsteigen,
die einen zerfressenen Stein in verträumtes Blau einhüllten.

Im Wald regte sich kaum ein Blatt. Die Säulen der Buchen stützten
mit ihren Zweigen das gläserne Gewölbe der Hitze. Am Waldrand
schnitten die Äste windzerzauster Bäume fächerförmige Schatten in
das weißgraue verwelkte Gras.

Tristan lag reglos da, sein Kopf ruhte in Iseults Schoß. Er öffnete und
schloß die Augen unter dem Blätterdach, ließ sich in ein schattiges
Nichts sinken oder betrachtete neugierig den rötlichen Blatttrieb, der
sich aus der Umhüllung schälte, oder das Geflecht der Adern in den

durchscheinenden Blättern, in denen der Saft floß... wie das Blut in Iseults Schläfen, dachte er und sah ihr ins Gesicht. Woher hat sie die Ruhe, die aus der Vollkommenheit kommt, fragte er sich. Sie ragte in das Licht hinein und schien fern, in sich zurückgezogen und aus der Zeit entrückt zu sein.

Sie hat der Erde allen Atem entzogen, dachte er. Alles Leben ruht in ihren Händen.

Vielleicht bewegte er sich, denn ganz allmählich brachte sie ein hartnäckiger Druck über den Knien in die Gegenwart zurück. War er ihrem Bewußtsein so weit entglitten? Wie lange war sie der Welt entrückt gewesen? Tristan hatte die Augen geschlossen. Würde er so in ihren Armen liegen, wenn er tot war, fragte sich Iseult. Und von plötzlicher Furcht erfüllt, versuchte sie, die Leere mit Worten zu überbrücken.

»Gibt es die Welt nicht mehr? Es weht kein Wind, selbst die Blätter schweigen.«

Er öffnete die Augen und blickte sie an.

»Es ist kein Schweigen, Iseult. Der Atem der Welt sammelt sich in deinem Wesen... der ganze Sommer«, und er löste die langen goldenen Flechten ihrer Haare.

»Bedecke meine Augen mit deinem Haar. Lege es um mich. Ich möchte von seinen Flammen eingehüllt werden. Weshalb ist soviel Licht in dir, Iseult? Wo hast du all dieses Licht getrunken? Vor langer Zeit, als ich verwundet war und ich dich zum ersten Mal sah... du wolltest mich mit meinem Schwert erschlagen. Aber der Tod war machtlos vor deinem Licht, Iseult... und ich habe mich den Schatten zugewendet.«

Sie zog seinen Kopf an ihre Brust.

»Vielleicht gibt es kein Licht ohne Schatten, Tristan«, erwiderte sie. Die Worte hatten für sie nur etwas Unbestimmtes. Doch sie spürte in Tristan eine verborgene Furcht und wollte ihn trösten.

Er hielt die Augen wieder geschlossen. Aber sie glaubte, sein Blick dringe auch durch die geschlossenen Lider. Was suchte er? Was suchte er so unablässig? Würde nur der Tod ihm Ruhe schenken?

Seine Antwort klang, als spreche Tristan zu sich selbst. Seine Stimme schien aus der Tiefe seiner Seele aufzusteigen.

»Materie wirft Schatten und schafft den endlosen Wechsel von Tag und Nacht, Sommer und Winter, Leben und Tod... die ewige Teilung, das unablässige Sehnen. Aber über der Materie ist das Licht, das sie durchdringt. Wenn man dort hingelangen könnte... als Junge in Lyonesse...« Und Tristan erzählte ihr von der Insel, von der Sonnenbahn, die ihn, wie er träumte, in das Reich des Lichts führen würde.

Tristan sucht Tir na'n Og – das Land der Jugend – dachte Iseult und erinnerte sich an die Geschichten aus der Kindheit.

Aber während sie versuchte, seinen Gedankenflügen zu folgen, wurde ihr mit unerklärlichem Schmerz bewußt, daß er zum ersten Mal in all den Wochen von Lyonesse gesprochen hatte. Aus instinktiver Furcht, ihn zu verletzen, hatte sie bis jetzt geschwiegen. Sie konnten nicht dorthin fliehen – es war ein cornisches Lehen – und selbst wenn sie es könnten... sie hatte am Hof von Rivalin gehört... um Marcs willen und um seines Landes willen würde er sie wohl kaum dorthin bringen. Hatte Tristan oder sie es sich gewünscht, obwohl sie außer dem Frühling alles vergessen hatten? Aber jetzt – sehnte er sich insgeheim nach diesem Land, dessen Befreiung der Traum seiner Jugend gewesen war?

Doch Tristan sprach weiter, als führe er einen Gedanken zu Ende.

»Wo ist das Licht, das alle Schatten ausgelöscht hat, der Atem im Herz der Stille, das Sein, das alle Veränderung enthält... wie es damals war und wie du heute gewesen bist, Iseult... Ist es im Tod?« fragte er so plötzlich, daß sie glaubte, er habe ihre unbestimmte Furcht gespürt.

Er zog ihre Hände über seine Augen. Sie beugte sich über ihn.

»Ich weiß nicht, Tristan«, sagte sie, »ich glaube, darüber mache ich mir keine Gedanken. Es genügt, daß du hier bist... lebend oder tot, ob Materie oder nicht, wenn ich dich nur in meinen Armen halten kann.«

Die Erde sank in die Sommersonnenwende.

Das silbrige Grün verwandelte sich in Gold und wieder in das blasse Braun der Stoppeln, die aus den schwarzen Schatten der Garben herausragten. Das Blätterdach wölbte sich grau und glanzlos. Selbst die Nacht war schwer von tausend Düften, aber darüber schwebte aufsteigend aus dem Schleier ihrer Haare der schwache, zarte Hauch schwelender Blätter.

Ein Wind blies aus dem Westen. Feucht von der Gischt jagte er über die Klippen; unter seinem Angriff preßte sich das welke Gras dicht an die Erde. Er fuhr in die Hecken und ließ die Ranken der Waldreben tödlich erzittern und die schmalen Blütentrichter des Geißblatts braun dahinwelken. Er peitschte die Bäume, bis die Vögel, die in den

Zauber ihrer grünen Lieder eingesponnen waren, erschrocken aus ihren Verstecken aufflogen.

Dem Wind folgte Regen. Der Wald stöhnte unter dem Gewicht der Fruchtbarkeit des Sommers, blähte sich mit Nässe, bis sich mit dem Abflauen des Windes wieder die Stille über ihn senkte, die nur von dem eintönigen Tropfen der nassen Blätter unterbrochen wurde.

Als die Sonne nach Wochen wieder an einem wolkenlosen Himmel stand, schien sie auf eine andere Welt. Der Sommer, bis zum Rand gefüllt und so übersättigt, daß es nichts mehr hinzuzufügen gab, hatte sich erschöpft. Die Erde hatte sich kaum wahrnehmbar von Woche zu Woche verändert, bis Tristan und Iseult, die sich eines Tages in den Wald hinauswagten, ihn golden, rot und bronzefarben vor sich liegen sahen. In der dünnen, zitternden Luft hingen an reglosen Zweigen die Blätter so spröde und starr wie Goldklumpen. Der Sommer hatte eine solche Pracht nicht hervorgebracht. Doch als sie staunend stehenblieben, fand keiner von beiden Worte, um seine Gedanken auszudrücken. Im Herzen fühlten sie, daß diese verschwenderische Schönheit, die das sterbende Jahr hervorbrachte, irgendwie unwirklich war, als blickten sie bereits mit den Augen der Erinnerung darauf. Beunruhigt von der scheinbaren Ablösung von der Gegenwart, faßten sie sich schweigend bei der Hand und lächelten sich an wie Kinder, die eine geheime Schuld verbergen.

Und das Jahr eilte seiner Auflösung entgegen – endlos dahinziehende Wolken, Regen, abgefallene Blätter, Rinder, die mit hängenden Köpfen über aufgeweichte Felder getrieben wurden.

Aber an die Zukunft dachten Tristan und Iseult nicht. Oder wenn sie daran dachten, sprachen sie ihre Gedanken aus plötzlicher Furcht vor dem Verrat nicht aus – denn nichts ist wahr, sagten sie sich, außer der Gegenwart, in der unsere Liebe lebt. Eines Tages hatten sie Beeren und Nüsse am Waldrand gesucht. Über der Heide brach die Dämmerung herein. Zwischen bleigrauen Wolkenbergen glänzte der Himmel kalt und hart wie Stahl. Im schwindenden Licht schwammen aschgraue Pfützen im Gras, als sei die Erde vom Aussatz befallen.

Allmählich drang ein Rauschen in ihr Bewußtsein – ein tiefes Rauschen wie von schnell dahinschießendem Wasser oder von Wind in den Blättern. Aber während ihnen langsam ins Bewußtsein drang, daß die Bäume schon kahl waren und in der Gegend kein Bach floß, suchten ihre Blicke die Quelle des Geräuschs. Doch sie sahen nur eine Ulme, die ihre nackten Arme in die Dämmerung reckte.

Plötzlich schien der Baum lebendig zu werden – eine dunkle, schreckliche, namenlose und wirbelnde Wolke. Das Geräusch schien nicht von den flatternden Schwingen zu kommen, sondern aus der Erde selbst – eine stürmische Woge, die aufstieg, kreiste, sank und wieder aufstieg – eine lärmende Herausforderung, die heftig und finster in die Luft geschleudert wurde, um triumphierend durch die Dämmerung zu ziehen.

Zitternd vor Ehrfurcht sahen sie diesem Schauspiel zu, als seien sie unerlaubt Zeuge eines Geheimnisses der Natur. Schließlich sagte Tristan:

»Drosseln... sie kennen keine Ruhe.«

Die ruhige, sichere Feststellung schien seine Gedanken Lügen zu strafen, denn sie hatte sein Gesicht und den unstillbaren Durst gesehen, der gegen ein Gefühl der Enttäuschung ankämpfte.

Schweigend, etwas voneinander entfernt, suchten sie sich mühsam ihren Weg zurück in den Wald.

Kälte ohne Ende. Sie verschloß das Gesicht der Erde, biß in die gefrorenen Furchen und ließ die Pfützen auf den Wegen zu Eis erstarren. Selbst die Wellen schienen fest zu sein, wenn sie sich wie Eisen, das gegen Eisen schlägt, dröhnend gegen die Felsen warfen. Über der Heide kreisten die Möwen mit hartem, metallischem Schreien.

Im Wald war das grüne Blätterdach zerfallen; zurück blieb nur das Skelett der Bäume, die dürre Finger in den stahlgrauen Himmel steckten. Vereinzelt lagen gestürzte Baumriesen entwurzelt auf dem Boden und reckten gespenstische Fasergebilde, in denen gefrorene Erdklumpen hingen, über das stachlige und dornige Gestrüpp. Der Wind fuhr schneidend wie eine Säge durch die nackten Zweige. Sie hörten ihn, wenn sie wärmesuchend hinter einem Wall von Zweigen und Ginster, den Tristan gegen die Kälte errichtet hatte, in der Höhle lagen, eingehüllt in die Häute von Tieren, die Tristan gejagt hatte. Doch seltsamerweise schienen diese Entbehrungen beinahe eine Art Erleichterung mit sich zu bringen, als hätten sie im Winter eine vernünftige Erklärung für eine Furcht gefunden, die sie nicht gewagt hatten zu benennen oder zu äußern, und die, wie sie sich lachend sagten, im Frühjahr vergehen mußte.

Eines Tages suchte Iseult Feuerholz im dichten Gestrüpp. Während sie den gefrorenen Waldboden nach Zweigen absuchte, glaubte sie in der Ferne Hundegebell zu hören und dumpfe Laute, als würde mit

Stangen und Stöcken auf den Boden geschlagen. Seit sie im Wald lebten, hatten sie kaum einmal Spuren von Menschen gesehen oder gehört, abgesehen von vereinzelten Hörnerrufen fern hinter den Hügeln. Iseult erinnerte sich an Tristans Warnungen und wollte zur Höhle zurückkehren, als sich plötzlich hinter einer Lichtung ein Schatten aus den Bäumen löste. Einen Augenblick lang sah sie ein mächtiges Wildschwein in rasender Flucht aus dem Unterholz brechen, hörte sein grunzendes Schnauben, als es wieder zwischen den Büschen verschwand. Beinahe zu überrascht, um sich zu fürchten, war sie stehengeblieben, als plötzlich ein Reiter zwischen den Bäumen auftauchte, der den Keiler verfolgte. Sein Gesicht konnte sie nicht sehen, aber etwas an der Gestalt des Mannes schien ihr vertraut zu sein, der sein Pferd durch den rostroten Farn trieb. Plötzlich packte sie Entsetzen. Tristan – er jagte irgendwo im Wald. Von ferne hörte sie kläffende Hunde. Was würde geschehen, wenn sie ihn entdeckten? In ihrer Verwirrung wußte sie nicht, was sie tun sollte. Umkehren und ihn warnen? Doch eine innere Stimme sagte ihr, er würde unter allen Umständen zur Höhle zurückkehren und sie dort suchen. Sie ließ das Holz fallen und rannte hastig in Richtung Höhle, obwohl sie nicht zu hoffen wagte, ihn dort zu finden. Einmal blieb sie stehen – das Hundegebell schien sich noch weiter entfernt zu haben. Sie haben die Spur verloren, dachte Iseult, denn der Jäger hatte das Wild zur anderen Seite getrieben. Die Höhle war leer, und das Erlebnis der letzten Minuten kam ihr beinahe wie ein Traum vor, denn der Wald schien in noch tiefere Stille zurückgesunken zu sein. Sie wollte sich aufmachen, um das gesammelte Feuerholz zu holen, als plötzlich Schreie an ihr Ohr drangen – rauhe, durchdringende Schreie wie von einem Menschen in höchster Not.
Gelähmt vor Angst stand sie still. Schließlich faßte sie sich wieder und wäre am liebsten blindlings, ohne nachzudenken vorwärts gestürzt, denn Tristans Schicksal schien besiegelt zu sein, als durch die dünne frostige Luft ein Laut zu ihr drang – ein Lachen? Es klang hoch und gepreßt, und es wirkte erschreckender als die Schreie, die es unterbrachen.
Sie konnte sich nicht von der Stelle rühren und wußte nicht, wieviel Zeit vergangen war. Im Wald herrschte wieder Stille, als sie hörte, wie sich jemand eilig den Weg durch das Unterholz bahnte – Tristan! Vor Erleichterung wurde ihr ganz schwach, und sie wäre beinahe in der Höhle zu Boden gesunken. Aber er packte Iseult bei den Händen und zog sie hoch.

»Wir müssen fliehen«, keuchte er heiser, »sie werden uns entdecken.«

Sein Gesicht war blaß unter der rauhen, geröteten Haut. Sie versuchte ihn zurückzuhalten, und sie betastete ängstlich seinen Körper.

»Bist du verwundet?« rief sie leise. »An deinen Händen ist Blut.«

Tristan riß sich los und schüttelte den Kopf.

»Sie haben nur eine alte Schuld beglichen.«

Der heisere Laut, der von seinen Lippen kam, schien ein Echo des Lachens im Wald zu sein.

Sie stolperten über Wurzeln und unter dem Laub verborgene Steine, kämpften sich durch Ranken und Dornen und das Gewirr welker Farnwedel. Hin und wieder blieb Tristan stehen, um zu lauschen. Nichts regte sich – nur ein Zweig knackte in der Kälte oder ein Vogel flatterte, ehe er sich in seinem Versteck niederließ.

Sie warteten in der Dunkelheit auf das Aufgehen des Mondes. Sie sprachen kein Wort. Schließlich zwang sie sich zu der Frage.

»War es Andred?«

Er nickte schweigend.

Der Mond ging auf, und sie eilten weiter. Einmal erreichten sie einen Bach, der dunkel zwischen den Bäumen dahinfloß. Er kniete am Wasser nieder und wusch sich die Blutflecken von Händen und Kleidern.

»Hast du ihn getötet?« Ihr Flüstern zerriß die Stille.

Tristan beugte sich tiefer über den Bach.

»Der Keiler hat ihn erwischt... vor mir.«

Ein Schauer rann ihr über den Rücken.

»Hättest du ihn retten können?« fragte sie nach einiger Zeit.

Er gab keine Antwort.

Plötzlich schien sie alles vor sich zu sehen. Der Mann wehrte sich verzweifelt gegen die Hauer des Ebers – kämpfte darum, sich zu befreien. Tristan sah reglos zu, während vor seinen Augen mit jedem Stoß Schmähung um Schmähung gerächt wurde. Wieder schien das Lachen durch den Wald zu gellen. Ihr wurde übel.

»Ich wünschte, du hättest ihn getötet... auf der Stelle«, sagte sie dumpf.

Tristan hob den Kopf, und im schwachen Mondlicht glaubte sie, das wilde Gesicht gehöre einem Fremden.

S ie flohen – Tag für Tag, Nacht für Nacht. Auf seinen Kopf war ein Preis ausgesetzt, und die doppelte Summe war dem gewiß, der die Königin lebend an den Hof brachte. Tristan erfuhr es von einem Bauern, den er um Essen für Iseult bat – sie hatten kaum Zeit zum Jagen und noch weniger, um das Fleisch über dem offenen Feuer zu braten. Außerdem mußten sie befürchten, der Rauch, der zwischen den kahlen Bäumen aufstieg, könnte sie verraten. Ihre Kleider waren nur noch Fetzen; Steine und Dornen hatten ihnen die Beine blutig gerissen. Wenn Tristan sie manchmal über eine Furt trug, glaubte er, Iseult sei schwerer als früher, obwohl sie dünn und zerbrechlich aussah. Und wenn er sie früher als gewohnt absetzte, sah sie ihn mit Augen an, die zu lachen versuchten; und auch er lachte, um seine Schwäche vor sich selbst zu verbergen.

Sie flohen vor der Selbsterkenntnis, und da keiner von beiden dem anderen seine Furcht gestehen wollte – vielleicht auch nicht konnte, selbst wenn er es gewollt hätte, – schwiegen sie. In ihren Umarmungen klammerten sie sich leidenschaftlicher aneinander, als spürten sie undeutlich den nahenden Verlust.

Tristan wußte, sie würden bald den großen Wald im Norden von Severn erreichen, und jenseits der Grenze konnten ihnen die Gesetze Cornwalls nichts mehr anhaben. Er glaubte, der wilde und kriegerische Gwynhan, der Marcs Idealismus verspottete, würde ihn freundlich aufnehmen. Sie hatten sich in der Zeit kennengelernt, als Tristan ruhelos das Land durchstreifte. Warum waren sie nicht früher nach Wales aufgebrochen, fragte er sich. Im Sommer hatten sie die Welt um sich völlig vergessen und beim Herannahen des Winters ihrem Los getrotzt – aus Furcht, sich die Niederlage eingestehen zu müssen. Aber in seinem Herzen wußte er, es war mehr als das. Er hatte es nicht über sich gebracht, bei Marcs Feinden um Hilfe zu bitten. Und jetzt? Er erinnerte sich wieder an Andreds Augen, die ihn selbst im Tod verspotteten. O Gott, würden sie ihn in alle Ewigkeit verfolgen?... »Bist du es, Tristan von Lyonesse?«

Was war er? Was war aus ihm geworden? Er wußte es nicht; er hatte keine Zeit, darüber nachzudenken. Gejagt und verfolgt, war er immer auf der Hut vor Verfolgern und durfte den Weg nicht verlieren. Er sagte sich, sie müßten Iseults wegen Wales erreichen.

Und eines Tages, als sie im Morgengrauen aus dem Wald traten, sahen sie, kaum eine Meile entfernt, eine Bergkette vor sich liegen, die sich von Norden nach Süden zog.

»Freiheit...«

Tristan starrte auf die mächtigen Hügel, die sich vor dem aschgrauen Himmel erhoben, doch der Jubel in seiner Stimme klang gezwungen.

Das Lächeln erstarb Iseult auf den Lippen. Die kahlen Felsen im schwachen kalten Licht und noch in den Dunst des nächtlichen Regens gehüllt, machten ihr das Herz schwer. Sie sind aus Blei, dachte sie, ohne Zukunft, ohne Hoffnung.

Nach einer Stunde standen sie am Fuß der Hügel. Jetzt hatten sie das Ende erreicht, und Iseult wurde plötzlich müde, als besäße sie weder die Kraft noch den Willen weiterzugehen. Sie entdeckten eine Felsspalte, und als sie den höhlenartigen Zufluchtsort in Augenschein nahmen, überkam Iseult schmerzlich die Erinnerung an ihre Höhle im Wald. Doch beide sprachen ihre Gedanken nicht aus. Hier ließ Tristan sie zurück, als er sich auf die Suche nach Nahrung machte und hoffte, Männern vom walisischen Hof zu begegnen.

Sie wußte kam, wie lange er weggewesen war. Als er wieder vor ihr stand, sah sie an seinem Gesicht, daß etwas nicht stimmte. Schweigend gab ihr Tristan das Brot. Endlich sprach er.

Unten im Tal war er auf einen Einsiedler gestoßen. Der alte Mann hatte ihn mit sich genommen, ihm von seinem Brot gegeben und ihm die Neuigkeiten berichtet. Vor drei Tagen hatte der König von Cornwall bei seiner Klause Rast gemacht. Er befand sich auf dem Weg an den walisischen Hof, offenbar um ein Bündnis mit Gwynhan zu schließen – jetzt, da Andred dem Reich nicht länger schaden konnte, war alles möglich. Noch während er sprach, erinnerte sich Tristan an spöttische Bemerkungen der Barone, Marc begrabe seinen Kummer unter einer guten Tat für sein Reich, wenn er einen Schicksalsschlag einstecken müsse. Besaß er dazu noch immer die Kraft? Tristan spürte, wie seine Bewunderung für den König aus der Tiefe seines Wesens wieder aufstieg. Schweigend brütete er vor sich hin.

»Wir müssen weiter«, erklärte er schließlich beinahe grob. Sie konnten sich vielleicht über die Nordgrenze zur Westküste durchschlagen und von dort nach Irland oder – sogar nach Lyonesse. Was zählten schon Ehre, Treue, seine Träume? Die letzten Reste schienen zu schwinden. Die Zukunft hatte keinen Sinn.

Iseult fand keine Worte, um ihn aufzuheitern.

Der Klang von Jagdhörnern, der zur Linken aus dem Tal heraufdrang, riß sie aus ihrem Brüten. Sie versuchten über das Geröll zu fliehen, doch auch auf der anderen Seite ertönten die Hörner. Waren sie umringt? Bald war es unmöglich, Echo und Wirklichkeit zu unterscheiden. Sie mußten zur Höhle zurück und bis zum Einbruch der Dunkelheit dort warten. Tristan bestand darauf, daß Iseult im Versteck blieb, doch sie konnte ihn nicht daran hindern, die Lage zu erkunden.

Stundenlang saß sie gebückt und zusammengekauert im Höhleneingang und starrte über das Land. Weit in der Ferne sah sie zwischen den Hügeln das Meer aufblitzen. War sie wirklich mit dem Schiff über das Meer gefahren? Wie lange war das her? Es schien in einem anderen Leben gewesen zu sein. Doch heute nacht wollten sie nach Norden, in Brangwens Land fliehen – das Land des düsteren Geschicks. Welches Schicksal erwartete sie dort? Im Schweigen der kahlen Hügelkuppen war jeder Gedanke von Vorahnungen erfüllt. Doch ehe ihr Verstand in der Lage war, ihnen eine klare Gestalt zu verleihen, stiegen immer neue Ängste um Tristans Sicherheit in ihr auf. Sie hatte versprochen, den Schutz der Felsen nicht zu verlassen, aber als Iseult ihn schließlich auftauchen sah, konnte sie sich kaum zurückhalten, ihm mit einem Aufschrei entgegenzurennen. Die Minuten wurden zu einer Ewigkeit, als sie sich zwang, sitzen zu bleiben und zu beobachten, wie Tristan den Hügel hinaufstieg.

Das Gewand hing lose und zerrissen um die schmale Gestalt, die jetzt schon hager wirkte. Das eine Bein zog er etwas nach – Kälte und Erschöpfung ließen die alte Wunde wieder schmerzen –, und plötzlich erkannte sie, daß an seiner Haltung etwas war, was nicht zur Gegenwart, sondern zur Vergangenheit gehörte. Er schien vergessen zu haben, daß sie Flüchtlinge waren. Er bewegte sich nicht mehr so verstohlen, wie sie es in letzter Zeit auf ihrer Flucht von Wald zu Wald, von Fels zu Fels getan hatten. Er drehte sich beim Gehen nicht um oder suchte den Schutz der Büsche. Sie glaubte, in dem vom Wetter gezeichneten, hageren Gesicht etwas von dem alten Feuer brennen zu sehen, das andere Männer klein und unbedeutend wirken ließ. Als er endlich vor ihr stand und sie ihm die schweren regennassen Kleider abnahm, wurde ihr plötzlich schmerzlich bewußt, daß sie ihm nicht eine Rüstung löste.

Erschöpft warf er sich neben sie. Die Bilder, die sich auf dem Weg hierher in seinem Kopf überschlagen hatten, verblaßten. Sie verdunkelten sich angesichts einer quälenden, trostlosen Wirklichkeit, als er Iseults weißes, zerbrechliches Gesicht vor sich sah, die ihn staunend anblickte. Sah sie die Welt, die er wieder hatte entstehen lassen – eine Welt, in der es, wie er plötzlich mit Entsetzen erkannte, für sie beide keinen Platz gab?

Sie wußte kaum, warum in ihr die Angst wuchs und wuchs, aus seinem Mund die Antwort zu hören, die sie bereits zu kennen schien.

»Der König... hast du ihn gesehen?« fragte sie schließlich.

Tristan antwortete nicht. Halb abgewendet lag er neben ihr und starrte auf sein Schwert. Eine Hand ruhte auf Griff und Klinge.

Aber er war erschöpft und übermüdet. Vor seinem Geist stieg Bild um Bild auf und verschwand wieder. Ehre und Scham, Liebe und Furcht verloren alle Macht unter dem Sog des Schlafes. Allmählich zog sein gleichmäßiger Atem Iseult in Bann, und sie sank in einen tiefen traumschweren Schlaf. Einmal schien sich Marc über sie zu beugen. Aber als sie schreiend auffuhr, zog nur ein Schatten über den Mond, und sie fiel wieder in Schlaf.

Vor Gefahren schützte sie das blanke Schwert, das zwischen ihnen lag.

Sie erwachte mit dem unbestimmten dumpfen Gefühl einer drohenden Gefahr. Iseult konnte sie nicht fassen und auch nicht abschütteln. Die Morgendämmerung hing wie ein zerschlissenes, weißes Tuch im gähnenden Maul der Höhle; heimtückisch und langsam kroch sie um die Felswand, breitete sich aus und war so unaufhaltsam wie das Verhängnis, das, wie Iseult spürte, sie einholte. Sie zitterte vor Kälte. Tristan lag reglos neben ihr. An seinem Atem erkannte sie, daß er schlief. In dem zunehmenden Licht wirkte sein Körper leblos und entstellt. Ein Arm war ausgestreckt, die Hand versank im Schatten und wirkte wie abgeschnitten. Der Mund unter dem schmalen Nasenrücken klaffte schwarz und höhlenartig. Sie glaubte, vor Abscheu zu ersticken.

War diese formlose Masse ohne Leben, ohne Geist der Körper? Würde ihre Liebe eines Tages, wenn er verbraucht, wenn das Verlangen erloschen war, nicht mehr sein als das? Eine würgende Angst überfiel sie, und ihr sank das Herz. War dies der Grund für das Grauen, das sie beim Erwachen gespürt hatte? Iseult erinnerte sich daran, daß sie es schon gestern gespürt hatte – ein kaum benennbares Grauen, zu dem sich jetzt ein neues gesellte und zu einer unerträglichen Angst wuchs, bis es beinahe besser zu sein schien, das Verhängnis zu rufen, das drohend und unvermeidlich auf sie lauerte – und zwar jetzt, ehe sich alles verändert hatte.

Was hatte sich verändert? Was sollte sich verändern? Sie blickte wieder auf Tristan und wußte, daß sie sich geirrt hatte. Die Morgendämmerung hatte ihr einen Streich gespielt. Jetzt lag sein Gesicht voll im Licht. Die geschwungenen Lippen teilten sich beim ruhigen Atmen kaum. Der Traum schien noch auf seiner klaren hohen Stirn zu liegen. Auf seinem Gesicht, in den hohlen Wangen unter den hohen Backenknochen, in den tiefen Augenhöhlen unter den kantigen Brauen lieferten sich Licht und Schatten eine heftige Schlacht – wie in den Abgründen seines Geistes, dachte sie, aus denen er sich immer zu erheben versucht. Und seine Hände – jetzt im Licht erkannte Iseult sie wieder – sie kannte die kraftvollen Finger, in denen das überschäumende Leben pulsierte.

Und sie erinnerte sich an die Zeit, als sie damals in Irland an seinem Bett gewacht hatte... Wenn er sich nicht verändert hatte, wenn das Bild im Morgengrauen nur eine Täuschung gewesen war, dann konnte sich auch die andere, namenlose Furcht als Irrtum erweisen. Lag er nicht heute wie immer neben ihr? Bald würden sie sich auf den Weg nach Irland machen – auf den Weg in ihre Heimat.

»Tristan... Tristan!«

Sie fürchtete, ihn zu wecken, und deshalb flüsterte sie seinen Namen nur. Doch als sie sich über ihn neigte, zog ein rotes Funkeln am Griff des Schwertes, das zwischen ihnen lag, ihren Blick auf sich. Spielte das Licht ihr noch einen Streich? Der Griff seines Schwertes war nicht mit Steinen besetzt, nur eine goldene Spirale wand sich darum. Doch irgendwo hatte sie dieses Schwert schon einmal gesehen, dessen tief rotes Feuer Blitze schleuderte. Plötzlich erinnerte sie sich.

»Der König!«

Es klang wie ein Schrei.

Tristan fuhr aus dem Schlaf und starrte das Schwert mit weit aufgerissenen Augen an. Er sprang zum Eingang der Höhle und spähte hinaus. Auf den kahlen Hügeln war keine Menschenseele zu erblicken. Langsam ging er zum Lager zurück.

»Wir sitzen in der Falle«, sagte er.

Sie schüttelte den Kopf. »Er hätte dich töten können.«

»Marc erschlägt keinen schlafenden Mann«, murmelte er. Der Gedanke an Ritterlichkeit schien aus einer fernen, unerreichbaren Vergangenheit wieder aufzutauchen.

»Er schenkt dir das Leben, Tristan.«

Er nahm das Schwert in beide Hände. Iseult sah sie zittern und wußte, es geschah nicht aus Angst.

Das Grauen von gestern, das Entsetzen beim Erwachen, die langsame, schleichende Ernüchterung der letzten Monate verhärteten sich

in ihr zu einer kalten, unerklärlichen Gewißheit – es war das Ende.
Und als sie schließlich nach einem Schweigen, das zwischen sie fiel,
als sei es die blitzende Klinge, Tristans tonlose, leblose Stimme hörte:
»Wir müssen weiter... es gibt keinen anderen Weg«, schüttelte sie
den Kopf.
»Ich gehe zu ihm zurück«, sagte sie.
Unfähig, ihre Worte zu begreifen, starrte er sie an. Sie traf damit eine
Entscheidung, die über sein und ihr Verständnis hinausging.
»Und ich...?« fragte er schließlich von wilder, heftiger Bitterkeit
erfüllt.
»Du wirst wieder ein Ritter sein, Tristan.«
In seiner Qual erschienen ihm diese Worte wie Spott, und er wandte
sich beschämt ab, denn er wußte, insgeheim hatte er sich das
gewünscht, doch um den Preis, sie zu verlieren – daran hatte er
keinen Augenblick gedacht, als er gestern, zwischen den Bäumen
verborgen, den König sah. Iseult war nicht wirklich ein Bestandteil
seines Traums gewesen, das wußte er. – Aber ein Leben ohne sie...?
In seinem verwundeten Stolz klammerte er sich feige an den letzten
Strohhalm der Selbsttäuschung.
»Möchtest du uns beide wegen der Laune eines Augenblicks ins
Verderben stürzen... oder verbirgst du mir die Wahrheit? Du bist
schon lange dieses Lebens überdrüssig. Iseult, Iseult, du hast mich
belogen.« Sie bewegte sich nicht.
Tristan packte sie bei den Schultern, bis sie unter seinen Händen
aufstöhnte.
»Sag mir um Himmels willen, wann du das beschlossen hast.«
Sie entzog sich ihm und sah ihm in die Augen.
»Ich glaube, es ist schon lange her.«
»Wann... gestern?« murmelte er verzweifelt.
»Vielleicht im Herbst... als wir in der Abenddämmerung den Vogel-
schwarm sahen.«
Also hatte sie es schon vor ihm gewußt. Aus Scham und abgrundtie-
fem Haß gegen sie und sich selbst sprach er schreckliche und verlet-
zende Worte.
»Also sind wir einer Liebe müde geworden, die zu sehr mit Leiden
und Träumen vom Tod belastet war... in einem rechtmäßigen Ehe-
bett schläft man bequemer und besser.«
Ihre Augen wurden hart.
»Hast du vergessen, Tristan, daß du mich zu ihm brachtest? In deiner
Jugend erschien es dir als größte Ehre, ihm zu dienen!«

Sie versetzte ihm damit einen grausamen Hieb wie mit einem Schwert, und traf ihn tiefer, als sie es beabsichtigt hatte. Das Blut wich aus seinem Gesicht. In ihrer Qual hätte Iseult ihn am liebsten an sich gezogen, aber sie wußte, dann würde sie nicht mehr die Kraft besitzen, den Weg zu gehen, den sie einschlagen mußte, um ihre Liebe zu retten, um Tristan und sich zu retten.

Er verbarg das Gesicht in den Händen. In erstickendem Selbsthaß sah er sie als das Werkzeug seiner Selbsttäuschung. Er sagte sich, er habe nur ihren Körper begehrt, und erst jetzt schien Tristan zu erkennen, wie schwer sein Verrat am König gewesen war. Als er sie ihm genommen hatte, kam es ihm trotz der Feindschaft, die er damit auf sich zog, nicht vor, als habe er Iseult gestohlen – sie hatte Marc nie gehört. Wie konnte man jemandem etwas stehlen, was ihm nicht gehörte? Gehörte sie ihm nicht seit dem Augenblick auf dem Schiff, in dem er aus ihren Händen getrunken hatte – und er ihr? Aber nein – in der ganzen Bitterkeit eines verlorenen Ideals überkam ihn plötzlich die Erkenntnis: Er hatte in ihr seine ganze Wahrheit gesucht, das Absolute, das sein Wesen völlig erfüllen sollte. Früher hatte er geglaubt, es in Marc und dem Rittertum zu finden. Doch es war nicht das Absolute gewesen. Der König hatte es gewußt und gewartet. Jetzt, wo alles verloren schien, bot Marc ihm das Leben an, damit er wieder neu anfangen konnte.

Iseult war von Qualen zerrissen und wie betäubt. Sie erinnerte sich an einen längst vergessenen Frieden in ernsten, grauen Augen und an eine Stimme, die selbst im Staunen ruhig klang. »Wirkt Gott noch immer Wunder, wenn er deine Schönheit wie Tau auf Cornwall fallen läßt?«

Stille – dachte sie – Sicherheit. Kein Traum besaß die Macht, unter dem Gewicht dieser Krone aufzusteigen.

Sie stand auf und schob sich mit der langsamen Aufwärtsbewegung, die er so gut kannte, das Haar aus dem Gesicht.

»Komm, Tristan«, sagte Iseult.

Sie stiegen zusammen hinunter ins Tal zur Klause des Einsiedlers. Die Sonne schien warm im Schutz der Hügel und taute die erstarrte Erde auf, bis sie der feuchten Luft tausend Poren öffnete. Sie sahen staunend die goldenen Fransen an den Haselnußsträuchern und wandten sich, vom gleichen Gedanken erfüllt, einander zu.

Ihre Hand liebkoste die schaukelnden Blüten. Als Tristan sie ansah, schien plötzlich der Frühling in ihrem Wesen wieder auferstanden zu

sein. Und während er sich bitter sagte, er habe ihren Körper gesucht, wußte er im Herzen, daß nur sie die Macht besaß, seinen Geist zu wecken. Ohne sie ist das Lied tot, dachte Tristan traurig. Wenn ich Iseult gehen lasse, werfe ich mein Leben von mir.
»Willst du unsere Vergangenheit leugnen?« fragte er, »hast du unseren Frühling vergessen?«
»Wir bewahren ihn, Tristan... für immer«, antwortete sie.

Der Einsiedler saß vor der Tür seiner Klause. Staunend sah er Iseults ausgezehrte Schönheit und die verwüsteten Züge des Mannes, der keine Anzeichen von Reue zeigte. Aber er spürte, der Trotz entsprang etwas anderem und nicht nur Stolz. Auch er, dachte der Einsiedler, sucht Dinge jenseits der Erde. Doch er sucht nicht Gott...
Der alte Mann versprach, ihre Bitte zu erfüllen und Marc ihre Botschaft zu überbringen. Das Schwert des Königs nahm er als Zeichen mit.

Am Nachmittag kehrte er mit einem Pferd zurück. Aus einem Kleiderbündel, das am Sattel festgeschnallt war, ragte glänzend der Griff von Tristans Schwert heraus.
In einer Stunde, erklärte der Einsiedler, möge Tristan am Wachtturm hinter dem Hügel sein. Dort erwartete ihn sicheres Geleit zum nächsten Hafen. Er selbst würde Iseult zum König bringen.
Verbannung! Sie wußten, daß sie beide bis zu diesem Augenblick nicht an das geglaubt hatten, was sie erwartete.

Sie standen im Schatten einer hohen Kiefer und fanden keine Worte. Iseult wußte, daß das Bitterste noch nicht ausgesprochen war.
»Versprich mir, Tristan, nie mehr zurückzukehren.«
Die letzte Hoffnung schien ihm zu schwinden, und er wurde in einen Abgrund ohne Zukunft gestoßen.
»Möchtest du, daß die Zeit unsere Liebe auslöscht, Iseult?«
Noch während Tristan sprach, stieg mit der höheren Macht einer Enthüllung eine ferne Erinnerung in ihr auf.
»Wie könnte die Zeit ihr etwas anhaben, Tristan? Hast du nicht einmal im Wald gesagt, daß unsere Liebe jenseits der Zeit lebt... nichts kann ihr etwas anhaben, nichts kann sie verraten... nicht einmal der Tod...«
Aber in seinem Schmerz klangen ihm die eigenen Worte eitel und leer in den Ohren. Wie es aussah, hatte die Zeit ihn besiegt. Und als er sie

ansah, fragte sich Tristan, ob er das Ziel, das er suchte, jemals auf dieser Erde finden würde, wenn er es nicht bei ihr gefunden hatte.

»Und wenn wir die Zeit jetzt auslöschen, Iseult?«

Seine Stimme klang dunkel wie das Raunen der Zweige über ihrem Kopf. Sie verstand die Bedeutung seiner Worte, und schon glaubte sie, daß ihr Wesen sich auflöste und in einem letzten Schmerz mit seinem verschmolz. Doch Iseult löste sich aus seinen Armen, zog den Ring vom Finger und steckte ihn an seine Hand.

»Du sollst leben, Tristan«, sagte sie, »aber wenn du mich am Ende brauchst, wird mich nichts von dir fernhalten... weder Meere noch Berge, weder Krone noch König.«

Staunen erfaßte ihn, daß sie sein innerstes Wesen so viel besser kannte als er selbst. Denn er wußte, die Prüfung des Lebens, in das sie ihn jetzt zurückstieß, war die Prüfung, die ihre Liebe bestehen mußte.

Hinter dem grünen Tal glitzerte die Severn – ein silberner Streifen, der sich zum Meer hin weitete.

Er mußte allein weitergehen; er mußte allein in den einsamen Höhen seines Traumes kämpfen. Aber er war jetzt sicher, daß jede Wahrheit, die das Leben für ihn bereithielt, ihr Wesen enthalten mußte.

Schweigend hielt er Iseult in den Armen. Alle Bitterkeit fiel von ihnen ab, und trotz der Pein erfüllte sie eine seltsame Ehrfurcht, denn sie spürten, daß sie im Begriff gestanden hatten, etwas zu leugnen, was sich nie leugnen ließ. Das wußten sie jetzt.

Sie war gegangen. Tristan sah, wie sie die Wiese über den Abhang hinunterging und durch den Schatten eines Felsens in das Sonnenlicht trat. Sie drehte sich nicht um. Im weichen Gras wurden ihre Schritte unhörbar. Unten am Fluß verlor sich der Pfad zwischen den Bäumen. Iseult war verschwunden.

In der Stille schien es ihm, als sei sie nie gewesen.

Irgendwo begann ein Tier, Gras zu rupfen. Vor ihm breitete sich ein Tal im ersten Sonnenlicht des Frühlings aus. Ein Pfad wand sich den Hügel hinauf. Ein herabgestürzter Felsbrocken versperrte ihm den Weg. Er mußte schon lange dort liegen, dachte Tristan, denn er war mit Moos bewachsen. Diese Bilder prägten sich mit seltsamer und ungewohnter Klarheit seinen Augen ein, obwohl es keinen vernünftigen Grund dafür gab. Wie selbstverständlich band er das Pferd vom Baum los, steckte das Schwert in die Scheide, hüllte sich in den

Mantel und schwang sich in den Sattel, als sei es etwas, das er vor langer Zeit erlebt hatte.

Die Sonne verschwand hinter dem Wald. Das Gras unter dem Baum, wo Tristan und Iseult gestanden hatten, glänzte nicht mehr. Nur ein einsamer Reiter ritt auf der verlassenen Straße in die Dämmerung. Bald verschwand auch er im verblassenden Licht, um noch einmal dunkel vor dem Horizont aufzutauchen und dann endgültig vom Schatten der Hügel verschluckt zu werden.

Spiegelbild

»Wenn wir alles daransetzen,
die äußere Welt zu begreifen,
dann tun wir nichts anderes,
als uns in unsere Ideale zu versenken.«

George Berkley

Schnee – er hatte ihn beim Reiten durch die Hügel in der Luft gespürt. Tristan wandte sich im Sattel um und blickte auf den buckligen Höhenzug zurück. Ein paar verlorene Flocken schwebten zitternd über dem Hals des Pferdes und schmolzen beim nächsten Schütteln der Mähne. Das Land lag erstarrt und in gedämpftem Schweigen. Das dumpfe, eintönige Rauschen der Wellen und der heisere Schrei einer Möwe wurden vom sich bauschenden Tuch des Himmels geschluckt. Vor ihm und hinter ihm lag die Heide: Eine graue Klippe spaltete sie wie ein Keil; der im Dunst verschwimmende gezackte Felsen verlor sich im eisgrauen Meer – Finisterre wurde die Gegend genannt, das Ende der Erde. Auch Lyonesse war das gewesen, dachte er – Lyonesse, das felsumschlossene Land der Kindheit im westlichen Meer.

Sieben Jahre hatte er es gemieden, war von Land zu Land gezogen und hatte seine Dienste fremden Königen angeboten. Man rühmte seine Tapferkeit und schätzte ihn wegen seiner Lieder, doch an jedem Hof überfielen ihn inmitten all des Lebens und all der Pracht die Leere und die Einsamkeit, und er ritt im Morgengrauen wieder davon, zog weiter auf seiner ziellosen Suche – ein Verbannter. Bis Tristan eines Tages, nahe der bretonischen Grenze, einer Laune oder der unbestimmten Sehnsucht, wieder einmal eine vertraute Umgebung zu erleben, nachgab und die Baronie aufsuchte, in der er zwei Jahre seiner Jugend verbracht hatte. Er suchte nicht die Begegnung mit dem Baron und seinen Söhnen. Wer sollte ihn nach sechzehn Jahren noch wiedererkennen? Schließlich war er viele Jahre namenlos durch die Welt gezogen, ohne selbst richtig zu wissen, wer er war! Aber die umgestürzten Bäume, das rauchgeschwärzte Gerippe einer Fassade vor dem Winterhimmel erzählten bereits aus der Ferne ihre Geschichte. Der Zerfall mußte schon lange eingesetzt haben, denn auf den zerbröckelnden Mauern wuchs dichtes Gestrüpp, und auf dem Torbogen des Wachturms wehten die welken Grashalme im Wind.

Die Zugbrücke war herabgelassen, und er hätte ungehindert hineinreiten können, doch Tristan wandte sich wehmütig ab. Ein heruntergekommener, zerlumpter alter Mann tauchte aus der ehemaligen Wachstube auf der Burgmauer auf, starrte ihn verwirrt und neugierig an und erzählte ihm dann die ganze Geschichte. Jehan war vor dreizehn oder vierzehn Jahren auf der Suche nach Abenteuern in den Osten gezogen, und niemand hatte seitdem etwas von ihm gesehen oder gehört; Ronec war weit im Norden des Landes in einer Schlacht für Herzog Hoel gefallen. Dieser zweifache Schicksalsschlag hatte den alten Baron gefällt wie einen Baum, der innen bereits morsch ist. Danach hatten seine Feinde leichtes Spiel mit ihm. »Seid Ihr sein Freund gewesen?« fragte der Mann nach einer Pause, und es fiel ihm sichtlich schwer, sich aus dem Netz der Erinnerungen zu befreien. »Ich kenne Euch nicht... und doch...« Herausgefordert durch das Schweigen des Fremden griff der Alte nach den Zügeln des Pferdes und starrte ihm ins Gesicht, bis Tristan antwortete, obwohl er dabei mehr zu sich selbst sprach. »Es gab einmal einen merkwürdigen, unbändigen Jungen, und Ihr habt viele Stunden damit zugebracht, ihn zu zähmen. Immer wieder habt Ihr ihm sagen müssen, ein Wald sei nur ein Wald, um darin zu jagen, und nicht der Zauberwald, in dem es von Geistern wimmelt. Ihr mußtet ihm erklären, daß es für alles einen Platz und eine Zeit gibt, denn er wußte kaum etwas anderes von der Zeit als den Wechsel von Ebbe und Flut, und er kannte keine andere Grenze als die Grenze von Land und Meer.«

Einen Augenblick lang leuchteten die stumpfen Augen des alten Mannes auf, aber nur, um sofort wieder in das dunkle Labyrinth der Erinnerungen zurückzusinken. Die zitternde Stimme klang jetzt vorwurfsvoll und hart. Hätte es ihn nicht gegeben, murmelte er, wäre Herr Jehan vielleicht heute noch hier, denn vom Augenblick an, als er erfahren hatte, daß er von den Heiden entführt worden war, setzte er sich in den Kopf, ihn wiederzufinden. Selbst als man erfahren hatte, der Junge sei gesund und in Sicherheit, ließ ihn die verrückte Idee nicht los, das Land der Gottlosen zu sehen. Aber er war immer schon der wildere von beiden gewesen... Ronec wäre der bessere Herr geworden... und er wurde in der Fremde, in Finisterre erschlagen... alle gestorben, alle tot und niemand übrig, um sie zu rächen... Die Worte gingen in unverständlichem Murmeln unter.

Verhängnis! Das Verhängnis heftete sich ihm überall an die Fersen. Mit wehem Herzen hatte Tristan dem Pferd die Sporen gegeben. Rache... deshalb ritt er jetzt nach Norden in Hoels Land. Rache... sieben Jahre lang hatte er beinahe ausschließlich davon gelebt – er hatte Unrecht getilgt, unter dem Fremde zu leiden oder das sie zu ihrem Vorteil ersonnen hatten. Und jetzt entdeckte er, daß es noch ein Band gab, das ihn hielt... Freundschaft? Vielleicht hatte er Ronec damals mit der Herablassung des ein paar Jahre Älteren behandelt...

und der arglose, ungestüme Jehan – welche Ironie des Schicksals hatte ihn in die Länder des Ostens getrieben, während ihn das Meer nur an die cornische Küste geworfen hatte?... Schwarze Wellen klatschten gegen die Felsen.

Iseult... hörte sie die Wellen – den unaufhörlichen Anprall, den Nachhall, das Mahlen der Kiesel am Strand dort unter den Felsen von Tintagel? Vielleicht war sie schon lange tot. Nicht einmal in all diesen Jahren war ein Bote gekommen... aber er hatte sie nach Tintagel gebracht. Durch welchen Wahnsinn, zu welch verhängnisvollem Schicksal?

Die fallenden Flocken zogen einen getupften Vorhang zwischen ihm und den schwarzen Klippen, die im Nebel verschwanden.

Welche Laune des Schicksals, welches Verhängnis hatte ihn dazu gebracht, einen Ort seiner Jugend aufzusuchen, der ihn noch weiter in die Vergangenheit zurückführte? Finisterre – Lyonesse. Auch hier versank die Sonne hinter den Inseln im Westen ins Meer. Hatte sich der Kreis seines Lebens geschlossen? Stille legte sich um Tristan und hüllte ihn ein. Selbst das Klatschen der Wellen erstickte unter dem bleiernen Leichentuch. Die Schneeflocken wurden größer, wurden dichter und legten sich auf Zaumzeug und Schild. Bald schienen Grasland und Steine in der Ferne nur noch eine gleichförmige weiße Fläche zu sein. Vielleicht war es dumm von ihm gewesen, die große Straße zu verlassen. Der Pfad würde bald nicht mehr erkennbar sein. Bald brach die Dämmerung herein.

Als Junge hatte ihn das flimmernde Weiß einmal so begeistert, daß er stundenlang durch den Schnee geritten war und sich im einsetzenden Schneesturm verirrte. Nur durch Zufall war er auf die Hütte eines Schafhirten gestoßen. (Selbst jetzt roch Tristan noch den Duft der einfachen Suppe, in den sich der beißende Rauch des Torffeuers mischte.) Als das Schneetreiben nachgelassen hatte, machten sie sich noch bei Nacht auf den Heimweg über die schneeverwehten Felder. Der Hirte erklärte ihm, wie man nach dem Stand der Sterne den richtigen Weg fand, obwohl sie im Verlauf des Jahres ihren Stand veränderten. Er erzählte auch von einem Kometen, den man in seiner Jugend am Himmel gesehen und von dem Unheil, das jener über das Land gebracht hatte.

Damals hatte Tristan noch nicht gewußt, wer er war. Was machte es schon aus, wenn er es nie erfahren hätte. Am Ende war doch nichts anderes aus ihm geworden als ein Ausgestoßener, ein namenloser Ritter, der über meerumtobte Klippen irrte. Doch alles, was er war, lag in dieser kurzen Spanne enthalten. Sollte es nichts sein? Sollte es ausgelöscht werden, unter dem fallenden Schnee begraben sein, der sinnlosen Gier des Meeres zum Opfer fallen? Es war sein Los gewesen zu leiden – ein bitteres Schicksal, das über seine Vorstellungskraft hinausging – aber sein Schicksal. Würde sich hier der Kreis schließen? Im Schneesturm auf der Heide verirrt, kopfüber von den Klippen gestürzt und zerschmettert auf den Felsen liegen und vielleicht noch kurz das eisige Klatschen der Wellen hören?

Tod – in all diesen Jahren hatte er sich ihm oft genug gestellt – hatte sogar versucht, eine Begegnung zu erzwingen – aus eigenem Entschluß. Aber jetzt! Zu deutlich war ihm das Leben bewußt geworden, das er verflucht und gehaßt hatte, um es nun einer Laune des Schicksals zu opfern. Der wirbelnde Schnee, der dunkle Himmel ließen ihn heftig aufbegehren; alle Mutlosigkeit und Erschlaffung fielen von ihm ab. Grimmig entschlossen nahm Tristan die Zügel auf und ritt in die weiße Ebene. Weit und breit kein Zeichen von Menschen oder menschlichen Behausungen. Auf einer Anhöhe geriet er in ein heftiges Schneetreiben. Halb blind, den Mund voll Schnee, trieb Tristan das Pferd weiter, das über Erdlöcher stolperte oder gerade noch rechtzeitig einem undurchdringlichen Wall aus Gestrüpp und Büschen auswich. Doch jedes neue Hindernis steigerte seine Hartnäckigkeit. Einen Augenblick lang ließ der Sturm nach. Tristan hielt inne. Ihn umgab nur endloses, eintöniges Weiß. Selbst das Meer war verschwunden, und er konnte auch nicht sagen, in welcher Richtung es liegen mußte, denn er hatte jegliche Orientierung verloren. Der Himmel über den tanzenden Schneeflocken wurde dunkler. Die Dämmerung brach herein... Er mußte weiter. Der Schnee fiel wieder dichter. Einmal glaubte Tristan, vor sich ein Gebäude zu sehen, aber im Schneetreiben verlor er es wieder aus den Augen. Plötzlich stieß er beinahe gegen einen Pfeiler. Durch die wirbelnden Flocken sah er noch andere – riesige Steinsäulen ragten vor ihm auf; manche waren durch gewaltige Architrave verbunden, andere lagen umgestürzt oder erinnerten an kauernde, verwundete Riesen. Waren es die Überreste einer uralten Festung oder war es ein schauerlicher Friedhof? In der cornischen Heide gab es Steinringe aus Monolithen wie diese; sie waren jedoch kleiner. Die Bauern erzählten, ein altes Volk habe sie einst in Verehrung der Sonne errichtet. In dieser Einöde konnte man gut glauben, das Licht sei mit ihrem Gott für immer von der Erde verschwunden. Schutzsuchend drängte sich Tristan zwischen zwei gestürzte Steine, und während er wartete, überfiel ihn wieder das Schreckensbild der Zeit. Ein Kreis, der Jahre, Jahrhunderte umspannte, und dem man nicht entrinnen konnte. Hatten auch sie das Sehnen seiner Kindheit gekannt, und war davon nichts als die Dunkelheit windgepeitschter Steine zurückgeblieben – ihre Gedenkstätte und seine – einsam in einer trostlosen, seit langem toten Welt? Etwas fiel schwer auf seine Arme. Hatte er geträumt? Er hatte Geschichten von Menschen gehört, die im Schlaf erfroren waren. Die Luft war klarer. Im verlöschenden Licht wurden die unheimlichen Säulen immer gespenstischer. Er schüttelte den Schnee von den Schultern und trieb das Pferd in die Heide hinaus. Weiter und weiter... das Tier lahmte. In der Stille vernahm er leise das ferne Rauschen des Meeres. Angestrengt blickte Tristan nach vorn und entdeckte hinter dem eintönigen Weiß ein tieferes Dunkel zwischen Erde und Himmel. Aber jetzt lag es nicht mehr zur Linken, sondern zur Rechten. Tristan wußte, daß er einen Hügelkamm überquert haben mußte. In der Ferne schien ˚etwas über den Klippen aufzuragen. Hatte dieses vergessene Volk überall entlang der Küste heilige Stätten errichtet? Aber nein! Ein Lichtschein blinkte in der Nacht. Die Welt der Lebenden! Tristan trieb das erschöpfte Tier zu einer letzten Kraftanstrengung an.

Die Nacht war hereingebrochen, als er schließlich einen einsamen Turm erreichte – zumindest konnte er in der Dunkelheit keine anderen Gebäude erkennen. Über ihm fiel Licht durch Mauerschlitze, erhellte schwach grobbehauene Steine und ließ den Bogen über dem mächtigen Tor in noch tiefere Schatten sinken. Tristan rief, aber die von der Kälte heisere Stimme ging im Donnern der Wellen unter. Mit steifen Händen zog er mühsam das Schwert aus der Scheide und hämmerte mit dem Knauf gegen das eisenbeschlagene Holz. Schließlich glaubte er, drinnen schlurfende Schritte zu hören. Nach endlosem Warten, als er schon dachte, seine Ohren hätten ihn getäuscht, wurde eine Klappe im Tor geöffnet, und der Schein einer Laterne hinter dem Eisengitter fiel auf ihn. Von dem plötzlichen Licht geblendet, verging einige Zeit, bis er dahinter ein Gesicht sah, das einem alten Mann zu gehören schien. Auf sein mürrisches Fragen antwortete Tristan, er reite mit einer Botschaft nach Norden an den Hof des Herzogs Hoel und habe sich im Sturm verirrt.
»Herzog Hoel?« Die kleinen Augen des Mannes verengten sich unfreundlich und zufrieden, als habe sich sein Verdacht bestätigt. »Er ist seit einem halben Jahr tot.«

Tristan zitterte im eisigen Wind und sah keine andere Möglichkeit, als seine Geschichte rundheraus zu erzählen; er berichtete vom verhängnisvollen Schicksal seiner Jugendfreunde und daß er beabsichtige, sich beim Herzog dafür einzusetzen, den Baron zu rächen. Möglicherweise überzeugte die tiefe Verzweiflung in seiner Stimme den Zuhörer mehr als die leidvolle Geschichte. Das Licht verschwand, und das Quietschen von Eisenriegeln verriet ihm, daß das Tor geöffnet wurde. Kurze Zeit später befand er sich in einer gewölbten Halle, von der aus man offensichtlich durch ein zweites Tor in andere Gebäude gelangte – vielleicht zu den Ställen, denn der mürrische Alte bedeutete ihm mit einer Geste, sein Pferd an einem Ring in der Mauer festzubinden, und schob die Riegel wieder vor. Tristan stieg mit steifen Gliedern mühsam vom Pferd und versuchte matt, in die erstarrten Füße wieder Leben zu stampfen. Der Mann murmelte etwas von Futter für das Pferd, musterte Tristan dabei von Kopf bis Fuß und bedeutete ihm dann, offensichtlich mit dem Ergebnis zufrieden, durch eine niedrige Tür in der Ecke zu gehen. Tristan schleppte sich mit gefühllosen Füßen die gewundene Treppe nach oben und stand auf der Schwelle eines quadratischen Raumes, der ebenso gewölbt war wie die Halle unten und trotz der einfachen Ausstattung unerwartete Anzeichen von Bequemlichkeit verriet. In der Feuerstelle an der gegenüberliegenden Wand glühten Holzscheite, und Tristan wurde sofort von der Aussicht auf Wärme dorthin gezogen. Er warf den Mantel ab, löste das Schwert und sank auf einen Stuhl. Der Bedienstete – die Räumlichkeiten überzeugten Tristan, daß sein schweigsamer Gastgeber nicht der Herr des Hauses war – warf einen neugierigen, eher bewundernden als mißtrauischen Blick auf die Waffe und legte Holz auf das Feuer. Aus einem Schrank holte er eine Flasche und einen Becher und stellte beides zusammen mit einem Teller Fleisch und Brot vor ihn auf den Tisch. Der Anblick von Wein schien dem Alten die Zunge zu lösen, denn er erklärte, dieser Wein stamme aus dem Keller des Abts, bei dem sein Herr heute zum Mahl geladen sei. Aber, fügte er hinzu, wenn der Schnee ihn nicht daran hindere, werde sein Herr später zurückkommen. Damit entzündete er eine Fackel an der Wand, nahm seine Laterne und verschwand unter barschem, unverständlichem Murmeln durch die Tür. Tristan hörte den Schlüssel im Schloß knirschen. Ein griesgrämiger Wächter, lachte er. Gott weiß, was für ein seltsamer Vogel der Herr sein wird. Vielleicht hätte er sich besser zu den guten Mönchen durchschlagen sollen. Aber in einer Nacht wie dieser war selbst ein Gefängnis willkommen, in dem es Wärme und etwas zu essen gab. Tristan goß Wein in den Becher und trank einen tiefen Schluck. Der Kerl hatte nicht gelogen, dachte er und füllte den Becher noch einmal. Der Wein wärmte ihm den Magen und machte Appetit. Tristan langte zu Fleisch und Brot.

Die Holzscheite hatten Feuer gefangen und brannten knisternd. Tristan streckte die Füße den Flammen entgegen. Bald begannen seine feuchten Kleider zu dampfen. Ohne den guten Mantel wäre er bis auf die Haut durchnäßt gewesen. Flämisches Tuch, erinnerte er sich, im Rheinland gekauft. Tristan dachte an die vergangenen Jahre und ließ die vielen Länder noch einmal vor seinen Augen vorüberziehen, die er durchstreift hatte. Von Britannien zu den deutschen Ländern, von den Alpen bis nach Sizilien, und schließlich war er wieder auf den Spuren seiner Kindheit gewandert. Doch irgendwie hatte der Gedanke daran den schmerzlichen Stachel verloren, und er fragte sich, warum trotz all der Abenteuer in diesen Jahren, trotz der Großzügigkeit und der Ehren, die ihm zuteil geworden waren, kein Ort ihm soviel Wohlbehagen zu schenken schien wie dieser hier trotz des unfreundlichen Empfangs, den der Alte ihm bereitet hatte. Tristan genoß die Wärme von außen und innen und begann, sich Gedanken über seinen Gastgeber zu machen. War er ein hartgesottener Wächter dieser gottverlassenen Küste, ebenso mürrisch und wortkarg wie sein Diener? Ein solcher Mann würde es trotz beiderseitiger Liebe zum Wein sich wohl kaum zur Gewohnheit machen, mit dem Abt zu plaudern. Ein Einsiedler? Aber der Hausherr hatte sich als Weinkenner erwiesen. Tristan reckte und streckte sich vor den knisternden Flammen und musterte seine Umgebung. Über dem Kamin entdeckte er ein in Stein gemeißeltes, verrußtes Wappen. Er verstand nicht viel von Wappen, aber die Schwerter an den Wänden, die im flackernden Feuerschein aufblitzten, sagten ihm genug. Ohne Zweifel ein Geschlecht von Kriegern, dachte er, während seine Augen über die Schatten glitten und eine halb offene Truhe entdeckten. Pergamentrollen! Tristan sah die Schriftzüge auf den Blättern. Er beugte sich vor und zog eine Rolle heraus, hielt sie ans Licht und studierte die runden Buchstaben, während ihn Erinnerungen an seine Kindheit überfielen. Waren alle Mühen Guilberts und Guenelons vergeblich gewesen? Ärgerlich über sein Unvermögen steckte er die Schriftrolle an ihren Platz zurück. Wie er sah, lagen in der Truhe viele Rollen, doch ihm fehlte der Mut, noch einen Versuch zu wagen. Schläfrig richtete sich sein Blick ins Dunkel.

Plötzlich riß Tristan die Augen auf. Dort hinten in der Ecke – die Gestalt einer Frau? Ohne Kopf... ein Torso. Im schwachen Licht hatte sie beinahe lebendig gewirkt – die weiche volle Brust über den fließenden Falten der Tunika... Falte an Falte – er schien ihre Musik zu hören... ein plätschernder Brunnen, dunkles Wasser in Marmorschalen, weit unten im Süden... Das Licht der Flammen fiel auf den behauenen Stein, vergoldete Schultern und Arm, die Rundung der Hüfte, die sich unter dem Peplos abzeichnete... Wasser rann aus Händen, die sich im Schatten verloren... waren sie abgefallen?... Er sah sie mit goldenen Sonnenflecken im dunklen Wald, leicht angehoben, das Gesicht lauschend nach oben gewandt... O Gott... nichts. Stein. Ein Torso.

Tristan füllte den Becher von neuem und leerte ihn in einem Zug. Dann ging er zum Fenster, öffnete den Laden und starrte in die Nacht hinaus. Es hatte aufgehört zu schneien, nur ein paar verirrte Flocken versanken zögernd im Brunnen der Dunkelheit. Weit unten hörte er das gedämpfte Klatschen der Wellen. Fröstelnd schloß er den Fensterladen. Vermutlich, dachte er, würde sein Gastgeber nicht vor Tagesanbruch zurückkehren und wollte es sich schon vor dem Feuer für die Nacht bequem machen, als sein Blick auf die Bank in der Fensternische fiel, wo allerlei Dinge lagen, darunter auch eine kleine Harfe. Tristan setzte sich mit ihr vors Feuer und untersuchte das Instrument. Offensichtlich war sie seit Jahren nicht benutzt worden, denn die Saiten waren verrostet und staubig. Doch dem natürlichen Drang des Musikers folgend, entlockten seine Finger der Harfe ein paar Akkorde. Dann begann er sie so gut es ging zu stimmen, und bald vereinigten sich die einzelnen Töne, ohne daß er sich dessen recht bewußt wurde, zu einer Musik, die anschwoll und erstarb, sich von Note zu Note schwang, während die Scheite im Feuer verglühten, und die Falten im Gewand der Nereide im Schatten versanken.

Tristan war so in sein Spiel vertieft, daß er weder auf das Geräusch von Stimmen achtete, noch auf den gedämpften Tritt schneegepolsterter Stiefel auf der Treppe. Erst das Quietschen der sich öffnenden Tür rief ihn unsanft in die Gegenwart zurück.

»Bei Gott, ich dachte, die Sirenen seien in der Bretagne gestrandet.«

Tristan richtete sich auf und sah auf der Schwelle einen älteren Mann von beachtlichem Umfang, der mit einem belustigten, neugierigen Lächeln näherkam.

»Nun, der alte Breri erzählte, er habe einen wilden Krieger hier einquartiert, und ich finde einen Barden. Wie gut, daß er sich hat täuschen lassen«, fuhr er fort, »sonst würdet Ihr vielleicht immer noch frierend über die Heide irren. Der Mann ist ein wahrer Zerberus.«

Der Mann bemerkte die Verlegenheit seines Gastes, bedeutete ihm, wieder Platz zu nehmen und erklärte:

»Er verübelt mir... meinen Geschmack. Der Nachfahre eines ganzen Geschlechts von Haudegen sollte nicht mit den Musen liebäugeln... üblicherweise meine Gesellschaft... Aber Ihr, Ihr kommt, wie er sagt, donnert mit dem Schwert gegen das Tor und dürstet nach Rache... ganz nach alter heroischer Art... ein Mann nach seinem Geschmack.«

Ein schwaches Lächeln spielte um Tristans Lippen.

»Es ist gut möglich, daß ich verzweifelt klang. Die Heide war höchst ungastlich, um es milde auszudrücken. Doch das Feuer und Euer guter Wein haben mich besänftigt.«

»Und Mars verwandelte sich in Apoll.«

Der Mann füllte sich ebenfalls einen Becher und sank schwerfällig auf einen Stuhl, drehte den Becher in der Hand und blickte in die schimmernden Tropfen.

»Dieser Tropfen verdient ein Lob. Die Trauben wurden am Ufer der Mosel gepflückt. Seid Ihr einmal dort gewesen?« fragte er ohne aufzublicken. »Sie haben den alten Fortunatus zu seinen Distichen angeregt.«

Tristan schüttelte den Kopf. »Nur rheinaufwärts bis nach Worms... am Hof des Kaisers...«

Doch sein Gastgeber war in Gedanken immer noch bei dem Römer:

Blandifluas stupidis induxit collibus uvas
vinea culta viret quo fuit ante frutex.

Als erinnere er sich plötzlich an die Worte seines Gastes, wandte er sich Tristan zu. »Worms...?«

Eine Weile tauschten sie Erinnerungen an ihre Reisen aus. Doch der Fremde vermied offensichtlich alle Themen, die mehr über ihn hätten aussagen können, und so gab er seinem Gesprächspartner wenig oder keine Anhaltspunkte zu seiner Person.

»Und was ist Euer derzeitiges Ziel?« erkundigte er sich schließlich.

In Tristans Stimme lag unerwartete Schwermut, als er antwortete.

»Herzog Hoel oder sein Nachfolger, wenn er tot ist. Meine Absichten hat Euer Mann, wie es scheint, in so farbigen Worten beschrieben, daß ich mich schäme, weil die Wahrheit so farblos ist.« Tristan berichtete in wenigen Worten von seiner Mission.

Die Augen seines Gastgebers unter den schweren Lidern beobachteten, wie sich die Schatten um die Lippen des Sprechenden vertieften und dem Gesicht die Empfindsamkeit nahmen.

»Herzog Hoel ist tot«, erwiderte er, »und sein Sohn kann ihm jeden Tag folgen, wenn ihm nicht bald ein Freund zu Hilfe eilt. Es ist ein Jammer, denn er ist ein aufrechter junger Mann, obwohl seine Schwester vielleicht klüger ist als er... ich will damit nicht sagen, daß eine Frau ihre Nase zu sehr in Bücher stecken sollte, die ihren Kopf mit nutzlosen Träumen füllen, denn die Frauen halten sich immer an das Gefühl und nicht an die Form. Doch an Hoels Hof wußte man, was Kultur bedeutet, und er war mehr wert als die Länder seiner raubgierigen Nachbarn zusammen.«

»Zu Lebzeiten meines Vaters hätten sie nicht gewagt, sich aufzulehnen«, fügte er plötzlich grimmig hinzu. Dann lehnte er sich zurück, als wolle er eine lange Geschichte erzählen und begann:

»Meine Vorfahren hielten dieses Land seit Jahrhunderten als Vasallen des Herzogs. Die Wachhunde des Westens nannte man uns. Im Herzen Löwen mit Gebrüll als Sprache anstelle maßvoller Worte. Und vielleicht war das auch nötig, damit man sie über die Wellen hinweg hörte. Der Kummer begann mit meinem Großvater... sie waren alle eigensinnige Burschen, aber er nahm sich sogar eine Fremde zur Frau... niemand wußte, woher sie kam. Man nannte sie die Frau vom Meer. Das Schicksal war gnädig mit ihr, denn sie starb bei der Geburt meines Vaters. Er unterschied sich kaum von der alten Sippe, allerdings lud er oft fahrende Sänger in ein Haus, in dem Musik nur in Form von Trinkliedern bekannt war. Die Harfe gehörte ihm, obwohl er kaum einen Ton hervorbringen konnte, und ich noch weniger, auch wenn mir bei ihrem Klang das Herz vor Freude hüpfte. Vielleicht liegt es an meinen Fingern.« Er streckte ihm die riesigen Hände entgegen. »Das ist alles, was ich von ihnen habe... den mächtigen Körper... Knochen und Muskeln, mehr als mir lieb sind. Ich fand keinen Frieden hier, auch nicht am Hof des Herzogs, wo ich als Knappe diente. Eines Tages schloß ich mich einer Gruppe wandernder Scholaren an. Wir zogen von Ort zu Ort und erreichten schließlich Paris und die Schulen. Aber die Kutte eines Priesters gefiel mir noch weniger als die Rüstung eines Ritters. Ich schätze Form in

Worten sehr, aber nicht im Leben. Deshalb überließ ich meine Laufbahn dem Schicksal. Ich reiste von Land zu Land und eignete mir an, was sich mir an Wissen bot.«

Er schwieg einen Augenblick. »Als ich schließlich nach Hause zurückkehrte, lebte mein Vater nicht mehr. Er hat mir nie vergeben... die jahrhundertealte Tradition war gebrochen. In einem Anfall von blindem Zorn enterbte er mich und vermachte das Land der Kirche. Die Burg wurde bis auf diesen Turm dem Erdboden gleichgemacht. Unten im Tal bauten sie mit den alten Steinen ihr Kloster im neusten Stil, der aus Frankreich kam. Ich vermute, dem Abt Thierry liegt die Anmut seiner Apsis mehr am Herzen als die Gebote seines Breviers. Der Herzog hätte vielleicht eingegriffen, aber ich war zu lange außer Landes, und als ich zurückkehrte, saß Hoel auf dem Thron. Er hätte mich für den Verlust entschädigt... wir wuchsen zusammen auf... aber ich wollte nicht mehr, als in Frieden leben. Wir drei schlossen einen merkwürdigen Bund, und der Mann, der mein erbittertster Feind hätte sein sollen, wurde mein Freund. Dank seiner Großzügigkeit konnte ich mich sogar in diesem alten Turm niederlassen... ich Kurvenal von Lanois!« In seinem Lachen lag mehr Fröhlichkeit als Ärger.

»Und deshalb«, murmelte Tristan, »würde Euer treuer Wächter den guten Abt am liebsten erdolchen?«

Kurvenal seufzte. »In den Augen der Welt hat er vielleicht recht. Aber warum sollten sich Männer aus Blutgier gegenseitig umbringen, anstatt bei einer Flasche Wein und Versen von Horaz wie Götter miteinander zu leben? Ihr schreit nach Rache und stürmt in Eis und Schnee durch die Heide. Dabei wartet auf Euch nichts Besseres als der wahrscheinliche Verlust von Leben oder Gliedern.«

»Ist da soviel verloren?«

Einen Augenblick lang herrschte Stille. Kurvenal sah seinen Gast neugierig an; blickte auf die seltsam kraftvollen, lebendigen Hände, die immer noch selbstvergessen auf der Harfe ruhten.

»Das könnt Ihr fragen?« erwiderte er, »Ihr, dessen Finger diesen rostigen Saiten eine Musik entlocken, die den Gott der Goldenen Leier mit Neid erfüllen könnte?«

»Manchmal träumt man...« Tristan schüttelte in plötzlicher Ungeduld den Kopf. »Aber wir leben nicht im Olymp, sondern auf dieser Welt.«

»Diese Welt. Wer kann sicher sein, daß es eine andere gibt...? Trinken, und in vollen Zügen trinken. Die Spanne des Lebens ist kurz genug, und danach...« Kurvenal nahm einen Schluck Wein und lehnte sich mit halbgeschlossenen Augen im Stuhl zurück.

Die letzten Worte waren beinah unhörbar verklungen. Die schweren Lider sanken so tief über die kleinen Augen, daß Tristan beinahe glaubte, sein Gastgeber sei eingeschlafen. Doch im nächsten Augenblick ließ ein Seufzer den mächtigen Körper erzittern.

»Der Olymp ist uns nicht bestimmt. Die Blume eines gutgekühlten Weins und die gezählten und ungezählten Küsse einer Frau zwischen Abenddämmerung und Sonnenaufgang sind vielleicht alles, was wir je vom Paradies kosten dürfen.«

Er beugte sich vor und füllte seinem Gast den Becher, aber Tristan hatte sich dem Feuer zugewandt.

»Kann Euer Freund, der Abt, solche Ketzereien dulden?« Seine Stimme klang plötzlich scharf.

Kurvenal lachte leise. »Bei einer Flasche Marsala ist Thierry ein nachsichtiger Priester. Und die Oden von Horaz schmecken ihm besser als die Bekenntnisse des Augustinus. Bei Gott, er hat ein Auge und ein Ohr... diese Statue dort...«, seine Augen wanderten in die Ecke, »... ich mußte mich von meiner kostbarsten Handschrift trennen, um sie zu erwerben. Trotzdem hätte er sich nicht von ihr getrennt, wenn seine guten Mönche nicht so zimperlich wären. Sie kommt aus dem Süden. Römische Arbeit aus den Provinzen... wer weiß? Dort unten gab es Griechen.« Kurvenals Augen wurden schmal. »Seht den Körper. Er spielt Versteck mit dem Peplos, aber der Rhythmus ist da, vom Kopf bis zur Sohle ihres hübschen Fußes ungebrochen. Was macht es schon, daß er fehlt? Man sieht sie, Linie um Linie, Glied um Glied. Das ist der Prüfstein. Heutzutage können sie höchstens einem Kopf Leben verleihen.«

Schweigend betrachtete Tristan die Statue.

»Sie besitzt etwas Ewiges«, sagte er schließlich, »eine Ganzheit des Wesens, als seien in ihr Vergangenheit, Gegenwart und Zukunft vereint... als sei Zeit nichts anderes als eine Musik, wie Wasser, das durch die Stille fällt.«

»Musik...« Kurvenal nickte. »Sie liegt in den Falten. Sie versuchen in den Bauhütten der Dome ihre Meißel so singen zu lassen, aber der Stein fließt nicht. Alle Ecken und Kanten sind scharf wie Klingen. Zuviel Drang und zu großer Nachdruck.«

»Zuviel von uns. Ist es das?« Fragend wandte sich Tristan seinem Gastgeber zu. »Unser Sehnen, unser Leid, unsere Angst. Sie liegen drängend und quälend in der Luft, bis wir sie in ein Lied oder in die

Form eines Steins binden. Sie bleiben, in Schönheit gekleidet... eine
Spannung des Arms, ein Auge, das in weite Fernen blickt. Es ist
da... unser Spiegelbild.« Wieder wandte er sich dem Torso im
Schatten zu. »Der Mann, der diese Gestalt schuf, hatte sich von sich
selbst befreit.«

Kurvenal lächelte. »Ein Zustand, den heilige Männer durch Kontem-
plation erreichen wollen.«

»Der Mönch, der Einsiedler... sie tun nichts anderes als zu fliehen.
Sie lassen die Welt hinter sich, weil sie sich fürchten. Aber sie bleiben
Gefangene ihrer Furcht, und die Welt bleibt, was sie ist... ein wildes
Durcheinander, ein Alptraum. Aber in der Welt zu bleiben, zu
kämpfen...«

»Parzivals Weg.«

Tristan schüttelte den Kopf. »Der Weg durch die Berge, durch öde
Felsen... Aber es gibt Wasser, schweigendes, unergründliches Wasser. Sollten wir nicht davon trinken...? Er hat sein Ziel erreicht,
seine Suche war zu Ende. Es muß etwas geben, was keine Grenzen,
keine Begrenzung kennt. Wer weiß, vielleicht trägt jeder Mensch
seinen Gral in sich, und wir sind nur geblendet... von unserer
eigenen Unsicherheit zerrissen, von der verfluchten Bedeutungslo-
sigkeit der Dinge. Und trotzdem ist es da... das Licht hinter der
Materie. Es durchdringt sie und verneint sie nicht, die Musik im
Herzen der Stille... zu hören, zu sehen, hineingenommen zu werden... Manchmal ahnt man es«, fügte er ruhiger hinzu. »Ich glaube,
der Bildhauer ahnte es, als erblicke er die ganze Schönheit, indem er
sich mit seinem ganzen Wesen in die Schönheit seines Bildes ver-
senkte.«

Der fragende Blick wich aus Kurvenals Gesicht. »Die Vision ewiger
Schönheit«, murmelte er, »eine Ekstase, die einige in Gott und
andere in der Liebe gesucht haben.«

»In ihrer Vorstellung.«

Tristan beugte sich über das Feuer; seine Finger umklammerten die
Saiten der Harfe.

»Und im Körper?« fragte der Ältere mit leichter Wehmut in der
Stimme. »Die menschliche Schönheit, und die rosigen Wangen...
nichts als leerer Wahn, leeres Verlangen, das im Wind verfliegt?«

Schweigen erfüllte den Raum. Ein Holzscheit brach auseinander und
zerfiel zu Asche. Tristan saß bewegungslos vor der Glut und verbarg
das Gesicht in den Händen. Schließlich trank Kurvenal einen Schluck
Wein, um die Spannung zu lösen.

»Warum all diese Qualen von Körper und Geist? Vielleicht belasten uns dort unten im Süden diese Dinge weniger. Es ist schon beinahe genug zu leben. Aber hier... Wie habe ich diese Nebel, diese Felsen, die sich im Nichts verlieren, manchmal gehaßt.«

»Trotzdem seid Ihr zurückgekommen«, erwiderte Tristan beinahe zu sich selbst.

Der andere lachte, sich selbst verspottend. »Etwas an diesem Ort zieht einen an.«

»Es ist das Rätselhafte an ihm.«. Tristan schwieg einen Augenblick und starrte in die Flammen, ehe er schließlich sagte: »Nichts kann ihn zähmen, niemand weiß, was er sucht... vielleicht niemand außer seinem Feind, dem Meer. Er ist ohne Trost, ohne Mitleid, blind für alles, außer dem eigenen Ringen, dem eigenen Haß. Der Frühling kommt und er brennt, er entflammt. Man glaubt, er müsse sich selbst verbrennen. Der Nebel hüllt ihn in Trostlosigkeit, aber er wird neugeboren.«

»Aber Ihr seid nicht aus der Bretagne.«

Tristan bewegte sich nicht.

»Der Ort gleicht meiner Heimat. Auch dort war das Land zu Ende.« Er blickte auf und sah seinen Gastgeber an. »Ich bin Tristan... von Lyonesse.«

Er staunte selbst, als er den Namen hörte, der ihm sieben Jahre lang nicht über die Lippen gekommen war.

Kurvenal, der plötzlich die Augen des Fremden erblickte, sah plötzlich einen der Seen in der Heide, die so klar und offen unter dem Himmel liegen, jedoch vom Schatten des Moors versengt werden. Er stellte keine weiteren Fragen, sondern beugte sich vor und hob den Becher.

»*Finis terrae.*«

Kurvenal glaubte zu sehen, daß die Hand des Mannes zitterte, als jener den Trinkspruch erwiderte. Dann erinnerte er sich an den Ritt seines Gastes durch den Schneesturm über die kahle Heide und erhob sich, von Gewissensbissen geplagt, schwerfällig vom Stuhl.

»Ich bitte Euch, vergebt einem Mann, der zu sehr daran gewöhnt ist, die Nacht zum Tag zu machen. Ihr müßt schon lange müde sein.«

Tristan stand auf und streckte die steifen Glieder.

»Ein paar Stunden Wärme und Ruhe... Wenn ich Eure Gastfreundschaft in Anspruch nehmen darf...«

»Tage... Monate, wenn es Euch gefällt.« In der Einladung lag herzliche Wärme.

Der Schnee war getaut und in das morastige braune Heideland gesickert, als Tristan und sein Gastgeber sich schließlich auf den Weg zum Hof des Herzogs machten. Kurvenals Gastfreundschaft blieb hinter seiner herzlichen Einladung nicht zurück. Aus den Tagen wurden Wochen, während die beiden Männer Erinnerungen an ihre Reisen austauschten und über das unstete Leben philosophierten. Sie verband ein unaufdringliches gegenseitiges Verstehen, das sich mehr auf unausgesprochene als auf gesprochene Worte gründete. Tristan erzählte nur wenig aus seiner Vergangenheit. Und sein Gastgeber, der sein Schweigen achtete, stellte keine weiteren Fragen. Denn seine gewohnten Zweifel waren durch die offensichtliche Fügung leicht ins Schwanken geraten. Sie hatte die beiden heimatlosen Männer in diese felsige Einöde geführt – den einen verspottete dieser Ort mit dem Namen Heimat, und für den anderen trug sie offensichtlich die Züge seines Geburtslandes, das er verlassen hatte oder aus dem er geflohen war. Doch eines Tages verdichteten sich die Gerüchte zur bitteren Gewißheit: Rigolin von Nantes hatte eine erste erfolgreiche Schlacht so übermütig gemacht, daß er drohte, das Reich zu zerstören. Gradlon, der Regent, war plötzlich von einem geheimnisvollen Leiden befallen worden, und man wußte, daß er starb. Der Feind nutzte die Uneinigkeit in der Nachfolgefrage aus und stiftete Zwietracht unter den eifersüchtigen Vasallen. Schließlich sah sich der junge Herzog, der zu arglos war, um solche Schlechtigkeit zu vermuten, von allen Seiten von Verrat umgeben.

Für Tristan bedeuteten die Neuigkeiten die Entscheidung zum lange aufgeschobenen Handeln. Der Entschluß, Hoels Sohn aufzusuchen und der Gedanke, Ronec zu rächen, den Tristan enttäuscht und verbittert auf seinem ziellosen Umherirren gefaßt hatte, waren im Verlauf seines Aufenthalts in Finisterre zu einem echten Anliegen geworden. In ihm erwachte wieder der Wunsch nach menschlichen Beziehungen und nach einem sinnerfüllten Leben – etwas, dem er sich schon fast entfremdet hatte. Kurvenal fluchte zwar über die Störung ihres friedlichen Zusammenseins, aber er wußte, daß es unvermeidlich war. Er hatte schon lange gespürt, daß der leidenschaftliche Hang zum Träumen und der Drang zum Handeln im ruhelosen Wesen dieses Mannes unablässig miteinander rangen wie der ewige Zwiespalt zwischen zwei Menschen – ein vergeblicher Kampf, so hoffnungslos wie das Ringen von Felsen und Meer. Wäre für Tristan, wie für die meisten Männer seiner Art, Musik nur eine

Zerstreuung gewesen! Aber in seiner leidenschaftlichen Hingabe übertraf er bei weitem die Kunstfertigkeit eines gewöhnlichen Troubadours. Wenn er sang, geriet selbst Kurvenals pessimistische Lebenseinstellung ins Wanken. Einen Augenblick lang schien das Leben mehr zu bieten als die flüchtige Vision von Schönheit in einer zerfallenen Welt, als lehne sich im Klang dieser Rhythmen und gebrochenen Harmonien in seltsam unvermittelten Gegensätzen die Sterblichkeit gegen die Gleichmut der Götter auf – ja übersteige sie sogar.

»Man könnte singend sterben und würde es weder bemerken, und es wäre einem auch gleichgültig«, hatte Tristan einmal gesagt, »Vergangenheit und Zukunft gibt es nicht mehr.« Trotzdem ließ ihn die Unruhe nicht mehr los, als die Nachrichten vom Krieg gekommen waren. Wie von einem unsichtbaren Stachel getrieben, stürzte er sich in die Erregung des Tuns.

Kurvenals Zögern, die gemeinsame Zeit abzubrechen, hätte ihre Abreise noch länger hinausgeschoben, wenn sein Gast nicht ständig gedrängt hätte. Tristan wäre allein aufgebrochen, wenn er nicht geglaubt hätte, die Empfehlung seines Gastgebers würde ihm einen guten Stand verschaffen. Das herzogliche Haus hatte dem pflichtvergessenen Vasallen das Wohlwollen nie entzogen. In der Zwischenzeit war der Feind so weit ins Land eingedrungen, daß sie nur über einen Umweg die Streitmacht des Herzogs erreichen konnten. Als sie am Rand der geplünderten und ausgeraubten Gebiete entlangritten, entging Kurvenal nicht, daß sein Gefährte immer schweigsamer wurde. Der Anblick des zerstörten Landes schien dunkle Erinnerungen in ihm wachzurufen, und jede neue Schreckensgeschichte trieb ihn noch ungeduldiger vorwärts. Man berichtete, Gradlon, der Regent, läge in den letzten Zügen. Viele Vasallen setzten ihre Hoffnung nicht mehr auf eine Beilegung der Streitigkeiten und boten dem Feind, der es an Bestechungsgeldern nicht fehlen ließ, nur schwachen Widerstand. Die Vorhut der feindlichen Streitkräfte stand bereits wenige Meilen vor Carhaix. Dort hatte der junge Kaherdin mit seinen Männern eine letzte, verzweifelte Stellung bezogen.

Endlich entdeckten sie am nächsten Morgen auf den fernen Hügeln über dem Fluß die Ansammlung der Pavillons, die auf dem grünen Teppich der Hänge nach dem langen Ritt über die eintönige Heide und dem Anblick der verkohlten Reste geplünderter Stallungen heiter und fröhlich wirkten. Als sie zwischen den Zelten hindurchritten, entging ihnen die düstere Stimmung nicht, die selbst die derben und wichtigtuerischen Späße der Männer überschattete. Hin und wieder erhoben sich sogar Stimmen in offensichtlicher Unzufriedenheit.

Die Wache vor dem Pavillon des Herzogs erklärte, der junge Herr halte eine Beratung ab. Sie wollten gerade einen Rundgang durch das Lager machen, als der Eingang aufgerissen wurde, und ein reich gekleideter Edelmann aus dem Zelt trat. Hohn zuckte über sein hochmütiges gereiztes Gesicht, als er die beiden Männer erblickte. »Wie das, Kurvenal? Hat sich das Blut der alten Sippe schließlich doch in Euch geregt?! Der Wachhund hat etwas lange geschlafen.« Mit einem beiläufigen Blick auf Tristan rief er nach seinem Knappen. Sporenklirrend stampfte er zu seinem Pferd und schimpfte dabei über den Knappen, der nicht schnell genug zur Stelle war.

Der junge Herzog stand allein im Zelt und starrte von dem vorausgegangenen Gespräch noch immer wie benommen vor sich hin. Er war jünger, als Tristan ihn sich vorgestellt hatte – zumindest vermittelten die hellen Haare und die weiße Haut, aus der die Zornesröte langsam wich, diesen Eindruck. Kaherdin mußte plötzlich ungestüm vom Diwan aufgesprungen sein, denn auf dem Boden lagen Schlachtpläne und Rollen verstreut. Er versuchte geistesabwesend, den Falken zu beruhigen, der immer noch aufgeregt auf seiner Faust flatterte.
»Kurvenal!«
Die Tränen der Wut, die in den Augen des jungen Mannes standen, drohten durch den plötzlichen Wechsel der Gefühle zu fließen. Dann bemerkte er, daß sie nicht alleine waren, und nahm sich zusammen. Er bemühte sich um höfische Würde und wandte sich fragend dem Fremden zu.
»Der Edle Tristan von Lyonesse... er brennt darauf, einen alten Gefährten zu rächen...« Beunruhigt vom offensichtlichen Kummer des jungen Mannes unterließ es Kurvenal, Tristan in aller Förmlichkeit vorzustellen. »Ein wahrer Freund der Bretagne. Er ist gekommen, um Euch seine Dienste anzubieten.«
»Ronec von La Meillerac«, erklärte Tristan, »wie ich erfahren habe, fiel er in einer Schlacht für Euren Vater.«
Kaherdin runzelte nachdenklich die Stirn. »Ronec... War er nicht einer der Schildknappen, als ich noch ein Junge war? Ihr seid sein Freund gewesen?« fuhr er fort und überlegte, ob der Schatten, der das Gesicht des Fremden verdüsterte, seiner Trauer zuzuschreiben war.

»Als ich ihn kannte, war er auch noch ein Junge. Ich war selbst kaum älter, obwohl ich ihn damals noch für ein Wickelkind hielt. Sein Bruder war so alt wie ich.«

»Sein Bruder...?« Kaherdins Augen leuchteten auf. »Jetzt erinnere ich mich... Ronec sprach immer von seinem Bruder, der auf der Suche nach Abenteuern in den Osten gezogen und nie zurückgekommen war. Und er schwor, ihm zu folgen, sobald er zum Ritter geschlagen worden war. Aber er fiel bereits kurze Zeit später... in einem Scharmützel mit Rogier von Doleise, glaube ich.« Wieder stieg die Röte in seine Wangen. Er sah Tristan erregt an. »Aber Rogier ist nicht unser Feind... noch nicht...« Kaherdin sagte das eher enttäuscht als zufrieden.

Kurvenal hob den Blick vom Entwurf einer Kriegsmaschine, den er gerade studiert hatte. »Rogier, der Rote? Seine Sturmwolken jagten bei unserer Ankunft tief über unseren Köpfen hinweg. Der Mann muß bei Vulkan in der Schmiede aufgewachsen sein... eine Eigenschaft, über die man sich bei einem Feind weniger freut als bei einem Freund... Aber sein Rat ist wohl kaum so weise wie der eines Seneca.«

»Freund... Rat...« Der junge Herzog warf ungeduldig den Kopf zurück. »Sie kommen Tag und Nacht. Der eine rät dies, der andere das, als hätte ich keinen eigenen Willen. Sie denken wohl, ich wüßte nicht, daß sie sich nicht um das Wohl der Bretagne sorgen, sondern um ihren eigenen Vorteil. Jeder versucht, den anderen auszurauben. Nur Gott allein weiß, wer falsch und wer aufrichtig ist. Aber sie lassen mir mit ihren Plänen und Versprechen keine Ruhe und...« er wandte sich etwas ab, seine Stimme klang halb erstickt, »und mit ihren Drohungen.«

Kurvenal holte tief Luft. »Wer droht... unser hitzköpfiger Freund?«

Kaherdins Finger fuhren durch das Gefieder des Vogels. »Wenn ich seinen Anspruch auf die Regentschaft nicht unterstütze... Gradlon stirbt. Wenn ich nicht nachgebe... er hat mir zu verstehen gegeben, daß er sich Rigolin anschließen würde... und dann ist unsere Bretagne... Aber das werden sie nicht, das werden sie nicht!« Er stand mit geballten Fäusten vor Kurvenal. »Ich habe meinem Vater geschworen, meinem Land um jeden Preis die Treue zu halten.« Als sei der Widerstand von Stunden und Wochen in ihm zusammengebrochen, warf er sich plötzlich auf den Diwan und vergrub das Gesicht in den Armen.

Kurvenal versuchte, den Kummer des jungen Mannes zu lindern, setzte sich schwerfällig neben ihn und erzählte ausführlich von Tristans Erfahrungen.

»Auf Feldzügen ist er ein wahrer Cäsar. Er bietet seine Hilfe an.« Allmählich überwand Kaherdin seine Verzweiflung, während er mit wachsendem Staunen den Geschichten über die Heldentaten des Fremden lauschte. Schließlich blickte er in Tristans tiefliegende Augen, als hinge alles von dessen Antwort ab.

»Aber mußtet Ihr kämpfen, um Euer Land zusammenzuhalten, ehe Ihr herrschen konntet?«

»Ich mußte es befreien.«

Das Gesicht des jungen Herzogs hellte sich auf. »Und es war... Eure erste Schlacht?«

»Ich war etwas älter. Davor lag ein Zweikampf.«

Kaherdin starrte ihn atemlos an. »Gegen einen großen Helden?«

»Er war der beste Ritter seines Landes.«

»Habt Ihr gewonnen?«

Tristan lachte etwas gezwungen. »Beinahe hätte er mich auch erschlagen.«

Kaherdin sprang auf. »Wenn ich mich Rigolin doch auch allein im Kampf stellen könnte! Mein Gott«, murmelte er leise, »mir wäre beinahe lieber, es wäre Rogier.« Er schob mit dem Fuß die verstreuten Pergamentrollen beiseite und riß den Zelteingang auf.

Der Abhang vor ihnen zog sich bis zum Fluß hinunter, der sich wie ein graues Band zwischen den grünen Ufern wand, die mit den weißen Zelten übersät waren, über denen die Banner züngelten – gold, scharlach und grau, auf der größten Standarte der Doppeladler – er breitete seine schwarzen Schwingen vor den dicken Wolken aus. Ein Schild blitzte in der Sonne. Unten am Wasser weideten die Pferde. Eine Schar Krähen flog krächzend von den kahlen Zweigen auf.

Kaherdin stand regungslos und blickte über das Lager. Seine hellen Haare flatterten im Wind. Der Falke saß regungslos auf seiner Faust – so starr, als sei er aus Stein gemeißelt. Plötzlich wandte er sich trotzig und vor Begeisterung glühend Tristan zu.

»Wir werden siegen.«

»Wir müssen.«

Fern im Westen hinter den Flußbiegungen lag das Land wie ein großes Banner aus verblaßter Seide, das an den Rändern fadenscheinig und zerschlissen ist. Die gekräuselte Haut des Meeres glänzte silbern. »Wir müssen...« Tristan schienen der Sieg und das Recht für dieses Land zu kämpfen ebenso wichtig zu sein wie für den Jungen – darin lag das Versprechen einer zweiten Geburt, die Möglichkeit ein Leben wieder aufzunehmen, von dem er geglaubt hatte, es sei unwiederbringlich zerstört.

Das Knarren von Wagenrädern riß Kaherdin aus seinem unruhigen Schlaf. Der Zelthimmel über ihm verlor sich im Schatten. Es war kein Traum. Im schwachen Fackellicht sah er seine Rüstung noch dort liegen, wohin er sie geworfen hatte, damit sein Knappe sie in Ordnung bringen sollte. Der junge Bursche lag ausgestreckt im Zelteingang und schnarchte mit offenem Mund. Mein Gott, wie konnte man schlafen, wenn man wußte, daß sich morgen vielleicht alles entscheiden würde? Allerdings hatte Tristan darauf gedrungen, daß ein guter Krieger solange wie möglich schlief. Tristan... er konnte seit Beginn ihres Feldzugs kaum Ruhe gefunden haben. Eine Woche – und sie hatten den Feind fünfzehn Meilen zurückgetrieben. Doch Rigolin hatte hinter Auray eine feste Stellung bezogen. Aber morgen... morgen würde er erleben, daß die Bretagne nicht nur ein Sumpf der Bestechung und Verderbtheit war, für die Rigolin sie hielt. O Gott, wie hatten sich die Männer um ihn gesammelt, nachdem sie sahen, daß Hoffnung bestand. Nur Rogier... Wie hatte das Gesicht unter den feuerroten Haaren geglüht, als er sich von den Drohungen des Mannes nicht beeindrucken ließ. Und seine verächtlichen Blicke auf Tristan! Vielleicht hatte sich sein Ton inzwischen geändert. Zu spät! Rigolin stellte Forderungen an seine Verbündeten. Rogier stand jetzt zwischen zwei Feuern. Wenn er ihnen nur in die Hände fallen würde! Er hatte mehr als eine Schuld zu begleichen. »Tristan... der gottgesandte Ritter ist direkt vom Himmel gefallen.« Sollte Rigolin nur spotten! Tristan, der Fremde – die Bretonen hatten ihn zu einem der ihren gemacht. Wie waren sie ihm beim Angriff gegen eine drei-fache Übermacht gefolgt! Nautenis von Hante wird sich dort unten in seinem kalten schwarzen Bett im Moor wohl kaum noch seiner Taten rühmen – er und seine fünfzig Männer. Ihre Schreie gellten Kaherdin noch in den Ohren... die verzweifelt kämpfenden Pferde, die bis zum Hals im Schlamm steckten... Krieg... war das der Krieg? Tristan hatte ihn weggezogen. Am selben Tag hatten sie Plouay zurückgewonnen. Stadt um Stadt, Meile um Meile würden sie das Land wieder erobern – das Land, das sein Vater ihm anvertraut hatte. Er und der Fremde retteten die Bretagne. Man erzählte sich Geschichten vom Heiligen Georg und dem Heiligen Theodor vor den Mauern von Acre. Wer war er? Wo war er jetzt?

An Schlaf war nicht mehr zu denken. Kaherdin warf die Decke zurück, sprang vom Diwan, legte den Mantel um und trat über den am Boden schlafenden Knappen ins Freie hinaus.

Die Zelte lagen in tiefem Schweigen. Nur hin und wieder hörte er hinter den straff gespannten Zeltplanen verschlafene Stimmen, leise Gespräche. Aber dahinter im unteren Lager – das Flackern kleiner Feuer und der Fackelschein der Waffenschmiede. Ein Soldat ging mit Zaumzeug beladen vorüber. Ein Eimer wurde klappernd auf einem Stein abgestellt. Ein Scherz, ein Lachen, das Aufschimmern von Rüstungen, als ein paar Männer ihn an der Schulter streiften und in der Dunkelheit verschwanden.

Unten am Fluß sangen Männer. Vorsichtig ging Kaherdin über den aufgewühlten Boden und kam ihnen näher. Ein volltönender Tenor war der Vorsänger. Er kannte das Lied gut – eine alte bretonische Ballade.

Und wieder nahm die ganze Gruppe den Kehrreim auf.

Ungefähr zwanzig Männer lagerten am Feuer. Aus einem großen Kessel über der Glut stieg Dampf auf. Das Feuer zischte und knisterte, wenn das Fett von dem Hasen tropfte, den ein dunkelhäutiger Bursche mit struppigen Haaren an seinem Speer briet. Der Bratenduft stieg ihm in die Nase, und schon begann ein neues Lied, das ein schlaksiger Junge mit glatten Haaren auf seiner Fiedel begleitete.

Kaherdin blieb im Schatten stehen und beobachtete sie. Ihn überkam beinahe Neid, denn er war zu stolz und zu schüchtern, sich zu ihnen zu setzen. Plötzlich warf einer der Soldaten einen Ast ins Feuer, das hoch aufflackerte und das Gesicht des Sängers beleuchtete: Tristan! Als Kaherdin das vor Begeisterung glühende Gesicht betrachtete, wurde ihm bewußt, wie sehr der Held seines Feldzugs sich von dem verbitterten Fremden mit dem traurigen Gesicht unterschied, den Kurvenal zu ihm ins Zelt gebracht hatte. Konnte die Bretagne ihm so viel bedeuten? Tristan hatte sein Land verlassen, wie er von Kurvenal wußte. Streitigkeiten mit dem König. Bestimmt war er neidisch auf Tristans Taten gewesen. Die Bretagne war wie seine Heimat. Er würde ihn mit einem Lehen entschädigen, das ihn den Verlust vergessen lassen würde! Als das Lied zu Ende war, schlich er sich vorwärts und legte Tristan die Hände auf die Schultern.

»Kaherdin!«

Vor Überraschung schwiegen alle einen Augenblick. Dann sprangen ein paar von den Männern auf und begrüßten ihn lautstark. Der dunkelhäutige Koch lächelte breit und bot ihm einen dampfenden Napf an. Lachend kam ihm Tristan zuvor.

»Wer hat den Befehl mißachtet, bis zum ersten Hahnenschrei zu schlafen? Als Strafe... gibt es trockenes Brot und Wasser.« Er griff nach einem Laib Brot und drückte ihn dem jungen Mann in die Hand. Dann sprang er auf und hob den Becher mit dem funkelnden Wein.

»Sieg dem Herzog Kaherdin!«

Getragen vom Jubel der Männer erhob er sich, zögerte kurz, während seine Augen von Mann zu Mann wanderten, dann nahm er Tristan den Becher aus der Hand und führte ihn an die Lippen.

»Auf die Bretagne und ihren Helden!«

Allmählich verhallten die Jubelrufe der Männer in der Nacht. Das letzte Fleisch war verzehrt und der Kessel leer. Ein hagerer Bursche mit hellen Haaren trat in den Kreis.

»Wir haben ein Lied Euch, hoher Herr, und dem Edlen Tristan zu Ehren gemacht. Es wird zwar morgen noch eine neue Strophe verdient haben, aber vielleicht hört Ihr es Euch jetzt schon an, denn es könnte sein, daß der eine oder andere von uns morgen nicht mehr auf der Erde sein wird, um mit einzustimmen... wenn Cariadoc nach all dem Wein die Melodie nicht vergessen hat«, fügte er hinzu, schüttelte damit die flüchtige Wehmut ab und zog den Jungen mit der Fiedel an den Haaren, der inzwischen eingeschlafen war. Verwirrt fuhr jener auf.

»Und dabei habe ich im Traum gerade das Lied verbessert.« Cariadoc stimmte die Fiedel, strich mit dem Bogen die Melodie und begann mit dünner Stimme zu singen. Im nächsten Augenblick fiel der tiefe Baß seines Kameraden ein, und schließlich sang die ganze Gruppe:

> In der Bretagne regiert der Tod.
> Hoels Ritter sind in großer Not
> Denn schändlicher Hader ist ihr Brot.
> Gott schütze das Reich – Carhaix!
>
> Sie wollen die Kronen teilen zu ihrem Gewinn
> Rogier der Rote und der Verräter Rigolin.
> Die Hölle ist ihnen gewiß ohnehin
> Noch vor der Schlacht um Carhaix!

Um unser Land zu retten aus tiefer Not
Die Schmach zu tilgen im Morgenrot
Schwor der Ritter aus Lyonesse ihnen den Tod.
Es lebe Kaherdin – Carhaix!

Der Edle Tristan stürmt in die Schlacht
Lanze und Schwert bahnen den Weg mit Macht
Nautenis flieht und wird niedergemacht.
Fünf Meilen vor Carhaix!

Wer wollte uns treiben ins tödliche Moor?
Wo sind nun deine Ritter, du armer Tor?
Wer hört jetzt dein Prahlen im schwankenden Rohr?
Frösche und Reiher – Carhaix!

Die rauhen Stimmen um die erlöschende Glut klangen leise und
schläfrig. Einer nach dem anderen wickelte sich in seinen Mantel und
streckte sich vor den Resten des Feuers aus. Unter ihnen Kaherdin –
er starrte zum nächtlichen Sternenzelt hinauf, das sich über das
schlafende Lager breitete. In der Dunkelheit schien die Erde zu
atmen – sie schien die schweigende Kraft ein- und auszuatmen, die
sich in den dicht gedrängten Zelten und den ruhenden Gestalten zu
sammeln schien. Kaherdin überkam Ehrfurcht. Selbst in der Stunde
der Verzweiflung, in der Zerstörung und Verrat sein Erbe bedroht
hatten, als er auf dem Hügel stand und kühn das vermeintliche
Verhängnis herausforderte, hatte er, wie es ihm jetzt schien, nie
geahnt, was alles von ihm als Mann erwartet werden würde – von
Stunde zu Stunde erkannte er deutlicher, daß dieser Fremde ihm
dabei ein Vorbild war... so zu werden wie er, auch nur halb so stark
und tapfer zu sein... morgen wollte er sich in seinen Augen als
würdig erweisen. Konnte er sich nicht wenigstens die Sporen verdienen... um von ihm zum Ritter geschlagen zu werden?... Kaherdin
stützte sich auf den Ellbogen und blickte sich um. Tristan lag reglos
auf dem Rücken. Seine Augen standen offen. Was dachte er? Wer war
er? Welcher Zufall, welche Fügung hatte ihn in der Stunde seiner Not
zu ihm geführt? Wie konnte er es ihm gleichtun? Die flehentliche
Bitte erstarb Kaherdin auf den Lippen... wenn er versagen würde...
Er mußte sich zuerst bewähren. Unendlich fern und unerreichbar
funkelten die Sterne.
»Wird Gott uns den Sieg schenken?« flüsterte er schließlich.

Tristan regte sich nicht.

»Wenn einem eine Sache genug am Herzen liegt«, antwortete er nach einer Weile, »dann kann man ihn zwingen.«

Kaherdin spürte im Dunkeln den Händedruck. Endlich schlief er ein. Die Sterne verblaßten.

Straßen, Städte, Giebel, die in den Himmel ragten. Blonde Köpfe, dunkle Köpfe, die sich über geschmückte, festliche Fenstersimse reckten; prächtige Fahnen; ein weißer, ausgestreckter Arm... und Lachen, in das sich Blüten mischten; eine Girlande, die von einer Lanze aufgefangen, hochgeworfen und dann zertrampelt wird; Hufe klappern auf dem Pflaster; Trompeten schmettern, Kirchenglocken dröhnen im Ohr; endlich, am Ende der Gasse: Sonnenlicht – freier Raum... aber überall wogende, sich drängende Gesichter. Hohl, hohl... dröhnen die gefräßigen Glocken; Türme bersten, ein schwarzer Schatten; ein gähnendes Portal; *Memento Mori*, die Gräber speien die Toten aus; *Maria ora pro nobis. Dieu donne que ma dame me sourie*; der Drachen windet sich; o Heiliger mit der Rüstung, wir haben sie geschlagen; Dank sei Gott für den Sieg, für das vergossene Blut des Bösen, für den gepanzerten Fuß, der das Böse im Staub zertritt; o heiliges Schwert, heiliger Schild; o starker Arm der Rache; *Saint Michel de la mer del peril*; tief unten, unter der Brücke strömt der Fluß dem Meer entgegen.

> Auf der Brücke reitet der falsche Rigolin
> Mit eingelegter Lanze gegen Kaherdin.
> Mit einem mächtigen Hieb erschlägt Herr Tristan ihn
> Gott führe seine Hand – Carhaix!

Wer von ihnen hatte nicht mehr gelebt, um diese Strophe zu singen? Erbarmen für Guernec, der unter den Lanzen fiel. Das Schwert blitzt auf, die Schilde bersten... wildes Durcheinander – zeitlos. Welcher Arm schlug zu? Und dann?... O Schwert, das sein Ziel gefunden hat... kalt und hart die Kehle; o Schwert an der Hüfte, geweiht vom Blut auf dem Schlachtfeld... die Sterne funkeln unerreichbar.

> Rogier ist gefangen, Rigolin tot.
> Seine Knochen bleichen am Fluß, vom Blut so rot.
> Sein Kopf auf der Mauer bringt nie mehr Not.
> Er blickt hinaus ins Land vor Carhaix!

Aber er fiel tapfer. Die salzigen Fluten übernehmen sein Begräbnis. Dunkler Tang am Strand. Geruch nach Salz. Die Straße fällt steil zum Meer, der Pfad windet sich den Hügel hinauf. Graue Klippen, graue Felsen, Mauern, Türme... unzertrennlich. Der Adler schwebt und kreist... von Jahrhundert zu Jahrhundert, von Vater zu Sohn, übergeben und wieder gewonnen... Eroberung, Sieg.

Der strahlende und glühende Kaherdin wandte sich dem Mann zu, der an seiner Seite ritt.

»Willkommen, Tristan, auf Kareol.«

Sie standen in der Halle unter den Edelleuten, die sich schmeichelnd und bewundernd um sie drängten. Überschwengliche Ergebenheit, die ernste Zurückhaltung der Älteren und dazwischen Ausbrüche von Fröhlichkeit, widerwärtiges Prahlen, Bruchstücke von Erlebnissen, Verhöhnen des Feindes; Huldigungen – aufrichtige Huldigungen, weitschweifige Huldigungen von Neid gefärbt; ein Schauspiel, dachte Tristan, die Wirklichkeit liegt lange zurück.

»Ihr habt dem Namen Eures Vaters Ehre gemacht«, die Augen des Jungen strahlten über das Lob des alten Mannes.

Das waren ihre Worte, wenn sie ihm zitternd die Hand auf die Schultern gelegt hatten.

»Aber die Prüfung steht noch bevor. Es erfordert Geduld und Weitsicht, um ein Reich wiederaufzubauen.«

Träume... Träume. Lyonesse! Mit den Deichen in den Marschen hatten sie begonnen, den Grundstein für den neuen Hafen gelegt. Tristan hörte immer noch das dumpfe Geräusch des Granits, als er ihn an seinen Platz setzte... Hatten sie sein Werk weitergeführt?... Unten im Süden, weißer Stein, kanneliert und gedreht, eine Säule, abgebrochen in halber Höhe über dem Sockel... verlassen zwischen den Zypressen über dem Strand...

»Er scheint bleiben zu wollen. Wie haben wir gelacht, als Amery in Anger so einen trug. Sie riefen ihm nach, er habe wohl den Kochtopf des Kochs gestohlen. Mein Gott, wie der alte Ogier sich über das Visier erregte: ›Ach, ihr jungen Burschen. Habt Angst um eure hübschen Larven wie eine Frau!‹ Er selbst hatte nur noch eine halbe Nase und ein Auge zu verlieren... dieser alte Haudegen!«

Rüstungen... man konnte sich ebenso gut über Rüstungen unterhalten.

»Er hat mich verraten.« Kaherdins Stimme klang scharf und gepreßt an sein Ohr.

»Seine Sippe ist mächtig«, gab jemand zu bedenken. »Sie bieten ein hohes Lösegeld... das halbe Land ist verwüstet, da wird jedes Goldstück gebraucht.«

»Er wollte mich bestechen. Die Regentschaft...«

»... wird jemand übernehmen, der Rogier im Zaum halten kann.« Kaherdin widersprach, aber im Gedränge gingen seine Worte unter.

Mit einem wachsenden Gefühl eines Außenstehenden unterhielt sich Tristan leichthin mit den Vasallen; er sprach über Verluste, tauschte Ansichten aus, berichtete über Beute, erwog ihre Hoffnungen und Befürchtungen für die Bretagne. Hatte eine gewonnene Schlacht genügt, um ihn zu einem der ihren zu machen? Tristan hatte sich diese Frage nicht gestellt, bis alles vorüber war. Finisterre schien einen Zauber über ihn geworfen zu haben, und von der Begeisterung des Jungen mitgerissen, hatte er sich in den Kampf gestürzt und alles für eine Sache riskiert, die er zu seiner eigenen gemacht hatte. Aber jetzt...? Sein Gegenüber wurde von einem Bekannten begrüßt und zog sich mit einer Entschuldigung zurück. Einen Augenblick lang stand Tristan im allgemeinen Stimmengewirr allein und ging zum Fenster. Durch die schmale Öffnung sah er nichts als das dunkle Wasser in einer Linie unter dem Himmel. Hinter dem Wasser lag alles, was er ungetan zurückgelassen hatte. Neu beginnen – der alte Traum, der sich nicht unterdrücken ließ, entbrannte von neuem in dem Jungen – Kaherdins Traum, nicht sein Traum – nicht der Traum des Verbannten. Kaherdin hatte ihn gebeten zu bleiben... abhängig von seiner Großzügigkeit?... ein Lehen ›für seine Dienste‹. Man hatte es ihm schon früher angeboten, und er hatte es nicht angenommen. Aber hier in diesem Land... ein Trugbild seiner Heimat, reich an Freundschaft, zu der er sich nicht mehr fähig geglaubt hatte... in jener Nacht, als sie im Lager bei den Soldaten lagen, hatte er nicht gezweifelt – wieder zu leben und neu zu beginnen...

»Du sollst leben, Tristan...« Hatte sie das damit gemeint? Die Flut der Stimmen hinter ihm verebbte.

»Iseult.«

Hatte er ihren Namen gerufen? Langsam, als erhole er sich von einem betäubenden Schlag, begann Tristan, sich zu erinnern... die Stimme eines Jungen – Kaherdin. Kraftlos lehnte er in der Fensternische und versuchte, sich dazu zu zwingen, den Kopf zu drehen. Hatte er in all den Jahren nicht gelernt, ihren Namen zu hören, ohne zu zittern? Jemand zupfte ihn am Ärmel.

Tristan drehte sich um. Ihn erfaßte eine merkwürdige, kühle Ruhe. Sein Geist schien von ihm losgelöst zu sein und nahm alles ohne Gefühle wahr. Dort hinter Kaherdin – ein wenig vor ihren Frauen – ein schlankes Mädchen mit einem roten Gewand mit einer Bordüre aus goldenen Blättern... ein ernstblickendes, blondes Kind... warum nicht?

»Tristan, meine Schwester.«

Sie stand bewegungslos, sprachlos vor Staunen und blickte zu dem Fremden auf, dessen Name sie in den letzten Tagen mit immer neuen heldenhaften Gestalten geschmückt hatte. Sie war zu benommen, um sich nach dem Grund seiner Blässe zu fragen, und sie erinnerte sich erst sehr viel später und mit erschreckender Klarheit daran, wie das Licht in dem Gesicht erlosch, als das Blut in die Wangen zurückkehrte und sich die Züge zu einer Maske verhärteten.

Aber Kaherdin zog sie ahnungslos und lebhaft vorwärts.

»Iseult von den weißen Händen nennt man sie... vermutlich nutzlose Hände, wenn sie keine Feder halten. Kurvenal sagt, sie versteht besser zu schreiben als viele der Mönche in der Klosterschule.«

Kaherdin konnte den Stolz hinter seinem Spott nicht verbergen. »Aber jetzt haben sie genug Gelegenheit, ihren Wert zu beweisen... obwohl die wenigen Kratzer, die wir abbekommen haben, beinahe wieder verheilt waren, ehe wir aus dem Feld zurückkamen. Aber ich vermute, Garin hat für dich eine kleine Wunde offengehalten, damit du sie heilen kannst. Du darfst ihm nicht sagen, daß ich es dir erzählt habe«, lachte er.

Die junge Frau schien ihn nicht zu hören. Scheu blickte sie den Fremden an.

»Ihr habt meinem Bruder das Leben gerettet.«

Das dunkle Haupt verlor seine stolze, angespannte Haltung.

»Er hat Rigolin den Todesstoß selbst versetzt. Damit hat er sich die Sporen verdient«, hörte Tristan sich lachend erwidern. Seine Zunge verstand es wohl zu antworten, die Bälle aufzunehmen und zurückzuwerfen. So war es die ganze Zeit schon gewesen. Der Empfang am Hof, Prahlereien, Schmeicheleien, Gedanken über das Reich, geistreich und schlagfertig. Weshalb hatte er geglaubt, dieser Faden sei plötzlich gerissen? Ein Name? Nichts als ein Zufall. Der junge Herzog hatte ihn seiner Schwester vorgestellt. Zuerst war es das Land gewesen: Finisterre – Lyonesse – inzwischen hätte er sich an die Ironie des Schicksals gewöhnen können. Kaherdin hatte ihm den Arm um die Schulter gelegt.

»Aber wenn Ihr mir auf der Brücke nicht zu Hilfe gekommen wäret, Tristan...«

Das Mädchen erschauerte:»Es könnte deine Leiche sein, über die sie jetzt Lieder singen.«

Lachend schob Kaherdin ihre düsteren Gedanken beiseite.»Es hätte sein können... aber es ist nicht so. Er hat mich auf dem Feld zum Ritter geschlagen, Iseult.« Während seine Schwester mit angehaltenem Atem der ausgiebigen Schilderung seiner Kühnheit lauschte, gab es hinter ihnen plötzlich eine heftige Bewegung, und Kurvenal drängte seinen mächtigen Körper durch eine Gruppe von Rittern.

»*Ave Cäsar Triumphator.* Sie können die beiden Cäsaren bei ihrer Rückkehr von der Donau kaum mit größeren Huldigungen empfangen haben«, strahlte er, »aber man kann hoffen, Kaherdin, Ihr verfallt nicht den Ausschweifungen eines Lucius Verus, obwohl Euch, Tristan«, fügte er hinzu, »etwas von der stoischen Klugheit eines Marc Aurel nicht schaden würde.«

Kaherdin runzelte die Stirn in gespieltem Ärger über den Zuspätgekommenen.»Kommt Ihr deshalb erst jetzt, weil Ihr eine Predigt vorbereitet habt, die Ihr uns halten wollt? Wir hatten gehofft, es würde wenigstens eine Ballade sein.«

Der Beschuldigte lächelte:»Tristan soll sein eigener Vergil sein. Ihr habt wohl kaum zu befürchten, daß er Latein zu seiner Sprache macht, Kaherdin.« Kurvenal zwinkerte mit den Augen:»Aber sonst ist er vermutlich weit genug durch die Welt gezogen, um sich mit Äneas messen zu können. Und was die Aufgaben angeht«, fügte er mit einem Anflug von gutmütigem Neid hinzu, »vielleicht gelingt es Euch, ihn für eine Weile festzuhalten. Ich hatte alle Mühe, ihm nur ein paar Wochen abzuringen.«

Der junge Herzog erwiderte ungestüm:»Er *wird* bleiben. Er hat es versprochen...« Dann sah Kaherdin das unsichere, besorgte Gesicht seines Freundes und verbesserte sich:»Er hat es beinahe versprochen. Und er wird, Tristan wird bleiben!« verkündete er mit kaum verhülltem Triumph und warf einen Blick auf die Edelleute.»Sie wollen mit Euch sprechen, Tristan«, sagte er und zog ihn mit sich.

Kurvenal beobachtete, wie die Vasallen die beiden mit Beifall und Jubel begrüßten. Gedankenverloren wandte er sich Kaherdins Schwester zu.»Auch Odysseus blieb ein Jahr auf der Insel Aea«, murmelte er.

Aber Iseult von den weißen Händen ging zu ihren Frauen zurück, um sich dem Wohlergehen der Gäste zu widmen. Sie dachte dabei an die Jungfrau von Astolat, die den gottähnlichen Fremden willkommen hieß. Aber er ist nicht geblieben, erinnerte sie sich.

Iseult! Später glaubte Tristan, es müsse der Name gewesen sein, der den Zauber vollendete, der ihn erfaßt hatte, seit er in die Bretagne gekommen war. Er hatte ihn so völlig verwirrt, daß ihn nichts mehr erstaunte, und als man ihm neben einem wichtigen Lehen die Regentschaft antrug, schien auch das nur im Einklang mit dieser Magie zu stehen. Es schien beinahe, als müsse er nur einen Wunsch äußern und sein Begehren wurde erfüllt. War dies die spöttische Antwort auf seine anmaßende Behauptung: Man kann Gott zwingen, wenn einem nur genug an einer Sache liegt? Als sei ihm in der Vergangenheit etwas gleichgültiger gewesen als jetzt! Es ist alles Täuschung, dachte er manchmal. Ich bewege mich unter Schatten. Aber die Furcht verging, und in der Freude, nach so vielen Jahren der trostlosen Leere eine Aufgabe gefunden zu haben, aus der etwas Sinnvolles entstehen konnte, stürzte er sich in das Leben, das vor ihm lag. In jenem Frühjahr und Sommer machte er sich mit Kaherdin daran, das Land wieder aufzubauen. Tristan hatte die Edelleute durch seine Tapferkeit für sich eingenommen, und nach all der Not und den schweren Verlusten wollten sie im Augenblick nichts anderes, als Streitigkeiten vermeiden. Sie gaben sich damit zufrieden, daß der Fremde in den wenigen Jahren bis zur Volljährigkeit des jungen Herzogs über sie herrschte. Selbst Rogiers Anhänger hatten sich als Gegenleistung für seine Freilassung dazu bereit erklärt. Kaherdin hatte mit einer erbitterten Hartnäckigkeit, die eigentlich nicht seinem Wesen entsprach, den Tod des Mannes gefordert. Erst nach erneuten Drohungen, die Tristans Regentschaft gefährdeten, willigte er ein. Aber seit dem Tag, an dem Rogier gezwungen worden war, ihm Treue zu schwören, hatte er sich am Hof nicht mehr blicken lassen. Wie es aussah, blieb Rogier auch nicht lange in seinem eigenen Land. Die einen sagten, er sei bei Rigolins Sippe, andere behaupteten, er sei ins Ausland gegangen. Doch die meisten dachten nicht weiter an ihn und freuten sich, den Unruhestifter, wie sie ihn nannten, los zu sein. Selbst Tristan, dem der Haß des Mannes Unbehagen bereitete, hatte ihn über der Aufgabe, das Reich wieder zu einen, bald vergessen. So vergingen die Monate. Die freien Stunden verbrachte er mit Turnieren, der Jagd, mit Waffenübungen,

Musik und Gesang. Kurvenals Lobpreisungen auf Hoels Hof erwiesen sich mehr als gerechtfertigt.

Eines Nachmittags im Mai kehrte Tristan von einem Besuch bei seinem einzelgängerischen Freund zurück, und in der Burg herrschte fröhliches Leben und Treiben. Die alte Gräfin von Vannes, die ihre Nichte auf ihre Ländereien in Frankreich begleitete, hatte in der für sie bezeichnenden Art plötzlich beschlossen, die Reise in Kareol zu unterbrechen. Burghof und Halle erfüllten das Lachen und Lärmen ihres Gefolges. Man sprach davon, daß auf den Wiesen vor der Burg alle möglichen Wettkämpfe und Vergnügungen veranstaltet wurden. Nachdem Tristan sich umgekleidet und erfrischt hatte, machte er sich auf den Weg zu der bunten Gesellschaft, und schon von weitem drang Musik an sein Ohr. Vom Burgwall sah er die farbenprächtigen, bunten Gestalten der Tänzer, die sich auf dem grünen Rasen drehten und mischten. Doch das Bild, das sich ihm bot, hatte soviel von der Vollkommenheit eines Wandteppichs, daß er zögerte, es zu zerstören. Seine Schritte wurden langsamer, und als er die Gesellschaft schließlich erreicht hatte, war der Tanz zu Ende. Man umringte ihn und erklärte eifrig, man bereite einen Wettkampf vor. »Was für einen Wettkampf?« fragte Tristan und hoffte nach dem langen Ritt insgeheim, sie würden keine Kampfspiele fordern. Nein, keine Waffen, sondern Lieder, und lachend erklärten sie, es sei Pech für sie, daß er gekommen sei, denn nun müsse einer nach dem anderen unterliegen. Und dabei habe Yolande versprochen, den Sieger mit eigener Hand zu krönen. Tristan folgte ihren Blicken und entdeckte, daß Kaherdins Augen sich unverwandt auf ein Mädchen richteten, das mit seiner Schwester Blumen von den Beeten des Gartens pflückte. Und Tristan erriet sofort den tieferen Grund für den Haß des jungen Herzogs auf Rogier von Doleise. Aber man zog ihn bereits hin zu der alten Gräfin, die unter einem seidenen, bestickten Baldachin im Schatten der Bäume thronte. Und während Tristan noch versuchte, seine wachsende Furcht um Kaherdin zu unterdrücken, begann er völlig sinnlos darüber nachzudenken, welche Farbe Haut und Haare unter den vielen Schichten Schminke und dem labyrinthischen Aufbau ihres edelsteingeschmückten Kopfputzes wohl hatten. Während er die höflichen Begrüßungsworte sprach, musterten ihn die kleinen, listigen Augen der Gräfin unter den schweren Lidern. Schließlich ließen sie ihn wieder los. Die dicke Farbschicht drohte, unter dem nachsichtigen Lächeln rissig zu werden.

»Ich betrachte es als eine Ehre, Edler Tristan, den Mann kennenzulernen, von dem meine beiden großen Neffen soviel sprechen... der eine kann ihn gar nicht oft genug als Heiligen Georg darstellen, der andere nur als den Teufel persönlich. Deshalb blieb mir nichts anderes übrig, Edler Herr, als mir selbst eine Meinung zu bilden.«

»Und ich fürchte«, erwiderte Tristan, »Ihr findet nur einen Menschen.«

»Ich denke, die meisten ziehen es vor, Euch in Fleisch und Blut zu erleben. Mit Unsterblichen zusammenzusein, ist nur selten angenehm.«

»Ihnen nachzueifern ebensowenig. Man nannte mich einmal David... nach meinem ersten Kampf. Aber ansonsten war er mir als Vorbild zu schwierig.«

Die scharfen Augen der Gräfin zwinkerten belustigt. »Ihr haltet es also für eine einfachere Aufgabe, Goliath zu erschlagen, als ein Geschlecht von Königen zu gründen.«

»Für David«, parierte Tristan, »sprachen neben einem königlichen Stammbaum die Psalmen.«

»Und für Euch, Edler Tristan, wie ich gehört habe, nicht wenige Lieder, die ebenso ergreifend sind wie jene, die das Herz des kranken Saul erfreuten.«

Doch über Tristans Gesicht war ein ernster Schatten gefallen. »Gott erhörte David«, erwiderte er.

Oh, dachte die alte Dame, die seinen Stimmungswechsel bemerkte, ist der Mann so fromm? »Aber seht doch«, lenkte sie ab, als sie die ersten Töne einer Harfe hörte, »sie beginnen bereits mit den Liedern.«

Tristan war froh, dem Gespräch entfliehen zu können, und er erfuhr, einer der fahrenden Sänger würde mit einer Ballade beginnen. »Aber mit welcher«, riefen alle durcheinander, denn die einen wollten diese, die anderen jene. »Wie wäre es mit Aucassin und Nicolette?« »Das haben wir schon so oft gehört.« »Sankt Peter und der Spielmann«. »Das ist keine Ritterballade.« »Vielleicht Frene... oder Tydorel.« Und man hatte sich schon beinahe auf Frene geeinigt, als ein Knappe mit zwei Falken kam. Kaherdin nahm ihm voll Stolz einen der Vögel ab und hielt ihn hoch, damit ihn alle bewundern konnten. Nur Iseult von den weißen Händen stand etwas abseits und lächelte wie in einem Traum. »Er soll die Ballade von Ivonek singen«, erklärte sie mit solch ruhiger Sicherheit, daß jeder Einwand verblaßte. Alle stimmten zu und ließen sich unter den Bäumen im Gras nieder. Der Spielmann griff nach seiner Harfe und sang...

Es war einmal eine wunderschöne Dame in Caerwent. Man zwang sie, einen grausamen und eifersüchtigen Edelmann zu heiraten. Er hielt sie in einem großen steinernen Turm gefangen, und eines Tages im April, als die Bäume blühten, und die Vögel sangen, verdunkelte ein Schatten die Sonne, und ein großer Falke kam durch das Fenster in ihren Kerker geflogen... er trug goldene Fußriemen. Aber kaum hatte sich der Vogel zu Füßen der Dame niedergelassen, verwandelte er sich in einen schönen und kühnen Ritter. Oh, wie liebevoll sprachen sie miteinander, bis sie sich schließlich an den Händen faßten, und sie unter seinen Küssen verstummte. Die Tage vergingen. Immer wieder kam der Ritter, wenn die Dame ihn rief. Und ihre Liebe brachte ihnen große Freude.

Der Sänger schwieg einen Augenblick. Tristan hob den Kopf und sah das zarte Lächeln um Yolandes Lippen, sah, wie Kaherdin sich abwandte und an den Blütenblättern einer Blume zupfte.

Große Freude, sang der Spielmann, aber noch mehr Leid. Denn der eifersüchtige Edelmann bemerkte, wie die Farbe in die Wangen seiner Gemahlin zurückkehrte, wie ihre Augen wieder leuchteten. Er befahl einem häßlichen alten Weib, sie Tag und Nacht zu bewachen. Und als er erfuhr, was im Turm geschah... o Gott, welche grausame Rache plante er da. Am nächsten Tag verabschiedete er sich von seiner Gemahlin, noch ehe der Morgen graute, und ritt auf die Jagd. Frohen Herzens rief die Dame sofort ihren Geliebten herbei. Und in der Luft ertönte das Rauschen von Schwingen, und ein Vogel kam pfeilschnell geflogen. O weh, in der Dunkelheit sahen beide die heimtückischen spitzen Stangen in der Fensteröffnung nicht. Der Falke flog mit voller Wucht in das Eisen, und die grausamen Spitzen bohrten sich in seine Brust. Er sank auf das Bett. Sie sah, wie das weiße Linnen sich von seinem Blut rot färbte. »Süße Freundin«, murmelte er, »für deine Liebe sterbe ich. Zuviel Freude lag auf deinem Gesicht. Das war unser Verderben.«

Tristan war beunruhigt und besorgt wegen Kaherdin und hörte das Ende kaum: Die Dame folgte der blutigen Spur, ging durch den hohlen Hügel und gelangte in die Stadt der Feen. Dort fand sie ihren sterbenden Ritter. Zum Abschied machte er ihr Geschenke und gab ihr das Schwert, das einmal Ivonek, ihrem Sohn gehören sollte. Und er rächte damit den Vater.

»Aber die Geschichte handelt nicht von Ivonek, sondern von seinem Vater«, rief eines der Mädchen.

»Ja«, antwortete der Spielmann, »und sein Name war Eudamerec.

Aber vielleicht übertraf der Sohn den Vater, und man erinnert sich deshalb an ihn. Es gibt sicher noch andere Geschichten von Ivonek, aber ich kenne sie nicht. Ich bin auch noch keinem begegnet, der sie mir hätte erzählen können.«

»Ivonek ist der schönere Name«, warf jemand ein.

»Und vielleicht«, lächelte der Sänger, »ist das Grund genug.«

Tristan, dachte Iseult von den weißen Händen, ist noch schöner – Tristan – Trauer... Es ist überhaupt kein Name.

»Aber warum«, fragte Yolande, »hat Eudamerec die Dame nicht in einen Vogel verwandelt und ist mit ihr davongeflogen?«

»Ich an seiner Stelle«, rief Kaherdin hitzig, »hätte den Schurken erschlagen.«

»Sie war eine Sterbliche«, erwiderte der alte Spielmann, »und das Schicksal hat unseren Weg vorgezeichnet.«

»Na, na«, lachte die Gräfin, »die Wege des Schicksals sind oft nicht mehr und nicht weniger als der Pfad, den unsere Tollkühnheit uns führt.«

Aber Iseult von der Bretagne flocht eine Girlande für den Sieger und überließ sich den verschwommenen Bildern ihrer Träume. Er kam als Vogel – unbekannt. Sie stellte kaum Fragen. Einmal war es ein Schwan... er gebot ihr, ihn nie danach zu fragen... woher er kam oder wer er war. Er war schön und strahlend. Warum umgibt ihn immer diese Trauer?

»Wer soll als nächster singen?« rief Yolande.

»Der Edle Tristan von Lyonesse«, sagte die Gräfin lächelnd, »er muß seinen Ruf verteidigen.«

Lyonesse – er spricht nie über Lyonesse, dachte Iseult, und sie sah sich wieder durch den regennassen Wald eilen, in die Kristallkugel blicken und hörte die alte Hexe murmeln »Lyonesse... Ich sehe nichts... nur das Meer.« Iseult hatte nicht gewagt, noch weiter zu fragen.

Tristan wollte nicht den Anfang machen. Kaherdin müsse zuerst singen, erklärte er.

»Kaherdin!« Die Gräfin lachte. »Er trifft öfter den falschen als den richtigen Ton.«

»Aber wie er sagt, hat er geübt«, entgegnete Yolande lächelnd.

»Er hat soviel geübt«, warf Tristan ein, »daß ich oft genug kein Auge zutun konnte. Und wer weiß, vielleicht würde ich mich rächen, ihm Arnaut Daniels Streich spielen und sein Lied stehlen. Deshalb muß er vor mir singen.«

Er scherzt mit ihnen, dachte Iseult. Sein Mund lacht, doch seine Augen lachen nie. Mich sieht er niemals an, und wenn, dann so seltsam, als sehe er etwas anderes. Er kann sich nicht vor mir fürchten, und doch erzählt man von kühnen Rittern, die nicht wagen, von ihrer Liebe zu sprechen. Iseult errötete über ihre eigene Kühnheit und verscheuchte diesen Gedanken.

Sie stritten noch immer darüber, wer den Anfang machen sollte, und da weder Tristan noch Kaherdin nachgaben, fiel die Wahl auf einen anderen Ritter.

> Ich kann nur daran denken
> der Frühling zieht ins Land.
> In Feldern und Wiesen erklingen
> Lachen und fröhliches Singen...

»Die Worte stimmen mit der Jahreszeit überein«, erklärte die Gräfin, als der Ritter geendet hatte, »aber es hört sich eher wie ein Trauerlied an. Wer kann ihn übertreffen?«

»Auf, auf«, rief sie, als ein anderer Ritter eine lebhafte, fröhliche Melodie anstimmte. »In meiner Jugend hätten meine Füße bei einem solchen Lied nicht in den Schuhen geschlafen. Wenn der Edle Tristan nicht besser ist«, flüsterte sie Yolande zu, »wird er wohl den Preis gewinnen.«

Das Mädchen erwiderte schmollend: »Am Hof von Champagne haben sie die Liebe besungen.«

»Dieses Schmachten und Wehklagen... wenn man das Liebe nennen kann«, erwiderte die alte Dame verächtlich.

Ich wage nicht zu singen, dachte Kaherdin. Die Worte werden mir im Hals stecken bleiben. Und da es vergeblich schien, seine Leidenschaft auf eine andere als seine Herzensdame zu richten, ließ er seinen Unmut an seinem unglücklichen Knappen aus. »Garin wird uns sicher ein Liebeslied singen. Da er seine Wunden nicht ewig bluten lassen kann, muß er die Gunst seiner Dame mit Klagen gewinnen.«

Aber Iseult von den weißen Händen hing eigenen schwermütigen Gedanken nach und hörte das Schmachten ihres Verehrers kaum.

Grünes Gras, zitternde grüne Blätter unter der Sonne. Eine grüne Wiese, am Rand ein paar Bäume, ehe das Land ins Tal abfällt. Nur ein silbriger, schimmernder Streifen zwischen zwei Klippen, oder das plötzliche Aufleuchten von Möwenschwingen in der Luft erinnerten an das nahe Meer. Tristan war leicht schläfrig von seinem Ritt und ließ sich von dem Geplauder berieseln, das aus dem Grün aufstieg, dahinplätscherte und wieder zu einem erregten Flüstern herabsank, als ein anderer Sänger in die Saiten der Harfe griff. Unter der Stimme, die einmal hell, dann wieder tief und volltönend klang, lag das dünne, zarte Klimpern der Harfe, das kaum merklich die Sinne reizte.

Nicht mehr von der Liebe zu wollen, als man in einen gefälligen Vers legen konnte – nicht mehr von einem Lied zu wollen. Das Leben zu einem Muster, einem Tuch aus bunter Seide zu verweben, nicht mehr als die tanzende Gestalt, das Ineinandergreifen dieser Reime. Die Oberfläche zu vervollkommnen... warum die Tiefe ausloten?

O Gott, nur ihr Gefangener zu sein!
Und ihre weißen Hände meine Ketten
wie gern ertrüg ich die süße Pein
aus diesem Schmerz wollt ich mich nie erretten
denn so wär ich auf ewig dein.

Verlangen... Verlangen... selbst in Garin, diesem einfältigen, unerfahrenen Jungen. Verlangen – unerfüllbar. Nur der Durst, nur die Qual des Körpers? Oder war es eine Ahnung, die man sich kaum bewußt macht, daß der Mensch, der sich ein unerreichbares Ziel setzt, über sich hinauswachsen oder durch einen Schwur der Beständigkeit die unablässige Veränderung überwinden kann? Hatten auch sie geträumt? Und Tristan dachte wieder daran, wie er die Kunstfertigkeit der Troubadoure verachtet hatte. Er duldete in seinen Liedern kaum einen Reim. Für ihn hatte Form inzwischen eine andere Bedeutung gewonnen. Aber was war aus seiner Vision, aus seiner Ekstase geworden? Was war davon noch übrig? Nur die Sehnsucht, nur der Verlust.

Der Duft von Blüten schwebte in der Luft. Tristan öffnete die Augen und sah über sich die weißen Hände eine Girlande aus Blumen flechten. Wie können sie mit solcher Sicherheit ihre Wahl treffen, dachte er. Welches Leben hat sie außer dem Leben ihrer Hände? Selbst ihr Name ist geliehen... Iseult – Iseult... immer noch rief er in ihm dieses plötzliche Erschrecken hervor, das Tristan empfunden hatte, als er den Namen zum ersten Mal wieder hörte. Aber gewiegt vom Zauber dieser flechtenden Finger, der zarten Töne der Harfe, der wehmütigen Stimme, wurde selbst der Name zu Musik...

Iseult ma drue, Iseult m'amie
En vos ma mort, en vos ma vie.

Zwei Zeilen, zwei Leben, eingewoben, eingeschlossen in den Rhythmus eines Reims. Was gab es darüber hinaus? Was hatte es je gegeben? Und ihm schien, daß er in allem, was er je über sie gesungen hatte und je über sie singen konnte, nie mehr aussagen würde.

Eine heisere Stimme, die ihre ersten tiefen Töne fand, riß ihn aus seinen Träumen – Kaherdin – und Tristan erinnerte sich wieder an den Kampf des Jungen mit Reimen und Tönen. Nur hatte er damals nicht geahnt, wem sie galten...

Weh mir seit jenen Tagen
Als ich sie sah beim Jagen
Strahlend wie der Sonne Glanz
Wie oft muß ich mich fragen
Warum ich darf nur klagen
Denn sie tut nichts, zu lindern meine Pein
Und quält mich stets aufs Neu mit »Nein.«

Laßt, edle Schöne, mich nicht verzagen
O schenkt eine Stunde mir nur
Und lauscht der wahren Liebe Schwur
Um keinen andren Lohn will ich fragen
Als dies, und ich kann Euch sagen
Mein Herz wird froh und glücklich schlagen.

Nichts – versuchte Tristan sich zu beruhigen. Es ist nichts als das erwachende Verlangen eines Jungen. Vielleicht sogar nur der Wunsch, nicht hinter den Männern zurückzustehen. Aber er fand keine Zeit, länger darüber nachzudenken, denn sie forderten ihn alle auf, nun auch zu singen. Tristan warf einen Blick auf Yolande und mußte beinahe lächeln, als er die widerstreitenden Gefühle auf ihrem Gesicht sah, als könne sie sich nicht entscheiden zwischen der Hoffnung, von dem berühmten Ritter eine schmeichelhafte Huldigung zu hören und dem geheimen Wunsch, er möge nicht gewinnen. Doch Tristan war so in Gedanken versunken gewesen, daß er nun beim besten Willen nicht wußte, was er singen sollte, bis der Anblick der inzwischen beinahe fertigen Girlande ihn wieder an eines seiner

Lieder erinnerte. Aber es wird ihr kaum gefallen, dachte Tristan, als er in die Saiten griff und sich die Melodie wieder ins Gedächtnis rief.

Wind aus dem Süden
Pflückt Rosen
Windblumen
Die Girlande ihr
Goldenes Haupt umschließt
Geküßte Lippen
So rot.
Hinüber zu den Garben
Sind ihre Füße geflohen
Eile und folge.
O Schwalbe, Schwalbe
Was wirst du suchen, was wirst du finden?
Nur Dürre –
Trockene Blätter
Treiben im glühenden Wind.

Betroffen von der plötzlichen Schwermut, die dem fröhlichen Anfang folgte, schwiegen alle. Er hat gelitten, dachte Iseult von der Bretagne. Tristan griff wieder in die Saiten. Die Melodie wurde dunkel und der Rhythmus gespannt.

Wind aus dem Norden
Zur Schlacht bereit –
Lösche den Durst und schlag zu
Reiterlos im Nu
Jagen die Pferde dahin.
Der Männer Zorn –
Futter für die Raben.
Gekrönter König und Narr
liegen nebeneinander im Graben.
O Raben, Raben
Was wirst du suchen, was wirst du finden?
Dunkle Mahd
die gemähten Halme
zittern im Wind.

Das Lied war zu Ende. Einen Augenblick lang schien Schweigen auf den Frühling zu fallen. Die alte Gräfin löste schließlich die Spannung, als sie sagte:»Ein bewegendes Lied, Edler Tristan, aber für meinen Geschmack ist darin zu viel vom Tod die Rede. Selbst Kaherdin ließ uns noch ein wenig Hoffnung auf Freude.« Die meisten lachten erleichtert auf. »Die Psalmisten«, fügte sie lächelnd und an Tristan gewandt leiser hinzu,»saßen nicht immer an den Wassern von Babylon und weinten, sondern wollten, daß wir uns beim Klang von Zimbeln und Harfen erfreuen.« Und in der erregten Auseinandersetzung, die folgte, war die Schwermut bald vergessen.

Yolande wollte unbedingt Kaherdin den Preis zusprechen und pries seine kunstvollen Reime. »Neun waren es oder zumindest acht... ich habe sie gezählt... und alle auf ›agen‹...«

Aber die Gräfin, die immer gern zum Widerspruch neigte, verteidigte plötzlich Tristans Lied:»Für mich kommt es auf den Rhythmus an. An Reimen oder Inhalt liegt mir wenig.«

Yolande lächelte triumphierend. »Die zweite Strophe unterschied sich von der ersten. Mir ist das sofort aufgefallen... Außerdem war es kein höfisches Lied. Dieses Mädchen im Kornfeld war nur eine gewöhnliche Schäferin.«

Iseult von der Bretagne verkrampfte die Hände unter den Blumen. »Es war zu wirklich«, murmelte sie,»zu wahr.«

»Ihr redet von Wirklichkeit, Iseult? Obwohl Ihr in einer Traumwelt lebt, die von Gawains und Lancelots bevölkert ist.« Die Gräfin kniff die Augen zusammen und musterte das Mädchen neugierig.

Iseult – sie verteidigt mich, dachte Tristan. Sie hat mich schon vor langer Zeit verteidigt. Aber das ist Wahnsinn – es ist alles nur ein Spiel. Kaherdin muß gewinnen. Doch seine Ritterlichkeit gebot ihm, Iseult zu verteidigen. Allerdings mehr um ihrer Namensschwester als um ihretwillen. An die Gräfin gerichtet, sagte er:»Wirklichkeit ist ein Begriff, über den man sich an den Schulen streitet. Aber im übrigen habe ich die höfischen Regeln nicht beachtet.«

»Zuerst Religion und jetzt Philosophie«, spottete die Gräfin. »Ohne Eure Heldentaten, Edler Tristan, müßte ich fast annehmen, Ihr wäret zu anderen Dingen berufen.«

Der Preis wurde schließlich Kaherdin zugesprochen. Aber der junge Herzog widersprach:»Tristan kam zu spät. Er kannte die Regeln nicht.«

»Hätte ich sie gekannt«, rief Tristan lachend und schob Kaherdin vorwärts,»hätte ich mich sofort um den Sieg gebracht. Ich war schon immer ein Rebell.« Doch als Yolande sich vorbeugte, um den Kranz auf den blonden Kopf zu drücken, erschrak Tristan. »Großer Gott, soll ich zu ihrem Galahad werden?« fragte er sich. Iseults Hände lagen verloren in ihrem Schoß.

Die Gäste zogen am nächsten Morgen mit ihrem Gefolge weiter. »Und vergeßt nicht«, erklärte die Gräfin lachend, als sie sich von Tristan verabschiedete, »ein künftiges bretonisches Herrscherhaus könnte es sich vielleicht zur Ehre anrechnen, seine Herkunft auf einen der legendären Stämme Jesse zurückzuführen.«

Es war Wirklichkeit. Mit jedem neuen Monat sah er es unter seinen Händen wachsen – das Reich, das er einmal in seiner Heimat hatte aufbauen wollen. Welche Heimat? Manchmal kam es ihm vor, als sei das andere Land nur ein Traum gewesen – Lyonesse. Hatte es sich ihm nicht von Anfang an entzogen, ihn mit Phantasiebildern und Traumbildern betrogen? Wenn er jetzt daran dachte, entdeckte Tristan oft hinter dem dumpfen, undeutlichen Bewußtsein des Verlustes wenig mehr als die blasse Erinnerung an Felsen und Meer, die den tieferen Schmerz überdeckten. Und allmählich (so langsam, daß er sich dessen selbst kaum bewußt wurde) änderte sich sogar das. Iseult... für immer verloren und verstummt. Sie war wiedergeboren; sie war nicht mehr als ein Name... doch ein Name, der ununterbrochen Ohren und Sinne bedrängte – jetzt sprach Kaherdin ihn aus, dann einer der Vasallen, oder er hörte ihn so unerwartet wie das Läuten eines Glöckchens, das durchs Fenster dringt, wenn die Mädchen unten im Garten oder auf den Burgwällen vorübergingen und nach ihr riefen. Schließlich verlor er durch die sanfte Tyrannei der Gewohnheit seinen schmerzlichen Klang und wurde statt dessen zu einem Trost, der die Sinne mit der leisen Wehmut der Erinnerung und des Verlangens bezwang. Doch manchmal überfiel ihn inmitten des erfüllten, neuen Lebens die Erinnerung an die Vergangenheit so heftig, daß Tristan sich fragte, ob er – das einzige lebende Wesen – sich in einer Welt der Schatten bewegte, oder quälte sich damit, daß er den augenblicklichen Zustand als die Verwirklichung vieler seiner Träume ansah und sich sagte: Ich baue ein neues Leben auf. Aber *sie* habe ich auf dem Felsen von Tintagel eingekerkert. Ich bin nicht besser als Cormac, sondern schlechter als er, denn ich habe sie verlassen. Ich, höhnte sein anderes Ich, ich? Hat sie nicht *mich* verlassen? Ich habe ihr ein Königreich geopfert – zwei Reiche – Lyonesse und Cornwall. Sie verließ mich aus eigenem Willen. Sie wollte zu Marc zurückkehren. Sie sehnte sich nach Huldigungen, nach Wohlleben und Juwelen. Und ich – sehnte ich mich nicht danach, wieder ein Ritter zu sein? Und doch wäre ich an jenem Tag mit ihr gestorben. Sie fürchtete sich – nein, sie fürchtete sich nicht. Sie las in meinem Herzen, was ich vor ihr verbarg. Sie wußte, der Tod soll keine Flucht, sondern eine Erfüllung sein. Und ich habe geschworen, in ihr, durch sie auf der Höhe meines Traums zu kämpfen. Sie hat mich vergessen. Dinas wollte mir Nachrichten schicken. Jahrein, jahraus habe ich gewartet. Kein Bote ist gekommen. Sie hat mir das Versprechen abgenommen, nie zurückzukehren. Aber wollte sie das wirklich? Vielleicht fürchtete sie um mein Leben, dachte er. Was war ein Leben ohne sie? Einmal hatte er ihr ein Zeichen überbringen lassen... Schweigen... und im Schweigen schließlich ein Name – Iseult... Er hat nichts mit ihr zu tun, redete Tristan sich manchmal ein und kämpfte darum, sich aus dem Bannkreis dieses Namens zu befreien, als wisse er instinktiv, was er sich nie eingestanden hätte, daß er kaum merklich und hinterlistig begann, das Bild seines Verlangens zu verdunkeln.

Eines Morgens erhob Tristan sich nach einer Nacht voll schwerer Gedanken und Träume von seinem Lager und wollte ausreiten. Aber über dem noch schlafenden Land lag ein so zartes Licht, daß er es nicht über sich brachte, den Zauber durch Geräusche oder Worte zu brechen. Deshalb weckte er seinen Knappen nicht, sondern wanderte allein über die Wiesen.
Tautropfen glitzerten im Gras, und in dem klaren, hellen Licht, das ihm den Eindruck gab, sich in einem Kristall zu bewegen, begannen die undeutlichen, bedrückenden Bilder seiner schlaflosen Stunden zu verblassen. Die Klarheit dieser morgendlichen Welt löschte sie aus. Nur der Augenblick, nur die Wahrnehmung des Auges ist wirklich, hätte er sich sagen können. Aber er ging, ohne nachzudenken, dahin. Sein Geist war entleert, öffnete sich nur der sinnlichen Wahrnehmung und überließ sich dem seltenen Genuß seines Körpers, der plötzlich von allem Schmerz befreit ist.
Wie lange er ging, wußte er nicht. Tristan durchquerte das enge Tal, stieg schließlich wieder die steile Anhöhe zur Burg empor und blieb unter den Bäumen am Waldrand stehen. Vor dem blauen Himmel hob sich klar und deutlich die Gestalt eines Mädchens ab, das langsam über den Abhang kam und Blumen pflückte. Umgeben von diesem hellen, strahlenden Licht schien die junge Frau so sehr ein

Teil dieser Morgenstunde zu sein, daß für Tristan, der noch immer in dieser seltsam entrückten Stimmung gefangen war, der Gedanke, vor sich Iseult von der Bretagne zu sehen, jede Beziehung zu einer bewußten Wahrnehmung verloren hatte. Tristan blieb still stehen und beobachtete ihre anmutigen Bewegungen, mit denen sie sich über die Blumen beugte. Ihre Füße berühren kaum die Erde, dachte er. Das Sonnenlicht umflutet sie, liegt auf ihrem Haar, ihrem Gewand, aber sie bleibt kühl.

Sie kam Schritt für Schritt näher. Schließlich hob sie den Kopf und bemerkte, daß er unter den Bäumen stand und sie beobachtete. Sie stieß einen leisen Schrei aus, und die Blumen entfielen ihren Händen. Tristan trat auf sie zu, sammelte sie auf und legte sie in Iseults Arme, die immer noch verstört und zitternd vor ihm stand. Selbst ihre Hände sind kühl, dachte er, während er ihr die Blumen gab.

»Proserpina«, murmelte Tristan und lächelte über ihre Verwirrung.

»Proserpina?« wiederholte sie und sah zu ihm auf wie ein verdutztes Kind, »die schreckliche, dunkle Königin des Hades?«

Er schüttelte den Kopf. »Nicht als Pluto sie zum ersten Mal sah, während sie an den Hängen von Enna Blumen pflückte.«

Seite an Seite gingen sie weiter. Sie wagte nicht zu sprechen. Als wisse er, daß jedes weitere Wort die Verzauberung des Auges zerstören würde, schwieg auch er. Sie waren noch nicht weit gegangen, als vom Hang Mädchenstimmen riefen: »Iseult... Iseult...«

»Sie haben mich verloren«, murmelte sie und zögerte zu gehen. Sie bemerkte sein Schweigen und den üblichen geistesabwesenden Ausdruck auf seinem Gesicht, fürchtete sie, ihre Gesellschaft sei ihm lästig und verschwand mit einem kurzen Dank.

Iseult?... Tristan blieb eine Weile stehen und sah ihr mit leerem Blick nach, bis die Gestalt wieder mit dem Sommertag verschmolz. Dann ging er mit eiligen Schritten zur Burg hinauf, als erwache er aus einem Traum.

An diesem Abend fand er auf seinem Bett einen Blumenkranz, an dem ein schmales Pergament hing. Darauf stand mit feinen Buchstaben geschrieben: »Proserpina – dem edlen Orpheus für sein Lied.« Welches Lied, fragte er sich und lachte, als ihm Kaherdins Worte wieder einfielen, mit denen der junge Herzog ihm seine Schwester vorgestellt, und auf die Tristan damals kaum geachtet hatte: »Sie schreibt schöner als viele der Schreiber.« Aber sein Blick ruhte noch immer auf den Worten. Orpheus – wieder hielt er die kleine Elfenbeinschatulle in der Hand – das Geschenk, das er vor zwei Jahren aus dem Süden Iseult geschickt hatte. Und plötzlich ergriff ihn solche Pein, daß sich seine Finger in die Blumen krallten, und er den Kranz zerriß.

Doch wenn nach diesem Tag der Name ›Iseult‹ an sein Ohr drang, tauchte ungerufen das Bild des Mädchens vor ihm auf, das über eine Wiese ging und Blumen pflückte und verdrängte einen Augenblick lang das Sehnen, das der Name in ihm erweckte.

In den folgenden Wochen bat Iseult von der Bretagne, die etwas von ihrer Schüchternheit verloren hatte, Tristan manchmal, ihr ein neues Lied vorzusingen, oder sie brachte ihm Bücher, und sie vertieften sich zusammen in Abenteuer von Ivain, Geraint und Lancelot.

Obwohl sie jetzt öfter eine Stunde miteinander verbrachten, fand er nie wieder das Mädchen dieses Sommermorgens. Nur jene stille, frische Kühle umgab sie immer – sie lag in den Händen, im silbernen Schimmern ihrer Haare oder selbst in ihrer Stimme. Und wenn er sich ihrem Klang überließ, war er zufrieden, vergaß, wem sie gehörte und was sie sagte.

Einmal murmelte sie, während ihre Finger unruhig mit der Seite spielten und sie nicht wagte aufzusehen: »Sie waren so tapfer, aber etwas fehlte ihnen...« Und wie ein Kind, das ein Geheimnis verrät, erwiderte sie auf seine Frage: »Sie waren nicht auch Sänger... Ehe Ihr gekommen seid, habe ich mir nie träumen lassen... bei all Euren Taten...«

Tristan lächelte und sagte: »Kämpfen und Singen... ist das so unvereinbar?« und halb zu sich selbst fügte er hinzu, »vielleicht liegt ihnen derselbe Trieb zugrunde... der Wille, sich völlig hinzugeben... die Kraft zu sterben.«

Erstaunt sah sie ihn von der Seite an, aber Tristan hatte sich abgewandt und starrte, völlig im Bann seiner Worte, vor sich hin.

»Zu sterben...« In dieser völligen, endgültigen Hingabe die Grenzen zu überschreiten... den Bogen bis zum Äußersten spannen... Sehnen und Knochen, Fleisch, Geist, die letzte quälende Grenze zerschlagen... für den Sprung, den Sturz... in welche Tiefen, in welches Schweigen? Und dann... die zerrissenen, verbrauchten Teile, die falschen Bilder, die sich im Tod des früheren Ichs sammeln... um endlich zu sehen, zu hören... allmählich einzuschwingen auf das wahre Sein... wer weiß, anfangs ist es vielleicht nur ein leichtes Kräuseln, aus dem Wellen werden... und durch ihr Wogen werden Ewigkeiten um Ewigkeiten der Dunkelheit vor dem wirbelnden und kreisenden Licht weggezogen... Tod... Tod, der denselben Namen trug wie das Gespenst, das im Gebüsch lauert, im Kern der aufbrechenden Furcht, im seidigen Fleisch, das sich weiß und fest zwischen Finger und Daumen anfühlt? Fäulnis, Verwesung, die nur darauf wartet einzusetzen, zuzuschlagen? Oder langsam... langsam, mit jedem Augenblick, jeder Sekunde hinausgezögert, schwebend in der Luft und plötzlich sichtbar wie das Staubkorn im Sonnenstrahl, der die Seite vergoldet... reifen, entwickeln... zur Schönheit, zur Fülle... zum Leben. Wo lag die trennende Grenze? Wo lag der Anfang? Leben oder Tod... bereits im Samenkorn verborgen, fest umschlossen in der klebrigen, straffen Knospe, die mit dem Frühling spielt, die Erneuerung vorgaukelt... Generation um Generation... vorwärts getrieben... zu welcher Aufgabe, zu welchem Ziel? Erfüllung?... nichts als Zerstörung... zu Staub zerfallen, den Winden des Zufalls ausgeliefert... und die Vision, der Traum – auch sie?...

Der Sommer erreichte seinen Höhepunkt und überschritt ihn. Über dem Land lag wochenlang eine Hitzewelle und wollte nicht weichen. Der Donner hatte den ganzen Tag über der Heide gegrollt, aber das Gewitter zog weiter. Und immer noch lag das Land unter einer Dunstglocke, die von der Sonne mit erstickender Hitze gefüllt wurde.
Nach einer langen, ergebnislosen Suche in den Archiven des Landes lag Tristan am späten Nachmittag auf der Wiese am Hang unter einer Gruppe von Bäumen. Erdrückende Stille lastete auf dem Land, die nur von dem leisen Klatschen der Wellen in der Bucht unten unterbrochen wurde und hin und wieder vom Knistern des Pergaments, wenn Iseult von der Bretagne, die hinter ihm saß, die Seiten ihres Buches umblätterte.

> Zu Unrecht trugst du den Namen Liebe
> Und alles, was ich von dir erntete
> War Bitterkeit und Leid...

»Warum brachte ihnen die Liebe solches Leid?« fragte sie und klappte das Buch zu. »Dido und auch Thisbe, selbst Lancelot und Guinevere... das Ende ist immer traurig.«
Tristan starrte auf das stille stumpfe Wasser, ohne sich umzudrehen.
»Nicht immer«, sagte er nach einer Weile und fühlte sich wie so oft versucht, mit ihr wie mit einem Kind zu sprechen, »und nur selten... in Märchen.«

Iseult lächelte. »Und sie lebten glücklich und in Freuden miteinander, und wenn sie nicht gestorben sind...«

Aber im Geist hörte er Iseult von Irland sagen: »In unserer Liebe so glücklich zu sein. Es ist, als könne man die Zeit und das Leben festhalten.«

»Und in der Wirklichkeit?« fragte die kühle, leise Stimme zögernd.

Wirklichkeit – »Warum sollten Märchen nicht wahr sein?« erwiderte er. »Man kämpft gegen das Ungeheuer, man dringt in den Zauberwald ein und findet vielleicht die Prinzessin. Aber der böse Geist verfolgt den Eindringling, und die Dornen bohren sich ins Fleisch.«

Nun wird er es mir vielleicht sagen, dachte sie. Jetzt spricht er endlich über sich. »Der Zauberwald«, murmelte Iseult, »und der böse Geist?«

»Die Angst«, erwiderte Tristan. »Die Angst vor dem Verlust.«

»Aber die Liebe sollte über alles siegen... sogar über den Tod.«

Er gab keine Antwort.

Ich habe ihn verletzt, dachte sie und erinnerte sich an sein Lied. Der Tod hat ihn beraubt. Doch es war auch ein Kampflied. Vielleicht hat er einen Freund verloren. In ihrer Verwirrung bemühte sie sich krampfhaft darum, dem Gespräch eine andere Wendung zu geben. »Erzählt mir von Proserpina«, bat sie ihn schließlich.

»Die Königin der Nacht und der Schatten...«

»Nein, von der anderen Proserpina«, sagte sie lächelnd und dachte, er hat es vergessen. »Die andere Proserpina, die Pluto an den Hängen von Enna beim Blumenpflücken sah.«

»Die andere? Es war ein und dieselbe«, erklärte er, und dann fiel ihm ein, daß sie die Geschichte nicht kannte. Und so erzählte Tristan von Proserpinas Kindheit bei Ceres, der Mutter Erde; von ihrem Eigensinn, der ihr Verhängnis heraufbeschwor, denn da sie die Kerne des Granatapfels gegessen hatte, bestraften die Götter sie damit, daß sie nur sechs Monate im Jahr auf der Erde sein durfte und die übrige Zeit in der Unterwelt an der Seite des düsteren, traurigen Königs des Hades verbringen mußte.

»Vielleicht wollte sie bei ihm bleiben«, sagte Iseult leise.

Aber Tristan war tief in Gedanken versunken. Sommer und Winter. Leben und Tod – es sind alles nur Erscheinungsformen des Einen. Wie von einem bleiernen Gewicht beschwert, konnte er nicht weiterdenken.

»Und so sitzt sie«, fuhr er nach einer Weile fort, »blaß und schwei-

gend auf ihrem dunklen Thron, und zu ihren Füßen fließt träge der
Fluß, den kein Strahl von Sonne oder Mond je erreicht. Hin und
wieder beugt sie sich hinab und füllt die flache Schale mit dem
schwarzen Wasser und reicht es den Toten als Trank... das Wasser
des Vergessens.«
Er ließ den Kopf zurück ins Gras sinken. Die Blätter erbebten unter
einem Lufthauch. Das Wasser tief unten erschauerte und lag wieder
still. Er kann nicht sprechen, dachte sie. Er wird niemals sprechen. Er
leidet so sehr. »Ihr seid müde. Schlaft«, sagte Iseult.
Ihre Stimme ist das einzige Kühle hier, dachte Tristan; ihre Stimme
und ihre Hände. Aber sie sind stumm... ihre Hände, wiederholte er
bei sich und schloß die Augen, während das Bild allmählich verblaßte, in den halbvergessenen Tiefen seines Wesens starb und wiedergeboren wurde. »Ihre Hände«, murmelte es und stieg wie Musik in ihm
auf...

> Und aus ihren Händen
> Trank ich
> O Gott, den Morgen...

Ein Lied an den Morgen – es hatte ihn schon seit Tagen bewegt, das
wußte er, aber es konnte sich nicht befreien. Seit Tagen? Vielleicht
seit Jahren, bis die Worte jetzt blind und tastend zueinanderfanden,
sich aneinanderreihten, Welle um Welle, und ihm lautlos entströmten.

> Die Sonne sank –
> O brennendes Haar, welch schwere
> Pracht
> über meinen Augen und hinabgezogen
> in meiner Hände
> dunkle Nacht
> ihr weißer
> glatter Leib an mich gepreßt
> so fest
> daß alle Sinne schwanden
> bis
> nackt und klar das Licht
> den Hügel traf
> O Gott, der Morgen.

Nun auf den dunklen
Wellen reitet bleich
der kalte Strahl –
fahler, gestohlener Glanz.
Der Mond zieht die Flut zurück
leer sind die Hände –
das Herz
stumm vor Schmerz
bis auf einen Namen, o Gott das Meer
seufzt im grauen Morgen.

Iseult ma drue, Iseult m'amie
en vos ma mort, en vos ma vie.

Tristan wußte nicht, wieviel Zeit vergangen war und wußte auch nicht, daß er die letzten beiden Zeilen vor sich hin gemurmelt hatte. Er lag, wie es schien, seines Selbst völlig entleert, im Gras. Er spürte nur noch den dumpfen, stumpfen Schmerz irgendwo an den Wurzeln seiner Sinne. Kühle legte sich auf seine Stirn. Ohne nachzudenken, wußte Tristan, es waren ihre Hände. Er wollte nicht denken oder sehen, so neu war die Erleichterung, die sie brachten, und als Iseult sich schließlich bewegte, zog er die Hände über seine Augen, aus Furcht, sie könnten von ihm genommen werden.

D ie Sonne stach brennend auf die Felsen von Tintagel herab. Im gleißenden Licht glänzten die Felsen so hart wie Metall, das von schwarzen Schatten zerschnitten und gespalten wurde. Draußen im Meer ragte deutlich eine zerklüftete kleine Insel aus dem Wasser und schimmerte weiß, als sei sie mit Schnee bedeckt. Hin und wieder stieg eine Möwe in die Luft, breitete die Flügel aus und kreiste über den blaugrünen Tiefen.
Iseult, die Königin von Cornwall, saß am achteckigen Springbrunnen im Schatten der wenigen, dünnen Bäume über ihrer Stickerei. Unter ihren Fingern wuchs mit jedem Stich die letzte Weinranke und legte sich um die Rose, die sich um den Rand zog. Schließlich stieß sie die Nadel mit Nachdruck in das Tuch, lehnte sich zurück und betrachtete ihr Werk. »Es ist fertig«, sagte sie sich beinah ungläubig. Als sie nun auf das entstandene Bild blickte, schien es ihr, als habe sie über der

Arbeit daran das Motiv vergessen. Es war Stich um Stich gewachsen. Wie viele Wochen hatte sie für den erhobenen Arm des Jägers benötigt? Wie viele Monate für den Faltenwurf des himmelblauen Gewandes der Dame, oder für die Blumen und Vögel zwischen den Blättern und im Gras? Nur das Einhorn – abgesehen von den Unterbrechungen konnte sie seine Entstehung Tag für Tag zurückverfolgen. Sie hatte es im ersten Frühling hier in Cornwall begonnen und beendet. Iseult dachte an den Tag, an dem sie sein Abbild im Spiegel sticken wollte und ihre blinden Finger nur eine leere weiße Fläche gearbeitet hatten. Ein Jahr war vergangen, und alles war unberührt liegengeblieben – war sie je weggewesen? fragte Iseult sich manchmal, während Woche um Woche eine neue Blume entstand, ein Baum, eine leuchtende Frucht. Nur der Spiegel war leer geblieben. Wenn ich das Spiegelbild beende, dachte sie, kommt er zurück. Ich habe ihm das Versprechen abgenommen, nie zurückzukehren – aber hat er mir sein Wort gegeben? Und sie versuchte fieberhaft, sich an alles zu erinnern, was er gesagt hatte. Er wird zurückkommen. Er wird es mit seinem und meinem Leben bezahlen. Leben, dachte sie – ist dies Leben, ohne ihn? Und dann hatte er ihr ein Zeichen überbringen lassen, und sie wußte, sie brauchte ihn nur zu rufen. Aber sie brach ihr Schweigen nicht. Jetzt wird er nie mehr zurückkommen, das wußte sie, er ist zu stolz. Und schließlich, als könne sie sich dadurch von der Qual der Ungewißheit befreien, hatte sie sich mit plötzlicher Verzweiflung darangemacht, eilig das Werk zu beenden. Aber der Spiegel blieb leer.

Jahre vergingen. Iseult saß bei ihren Frauen und beobachtete über dem Aufblitzen und Innehalten der Nadel, wie die Wolken im Blau hinter dem Fensterbogen dahintrieben. Der Frühling ist da, dachte sie dann – dreimal, fünfmal, siebenmal... und doch hatten ihre Hände nie aufgehört, vor Erwartung zu zittern.

Segel draußen auf dem Meer – weiße Segel, rote Segel und braune Segel. Welche Farbe hatte sein Segel gehabt? Der schwarze Falke auf goldenem Grund. Vergebliche Hoffnung. Das Meer gehörte Marc. Tod auf den Wellen, Tod auf dem Land.

Drei geblähte Segel kamen aus West
Arone ree, arone ree...
Ich geb' meinem Liebsten unter
schwarzem Tuch das Geleit
Arone ree, arone

Wer sang das immer – Brangwen? Warum hatte sie sich nie wie Brangwen in die Erinnerungen einschließen können wie in einem Grab? Erinnerungen – der Duft des frischen Grüns im modernden Holz, auf der Heide der frische Wind im Gesicht, und dann die hängenden Zügel... hinaufschwingen zu den Wolken... Erinnerung? Sie sah, sie hörte – mit Augen, mit Ohren. Sie atmete, selbst jetzt ritt sie mit Marc manchmal auf die Jagd. Sie lebte – wie Tristan lebte, sagte sie sich. Das Sonnenlicht blitzt auf seinem Schwert; der Feind flieht, stürzt zu Boden – er erobert – eine Welt für sich und mich. Aber in der großen Dunkelheit und im leisen Wehen des Windes um meine Füße höre ich sein Lied. Und wenn sie in den Sommernächten über die Felsen ging und dem endlosen Rauschen des Meeres lauschte, überkam sie die Sehnsucht. Morgen, sagte sie sich, werde ich Dinas rufen lassen – Dinas muß wissen, wo er sich aufhält. Ich werde ihn zurückrufen. Es ist gleichgültig, ob wir sterben, dachte Iseult, wenn ich ihn nur in den Armen halten kann. Entsetzen packte sie, denn Tristan konnte jeden Tag erschlagen werden und für sie verloren sein. Und wenn er bereits tot ist? fragte sie sich angsterfüllt. Doch das würde sie wissen; sie würde es spüren, denn ihr schien es, als sei ihr Leben mit seinem Leben verbunden. Und da sie in ihm gelebt hatte, mußte sie auch mit ihm sterben. Jetzt – warum nicht jetzt. Aber wenn der Morgen schließlich anbrach, ließ sie Dinas nicht rufen, schickte ihm jahrein, jahraus nicht eine Botschaft, nicht ein einziges Wort. Er darf nicht sterben, redete sie sich ein; aber im Herzen wußte sie, wenn sie ihn zurückrief, gestand sie damit ihre Niederlage ein, mußte zugeben, daß sie sich in ihren Absichten getäuscht hatte oder nicht die Kraft besaß, daran festzuhalten. Es ist Eitelkeit, es ist alles meine Eitelkeit, sagte sie sich manchmal. Deshalb schickte ich ihn damals im Wald weg, weil ich fürchtete, er würde unserer Liebe überdrüssig werden. Er wollte mit mir sterben. Nun muß ich ihn rufen.
Vielleicht will er nicht kommen, dachte sie. Er lebt sein eigenes Leben. Was für ein Leben? Und heftige Eifersucht überfiel Iseult, wenn sie an all die Freuden und Ehren dachte, die ihm zuteil wurden, und an denen sie keinen Anteil hatte. Aber dann schämte sie sich. Habe ich nicht Marc, Cornwall und den Hof? Er ist um meinetwillen auf immer ein Verbannter, aus seiner Heimat vertrieben. Und sie erinnerte sich an seine Träume, an seine übergroße Liebe, und der Gedanke an geheime Zusammenkünfte erschien ihr niedrig und gemein, und wenn sie versuchte, solche Gedanken

durch Träume vom gemeinsamen Sterben erhaben zu machen, überfielen sie neue Zweifel. Sie hatten durch ihre Liebe solche Freuden
erlebt. Besaßen sie nicht die Kraft, den Schmerz zu ertragen und
versuchten, ihm durch einen gewaltsamen Tod zu entfliehen?
Aber einmal hatte Dinas ihr ein Zeichen gebracht, das ihm ein Bote
aus dem Süden übergeben hatte – ein Kästchen aus geschnitztem
Elfenbein mit Bäumen, Tieren und Vögeln, und zwischen ihnen auf
einem Stein ein Jüngling mit langen Haaren, der leidgebeugt die
Leier spielte. Und Iseult erinnerte sich plötzlich an eine Geschichte,
die er ihr einmal im Wald erzählt hatte. Tristan kannte sie neben
vielen anderen aus einem alten Buch, das er als Junge immer wieder
gelesen hatte. Und in jener Nacht glaubte sie, den Verstand zu
verlieren. Er denkt an mich, klagte sie insgeheim. Meinetwegen
würde er sogar in das Reich des Todes hinabsteigen... aber sang
Orpheus nicht herzzerreißender und schöner als je, nachdem er die
Geliebte verloren hatte? Und im Morgengrauen, als sie immer noch
in der Felsnische hoch über dem Meer saß, betasteten ihre Finger das
Elfenbein. Er hat es in seinen Händen gehalten, sagte sie sich noch
einmal in letzter Qual, aber dann streckte sie den Arm aus. Als sei
jedes Gefühl aus ihr gewichen, beobachtete Iseult, wie es bleich
schimmernd im schwachen Licht durch die Luft fiel, und es schien
eine lange Zeit zu vergehen, ehe sie den leisen Aufprall hörte, mit
dem das Kästchen in den Wogen versank. Dann umgab sie außer
dem Rauschen des Meeres nur Stille. Ich habe meinen Schwur
gehalten, spottete eine leise Stimme in ihr... mir... Marc.
Marc – als sie ihn jetzt mit würdevollen langsamen Schritten, wie
immer tief in Gedanken versunken über das von der Sonne verbrann-
te Gras auf sich zukommen sah, lächelte Iseult – beinahe mehr über
sich als über ihn. Denn sie wußte, selbst jetzt würde wie am Anfang
unter ihrer scheuen Ehrfurcht alle Verachtung verblassen. Was weiß
ich von ihm, fragte sie sich plötzlich. Was bedeutet er mir? Lebt Marc
nur in diesem Reich, für sein Reich? Und doch wußte sie, daß sie ihn
irgendwie auf eine unerklärliche Weise brauchte.
Der König war stehengeblieben und hatte sie von fern beobachtet.
Sie ist unverändert, dachte er. Soviel ist geschehen. Sie ist nicht
daran zerbrochen. Anderen hätten Erinnerungen, Sehnsucht oder
Vorwürfe die Lebenskraft entzogen. Iseult sitzt da und blickt ins
Weite. Nur Gott weiß, was sie denkt, und doch vereinigt sich wieder
alles in der Fülle ihres Wesens.
Er stand vor ihr und blickte auf die sonnendurchglühte Klippe, auf

den nackten Felsen. »Das ist kein Garten für dich«, murmelte Marc und wußte, noch ehe sie etwas sagte, was sie antworten würde. »Kein Garten? Weshalb sollte ich mich nach Gärten und geschnittenen Hecken sehnen, wenn ich die Klippen habe, die golden und rosa leuchten, wo der Wind bläst und das Plätschern des Baches an mein Ohr dringt, der aus der Heide kommt und über die Felsen ins Meer stürzt?«

Sie lebt noch immer dort, dachte er. Für sie ist es mehr als eine Erinnerung. Sie lebt dort mit jedem Atemzug und mit ihrem ganzen Herzen. Er wird immer zwischen uns stehen. Er hat Iseult zu mir gebracht, und zum ersten Mal verstand ich, was es bedeutet, einfach zu *sein* – ich, lachte Marc spöttisch, der ich mein ganzes Leben lang nur das Wohl meines Reiches suchte? Und wie so oft unterdrückte der König seine Bitterkeit und schrieb sich selbst die Schuld zu. Wie hatte er davon träumen können, daß sich eine leere Hülle beleben ließ? Er hätte es sehen müssen. Nur er, allein war blind und von Sinnen gewesen. Aber der Schmerz wich nicht. Iseult war unverändert, dachte er, doch für mich wird sie nie mehr dieselbe sein. Er betrachtete ihre Stickerei.

»Es ist fertig«, sagte sie und lächelte insgeheim. Jetzt wird er wieder anfangen zu philosophieren. ›Ist irgend etwas jemals fertig?‹ damit wird er beginnen.

Eine Weile betrachtete Marc nachdenklich ihre Arbeit. Und als er schließlich aufblickte und ihr verstohlenes Lächeln sah, zwang er sie mit sanftem Nachdruck, es einzugestehen.

»Du irrst«, erwiderte er, »denn diesmal waren es keine philosophischen Gedanken. Ich erinnerte mich nur an die Geschichte dieses wunderlichen Tieres.«

»Das Einhorn?« fragte sie. »Aber hat man ein solches Wesen jemals gesehen?«

»In der Vorstellung der Menschen. Doch manche würden sagen«, fügte Marc leicht wehmütig hinzu, als spreche er über verbotene Dinge, »sie ist die einzige Wirklichkeit.«

Tristan – dachte Iseult. Aber leicht eingeschüchtert von seiner Weisheit erwiderte sie. »Ich habe mir vorgestellt, das Einhorn sei so weiß, so weiß, daß es am Ende... mir fehlen die richtigen Worte... ein Horn hervorbringen mußte... blind und direkt, wie es in seinem Wunsch nach Vollkommenheit war. Aber um es herum wächst das Gras, die Bäume sind schwer von Früchten. Und schließlich findet es Ruhe... und berührt die Erde... und findet sich selbst.«

»Und findet sich selbst?« wiederholte er verwundert.

»O ja... im Spiegel.«

Seine Augen ruhten auf dem weißen leeren Spiegel mit dem goldenen Rahmen. »Aber du hast das Spiegelbild vergessen«, sagte er.

Sie gab keine Antwort; Marc setzte sich tief in Gedanken auf den Brunnenrand und blickte in die Tiefe. Was meint sie damit, überlegte er. Es ist ihr Geheimnis. Iseult hat ihre Seele in diese Arbeit gelegt. Für mich ist sie immer eine Fremde. Und er blickte unverwandt in den Brunnen. »Es ist das Bild, das einen quält, immer das Bild«, murmelte Marc. »Um dem Bild zu entfliehen... gibt es zwei Wege...«

Zwei Wege – »Zwei Bilder...«, flüsterte eine Stimme in ihr. »Es sollte nur eines geben, Iseult« – O Spiegel im Teich...

»Einer«, erklärte Marc, »besteht darin, das Ich durch das Lebenswerk zu zähmen und zu ersticken... sich dem Ziel unterzuordnen, im abgeschlossenen, greifbaren Ergebnis aufzugehen.«

Sein Reich, dachte sie.

»Der andere«, fuhr der König fort, »bedeutet, die Grenzen zu überschreiten, voll zu entflammen, im Ding zu erstarren... zu verbrennen... am Ende läuft es auf dasselbe hinaus...«

»Auf was?« flüsterte sie.

»Zu fliehen, das Bild auszulöschen«, antwortete er bitter und müde. »In den Spiegel zu blicken und schließlich darin...«

Sie sah ihn ängstlich an. Aber er betrachtete wieder den Wandteppich und lächelte sein wehmütiges Lächeln. »Vielleicht nichts zu sehen«, sagte er.

Sie erschauerte.

Als Iseult in dieser Nacht wach in der Dunkelheit neben dem schlafenden König lag, erfüllte sie Angst. Tief unten rollte das Meer über die Steine. »Welchen Frieden hast du bei Marc gesucht?« höhnte es, »welche Sicherheit außer der Sicherheit des Grabes? Durch mich hast du auf jenem Schiff im Morgengrauen die ganze Fülle deines Wesens gegeben, das *ganze* Leben gegeben.«

Doch als sie am nächsten Tag den Knappen Paranis beauftragte, Dinas zu suchen, erfuhr sie, daß er sich auf einem Feldzug weit im Norden befand.

Einige Wochen später berichtete ein gewisser Rogier von Doleise, ein bretonischer Graf, der den Hof besuchte, mit kaum verhülltem Grimm, daß ein fremder Ritter als Belohnung für seine Waffentaten zum Regenten der Bretagne ernannt worden war und die Schwester des jungen Herzogs, Iseult von den weißen Händen, zur Gemahlin genommen habe. Sein Name, fügte er hinzu, sei Tristan von Lyonesse.

Ruf

I'pensava assai destro esser su l'ale
Non per lor forza ma di chi le spiega
Per gir, cantando, a quel bel nodo eguale
Ondo Morte m'assolve, Amor mi lega.

Petrarca, *Il Canzoniere*, CCCVII.

Tristan erwachte eines Tages Ende Oktober in Hochstimmung. Es muß an der Sonne liegen, dachte er, als er auf die Wälle hinaustrat. Die Erde wirkte wie neugeboren, nach den Tagen und Wochen, in denen Regen und Sturm um die Mauern gepeitscht hatten und Rache für den langen Sommer nahmen. Aber es war Herbst und nicht Frühling. Die Luft prickelte. Sie war vom schwachen Geruch verbrannter Blätter erfüllt und von einem Glanz, in dem alle Dinge greifbarer und doch entfernter erschienen, als blieben sie wie im Traum gerade außer Reichweite.

Kaherdin, sagte er zu sich, während er hinaus in die ferne Heide blickte, wird seinen Willen bekommen und mit den Falken jagen. Den ganzen Tag war der Junge gestern ganz aufgeregt gewesen, war immer wieder auf die Wälle gerannt, um zu sehen, ob die Wolken sich verzogen. Kaherdin hatte geschworen, er würde heute bei Sonne oder Sturm ausreiten, als hätten sie nicht noch den ganzen Herbst zur Reiherjagd vor sich. Und da der Morgen so klar angebrochen war, wunderte sich Tristan, daß er nicht schon zum Aufbruch drängte. Ich werde ihn bei seinen Vögeln finden, dachte er, aber Kaherdin war nicht dort. Obwohl der Falkner ihm sagte, der junge Herzog habe ihn beauftragt, den neuen Gerfalken bereitzuhalten. »Und es ist ein schönerer Vogel«, fuhr der Mann stolz fort, »als alle, die wir zur Zeit des Herzogs Hoel abgerichtet haben, obwohl der König von Frankreich ihm einen seiner eigenen Sakerfalken geschenkt hatte. Aber ich zweifle, ob es je einen Vogel gegeben hat, der schwerer zu zähmen war als dieser hier.« Tristan setzte den Falken auf seine Faust. Er strich mit den Fingern über das gesprenkelte Gefieder und erfreute sich an der Schönheit des Vogels. Er war ein Zeichen der Bruderschaft, mit dem er am Vorabend seiner Hochzeit Kaherdin eine große Freude gemacht hatte – ein schönes Geschenk. Jetzt erschien es ihm merkwürdig, daß er damals nur an das Vergnügen des Jungen gedacht und die tiefere Bedeutung darüber beinahe vergessen hatte. Es war sein Falke – Lyonesse... Tristan erinnerte sich, daß er in seiner Kindheit einmal Rual einen Falken schicken wollte – welche Hoffnungen, welche Träume lagen damals vor ihm... Aber die Worte des Falkners waren ihm noch bewußt, als er sich aus seinem Grübeln riß. »Der Gerfalke hält an seiner Freiheit fest, wenn ein Mann schon bereit ist, sie freiwillig aufzugeben.«

»Manche Männer vielleicht.« Der Falkner sah ihn bewundernd an. »Aber welch ein Segen für die Bretagne, daß es immer noch Männer mit standhaften Herzen gibt, und jeder kann sich glücklich schätzen, der ihnen dienen darf. Der Gerfalke«, erklärte Tristan lachend, »wehrt sich natürlich gegen die Gefangenschaft, denn seine Ahnen kommen aus den unbezwinglichen Horsten in den norwegischen Schluchten, obwohl man sagt, daß manche nach Süden und bis nach Irland geflogen sind.«

Tristan übergab ihm den Vogel wieder und ging denselben Weg über den Wall zurück. Ein Schatten hatte sich über seine heitere Stimmung gelegt, aber draußen in der Sonne fiel seine Schwermut wieder langsam von ihm ab wie Bodensatz in einem Glas.

Die mächtigen, trutzigen Türme schienen in der prickelnden Luft ihrer Masse beraubt zu sein, als ruhten sie auf Licht, doch die Steine zwischen den Adern aus Mörtel hoben sich in Farbe und Form von ungewohnter Klarheit ab und wurden entlang der Brustwehr plötzlich vom Schatten verschluckt. Hinter dem sonnenbeschienenen Rand der Zinnen, die in den dunstigen Himmel ragten, kräuselte sich das Meer in kleinen, von weißem Schaum bekränzten Wellen.

Und dann ging Iseult von der Bretagne geräuschlos, als berühre sie kaum den Boden, unten auf dem Wall vorüber. In ihren Bewegungen lag etwas so Unsicheres und Unbestimmtes, daß sie für Tristan inmitten dieser strahlenden Klarheit des Morgens nur ein Geist zu sein schien. Sie war niemals Proserpina, dachte er.

Wenn ich hierbleibe, wird sie mich nicht sehen. Und er hatte sich schon halb in den Mauerbogen zurückgezogen, aber die Schwermut ihrer Bewegungen veranlaßte ihn hinunterzugehen und Iseult zu begrüßen. Sie erschrak und sah ihn an, als fürchte sie sich fast. Seit wir verheiratet sind, ist sie noch scheuer geworden, dachte Tristan und sah ihr besorgt ins Gesicht.

»So früh schon auf?«

Sie versuchte zu lächeln. »Der Sommer ist zurückgekommen.« Doch ihm kam es vor, als läge in ihren Worten mehr, als sie sagte.

Schweigend schlenderten sie ziellos über die Wehrmauer. Sie stolperte. Er zog sie auf das Steinpflaster hinunter und versuchte sie aufzuheitern, indem er ihr von den Vögeln erzählte, die in den Felsspalten nisteten, und dem Seegetier, das unter den riesigen Steinbrocken hauste. Aber bald schwiegen sie wieder. Tristan blickte auf ihre Hände. Sie liegen in ihrem Schoß wie verlorene, weggeworfene Dinge. Sie sind zerbrechlich und blaß. Früher ging ein Glanz von ihr aus – von ihrem Haar, dachte er, hob die Hand und zog ihr sanft den Schleier vom Gesicht. Die Röte stieg ihr in die Wangen, als die weißen Falten sich auf ihre Schultern senkten. Das Licht liegt in Flecken darauf, dachte er. Es leuchtet nicht von innen. Weshalb sollte es? Ich habe ihre Kühle, ihre Stille gesucht. Er wandte sich dem Meer zu.

Iseult seufzte. Meine Gesellschaft ist ihm bereits lästig. Im nächsten Augenblick wird er auf und davon sein. Ihn rufen seine Pflichten... Kaherdin. Er schien noch nie so viele Pflichten gehabt zu haben wie in den Monaten ihrer Ehe. Um ihn festzuhalten, zwang sie sich, etwas zu sagen. »Sieh doch, ein kleines Boot. Das Segel glänzt in der Sonne wie Seide.«

Weit draußen auf dem Wasser bewegte sich ein einsames Segel langsam nach Westen.

»Man könnte beinahe glauben, niemand sei an Bord«, sagte er.

»Wie in der Geschichte von Guigemer«, murmelte Iseult, und ihre Augen begannen zu leuchten.

Sie lebt nur in Geschichten, dachte Tristan. In Geschichten und Bildern – und mit ihren Händen hebt sie Spiegel um Spiegel aus dem Dunkel empor, und jeder ist zersprungen. Von plötzlichem Mitleid erfaßt, sah er sie an. »Guigemer? Erzähl sie mir«, sagte er.

Sie blickte freudestrahlend zu ihm auf und begann:

»Es war einmal ein Ritter. Er lebte im Land Leon in der Bretagne und hieß Guigemer. Er war so kühn und tapfer, daß man weder in Burgund noch in der Lorraine, weder in der Gascogne noch in Anjou seinesgleichen fand. Nur etwas fehlte ihm«, sagte sie leise, »er konnte nicht lieben. Nichts gefiel ihm besser als die Jagd, und eines Tages rief er im Morgengrauen seinen Knappen und ritt mit den Hunden auf die Jagd.

Bald erreichten sie den Wald. Lange suchten sie vergeblich nach Wild, bis plötzlich aus dem Dickicht ein weißer Hirsch sprang, blitzschnell ihren Pfad kreuzte und im Dämmer der Büsche verschwand. Schnell setzte Guigemer ihm nach, weiter und weiter, tiefer und tiefer in den Wald, bis das Gebell nur noch schwach von ferne zu ihm drang, und er seinen Knappen aus den Augen verloren hatte. Schließlich tauchte der Hirsch auf einer grasbewachsenen Lichtung vor ihm auf. Er war weiß wie Schnee und hatte ein mächtiges Geweih. Guigemer griff nach seinem Bogen und zielte. Der Pfeil flog durch die Luft und traf sein Ziel. Tödlich verwundet stürzte das Tier zu Boden. Aber o weh! Der Pfeil flog zurück, geradewegs auf den Ritter zu und fuhr ihm tief in den Schenkel. Ohnmächtig sank er vom Pferd und neben dem Hirsch ins Gras. Das Tier lag bereits im Todeskampf und begann, mit menschlicher Stimme zu stöhnen und zu klagen. ›Weh mir, ich sterbe. Und du, grausamer Ritter, der du mir dieses Leid angetan hast, sollst nie von deiner Wunde geheilt werden, nicht durch einen Trank, nicht durch Kräuter und nicht durch Salben, bis sie dich heilt, der durch ihre Liebe zu dir größeres Leid widerfährt als je einer Frau zuvor. Und du, auch du sollst leiden, und deine Liebesqualen werden alles übertreffen, was je ein Mann erduldet hat.‹«

Iseult von der Bretagne schwieg.

»Und weiter?« murmelte Tristan gespannt und erregt.

»Guigemers Wunde war sehr tief. Wenn etwas Wahres an diesem Zauber ist, dachte er, wie soll ich dann je geheilt werden? Denn noch keine Frau hat in mir Liebe erweckt. Ich habe keine andere Wahl, als zu sterben. Verzweifelt riß er einen Streifen von seinem Hemd, verband die Wunde so gut er konnte, stieg auf sein Pferd und ritt durch den Wald. Aber er hatte sich verirrt und wußte nicht mehr, wohin er sich wenden sollte. Er folgte einem schmalen Pfad, bis schließlich die Bäume sich lichteten und er eine grüne Wiese erreichte, die hinunter zu einer Bucht führte. Dort lag in einem kleinen Hafen ein Boot mit schlaffem Segel vor Anker. Guigemer ritt zum Ufer und rief. Niemand antwortete ihm. Unter großen Schmerzen schleppte er sich an Bord. Aber er fand weder eine Mannschaft noch sonst eine lebende Seele.

Es war ein schönes, seetüchtiges Boot, außen und innen geteert. Die Zapfen waren aus Ebenholz, das Segel aus Seide. In der Mitte stand ein Bett mit goldenen Füßen, die mit Zypressenholz und Elfenbein eingelegt waren. Purpur aus Alexandria und ein feines, glänzendes Laken lagen unter der Pelzdecke. Am Bug des Schiffes brannten zwei große Fackeln in Haltern aus purem Gold.

Guigemer staunte über alles, was er sah. Aber da er schwach und benommen war, legte er sich auf das Bett. Nach einiger Zeit richtete er sich auf und wollte wieder von Bord gehen. Das konnte er nicht mehr, denn das Boot schwamm bereits weit draußen auf dem Meer und flog pfeilschnell über die Wellen. Ein sanfter Wind blähte das Segel.

Der Ritter mußte jede Hoffnung aufgeben, wieder an Land zu kommen. Seine Wunde schmerzte sehr. Seufzend betete er zu Gott, legte sich auf das Bett und schlief ein.«

Iseult schwieg wieder. Tristan saß vorgebeugt und stützte das Gesicht in die Hände. Meine Geschichte bewegt ihn so, dachte Iseult, und ihre Stimme wurde noch sanfter.

»Aber sein Leiden hatte den Höhepunkt erreicht. Gegen Abend kam er in das Land, in dem er Heilung finden sollte. Am Ufer stand ein großer Turm. Ein Obstgarten zog sich bis zum Wasser hinab. Er war umschlossen von einer Mauer aus Marmorsteinen. Auf dem grünen Rasen stand eine Dame mit ihrer Jungfer und blickte hinaus auf das Meer. Sie sahen das Schiff geradewegs in die Bucht steuern, obwohl keine Menschenseele zu sehen war. Die Dame fürchtete sich, aber die Jungfer war mutiger und lief hinunter zum Ufer. Sie ging an Bord, entdeckte den schlafenden Ritter und staunte über seine Schönheit. Er war so bleich, daß sie ihn für tot hielt. Sie lief eilig zurück und berichtete ihrer Herrin, was sie gesehen hatte. Gemeinsam gingen sie zum Boot. Und die Dame sah den Ritter an. Er öffnete die Augen und erzählte ihr von seinem Leid. ›Ich weiß nicht, was ich tun, noch wohin ich mich wenden soll‹, sagte er, ›und verwundet, wie ich bin, kann ich auch das Boot nicht steuern. Schöne Dame, habt Mitleid mit mir, um der Barmherzigkeit Gottes willen.‹ ›Edler Ritter‹, erwiderte sie, ›seid ohne Furcht.‹ Und sie erzählte ihm, daß das Land ihrem Gemahl und Gebieter gehörte, der sie aus Eifersucht im Turm gefangenhielt. ›Aber wenn Ihr wollt‹, fuhr sie fort, ›werden wir Euch hier verstecken und Euch pflegen, bis Ihr wieder gehen könnt.‹

Guigemer empfand bei ihren Worten große Freude. Sie brachten ihn in den Turm und legten ihn in ein Bett. In einer goldenen Schüssel holten sie Wasser, wuschen das Blut von seinem Schenkel und verbanden die Wunde. Und als es Abend wurde, brachte ihm die Jungfer Essen und Trinken. Höflich bat er sie, ihn allein zu lassen. Er konnte weder essen noch schlafen. Aber jetzt quälte ihn nicht mehr der alte Schmerz. Ihn spürte er kaum, so groß war die Liebespein wegen dieser Dame, für die sein Herz entbrannt war.«

Iseult von der Bretagne hörte auf zu sprechen. Ganz in ihre Geschichte versunken, dauerte es eine Weile, ehe sie sich umwandte. Er saß bewegungslos neben ihr und hatte das Gesicht in den Händen vergraben. »Tristan...«, flüsterte Iseult, da sie nicht wußte, ob sie weitererzählen sollte. Sein langes Schweigen ängstigte sie, und deshalb berührte sie ihn am Arm. Oh, dachte sie, er zittert. In diesem Augenblick hörte man Schritte hinter der Mauer, und Kaherdins Lachen zerriß die gespannte Stille.

»Tristan... ich habe dich überall gesucht. Bist du krank?« fragte er, als er das bleiche Gesicht sah.

Aber Tristan erhob sich, und, als schüttle er einen Traum ab, richtete er sich auf und zwang sich zu einem Lächeln.

»Deine Schwester hat mir ein Märchen erzählt.«

»Sie sollte sich schämen!« rief der Junge. »Sie ist eine verheiratete Frau und ist ihnen immer noch nicht entwachsen.« Stirnrunzelnd sah er ihr offenes Haar. »Und du«, spottete er, »der Regent dieses Landes, hast nichts Besseres zu tun, als hier zu sitzen und zuzuhören.«

Kaherdins Anblick, dessen dichte blonde Locken in der Sonne glänzten, brachte Tristan wieder in die Wirklichkeit zurück. »Und wer hat den halben Morgen damit zugebracht, sich wie ein Geck herauszuputzen?« Es gelang ihm, den Angriff zu parieren. »Ich habe schon vor einer Stunde nach dir gesucht.«

Als Antwort schwang der Junge ein paar goldene Fußriemen durch die Luft. »Komm Tristan, komm!« drängte er mit wachsender Ungeduld.

»Als dein Diener?« fragte Tristan lachend und wies auf seinen einfachen Jagdanzug.

»Mußt du gehen?« Iseult sah ihn bittend an. »Tristan... dies eine Mal... die Geschichte ist noch nicht zu Ende.«

»Nur Frauen«, schimpfte Kaherdin, »haben Zeit, Geschichten zuzuhören. Männer müssen sie erleben.« Aber ihre Wehmut berührte ihn; er beugte sich über sie und gab ihr einen Kuß auf die Wange. Einen Augenblick später waren die beiden mit großen Schritten um die Mauer verschwunden.

Iseult von der Bretagne blieb noch lange sitzen und starrte auf die dunkle Öffnung im Turm. Er versucht immer, vor mir zu fliehen, dachte sie. Heute wäre er vielleicht geblieben. Meine Geschichte hat ihn bewegt. Aber warum nur? fragte sie sich. Eine unbestimmte, namenlose Furcht stieg in ihr auf, obwohl sie nicht wußte, weshalb. Und kaum war sie fühlbar, verschwand sie auch schon wieder. Iseult erhob sich, band sich das Tuch um den Kopf, ging am Wall entlang und stieg die Stufen zum Turm hinauf. Weit draußen auf dem Meer glänzte im Westen das Segel auf dem Wasser.

Tristan und Kaherdin nahmen die Falken auf die Faust und ritten hinaus in die Heide. Welches Abenteuer erwartet uns? überlegte Tristan. Er spürte bei dem Jungen eine unterdrückte Erregung, die sich nicht mit seiner Begeisterung für die Beizjagd erklären ließ. Doch Kaherdin war nicht mehr zu entlocken als ausweichende Andeutungen über Reiher in einem bestimmten Sumpfgebiet. Tristan ließ Iseults Geschichte nicht los, und er vermochte nicht, sich mit Kaherdins Herzensangelegenheiten zu beschäftigen. Sie hatten kaum das Hochland erreicht, als der Junge sein Pferd in einen Galopp trieb. Tristan folgte ihm, ließ sich von Sonne, Wind und der Schnelligkeit ihres Ritts mitreißen. Allmählich wich die quälende Last von ihm, und die Freude, die er am Morgen empfunden hatte, stellte sich wieder ein. Sie steigerte sich zu wilder Ausgelassenheit, während die Erde unter den Pferdehufen aufflog, sie von Hügel zu Hügel jagten, und sich immer neue Horizonte vor ihnen auftaten.

»Wir werden heute Sumpfhühner jagen und keine Reiher, wenn du dein Pferd lahm reitest, ehe wir unser Ziel erreicht haben«, rief Tristan, als der Junge im letzten Augenblick einem Erdloch auswich.

»Weder Reiher noch Sumpfhühner«, gab Kaherdin lachend zur Antwort, »wird mein Falke heute jagen.« Und schon preschte er wieder davon. Tristan mußte seinem Pferd die Sporen geben, um nicht zurückzufallen.

Sie hatten einen Teil des Landes erreicht, den Tristan nicht kannte. Die Hügel liefen in einer Flußniederung aus. Kaum ein Baum in der weiten, flachen Ebene. Zwischen graugrünen Weidenbüschen spiegelte sich der Himmel in blassen, glänzenden Wasserarmen. Aber inmitten einer großen Insel aus braungelbem Gras schienen vier mächtige Türme emporzuwachsen, die das silberne Band des Burggrabens zusammenhielt, und über das Moor zu wachen. In diesem Teil des Landes könnten die Sümpfe von Doleise liegen, dachte Tristan. Plötzlich ahnte er die Wahrheit. Aber ehe er noch weiter denken oder etwas sagen konnte, hatte Kaherdin sein Pferd zum Stehen gebracht, blickte angestrengt zu den mächtigen grauen Türmen hinüber und hielt den Vogel hoch. »Flieg, Falke! Flieg ins Gemach meiner schönen Dame.« Aber anstatt ihm die Fußriemen zu lösen, galoppierte er jauchzend den Abhang hinunter.

Tristan erinnerte sich wieder an das Fest im Sommer – die Ballade des Spielmanns, das Lied von Ivonek. Eine Geschichte war ihm für heute genug. Aber das hier war bestimmt nur eine Laune, denn ihm fiel ein, daß Yolande nicht hier war. Erleichtert lachte er über sich selbst. Er holte Kaherdin ein, der ihn schüchtern und mit rotem Kopf ansah.

287

»Sie hat mir die Fußriemen als Zeichen geschickt.«
»Aber sie ist doch in Frankreich.«
»Sie ist bereits zurückgekommen... Rogier ist auf dem Weg hierher«, erklärte Kaherdin verdrießlich.
»Wann wird er hier sein?« Tristan stand das Herz still.
»Sie wußte es nicht genau. Im nächsten Monat, in der nächsten Woche vielleicht«, stieß Kaherdin ungeduldig hervor, »es ist für mich wahrscheinlich die letzte Möglichkeit...«
»Nächste Woche... morgen, vielleicht heute«, rief Tristan ärgerlich. Der Leichtsinn des Jungen entsetzte ihn. »Rogier ist unser Feind, Kaherdin!«
»Yolande ist meine Freundin...« Der junge Herzog lachte.
»Sie ist seine Frau.« Die Worte blieben Tristan beinahe im Hals stecken.
»Die Gesetze der höfischen Liebe...«, begann der Junge, »ich habe ein neues Lied für sie gemacht...«
Ein Lied – eine Laune. Ein Junge sehnt sich nach Abenteuern. Warum mußte er sein eigenes Schicksal darin sehen? Trotzdem konnte Tristan sich von einer dunklen Ahnung nicht befreien. Er ließ ihn geradewegs in das gleiche Verhängnis reiten... Aber würde der Junge in seiner närrischen Verliebtheit auf ihn hören? »Der Mann ist gefährlich«, sagte er schließlich.
»Vielleicht«, spottete Kaherdin, »hat er seine Falle mit den spitzen Eisenstäben bereits aufgestellt. Soll ich vorausreiten und nachsehen, Tristan?« Sie waren jetzt nahe genug herangekommen, um in einem der Türme die Gestalt einer Frau im Fenster zu erkennen.
»Kaherdin!«
Aber der Junge wollte im Überschwang seines Glücks keine weiteren Ermahnungen mehr hören. Immer noch halb belustigt, drehte er sich im Sattel um. »Bist du Regent oder mein Beichtvater?« Vom Ernst des anderen angestachelt, spottete er: »Nur Gott weiß, ob du wirklich ein Mensch bist. Alle Frauen der Bretagne liegen dir zu Füßen. Doch ich habe mich schon manchmal gefragt, ob du überhaupt lieben kannst... selbst meine Schwester...« Er lachte, schwieg aber plötzlich. Tristan sah aus, als habe man ihm ins Gesicht geschlagen.
»Geh, Kaherdin«, sagte er seltsam ruhig.
Der Junge bereute seine Worte schon wieder. »Ich meinte nur... dir scheint so wenig an ihren Aufmerksamkeiten zu liegen... und Iseult...«, seine Heldenverehrung für Tristan siegte wieder, »mit all ihren Träumen und Liebesgeschichten...«

Tristan zügelte sein Pferd. »Geh«, wiederholte er. Dann sah er das bekümmerte Gesicht Kaherdins und zwang sich zu einem Lächeln, »ich werde Wache für dich halten.«

Kaherdin schwankte einen Augenblick, dann gab er seinem Verlangen nach und galoppierte über die Ebene. Tristan sah ihm nach, wie er über Binsen und Grasbüschel hinwegsetzte, schließlich die Zugbrücke erreichte und sich umwandte. Er nahm den Kranz vom Sattelknauf, schwang ihn durch die Luft und setzte ihn auf den Kopf. Aber ein Windstoß erfaßte ihn und trug ihn davon. Tristan sah ihn durch die Luft wirbeln – ein roter Reif vor kalten, grauen Mauern – sinken und auf dem dunklen Wasser des Burggrabens schwimmen.

Ich war eifersüchtig, grübelte Tristan, als er sich schließlich am Hang niederließ, nachdem er ziellos durch die Heide geritten war. Hatte er Kaherdin seinen Leichtsinn verübelt? Hatte es ihn geärgert mitanzusehen, wie der Junge sich gedankenlos einer Laune überließ... konnte es mit Yolande mehr sein? Fürchtete er zu erleben, daß sein Traum von der Liebe verraten wurde? Warum mußte er sich so quälen? Hatte er nicht gefürchtet, daß Kaherdin – nicht weniger und nicht mehr – ebenso leiden mußte wie er selbst? »Auch du sollst leiden«, Guigemers Geschichte ging ihm nicht aus dem Sinn, »und deine Liebesqualen werden alles übertreffen, was je ein Mann erduldet hat.«

Leiden! Sein Leiden... seine Liebe... waren sie nicht schon immer die treibende Kraft seines Lebens gewesen?

Nur der Ruf eines Wasservogels durchbrach hin und wieder die Stille über der Landschaft oder der plötzliche Schrei eines herabstoßenden Raubvogels, der einen Schatten auf das Gras warf. In diesem Schweigen fand Tristan langsam wieder zu sich und stieß zum Kern der einen Erkenntnis vor.

Die Türme der Burg, vom Ring des Wassergrabens eingeschlossen, wirkten auf der sumpfigen Ebene wie die riesigen Figuren eines Schachspiels, und sie schienen unendlich weit entfernt zu sein. Dort hinter ihren Mauern genoß Kaherdin seine Liebe. Qual und Freude – seine Liebe und sein Leben bewegten sich zwischen diesen beiden Polen. Seine Liebe – er konnte tun, was er wollte... dagegen ankämpfen, sich davor verstecken und vor ihr fliehen – sie war die beherrschende Macht seines Daseins geblieben. Hätte sein Geist ohne die Tiefen der Bitternis je die Höhen erreicht? Wie lange hatte er

das geleugnet? Qual und Freude... Tristan wunderte sich, daß ihn
jetzt beinahe Freude erfaßte, während er sich daran erinnerte, mit
welchem Hochgefühl er in diesen Morgen hinausgetreten war. Es
muß an dem Tag liegen; es liegt ein Zauber über dem Tag, dachte er,
und überließ sich dem Sonnenlicht und der Luft. Sein Blick schweifte
über die weite Ebene, die sich vor ihm ausbreitete. Bewundernd
entdeckte er die feinen Farbschattierungen in der scheinbaren Eintönigkeit des Sumpflands. Und voll Ehrfurcht vor dem unermeßlichen
Himmel wünschte er, die Wolken würden von der schmalen gewellten Linie am Horizont aufsteigen, damit er beobachten könnte, wie
sie anschwollen und dahintrieben. Ihre Schatten würden das Land
zerstören und unberührt lassen. Denn nur der Himmel, dachte er,
kann sich mit dem Meer messen. Er erinnerte sich wieder an seinen
Weg über die Alpen, spürte wieder das Entsetzen vor den tiefen
Schluchten, den schwarzen, endlosen Wäldern und Felswänden, die
sich vor den Himmel schoben. Tristan lag im Gras und starrte in den
leeren Himmel. Schließlich fiel die Gegenwart von ihm ab. Plötzlich
war er wieder ein Junge, der an den rauhen Hängen der Heide über
der Ebene von Lyonesse saß und träumte. Das Licht umflutete ihn,
hob ihn in den Raum, er stieg wie ein Vogel in die Luft und flog
davon – in welche Unendlichkeit?
In wehmütigem Erinnern, in einer beinahe spielerischen Laune, griff
er nach dem Bogen, legte den Köcher zurecht und schoß Pfeil um
Pfeil in den Raum – zuerst absichtslos, dann zielte er höher und
höher und übertraf mit jedem Schuß den vorausgegangenen. Verlangen, sangen die Pfeile, o endloses Sehnen. Schließlich beobachtete er
wie gebannt den Rhythmus von Steigen und Fallen. Aber es muß
einen Augenblick geben, dachte er, in dem der Pfeil weder steigt
noch fällt, sondern in der Schwebe ist. Und plötzlich erschien ihm
das Ziel sinnlos, als liege das Wesen des Fluges in diesem Augenblick
des Gleichgewichts, alle Kraft im Aufsteigen, und der Fall war
deshalb unvermeidlich. Es ist der namenlose Höhepunkt, überlegte
er, der unsichtbare Wendepunkt im Rhythmus allen Seins – Tag und
Nacht, Licht und Dunkel, Leben und Tod. Und doch liegt beides in
ihm. Irgendwo in unserer Vorstellung erreichen wir diese Höhe.
Ich erreichte sie in Iseult. Alle Träume gipfelten in meinem Glauben
an die Liebe, und jede Niederlage war nur ein Leugnen...
Die Luft sang es, die vom Licht durchtränkten Räume, die ihn
umflossen, seine Stirn, seinen Hals, die Augenlider streichelten und
fesselten ihn mit Bändern aus Licht – ihr Haar...

Sein Duft hüllte ihn ein – der kaum wahrnehmbare, schwache Geruch nach verbrennenden Blättern. Schließlich glaubte Tristan, er müsse nur die Augen öffnen, um Iseult über sich zu sehen, die auf die Heide hinausblickte wie damals, an jenem längst vergangenen Sommertag am Waldrand. »Der ganze Atem der Erde sammelt sich in ihrem Wesen... der ganze Sommer.« Bei all ihrem Brennen, bei all ihrer Kraft zur Veränderung besaß sie die Macht der Stille. Sie konnte sich in sich selbst zurückziehen und war entrückt. Sie war die Erde selbst, dachte er. Und jetzt schien Tristan zu verstehen, was ihm damals verborgen geblieben war. Ich suchte das Licht in ihr, aber sie war auch das Dunkel... die Erde, in der mein Traum wiedergeboren werden konnte. Durch sie wurde die Welt für mich ununterbrochen neu geschaffen. Sie lebte für mich in der Dämmerung und im Sonnenaufgang, im Schweigen und im Donner von Geschwindigkeit und Kraft... wo immer mein Wesen im Lied auflebte. Und als ich ihr sagte, daß weder Veränderung noch die Zeit, auch nicht der Tod unsere Liebe erreichen kann, meinte ich das, ohne es zu wissen. Auch nicht der Tod, dachte er, denn die Macht der Liebe überwindet die Grenzen des Fleisches... Guigemer – Ivonek... auch wir haben das Land der Jugend erreicht. Und das, wurde ihm plötzlich klar, war die Botschaft vieler Märchen – der Tod ist nur eine täuschende Grenze, die wir durch die Macht des Traumes und die Macht der Liebe überschreiten. Aber wir haben kein Vertrauen. Wir glauben nicht an den Zauber. Wir schwanken, und aus Furcht vor dem Verlust kehren wir zurück.

Wir kehren zurück in die Zeit, in den Kerker unseres Getrenntseins. Wir besingen nur das Verlangen, nur den Verlust und flehen darum, die Ewigkeit festzuhalten. Und Tristan erinnerte sich daran, wie ihn im Wald die Bitterkeit des Verlusts erfüllt hatte. Ich suchte das Endgültige; ich suchte ein Ziel. War es nicht genug, wie mein Pfeil zu fliegen? Die Liebe übersteigt jeden Zweck, jedes Ziel. Sie ist der Zugang zum Wesen selbst; sie umfaßt jede Veränderung, jede Teilung, und in ihr liegen Leben und Tod.

Iseult ma drue, Iseult m'amie,
en vos ma mort, en vos ma vie.

Jetzt schienen diese Worte endlich für ihn ihre volle Bedeutung erreicht zu haben.
Sie ist in allem, was ich höre, in allem, was ich sehe. Ich habe sie

nicht verloren, dachte er. Und jetzt kam es ihm vor, als sei sie ihm so nah wie noch nie, als teile er durch diesen Besitz sein Wesen mit dem Unendlichen.

Das Gefühl der Erfüllung durchdrang ihn so ruhig, daß er es selbst kaum bemerkte, denn es stellte sich weder mit der Heftigkeit der Ekstase ein, noch mit der plötzlichen, überwältigenden Macht einer Enthüllung. Es war das schlichte Erkennen einer Wahrheit, die die geheimen Zonen seines Wesens schon lange kannten – unberührt und unberührbar von allem, was geschehen war und allem, was sich noch ereignen mochte. Und während er eins mit dem Atem des Windes, dem Zittern des Lichts, dem Schrei eines kreisenden Vogels im Gras lag, fiel die Last der Gedanken von ihm ab. Hingegeben dem ruhigen Frohlocken seines Geistes bemerkte er nicht, wie die Stunden vergingen. Als er schließlich die vertraute Gestalt auf dem Pferd über die Zugbrücke kommen sah, stieg er in den Sattel und ritt ihm so leichten Herzens entgegen, daß Kaherdins Furcht, Tristan könne ihm etwas nachtragen, sofort schwand. Sie sprachen nur wenig. Und als sie sich auf den Heimweg machten – diesmal nicht über die Hochebene, sondern durch das breite Flußtal –, freute sich Tristan über Kaherdins Schweigsamkeit, denn er wollte sich noch nicht mit der Zukunft beschäftigen. In der ruhigen Herbstluft schien der Tag in der Schwebe gehalten zu werden, als könne er sich nie der Nacht zuneigen oder einem Morgen weichen.

Sie waren schon einige Zeit geritten, als der Junge ihn am Arm berührte und auf einen Vogel wies, der weit vor ihnen mit gebogenem Hals und langen, dünnen, gestreckten Beinen hoch in der Luft flog. »Tristan, ein Reiher.«

Ihre Augen schweiften suchend über das Gelände, und sie entdeckten vor dem blaßgrünen Schilf ein paar große graue Vögel, die im Schlick wateten und Futter suchten. Kaherdin wurde auf der Stelle hellwach. Hastig nahm er seinem Falken die Haube ab und warf ihn in die Luft. Aber jetzt waren die Fußriemen nicht mehr vergoldet, sondern braun. Er hat ihr Geschenk zurückgelassen, dachte Tristan, und nahm seinem Vogel die Haube ab.

Sie beobachteten, wie die Falken aufstiegen, mit kraftvollen Flügelschlägen Höhe gewannen, kreisten, schwebten und flatternd in der Luft verharrten.

»Der erste Reiher ist außer Reichweite«, sagte Kaherdin. Aber als sie weiterritten, flogen andere Vögel auf. Sie entdeckten die Gefahr und bemühten sich, mit langsam schlagenden Schwingen höher als ihre

Feinde aufzusteigen. Aber die Falken schraubten sich nach oben weit über ihre Beute hinaus. Plötzlich stieß einer im Sturzflug herab, verfehlte den Reiher jedoch und wurde vom Schwung seines Angriffs wieder nach oben getragen. Er stieg auf, und der Kampf begann von neuem. Tristan hatte dieses Schauspiel schon oft gesehen, aber trotzdem erfüllte es ihn wieder mit ehrfürchtigem Staunen.

Die Schatten wurden länger. Im Westen waren duftige Wölkchen aufgezogen, die von der Sonne vergoldet wurden und allmählich verblassend über den blauen Himmel trieben. Über dem braunen Moor lag ein purpurnes Glühen. Hoch über ihnen kreisten die Falken. Plötzlich tauchten am Hang eines Hügels in der Ferne zwei Reiter auf. Ihre Rüstungen blitzten in den Strahlen der untergehenden Sonne.

Tristan hielt die Hand über die Augen und spähte über das Moor. »Sie reiten auf uns zu«, sagte er leichthin, »und zwar sehr schnell.« Kaherdin wendete aufgeregt sein Pferd. »Ein Bote«, rief er, »sie schickt mir einen Boten«, und wollte ihnen entgegenreiten. Tristan starrte noch immer schweigend in die Sonne. Einer der Reiter hob den Schild, und er erkannte die drei roten Jagdhörner auf silbernem Grund. »Dein Bote«, erklärte er, »trägt die Wappen unseres Feindes Rogier von Doleise.«

Die Erkenntnis traf ihn nicht als Schrecken, sondern als eine längst bekannte Tatsache, an die er sich jetzt wieder erinnerte. Mit einem wachsenden Gefühl der Ruhe und Stärke wurde sie ihm als die notwendige Folge all dessen bewußt, was sich an diesem Tag ereignet hatte. Schon galoppierten die beiden Männer donnernd auf sie zu. Rogiers scharfe Stimme übertönte das Pferdegetrappel.

»Halt, Tristan von Lyonesse!«

»Kaherdin... du mußt fliehen... wir sind unbewaffnet... flieh zum Wohl des Reiches«, drängte Tristan den Jungen, »überlaß sie mir. Ich werde sie lange genug aufhalten.«

»Hältst du mich für einen Feigling? Wir werden uns ihnen gemeinsam stellen.« Mit herausforderndem Lachen ritt Kaherdin ihnen entgegen. »Seid Ihr gekommen, Rogier, um mit uns zu jagen? Die Jagd ist gut.«

»Zu gut! Ich hätte nicht gedacht, daß Ihr auch noch Reiher jagen würdet.« Rogier von Doleise zügelte sein unruhiges Tier. Das Tier warf den Kopf hoch, wehrte sich gegen den Zügel, und Schaum flog auf die Rüstung seines Reiters. »Aber am Ende«, knurrte er, »wird der Jäger zum Gejagten, wenn er sich keine Mühe gibt, seine Spuren zu verwischen. Man läßt keinen Blumenkranz im Graben schwimmen, vergißt auch keine wappengeschmückten Geschenke im Gemach einer Dame, wenn man verbotenem Wild nachstellt. Euer Zögling, Edler Tristan, ist schlecht erzogen«, und er schwenkte die vergoldeten Fußriemen durch die Luft und wollte sie ihm ins Gesicht werfen.

»Sie gehören mir!« Kaherdin ritt vor und fing sie auf. »Nehmt zurück, was Ihr gesagt habt, Rogier! Er hat nichts damit zu tun.«

»Nichts damit zu tun?« höhnte der Ritter. »Mein Gott, wenn die Bretonen wüßten, welche Schande die Hände besudelt, in die sie das heilige Schwert der Regentschaft gelegt haben, würden sie ihre Frauen hinter Kerkermauern verstecken, solange seinesgleichen das Land regiert. Oder können einfache Vasallen hoffen, bei einem Mann Gerechtigkeit zu finden, der seinen König verraten hat, Tristan von Lyonesse?«

»Ihr lügt!« Doch die Lippen des Jungen zitterten.

Tristan erwiderte stolz und unerschütterlich den Blick des Mannes. Ohne sein blasses Gesicht hätte man annehmen können, er sei völlig gelassen. »Habt Ihr alles gesagt?« Er fragte das merkwürdig ruhig. »Aber vergeßt nicht, ehe Ihr weitersprecht, daß diese Hände vielleicht immer noch die Kraft haben, Euch zu antworten.«

»Ohne Schild und Rüstung?« höhnte der andere, »und so will ich Euch für immer zum Schweigen bringen, damit Iseult von der Bretagne durch Euren tapferen Tod einen weniger schimpflichen Grund hat zu weinen als Iseult, die Königin von Cornwall.«

»Zieht, Rogier von Doleise!«

Tristan sah kaum das bleiche, vor Entsetzen und Ungläubigkeit ausdruckslose Gesicht des Jungen, auch nicht das gehässige Grinsen des Knappen. Er sah nur das blitzende, zuckende und frohlockende Schwert. Er spürte den harten Griff in seiner Hand und war so unbeschwert und frei wie bei seinem ersten Kampf. Während Tristan zuschlug und Schlag um Schlag parierte, hatte er das Gefühl, mit jedem Hieb neue Kraft zu erhalten, um bis zum letzten Blutstropfen den Traum zu verteidigen, der heute seinen Gipfel erreicht und sein ganzes Wesen jenseits von Schande, Tod und Niederlage in sich aufgenommen hatte.

Der Widerstand ließ nach, sein Schwert hatte sich durch Stahl gefressen. Er riß es los, holte aus, um wieder zuzuschlagen; es sauste unpariert durch die Luft und traf die über dem Sattelknauf zusammengesunkene Gestalt in der Rüstung. Benommen, und ohne die plötzliche Stille zu begreifen, zog Tristan die Klinge wie beiläufig aus dem schlaffen Leib. In diesem Augenblick hörte er Kaherdins Schrei und spürte beinahe gleichzeitig einen stechenden Schmerz in der linken Schulter, der ihm tief in die Brust drang. Nach Atem ringend, wandte Tristan sein Pferd.

Kaherdin war aus seiner Betäubung erwacht, als der Knappe die Lanze schleuderte, und hatte sich auf ihn geworfen. Doch der Mann war zu schwer für ihn. Mit einem Schlag der gepanzerten Faust wehrte er Kaherdins Schwert ab. Es entglitt seinen Händen, und der Junge sackte zusammen. O Gott! Mit letzter Kraft holte Tristan aus und traf den Kopf des Knappen. Dann wußte er nichts mehr.

Als er zu sich kam, lag er mit dem Gesicht nach unten auf dem Boden. In seinem Mund war der Geschmack von Erde und Gras, und Erde verklebte seine Augen. Nach einiger Zeit entdeckte er hinter seinem grasenden Pferd das Glänzen einer Rüstung, und etwas weiter entfernt einen blauen Mantel, der sich dunkel vom leuchtenden Gras abhob – Kaherdin! Mühsam versuchte er aufzustehen. Aber an seiner Schulter zerrte ein Gewicht – der Speer. Tristan riß am Schaft. Durch seinen Sturz war das Holz bereits geknickt, und es brach ab. Aber die eiserne Spitze blieb zwischen den Rippen stecken. Marternde Schmerzen durchzuckten ihn, und sein ganzer Körper war schweißbedeckt.

Nachdem er sich ein wenig erholt hatte, schleppte er sich durch das Gras zu Kaherdin. Der Junge lag regunglos auf dem Rücken, als schlafe er. Tristan legte Kaherdins Kopf auf sein Knie. Der junge Herzog öffnete die Augen und versuchte zu sprechen, aber auf seine Lippen trat blutiger Schaum. Tristan wischte ihn weg.

»Rogier... hat gelogen.« In Kaherdins Augen lag mehr Gewißheit als Zweifel.

Sie jetzt verleugnen... die Worte kamen Tristan nicht über die Lippen. Langsam und unerbittlich erstarrte das Gesicht des Jungen und wurde leer.

»Kaherdin...« Tristan hielt einen Toten im Arm.

Das Glühen am Himmel verblaßte. Nebelschwaden trieben über das Land und hingen als weiße, duftige Schleier über dem Moor. Ein großer dunkler Vogel ließ sich, langsam mit den Flügeln schlagend, auf einem Erdhügel nieder und beäugte die Gestalt in der Rüstung, die ausgestreckt im Gras lag. Erschrocken fand Tristan in die Wirklichkeit zurück. Rogiers Männer würden wahrscheinlich bald auftauchen und ihn suchen. Um sich machte er sich keine Sorgen. Es gab keine Zukunft mehr. Aber Kaherdin – der Junge soll ihnen nicht in die Hände fallen, schwor er sich. Tristan band sich den Mantel um die Schulter, richtete sich auf und schleppte sich schwankend zu seinem grasenden Pferd. Der linke Arm versagte ihm den Dienst. Doch nach mehreren Versuchen gelang es ihm, die Leiche des Jungen vor sich in den Sattel zu heben. Wenn ich die Straße erreichen kann, dachte er, wird man uns finden und eine Botschaft nach Kareol schicken. Danach... ein Danach würde es nicht geben.

Mehr als einen leichten Paßgang konnte er nicht ertragen. Jeder Stoß schien die Lanzenspitze riefer in die Brust zu treiben. Hohes Schilfgras ragte drohend vor ihm auf, und er verlor sich in einem Abgrund von Schmerzen. Der Schweiß in den Augen nahm ihm jede Sicht. Er schien eine Ewigkeit auf einen Dornbusch zuzureiten, dann war der Strauch verschwunden. Der Boden stieg an. Er umklammerte den toten Körper fester, denn er fürchtete, er könne ihm entgleiten. Im dichter werdenden Nebel schien der goldblonde Kopf einen Augenblick lang einem anderen zu gehören. Instinktiv preßte er die Knie fester an das Pferd, und es ging schneller. Vor ihnen, hinter ihnen – nur Heide. Immer noch ritten sie, ritten bis an das Ende der Zeit. Die Schmerzen rissen ihn wieder in die Wirklichkeit zurück.

Endlich klang der Boden unter den Pferdehufen fest. Vor ihm schlängelte sich in der Dämmerung die Straße. Tristan wußte nicht, wie weit sie ihn trug.

Zwei Schäfer, die ihre Herde nach Hause trieben, sahen zuerst das herrenlose Pferd und dann ganz in der Nähe die beiden Körper im Staub. In dem einen schien noch etwas Leben zu sein. Sie brachten beide in ihre Hütte und sorgten, so gut sie konnten, für den Verwundeten. Am nächsten Tag riefen sie jemanden aus einem nahe gelegenen Herrenhaus zu Hilfe. Man erkannte Tristan und Kaherdin. Um die Mittagszeit brachte man die beiden Männer, von denen der eine noch lebte, aber ohne Bewußtsein war, in einer Sänfte nach Kareol.

Auf Iseult von der Bretagne wartete in der Burg wieder ein Tag der Leere, nachdem die Schritte der beiden Männer verhallt waren. Aber wenn sie sich gefragt hätte, wodurch sich ihr augenblickliches Leben von dem Leben vor einigen Monaten oder Jahren unterschied, hätte sie kaum eine Antwort gefunden. Durch die Ehe hatte es sich kaum verändert. Sie hatte sich seit dem Tod ihrer Mutter vor langer Zeit daran gewöhnt, auf ihren zerbrechlichen Schultern die Last zu tragen, die ihre Stellung mit sich brachte. Versunken in ihre Träume, war sie ihr sogar leicht erschienen, nicht mehr als ein zufälliges Zeichen ihres Rangs, das für ihr wahres Ich keine Bedeutung hatte. Das alles veränderte sich. Ihre Pflichten bieben äußerlich dieselben, aber die magische Kraft, die sie früher in die Wirklichkeit hineintragen und sie dadurch nur zur Pforte in ein Märchenreich machen konnte, begann sie zu verlassen. Die Tatsachen blieben, was sie waren – geistlose Materie. Iseult hatte nie die Kraft besessen zu entdecken, daß die Welt der Erscheinungen ein eigenes Leben besaß, und deshalb erschien sie ihr nur leer und tot. Ein Wald, der nicht der Zauberwald war, ein Baum, an dessen Zweigen nicht das Zauberhorn hing, besaß für sie keine Wirklichkeit. Doch in den wenigen Monaten ihrer Ehe hörte die Welt der Phantasie allmählich auf, sie zufriedenzustellen. Sie war jedoch unfähig, sich aus ihrem Bann zu lösen oder einen Ersatz zu finden, und so blieb ihr nur völlige Verwirrung.

Habe ich mich von der Welt der lebenden Dinge blenden lassen? überlegte sie. Tristan – war er für sie nicht nacheinander und in einem Lancelot, Ivain und Lohengrin gewesen? Hatte sie nicht aus den bruchstückhaften Berichten seiner Taten eine Geschichte ersonnen, die alle Heldensagen übertraf? Allmählich erkannte sie, daß ihre Geschichte nur ein leeres Trugbild war, denn sie hatte den wahren Tristan nie gefunden. Ich werde ihn nie finden, dachte Iseult verzweifelt, während sie sich Woche um Woche weiter von ihm entfernte, obwohl sie glaubte, sie müsse ihm durch die Ehe näherkommen – war es ihre Schuld... oder seine? Anfangs suchte sie den Fehler bei sich und nahm an, sie sei nicht fähig, das ganze Ausmaß des tiefen Verlangens und Sehnens zu erwidern, das er so lange schweigend genährt hatte, bis es schließlich aus ihm herausgebrochen war und sie es ungläubig hingenommen hatte. »*Iseult ma drue, Iseult m'amie...*«

Sie hatte ihn nie danach gefragt, als müsse der Schatten, der über ihm lag, in ihren Armen weichen, nachdem er die Ursache enthüllt hatte. Aber das wundersame Staunen, das sie wie ein geheimes Erblühen ihres Wesens empfand, als sie, beinahe vor Furcht gelähmt, ihm die Hände auf die Stirn gelegt, und er sie sich über die Augen gezogen hatte, trug keine Früchte. Es war wie eine Blüte, die im Frost erstarrte. In den folgenden Wochen wagte sie, immer noch halb ungläubig, nicht weiter in ihn zu dringen, weil sie fürchtete, den Traum zu zerstören, durch den Tristan, wie es ihr jetzt vorkam, wie ein Schlafwandler schritt.

Es ist vorüber. Er ist erwacht, dachte sie. Er ist nicht plötzlich erwacht, sondern wie jemand, der schon immer wußte, daß sein Traum nicht die Wirklichkeit ist. Manchmal, sagte sie sich, versucht er, sie zu finden. Dann sieht er mich, wie in dem Augenblick, als er mir den Schleier aus dem Gesicht schob. Aber er kann die Wirklichkeit nicht finden. Und er versucht zu fliehen, als fühle er sich betrogen. Er flieht weiter und weiter und versucht, mir zu entrinnen. Und in der Stille wurde die geahnte Wahrheit im Verlauf der Wochen immer heftiger und bedrängender, bis es ihr vorkam, als spielten sie wie zwei Gespenster miteinander.

Iseult wanderte ziellos von Zimmer zu Zimmer und setzte sich schließlich in eine Fensternische. Sie nahm ein Buch, schlug es auf und begann zu lesen. Geistesabwesend wendeten ihre Finger die Seiten, bis sie schließlich bemerkte, daß sie nicht wußte, was sie gelesen hatte.

Tristan suchte in mir einen Traum. Ich habe versagt, denn ich habe ihn nicht erfüllt. Er suchte mich, noch ehe er mich zum ersten Mal gesehen hatte – wie Geoffrey Rudel, dachte sie, und vor ihren Augen drängten sich wieder viele Bilder. Aber ich bin es nicht, was er gesucht hat. Und er meidet mich aus Bitterkeit. Aber Tristan ist sanft. Er ist immer höflich. Ich wünschte, er wäre grob und würde bleiben, würde sprechen.

Heute, dachte sie mit neuer Pein, wäre er geblieben. Er hörte mir zu und hätte sich die Geschichte bis zu Ende angehört, wenn Kaherdin nicht gekommen wäre. Danach, bei einem Gang durch den Wald oder über die Wiesen, hätten wir vielleicht über die Geschichte gesprochen, denn er versucht immer, einen tieferen Sinn in den Dingen zu finden, die andere hinnehmen, wie sie sind. Und sie erinnerte sich wieder daran, daß Tristan damals, als sie oft zusammensaßen, von den Troubadouren gesprochen und gesagt hatte, daß sie im Grunde ihres Wesens eine Art Tod suchten. Tod? hatte sie verwirrt gefragt. Klagten sie in ihren Liedern nicht immer, daß sie sterben müßten, wenn ihre Liebe nicht erwidert würde? Und er hatte geantwortet, soviel an ihrer Kunst sei zur Gewohnheit geworden, daß sie darüber den ursprünglichen Grund vergessen hätten. Aber indem sie nach einem Ziel strebten, das im Körper keine Erfüllung finden konnte, hatten sie sich über alles Irdische und über alles Endgültige erhoben. Sie suchten in der Liebe eine Ekstase, die wir im Leben manchmal in einem Lied und am Ende vielleicht im Tod finden.

Ist es das, was er sucht? fragte sie sich plötzlich. Ist es eine Flucht? Erscheint ihm das Leben so gemein, so hassenswert? Und sie stellte sich vor, daß sie sich zusammen in ihre Welt der Träume flüchten würden. Weshalb sollten Märchen nicht wahr werden, hatte Tristan einmal gesagt. Wie seltsam, daß die Geschichte von Guigemer ihn so berührt hatte. Unser Leben ist zu sehr dem Wirklichen, dem Gewöhnlichen verpflichtet. Er hoffte, etwas anderes zu finden, klagte Iseult. Sie beschuldigte sich, in ihrer Scheu nicht gewagt zu haben, ihm die Geheimnisse ihrer Märchenwelt zu enthüllen, aus Furcht, er würde sie wie die anderen auslachen. Nachdem sie einen Schlüssel zu seinem Leiden gefunden hatte, wie sie glaubte, dachte sie sich immer neue Möglichkeiten aus, ihn zu erlösen. Iseult träumte von der magischen Welt, die sie vor seinen Augen heraufbeschwören würde, und glühend vor Freude konnte sie seine Rückkehr kaum abwarten.

Der Mittag ging vorüber, und da sie in der Verzückung ihrer Hoffnung allein sein wollte, wanderte sie hinaus zu den Klippen. Als sie die Bäume unten an der Wiese erreichte, blieb sie stehen, weil ihr einfiel, daß Tristan sie von hier beobachtet hatte. Er muß lange hier gestanden haben, dachte sie, und dann nannte er mich Proserpina... Proserpina; dann lächelte sie, weil sich ihre Vermutung plötzlich bestätigte. Weshalb hätte er sie mit ihrem Namen ansprechen sollen, wenn er mehr suchte als die Wirklichkeit. Während Iseult sich bemühte, sich ins Gedächtnis zu rufen, wie er sie üblicherweise anredete, wurde ihr bewußt, daß Tristan sie nie Iseult nannte. Wie nennt er mich in seinen Träumen, fragte sie sich – Proserpina?... Ein Schatten schien über den Tag zu fallen, und sie fröstelte, denn trotz seiner Geschichte gelang es ihr nicht, sich von dem Gedanken an den Tod zu befreien. Suchte Tristan wirklich den Tod? Möchte er mit mir sterben? Wagt er nicht, mir zu sagen... daß er an jenem Tag glaubte, ich hätte ihn verstanden? Er erzählte mir die Geschichte, und dann schwieg er. Es herrschte drückende Hitze. Er konnte nicht sprechen... bis schließlich... »*Iseult ma drue, Iseult m'amie... en vos ma mort, en vos ma vie*...« Dies eine Mal nannte er mich bei meinem Namen... seitdem hat er mich nie mehr Proserpina genannt... auch nicht Iseult... ich habe ihn enttäuscht. Ohne auf den Weg zu achten, ging Iseult hinunter und zwischen den Bäumen dahin. Aber das Magische war aus dem Wald gewichen. Die knorrigen Bäume waren keine Zauberer; die Schößlinge besaßen nicht mehr die Kraft, zu den Eichen von Broceliande heranzuwachsen. Und wenn sie an der Quelle auf der Lichtung ihr Haar kämmte, würde kein fahrender Ritter vorbeikommen...

Er war gekommen; er hatte um sie geworben; er wollte sie in sein Land entführen... in sein Reich der Schatten... in das Land des Todes. »Und hin und wieder beugt sie sich hinab und füllt die flache Schale mit dem schwarzen Wasser und reicht es den Toten als Trank...« Vergessen – Nichts.

Um sie herum kein Laut, kein Atem. In diesem verhaltenen Schweigen begann sie zu zählen, hörte, wie ihr Herz schneller und schneller schlug, bis plötzlich ein Zweig knackte. Bin ich tot gewesen? fragte sie sich voll Entsetzen und rannte den schattigen Pfad zurück, floh den Hügel hinauf. Wieder unter freiem Himmel, schwanden ihre Ängste allmählich, bis sie schließlich beinahe über ihre Einbildung lachte. Als sie den Wall entlangging und an der Stelle verweilte, an der sie morgens zusammen gesessen hatten, blickte Iseult hinaus aufs Meer. Im dunstigen Sonnenlicht tanzte weit im Westen ein winziges Segel auf den Wellen.

Vielleicht ist es dasselbe, dachte sie, nur ist es jetzt dunkel. Die Sonne wird bald untergehen. Vielleicht dauert es nicht mehr lange, bis die beiden zurückkommen. Aber ihre Hoffnungen schwanden, als Iseult sich daran erinnerte, wie oft sie bis zum Einbruch der Nacht auf ihre Rückkehr gewartet hatte. Wenn sie dann lärmend und hungrig mit einer Schar Freunde ihres Bruders gekommen waren, und er sich schließlich neben sie legte, hatte er kaum ein Wort gesprochen und erklärt, er sei müde, oder eine alte Wunde bereite ihm Schmerzen. Ihr stand merkwürdig deutlich die große Narbe an seinem Schenkel vor Augen. Lachend und nachsichtig hatte er ihr wie einem Kind nur erzählt, ein Riese habe ihm die Wunde bei seinem ersten Kampf zugefügt. Doch in Gedanken beschäftigte sie immer noch die Geschichte von Guigemer, und sie verstrickte sich von neuem in beunruhigende Phantasien. War nicht auch er an dieser Stelle getroffen worden? Hatte ihm der Hirsch nicht gesagt, daß er nur durch Liebe

Heilung finden könne? Plötzlich erschien ihr Tristans Erregung beim Hören der Geschichte verständlich, und seine merkwürdige Werbung um sie erklärlich. Er suchte Heilung. Er hoffte vergebens, mich lieben zu können! Aber das ist Wahnsinn, sagte sie sich, als das plötzliche Erschrecken über diese Erkenntnis nachließ. Tristan ist geheilt, und viele Menschen leiden manchmal an alten Wunden. Iseult ging in die Burg und rief ihre Frauen zu sich. Um sich von ihren beängstigenden Gedanken zu befreien, versuchte sie, sich an ihren munteren Gesprächen zu beteiligen, machte mit ihnen Musik und sang.

Aber die Unruhe ließ sie nicht los. Stunde um Stunde verging. Es wurde Nacht, und noch immer gab es kein Anzeichen, daß die Männer zurückkommen würden. Sie sind zu einem Fest geritten, redete sie sich ein, denn warum hätte Kaherdin sich sonst so prächtig gekleidet? Tristan konnte kaum etwas davon gewußt haben. Oder doch? Nein, das Unternehmen mußte von Kaherdin geplant worden sein, aber warum machten die beiden ein Geheimnis daraus? Und als sie an die Sorglosigkeit ihres Bruders dachte, begann Iseult sich zu ängstigen. Mit Tristan an der Seite, beruhigte sie sich, konnte Kaherdin nichts geschehen. Waren sie nicht schon öfter über Nacht weggeblieben? Sie schimpfte mit sich selbst wegen ihrer kindischen Ängste, aber ihr Grübeln hatte sie in solche Erregung versetzt, daß Iseult keinen Schlaf fand, und um sie zu beruhigen, legte sich schließlich eine der Frauen neben sie. Iseult lag wach, und in der Dunkelheit jagten ihr alle Gedanken des Tages durch den Kopf. Die wirren Bilder wurden immer riesiger und bedrohlicher, und erst kurz vor dem Morgengrauen fiel sie schließlich in einen unruhigen Schlummer. Aber als der neue Tag ebenso schön und heiter anbrach, und sie die Sonnenstrahlen ins Zimmer fallen sah, lachte sie erleichtert über ihre dunklen Vorahnungen und ging beinahe fröhlich ihren Pflichten nach. Als ihre Dienerin bleich und angsterfüllt vor ihr stand, brachte sie es nicht mit ihren eigenen Ängsten in Verbindung, und es dauerte einen Augenblick, ehe die wenigen Worte der Frau einen Sinn annahmen. »Man hat sie nach Hause gebracht.«

Er ist tot – nicht Kaherdin –, dachte sie, als Iseult betäubt vor Entsetzen in die Halle hinunterging und Tristans lebloses Körper auf dem Schild sah, auf dem sie ihn gebracht hatten. Erst als ihre Frauen sie sanft von seiner Seite zogen, damit die Ärzte sich seiner annehmen konnten, erinnerte sie sich an ihren Bruder. Aber als ein Ritter den Mantel von Kaherdins Gesicht nahm, war sie bereits so verzweifelt, daß sie nichts mehr begriff.

Und während sie Stunde um Stunde auf ein Lebenszeichen in Tristans Gesicht wartete, setzte sich ein bohrender Gedanke in ihr fest: Er wird nie mehr aufwachen. Er flieht mich. Nun hat er seinen Willen.

Sie kamen, umstanden sein Bett und sprachen endlose lateinische Litaneien, murmelten Worte aus der Kabbala, hantierten mit Kompaß und Zauberstäben, und als selbst die Sterne versagten, griffen sie wieder zu Heiltränken und Kräutern. Iseult nahm nichts von all dem wahr außer der dumpfen belegten Stimme und sah nur die dunklen, ausdruckslosen Augen auf sich ruhen. »Es gibt Mächte, Herrin, die über den Geist des Menschen herrschen und den Gesetzen des Körpers trotzen. Sie saugen das Leben an seinen Wurzeln aus. Er hat nicht den Willen zu leben.«

... Nicht den Willen zu leben. Ihre Gedanken vom vorigen Tag erhärteten sich zur Gewißheit. Tristan sucht den Tod. Er wollte mit mir sterben. Sie wußte, es war der einzige Weg, um ihn je zu erreichen, und wieder stiegen Bilder aus Märchen vor ihr auf. Er hat nicht den Willen zu leben. Er kann nicht sterben, bis eine Frau ihm aus Liebe in den Tod folgt.

Während sie neben dem reglosen Körper saß, in dem bereits kein Leben mehr zu sein schien, packte sie das Grauen. Wenn er erwacht, dachte sie, würde ich es vielleicht tun. Aber Tristan wird nie mehr erwachen. Er hat den Glauben an mich verloren, und sie überkam die Vorstellung, für immer mit einem Leichnam eingesperrt zu sein. Ich habe nicht die Kraft! rief Iseult verzweifelt.

Eines Abends schien Tristan unruhig zu werden. Stunden vergingen. Bei ihrer einsamen Nachtwache zitterte sie in der kühlen Herbstluft; sie ging deshalb zum Feuer, kniete sich davor und hielt die Hände über die Flammen. Sie kniete dort lange bewegungslos, vor Müdigkeit völlig erschöpft, während sich langsam die Wärme wieder in ihrem Körper ausbreitete. Die Flammen warfen einen Glanz auf ihre hellen Haare. Schließlich brachte sie ein Geräusch in ihrem Rücken dazu, sich umzudrehen.

»Iseult!«

Drüben an der Wand hatte Tristan sich im Bett aufgerichtet und sah sie, auf den Ellbogen gestützt, mit solchem Staunen und Verlangen an, daß sie mit einem leisen Aufschrei zu ihm eilte. Aber als sie sich bewegte, erlosch das Licht in seinen Augen, und die versteinerte

Fremdheit lag wieder auf seinem Gesicht. Er sank in die Kissen zurück.

Iseult von der Bretagne schien es, als habe das kalte Erlöschen ihren eigenen Körper erfaßt und die letzte Hoffnung zerstört. Sie sank auf einen Stuhl und war nicht einmal fähig, ihn beim Namen zu rufen. Während Iseult dort saß und ins Leere starrte, sah sie mit erschrekkender Deutlichkeit den längst vergessenen Ausdruck auf seinem Gesicht, als sie ihm nach seiner Ankunft in Kareol zum ersten Mal gegenübergetreten war. In ihrer Verwirrung hatte sie ihm damals keine allzu große Aufmerksamkeit geschenkt. Aber jetzt stand ihr das Bild, das sich ihr damals unbewußt eingeprägt hatte, wieder deutlich vor Augen. Sie sah wieder, wie er sich nach ihr umgedreht hatte, und die glühende Leidenschaft in seinem Gesicht zur leblosen Maske erstarrte.

Es war mein Name, wiederholte sie immer wieder. Er drehte sich um und glaubte, sie vor sich zu sehen. Tristan liebt eine andere Iseult...

Es war so einfach. Weshalb hatte sie nie daran gedacht? Lange saß sie am Bett und starrte mit leerem Blick auf den bewußtlosen Mann. Ein Arm hing schlaff über den Rand, und sie beobachtete teilnahmslos und wie gebannt den roten Fleck, der auf dem weißen Leinen immer größer wurde. Schließlich stand sie auf, richtete den Verband und ging zu ihrem Platz zurück.

In den folgenden Tagen stieg in Tristan durch den Schleier der Benommenheit hindurch, die seine Sinne einhüllte, eine schattenhafte Ahnung auf, der noch immer die Klarheit eines Gedankens fehlte. Sie kam, verschwand und stellte sich mit hartnäckigem Nachdruck wieder ein; als der Schleier sich schließlich hob, und er seine Umgebung und einen ständigen Schmerz wahrnahm, der ihn die meiste Zeit völlig erfüllte, verdichtete die Ahnung sich zu einer unerklärlichen und quälenden Frage: Warum lebe ich immer noch? Er versuchte, die Antwort darauf zu finden und kämpfte darum, die Bilder, die vor seinen Augen vorüberglitten, in einen Zusammenhang zu bringen. Diese Aufgabe kostete ihn große Anstrengung, denn in die wahrgenommenen Dinge mischten sich ständig Phantasiegebilde. Schließlich gelang es ihm, sie in eine verschwommene Reihenfolge zu bringen, die ihn zu einer offensichtlichen Gegenwart hin- und wieder von ihr wegführte, die unbestimmt und zart war wie ein Bild in Grautönen.

Aber im fahlen Nebel tauchte ein Eindruck mit seltsam quälender

Eindringlichkeit immer wieder auf – die Erinnerung an das erstarrende Gesicht des Jungen. Kaherdin! Und in seinem fiebrigen Kopf hielt Tristan den Zustand, in dem er sich befand, für eine Art Fegefeuer, aus dem es keine Erlösung gab. Ein anderes Bild folgte dem ersten, vermischte sich mit ihm, war noch lebendiger und brennender – Iseult – er hatte sie wiedergefunden. Wie, das wußte er kaum, er wußte nur, daß die Wiederbegegnung in gewisser Weise die Kraft der Erfüllung besaß. Es hätte das Ende sein sollen. Warum war er hier? Warum war sie ihm wieder entglitten? Einmal glaubte Tristan, sie stehe im Raum, doch als er nach ihr griff, zerfloß ihr Gesicht zu den blassen Zügen eines blonden Mädchens. Und das ferne Wissen, daß dies seine Frau war, schien ihm unverständlich, bis sein gequälter Geist wieder in den Nebeln von Schwäche und Schmerzen versank.

Eines Tages trieb Tristan in einem Traum der Leere dahin, und seine Augen fielen auf seine Hand, die bleich und leblos auf den Laken ruhte. Ist das meine Hand, dachte er, ist sie bereits tot und von mir getrennt? Oder bin ich tot? Denn die Hand auf der dunklen Decke schien ihm plötzlich ein beklemmendes Eigenleben zu führen, was durch den leuchtenden grünen Stein an seinem blassen Finger noch verstärkt wurde.

Er blieb lange ruhig liegen und betrachtete den Ring, bis die undeutlichen Umrisse des Raumes zurückwichen und sich in einen Berghang verwandelten... »Aber wenn du mich am Ende brauchst, wird mich nichts von dir fernhalten... weder Krone noch König.«
Iseult!

Es war unmöglich, sagte er sich immer wieder, aber der Gedanke wollte ihn nicht verlassen, und allmählich zog er ihn in seinen Bann, wuchs in ihm zur Gewißheit.

Sie, dachte Tristan, hält mein Leben in ihren Händen. Ohne sie kann ich nicht sterben – und alles, was an Körper noch in ihm war, sehnte sich in einem letzten qualvollen Verlangen nach ihr.

Iseult von der Bretagne saß verloren in den Trümmern ihrer zerschlagenen Träume und starrte ins Leere. Ivein, Lohengrin, selbst Lancelot... würden für sie nie wieder lebendig sein. Und diese Zerstörung stürzte sie in tiefere innere Verzweiflung als der Verrat ihrer Liebe. Schließlich schien der Verwundete auf dem Bett beinahe nur noch ein Fremder zu sein. Er sieht nur sie, dachte Iseult, selbst wenn er mich anblickt. Und in dem Abgrund des Schweigens, der beide trennte, stand ihr die unbekannte Iseult in hundert Gestalten so greifbar vor Augen, daß es lange dauerte, bis ihr der Gedanke kam, sie könne tot sein. Doch als sie diesen Faden erst einmal aufgenommen hatte, begann Iseult, eine neue Geschichte zu ersinnen. Sie verfolgt ihn, dachte Iseult, sie will ihn zu sich in das Reich der Toten und Schatten hinabziehen. Doch das Leben in ihm ist stark und klammert sich noch immer an das Licht und an die Erde. Hatte Tristan nicht gesagt, Proserpina sei auch die Göttin des Frühlings? Er hat sich an mich gewandt, damit ich ihn rette – und mit jedem neuen Zeichen des Erkennens in seinen Augen wuchs ihre Hoffnung. War es nicht sogar schon vorgekommen, daß Männer sich nach einer schweren Krankheit geändert hatten? Vielleicht vergißt er sie, dachte Iseult, und sie glaubte, der Tod, der seine Schatten über ihn warf, sei nur der letzte Kampf der anderen Iseult, um seine Seele an sich zu ziehen. Wenn Tristan am Leben bleibt, wird sie ihn für immer in Frieden lassen. Und sie durchforschte ihr Gedächtnis nach solchen Geschichten. Schließlich mischten sich in ihre Gedanken an den Hades Bilder von der Hölle und von den Verlockungen des Venusbergs. Gott allein kann ihm helfen, rief sie, und suchte im Gebet ihre letzte Zuflucht. Und als Kurvenal am nächsten Tag kam, ließ Iseult ihn bei Tristan zurück und eilte in die Kapelle. Dort warf sie sich auf die Knie, und ihr Blick fiel auf den Staub in den Fugen der neugelegten Steinplatten. Wenn ich ihn nicht retten kann, rief sie, wird er dort neben Kaherdin liegen! Sie betete verzweifelt, bis ihr Geist, von den Qualen der letzten Tage erschöpft, in dumpfe Leere verfiel.

Durch die Stille drang ein Geräusch an ihr Ohr. Zuerst glaubte Iseult, es sei das Meer, das unten gegen die Felsen klatschte, doch schließlich löste sich vom Rauschen der Wellen die tiefe und volltönende Stimme eines Mannes, die hin und wieder von einer leisen und matten Stimme unterbrochen wurde.

Iseult sah sich suchend um und entdeckte hoch oben in der Mauer eine kleine Öffnung. Sie stammte noch aus den Tagen ihrer Mutter, die in den langen Monaten der Krankheit so die Messe hatte hören können. Nun lag Tristan in diesem Gemach; sie hatte die Öffnung hinter dem Wandbehang vergessen.

Es herrschte langes Schweigen, dann hörte sie wieder schwache, suchende Worte. Tristan spricht, dachte sie. Wenn ich bei ihm bin, öffnet er kaum den Mund. Eifersüchtig und neugierig erhob sie sich und ging hinüber zur Wand.

Die Öffnung befand sich hoch oben, und die leisen, abgerissenen

Worte waren kaum verständlich. Aber allmählich gewöhnte sich ihr Ohr an den Tonfall, und schließlich konnte sie einzelne Worte verstehen. »Cornwall« – »die Königin« – und einmal »Iseult«.
Sie zitterte so heftig, daß sie Kurvenals Antwort beinahe nicht gehört hätte. »Und wenn sie nicht kommt?«
In dem endlosen Schweigen, das folgte, glaubte Iseult, das Gehör verloren zu haben, aber schließlich drangen die Worte klar und überdeutlich an ihre überreizten Sinne:
»Dann setzt ein schwarzes Segel.«
Mehr hörte sie nicht.

D er Regen peitschte gegen die Felsen von Cornwall, verschleierte die Zacken der Klippen und trieb dunstige Schwaden in die schroffen Spalten. Braune Blätter hingen zerzaust und durchweicht an ihren Stielen. Die Heide schien ausgelöscht.
Hinter den treibenden Regenvorhängen konnte man das Meer kaum vom Himmel unterscheiden. Nur das Rauschen der Wellen drang hartnäckig an die Ohren, doch für Iseult klang es nicht mehr feindselig und bedrohlich. In dem hohlen Donnern und Klatschen hörte sie nur noch eine unentrinnbare, ihr fremde Eintönigkeit, die sie umschloß. Hatte es dieses Meer nicht schon vor ihrer Geburt gegeben, und würde es nicht nach ihrem Tod noch sein? Andere, dachte sie, werden es in ihren Ängsten und ihrem Verlangen hören. Teilnahmslos wird es sie ebenso betrügen wie mich. Und wenn sie auf den grauen Regenvorhang draußen blickte, fragte sie sich, ob an diesem verschwundenen Horizont je ein Morgen heraufgedämmert war. Es war ein Traum, murmelte Iseult vor sich hin, oder ich muß verrückt geworden sein, und sie schob den Reif aus der Stirn, als sei er ihr zu schwer. Unter dem Gewicht dieser Krone konnte kein Traum aufsteigen – aber die Erinnerung höhnte tückisch –, und um ihren Verstand nicht zu verlieren, zog sie den Reif wieder tiefer in die Stirn. Ich bin die Königin von Cornwall, sagte sie sich, Marcs Gemahlin.
Das Meer rollte über die Steine am Strand. Tief unten auf dem Grund sah sie das Elfenbein, das von den Wellen überspült und poliert wurde, bis die Kanten der geschnitzten Blätter und der Tiere glatt und rund waren, die Locken und das Gesicht des Sängers ausdruckslos und flach.
Schiffe fuhren über das Meer. Als die ziehenden Nebelschwaden sich

hoben, sah sie vor den kalten grauen Wolkenbänken die großen Segel, die sich im aufkommenden Wind blähten. Marcs Schiffe, dachte sie, durchpflügen die Meere, um Handel zu treiben – jahrein, jahraus. Und wenn sie sah, wie ihre Frauen die farbige Wolle woben, lauschte Iseult ihren Liedern, sprach und antwortete, während die Stunden und Tage vergingen, und die Wolkenfetzen hinter dem Fensterbogen vorüberzogen – grau in grau.

Gold – gelb und länzend, rot wie Feuer oder einen sanften Schimmer verbreitend – sie hatte nie gewußt, daß es so viele Farben besaß, und durch das Staunen aus ihrer Teilnahmslosigkeit geweckt, streifte sie das Armband über ihren weißen Arm.
»Ein besonderes Prachtstück aus den byzantinischen Goldschmiedewerkstätten«, murmelte der Händler und beugte sich über seine Waren.
Iseult griff in die schimmernden Tiefen der Truhe, halb benommen, als müsse der Glanz ihre Finger erwärmen. Aber das Metall war hart und kalt, und sie zog die Hand zurück.
Ein goldener Glanz strahlte aus dem Dunkel – ein rubinbesetzter Stirnreif, die glitzernden Glieder einer Kette, die glatte Wölbung eines Pokals... und in seiner Tiefe ein blasser grüner Stein – ein Tropfen aus dem Meer, dachte sie, klar, kristallisiert. Gedankenverloren beugte sie sich darüber. Ein Stein – ein Ring. Er lag schimmernd, vergessen im Pokal...
Plötzlich erschrak Iseult und umklammerte die Lehnen ihres Stuhls. Schließlich streckte sie die Hand aus, spielte mit dem Armreif und fragte den Händler. »Euer Preis?«
»Dreißig Dukaten.«
»Und dies?« Sie drehte den Ring in den Fingern und preßte die Hände in den Schoß, um ihr Zittern zu verbergen.
Der Mann zögerte einen Augenblick. »Er ist seinem Besitzer zu kostbar, um ihn zu verkaufen.«
Brangwens dunkle Augen unter den schweren Lidern richteten sich auf den Stein. Langsam erhob sie sich. »Ich werde Eure Schatulle holen«, sagte sie. Mit ruhiger Würde ging sie durch den Raum. Der Vorhang schloß sich weich hinter ihr.
Der Händler richtete sich zu voller Größe auf. »Ich bin kein Kaufmann, Königin Iseult. Tristan von Lyonesse liegt im Sterben.«
In der Stille erschien es Kurvenal, als taue die weiße Maske vor ihm auf und verwandle sich in das Gesicht einer Frau.

Sie stand auf der Treppe. Achtlos schritten ihre Füße über die Kerbe im Stein; ihre Finger verweilten einen Augenblick auf der glatten Stelle am Treppenpfosten, ohne etwas zu spüren. Dann lagen diese Stufen für immer hinter ihr.

Sie erreichte den offenen Gang. Aus der Tiefe waren die brausenden Stimmen wie eine Woge zu ihr emporgebrandet. Jetzt herrschte Stille.

Tief unten, vor dem wilden Löwen, saß Marc allein auf dem Thron und beugte sich über Schriftrollen. Gedankenverloren zog er mit den Fingern feine Rillen in die Seide seines Gewandes.

Iseult erinnerte sich an einen Berghang. »Wenn du mich am Ende brauchst, wird mich nichts von dir fernhalten... weder Meere noch Berge, weder Krone noch König.«

Sie stand vor ihm.

»Tristan liegt im Sterben«, sagte sie.

Schweigend senkte er den Kopf.

»Er hat nach mir gerufen.«

Marc bewegte sich nicht.

Schweigend durchquerte Iseult die Halle, ging durch den Schatten des großen Torbogens und trat in den Burghof hinaus.

Die Wolkenbank am Horizont schimmerte silbergrau. Auf dem hohen Meer jagte ein Schiff nach Südwesten. Marc sah lange dem geblähten Segel nach.

Sie haben ihr Leben vergeudet, dachte er. Sie haben sich selbst ausgebrannt, und doch haben sie nicht umsonst gelebt. Sie waren die Flamme, damit durch ihr Brennen die Erde nicht erkaltet.

Auf seinen Knien lag halb entrollt eine Karte. Hier und da hatte eine Hand die Namen der Häfen in die tiefen Einbuchtungen der dunklen Linien geschrieben.

Ich versuchte, die Menschen zu lehren, wie man lebt, dachte er bitter. Doch sie wollen ihren Tod überleben.

Die Karte entglitt seinen Händen und fiel auf den Boden, rollte sich zusammen, und die beiden prächtigen Wappen verschwanden – der wilde rote Löwe und der schwarze Falke auf goldenem Grund. Achtlos lag sie auf dem Stein – ein leeres, abgegriffenes Pergament mit eingerissenen und zerschlissenen Rändern.

Die Kälte ließ seine Seele erstarren.

Vereinigung

Et eran due in uno, ed uno in due.

Dante, *Inferno*

Unaufhörlich brandeten die Wellen an das bretonische Ufer, sie rollten heran und wichen zurück – Wellen des Bewußtseins, die Tristan überfluteten; sie überschlugen sich, zerflossen und sammelten sich wieder zu dem einen Bild seines Verlangens. Aber wenn sie nicht kam? Hatte er ihre Gegenwart auf der Heide über dem Moor von Doleise nicht gespürt – obwohl er nicht wußte, wie...

Anfangs bat er sie im Fieber seiner neuerwachten Hoffnung, ihn hinaus auf die Klippen zu tragen, damit er den Horizont vor Augen hatte. Aber als die Herbststürme aufkamen, verließen ihn auch die letzten Kräfte, und er lag nur noch reglos in seinem Bett und starrte auf den Streifen Wasser im Fensterrahmen, und seine Augen richteten an Iseult von der Bretagne, die nicht von seiner Seite wich, deutlich die Frage, die ihm nicht über die stummen Lippen kam: »Ist auf dem Meer kein Schiff zu sehen?«

Und immer noch kam keine Antwort außer dem Donnern der Wogen, und in seiner Qual wollte er sich erheben, doch der Schmerz überfiel ihn, zwang ihn nieder, und erschöpft sank Tristan in die Kissen zurück, und er überließ sich wieder dem Rauschen des Meeres... dunkler Donner rollte an die Ufer von Tintagel, höhlte die Felsen aus, aber auf den Klippen flammte die Fackel des Ginsters... die Hügel der Heide erhoben sich in den Himmel... nur der Schrei eines kreisenden Vogels – der schwarze Schatten der Flügel gleitet über die Ebene. Zwischen graugrünen Weiden schimmerten blasse Wasserarme... überschwemmtes Land? Das Korn wog wie braunes Gold – Lyonesse. O Falke, Falke, der sich in die Lüfte schwingt... in welche Unendlichkeit... Im fernsten Westen – nichts als Meer...

Die Stürme waren vorübergezogen. Eisige Stille lag über dem Wasser. Kaum ein Murmeln drang von den Felsen herauf.

Etwas war von ihm gewichen, und während er darüber nachgrübelte, begriff Tristan schließlich undeutlich, daß er zum ersten Mal keine Schmerzen hatte. Alles war still bis auf ein schwaches, fernes Klingen, hoch und weiß. Willenlos trieb er auf dem gläsernen Meer...

Eine schwache Brise, ein leichtes Kräuseln der Wellen. Das Wasser unter ihm regte sich, sammelte sich zu Wellen – zahllose Scherben aus Schatten und Licht.

Und Tristan trieb dahin, ließ sich von ihrem Heben und Senken

tragen, bis aus unendlichen Fernen eine ruhige, kühle Stimme zu ihm drang: »Auf dem Meer ist ein Schiff...«
Ein Schiff – es jagt über die Wellen zu ihm: weiß, blendend, leuchtend...
»... aber sein Segel ist schwarz.«
»... Iseult.«
Sein ganzes Wesen schien von ihm gezogen zu werden und im Dunkel der Woge zu versinken.

Iseult von der Bretagne lauschte in der Stille dem anschwellenden Echo ihrer Worte. Vor dem Fenster segelte ein Schiff unter dem Wind dem Ufer zu. Sein Segel strahlte schneeweiß in der Sonne. Nichts regte sich im Raum. Entsetzen ergriff sie. Schließlich drehte sie sich um.
Wie still er dalag. Vielleicht hatte Tristan nichts gehört. Was... was hatte sie gesagt? Nichts – eine Geschichte, die sie vor langer Zeit gehört hatte... »und sie hißten das falsche Segel...« Mühsam richtete sie sich auf und ging hinüber zum Bett.
Minuten vergingen. Es hätten Stunden sein können.
Ich habe Tristan getötet, sagte sie immer und immer wieder. Aber als sie in das stille Gesicht blickte, wußte sie, daß sie ihn selbst im Tod nicht erreicht hatte. Benommen versank sie in die öde Welt ihrer Geister.

Draußen auf dem windstillen Meer hing das Segel schlaff am Mast. Iseult von Cornwall stand am Bug und starrte auf die Linie, auf der Wasser und Himmel sich trafen – sie hatte keine Worte und keine Gedanken mehr. Zuerst der Sturm und nun die Stille. Zwei Nächte und einen Tag hatte das Schiff sich kaum von der Stelle bewegt. Und als schließlich eine leichte Brise um ihre Haare spielte, bemerkte sie es erst, als sie das Flattern des Segels aufschreckte.
Der Wind erhob sich. Das Schiff jagte seinem Ziel entgegen. Gegen Mittag erschien eine graue Linie am Horizont und wuchs zu hohen Klippen.
Plötzlich drang durch das Rauschen der Wellen ein anderer Ton an ihr Ohr, verstummte und erklang wieder. Sie lauschte ehrfürchtig, bis ihr Körper sich langsam anspannte. Starr lehnte sie am Mast. Am Ufer hallte tief und mächtig die Glocke.

Sie läutete noch immer, als Iseult, ohne etwas zu sehen, Kurvenal eilig durch die engen Gassen der Stadt den Weg zum Felsen hinauf folgte, wo er plötzlich endete. Durch die Leere hindurch spürte sie nur, daß ihre Füße sie weitertrugen, durch den Wehrturm hindurch, durch den Torbogen und den Burghof, vorbei an der stummen Wache. Und dann öffnete sich eine Tür – sie wußte, es war die letzte – und schloß sich hinter ihr.

Kurvenals Schritte hallten auf dem Stein, verhallten und waren nicht mehr zu hören – schienen in ein früheres Leben zurückgegangen zu sein. In der ungewohnten Zeitlosigkeit, die Iseult umgab, blieb sie stehen, lehnte sich an einen Pfeiler. Stein – kalt, teilnahmslos. Nur die Kerzen flackerten, brannten an Kopf und Fuß der leblosen Gestalt, die unter dem Schild lag.

Iseult ging darauf zu – schwankte. Sieben Jahre – neun Jahre? Nicht die Zeit oder das Leid entfremdeten ihr das Gesicht. Es schien heute zum ersten Mal ohne Verlangen zu sein.

Angstvoll streckte sie die Hand aus und berührte den Schild.

Plötzlich glitten ihre Finger über die Saiten einer Harfe. Der Griff seines Schwertes glänzte im Dunkel. Sie mußte es nicht aus der Scheide ziehen. Sie sah jede Einzelheit des blanken Stahls, der sich verjüngte, und dann – einen Finger breit über der Spitze war die Linie unterbrochen, die Klinge beschädigt... War es gestern, war es heute? Sie wußte es nicht mehr, und sie wunderte sich auch nicht, daß seine Augen offen waren, als Iseult sich über ihn beugte.

»Tristan...«

Tief unten klatschte das Meer leise gegen die Felsen.

Jetzt war sie selbst nur noch eine Welle, die die stille, dunkle Gestalt einhüllte und sie beim Zurückweichen mit sich zog.

Nachbemerkung

Wie nur wenige Liebesgeschichten des Mittelalters scheint
Tristan die Kraft zu besitzen, immer wieder aufs neue in
den wechselnden Farben der Jahrhunderte zu leuchten.
Und so ist es nicht verwunderlich, wenn Dichter unter allen Sagen
und Legenden sich von ihm vielleicht am stärksten angesprochen
fühlen. Es ist ein weiter Weg von der triebhaften Leidenschaft in den
keltischen Balladen, die von der Entführung berichten – und sie
liefern den Inhalt – bis zu den ästhetischen und scholastischen
Feinheiten eines Gottfried von Straßburg und schließlich zu den
Todesekstasen Richard Wagners. Trotzdem bewahrt das Thema – die
beunruhigende Verbindung von quälender Schönheit und unbarmherziger Tragik – seinen unwiderstechlichen Zauber.
Im Werk des Dichters aus dem frühen dreizehnten Jahrhundert
scheinen die Möglichkeiten der psychologischen Behandlung des
Themas bereits erkannt zu sein. In seinen wunderschönen Versen
klingt das Problem, das seine Nachfolger üblicherweise nicht aufgreifen, vielleicht schon unbestimmt an: die Vielschichtigkeit des Helden, der gleichzeitig Krieger und Sänger-Dichter, das heißt ein Träumer war. Geht in den modernen Versionen nicht viel von dem
Erschütternden der Tragödie verloren, weil sie sich oft nur dramati-
scher Formen bedienen und uns so kaum die Möglichkeiten geben,
daran zu denken, daß Tristan einmal ein Junge, ein Kind war und
daß sein verhängnisvolles Schicksal schon die Kindheit überschattete?
Für mich besitzt die Geschichte von *Tristan* eine elementar epische
Kraft. Ich muß dabei an das Land ›im Westen‹ denken, an das Meer
und an den Wechsel der Jahreszeiten. Dort leben noch immer die
Erinnerungen an Deirdre und Naisi, Diarmuid und Grainne, die
durch die Berge fliehen.
Aber ich möchte weder eine keltische Frühzeit heraufbeschwören
noch die Sprache und das Leben des Mittelalters imitieren. Ich
versuche nichts anderes darzustellen als das, was die Ritterromane
und die Kunst des Mittelalters in mir, einem Kind des zwanzigsten
Jahrhunderts, an Phantasie und Gefühlen ausgelöst haben.
Ich erhebe keinen Anspruch darauf, die Geschichte so zu erzählen,
wie sie uns historisch, mündlich oder durch archäologische For-
schungen überliefert ist. Lanze und Schwert sind Symbole, die

Gewehr und Panzer überdauern; und der Heldenmut des Einzel-
kämpfers erscheint uns weniger entrückt, nachdem das »Märchen«
von Tristans steuerlosem Boot das Schicksal der Kampfflieger des
Zweiten Weltkriegs beinahe vorwegzunehmen scheint, die verwundet in Schlauchbooten auf dem Meer dahintrieben.

Ich habe mich darum bemüht, die Geschichte so zu erzählen, wie sie
in meiner Phantasie Gestalt angenommen hat. Und doch entwickelt
sie sich nicht nur durch die dramatische Handlung, sondern durch
Vorgänge, die sich nur halb bewußt in den Köpfen der Menschen
abspielen – ein Entwicklungsgeschehen, das sich in der Form spie-
gelt, und zwar im Verweben und Wiederauftauchen bestimmter
Bilder und Themen. Sie sollen nicht Personen oder Ereignisse durch
charakteristische Eigenschaften in Erinnerung rufen, sondern eher
auf eine verborgene Einheit im Wesen des menschlichen Lebens
hinweisen.

Wenn nicht anders vermerkt, stammen die Gedichte und Zitate, die
den Kapiteln vorangestellt sind, von mir.

Hannah Closs